U0533254

少年的愤怒
犹如冰块上
流淌的寒雾

冷水沸腾

孟璃 —— 著

作家出版社

目 录
Contents

001.　引　子　　女孩与黑猫
005.　第一章　　自　杀
014.　第二章　　抢　劫
027.　第三章　　世界变白了
040.　第四章　　你可以帮助我自杀吗？
046.　第五章　　无心插柳
056.　第六章　　拍视频的人
064.　第七章　　福利姬
076.　第八章　　初现端倪
090.　第九章　　吹哨的少年
107.　第十章　　缺角的裸照
117.　第十一章　快乐的人运气都不会差
128.　第十二章　尚雯雯

137.	第十三章	最好的朋友
148.	第十四章	夏儿的日记
162.	第十五章	骨　折
178.	第十六章	酒精下的生日宴
188.	第十七章	遇　袭
201.	第十八章	玩具熊
211.	第十九章	仙人跳
220.	第二十章	安稳如叶
236.	第二十一章	依是少年
251.	第二十二章	证　据
267.	第二十三章	如叶未稳
278.	第二十四章	心中有鬼
287.	第二十五章	斩大龙
302.	第二十六章	螳螂捕蝉黄雀在后
314.	第二十七章	往事何堪回首
333.	第二十八章	溺　水
351.	第二十九章	开　庭
371.	第三十章	消失的少年
389.	尾　声	

引子
女孩与黑猫

初夏夜。

刚下过雨的小巷散发出一股淡淡海腥气。

靠街边的商铺早早就拉下卷帘门，仅剩头顶的霓虹灯，忽明忽暗闪烁着，紫红粉绿，弥漫在巷子的各个角落，迷离且俗气。

一只黑色野猫跃上墙头，伏低身形，四肢交替在墙檐上前行，意图要快速穿过这条巷子。突然它的前爪顿住，后爪稍微收得不及，身体被惯性大大地弓起来。猫扭过头，黄褐色眼珠凝视着对面那栋隐藏在黑夜中的老式居民楼，霓虹灯后面，仅有一扇小窗户还冒出昏黄的灯光。

窗户内是一间浴室，装修时间不详，从白色瓷砖接缝处渗出的黄色污渍来判断，起码也在上个世纪了。浴帘后面有一个朦胧的人形，看身段是名女孩，肩膀在上下小幅度地抽动。

等了好久，水珠才从花洒里喷溅而出，女孩一动不动，任凭冷水浇在还穿着校服的身体上。血色水珠，分成数绺顺着女孩结实的大腿内侧缓缓流淌下来，流过纤细的脚踝，最终落到地板上，汇聚在一起，随着水流流进地漏。

女孩双手捂住脸，嘴巴张得很大，犹如哑剧一般毫无声息，只有凝神细听，才能听到她喉咙深处发出的低低的抽泣声。

窗户外的黑猫似乎感受到了，烦躁不安地原地转了几圈，张开了嘴,"喵"出了声。

声波被远远传了出去,好似婴儿啼哭。

阳光从窗帘之间的缝隙钻进来,洒在女孩泪痕犹在的脸上。

女孩翻了个身,把脸对着墙壁,后背冲外,依旧蜷缩着身体。透过隔音并不好的屋门,母亲的大嗓门灌满整个房间。

"吃饱了赶紧走,晚上记得啊,下班后在食堂打两个菜,我今天加班,没时间做。"

"要的、要的。"父亲应和着。

"中午抽空去给妈拿个药,真的是,什么都涨就工资不涨,药都快吃不起了。"

"要的、要的。"

"你烟下得太快,别没事充大方四处散。"

"你看,都是老工友能散多少,再说人家不也回敬我吗……"

"让你少散就少散,我可丑话说在前面老冷,一个月就那点烟钱,花没了可别再找我要,烟瘾熬不住,就去抽那不花钱的丝瓜藤。"

"哎……"

母亲声音强势、不容置疑。女生从脑袋下抽出枕头,盖在耳朵上,可声音依旧倔强地钻了进来,这次换父亲先开口:"老潘,姑娘从学校回来,这都躺了两天了,是不是有什么事?"

"能有什么事?女孩子肚子疼,躺两天正常,净操没用的心,赶紧走赶紧走。"男人被女人连推带搡轰出家门。

卧室门被推开,母亲的声音再也没有了阻挡:"夏儿,饭都给你做好放桌子上了,自己记得吃。"

看到拉得严严实实的窗帘,母亲皱了皱眉头,上前一把拉开,还顺手推开窗扇,嘴里不停:"你爸也就算了,你能不能让我省点心,一个姑娘家,天天躺床上算怎么回事?不就是姨妈串门?多透透气。"

听着母亲数落，女生不敢把身子翻转过来，怕被看到脸上的泪痕。趁母亲的机关枪换弹匣之际，她弱弱地问了一句："妈，晚上你几点回来？我想和你聊聊……"

"聊？有什么可聊的，家里花这么大代价，就为了让你考上好大学，你给妈把好成绩拿回来，比聊什么都管用。再说，你看看妈，这一天天的，有半分休息时间吗？现在的女孩都怎么了，不知道羞耻，我们科室每天处理的病人，能排到院门口去……搁妈那个年代，这都是破鞋，哎哟哟，一辈子让家里人抬不起头……"

母亲弹匣换得干净利索，言语像子弹般喷薄而出："你说那张姨，这两天求妈给她替班，说是女儿放假回来，难得有陪孩子的时间，要出去旅游……呸，以为我不知道？她姑娘刚上大一就被弄大了肚子，在咱们这儿不敢声张，怕抬不起头，偷偷带着去外面做掉。嘿嘿，哪里有不透风的墙，之前张姨总在妈面前显摆，什么我姑娘上的是211，你家夏儿可要努力啊，成绩总在中游可不行……瞧那嘚瑟劲。这事出来，看她还敢在我面前耀武扬威不？"

女生不再言语，把头更深地埋在枕头里，似乎只有扎在里面，才能带给自己少许安慰。

母亲被自己说得又高兴起来，随口问道："夏儿，你想和妈说什么？"

"嗯……没事了，妈，你快去上班吧，肚子疼会儿就好了。"

"不娇气才对，换洗衣服都给你洗好叠好装包里了，记得吃完饭就回学校，学习最重要，姥姥你不用操心。"说着话人已经飘到了门口，穿鞋、出门，一气呵成，屋内也瞬时安静下来。

日上竿头，冷夏儿才慢吞吞从床上爬起来，走到餐厅坐下，姥姥早已经吃完，躺在摇椅上晒着太阳睡着了。胡乱往嘴里扒几口饭，一抬头就望见墙上悬挂的全家福。这是一个三口之家，父亲冷勇敢是一所小企业的生产科长，工作勤勤恳恳，没犯过什么错误，也没立过什么功劳，同龄人下海的下海，升迁的升迁，唯独他，一份工作干了近二十年。为此，母亲潘素素没少抱怨，恨自己年轻时那么多人追求，为何就偏偏嫁错郎。母亲是一所大医院的计划生育科护士，每天与未婚先孕、未成年怀孕的女孩子打交道，对女儿有超级变态的精神洁癖。母亲性格强势好面子，不善变通，与父亲可谓五十步笑百步，混了这么多年，也没在护士帽上混出一条杠杠。家里还有姥姥需要赡养，一个月那点死工资，全靠母亲精打细算过日子。可以说，父母的希望都寄托在自己身上，211、985，似乎只有考上这样的大学，才能让整个家解脱。

屋内流淌着某种无形压力，压得冷夏儿喘不上气，让她一刻都不想多待，快速抓起包，顾不上与姥姥道别，逃也似的跑出家门。

跑了很久，冷夏儿才放缓了脚步，漫无目地在树荫下游荡，享受着阳光穿过树叶间隙，带给自己肌肤的些许温暖。

一朵巨大乌云偏偏此时遮住了太阳。

冷夏儿赌气地跑上广场，仰头望着天空。乌云又恶作剧般飘走，闪露出背后烈日，阳光毒辣，刺得女孩泪腺快速分泌，泪水夺眶而出。

冷夏儿努力睁着眼睛，泪眼蒙眬中，周围事物都失去了颜色，女孩在内心呐喊：求你了，让这个世界变白吧。

第一章

自 杀

1

大清早,韩松博早早地起床。第一件事,不再专注自己略有赘肉的小肚腩,而是拉开窗帘看天气。

"天公作美啊——"望着乌云密布的天空,韩松博咧嘴笑了。

当第一滴雨珠打在前风挡玻璃上,韩松博就接到了科室助理小王的电话,电话中的小王,听起来像是打了鸡血。

"老校长决定,执行咱教导处的方案。"

韩松博兴奋地用拳头砸了一下车喇叭,不由得引行人侧目。

为了提高青少年的防范意识,石屿市检察院决定,让未成年人检察科深入校园做宣教演讲。这项举措得到市委、团委的高度重视,既然做,就不能局限在某几个院校,要覆盖全市的中小学,把活动做得有社会影响力。

各路媒体更是闻风而动,跟踪报道。

今天,正是宣教巡讲走进蓝海中学的大日子。

蓝海中学归属于蓝海集团旗下,集团不仅关注学校的教育,更注重声誉。蓝海中学已经荣获两届"中国百强私立中学"荣誉,这是石屿市教育领域首屈一指的荣誉。为了蝉联第三届,市教育局寄予厚望,全校更是铆足了劲。评选前夕,赶上这么一场声势浩大、曝光率极高的活动，办好了会对评选"中国百强私立中学"起到积极的推动作用。

如此大张旗鼓，让韩松博看到了机遇。坐上教导处主任的位子，一晃已经十年，再往上爬一步却难上加难，这对野心勃勃的他，无异于一种煎熬。老校长今年就要退休，几名候选人里面，呼声最高的当数校办主任崔胜利，不仅学历高，还比他年轻，如果变成崔校长，自己将永无出头之日。这次，恐怕是韩松博最后冲刺的机会。

可靠消息，为表示对活动重视，蓝海集团副董事长、学校名誉校长苏雪妮也会莅临现场，她是集团出名的女强人，更是董事长刘复舟的发妻。这是千载难逢的机会，如果能在活动中脱颖而出并被苏董关注到，校长位置，保不准就会向自己偏移……按常理，这种活动应该由校办主持。可韩松博却以学生课程紧、让教育和活动最有效地结合，教务处负有当仁不让的责任等堂而皇之的理由，活生生挤出一杯羹来。

筹备过程中，韩松博处处和校办唱对台戏。以举办地点为例，校办认为这种活动针对学生，最好全员参加，原定在校大操场，等物料准备得八九不离十了，韩松博却在校委会上公开提出质疑：如果那天下雨怎么办？难道把检察院领导和董事长浇成落汤鸡？自古以来，学校都是以学业为重，这种活动，完全可以派学生代表参加。最好的地点，应该是校礼堂。他一句话，几乎让校办之前的工作付诸东流，崔主任气到胃疼，和他争执得脸红脖子粗。

但韩松博的观点，却得到高三班主任的全票认同，高考冲刺阶段，分心配合活动，的确影响学生的备战。深谙中庸之道的老校长谁也不得罪，校办执行原方案不变，韩松博的提案作为备选，至于资金嘛，从原有的预算中划拨出一部分给教务处。

皆大欢喜的面子底下，是两个部门对资源的抢夺，从音响设备到物料摆放，从节目编排到师生动员，几乎无孔不入，不啻一场暗战。

满地鸡毛。

2

车刚进校门，助理小王就小跑过来，一脸献媚："韩主任，按照您事先吩咐，都准备好了。"

韩松博不慌不忙停好车，笑道："那还等什么，准备迎接各位领导吧。"

规划好的停车场，校办人员早已消失不见，只剩下教务处的老师们忙前忙后。韩松博站在礼堂前的台阶上，双手叉腰一副胜利者的模样，还不忘揶揄几句："这个崔胜利啊，什么都好，就是心眼小了点，这点胸襟如何能做一校之长？"

身后给他打着伞的小王连连称是。

过不多久，检察院车辆开进校区，停泊在礼堂前的停车场，几名检察官装束的人员从车里鱼贯而出。为首的是一名身材瘦削的男士。

韩松博急欲走下台阶迎接，小王的一句话就给他定住身形："主任，校门卫汇报，苏董的车已经到校门口了。"

"小王，你去接待下检察院的同志们。一定告知，在演讲前我们特意准备了一段介绍本校的视频，作为'全国百强私立中学'，这点小成绩想与大家分享。"在说到"全国百强"几个字，韩松博特意把音咬得很重。说罢，以后脚跟为轴，身体旋转九十度，快速下台阶，一路小跑朝着校门口而去，很快，又跟着车队跑了回来，车停稳后拉开车门，一米八五的大个子折下腰，就像个侏儒。

礼堂内座无虚席，过道亦被各路媒体的"长枪短炮"占据，舞台上方高悬着红色横幅，写着"检爱同行、共护未来——热烈欢迎市检察院领导一行莅临指导"。

检察官一行刚刚就座，就听见后面掀起一阵骚动。梳着齐耳短发、戴着黑色圆框架眼镜的女检察官回头张望，给人第一印象，这个女孩像漫画里的阿拉蕾，她叫李杏子。只见校保安在前面开路，韩松博在旁陪侍，众星捧月般簇拥着一位中年女士步入会场。校委会的老师们也都起身迎接，女子正是蓝海集团的副董事长、蓝海中学名誉校长苏雪妮。

苏雪妮被指引着来到VIP席正中心的位置，坐下前扭头朝着检察官的方向微微颔首致意。她身材保持得非常好，身着高级定制的西装，妆面淡雅，尖挺的鼻梁上架着副没有框架的眼镜，显得整个人非常有气质。

"好强的气场。"杏子跟身边身材瘦削的男士低语。

贵宾座位的排序，韩松博是藏着心机的。苏雪妮坐在C位，左边是老校长，右边却摆放着自己的名牌，而他的竞争对手、校办主任崔胜利，被他打发到边缘位置。

老校长看破不说破，只是陪着苏雪妮聊了两句家常。韩松博瞅准机会，双手捧上一份流程单，道："雪姨，这是活动的流程目录，请您过目。"

在集团内部，雪姨是大家对她的尊称。苏雪妮并没有接，淡淡说道："今天是检察院同志们的主场，怎么，还安排了别的？"

"雪姨说得是。今年是咱们校参与评选'中国百强私立中学'的第三年，在您的教导下，前两届都获此殊荣，今年再蝉联就是三连冠了，为此全校师生都憋着一股劲。这不，正好借检察院宣教的机会，在媒体面前，好好展示下咱们校的风采。这些活动，事先也征得了检察院同志们的同意。"事先征得，也无非是刚刚委托小王去告知一句。

"想得倒挺久远，既然打过招呼，也就不算越俎代庖了。"

"是是是。"韩松博忙赔着笑。

韩主任的急功近利，让老校长微微摇头，权当没有听到，自顾自端起茶杯，眼观鼻鼻观口，用心吹拂漂在水面上的茶叶。

韩松博道："您时间宝贵，没有别的吩咐，我这就宣布开始了。"

苏雪妮点点头，韩松博急忙招呼小王，巡讲正式开始。

客串司仪的老师手持话筒走上舞台："尊敬的各位来宾、同学们、老师们大家上午好，很荣幸能邀请到市检察院未检科的检察官，来为同学们进行一堂主题为'检爱同行、共护未来'的讲座。首先，我给大家介绍一下到场的嘉宾，蓝海集团副董事长苏雪妮女士。"

掌声中，追光定格在 VIP 座席，苏雪妮站起身，微笑着向四周招手。

李杏子说："师父，你说我到了她那个年纪，也能保持那种气质吗？"

没等身材瘦削的男士回答，舞台上司仪的声音传了过来："市检察院未成年监察科的钟燃检察官。"伴随着司仪声音，追光一下子把他笼罩住，骤亮的光圈把李杏子吓得如兔子般缩了回去。感到安全的她，还朝着光圈坏笑。

钟燃淡定地站起身，向大家招手示意。感到苏雪妮的目光向自己扫来，也微微朝她的方向点头致意。

司仪的声音，顺着礼堂上方的大喇叭，传遍了校园的每一个角落。

机房张老师以百米冲刺的速度，从操场的那头飞奔而来，不慎踩到塑胶跑道上的水洼子，一个趔趄，差点儿把手中的皮包甩了出去。急忙把皮包抱在怀里，扶正眼镜，低头才发现一只皮鞋掉了，也顾不上捡鞋，深一脚浅一脚径直跑进了操场前的校礼堂。

一路狂奔而至，推开机房房门，从皮包里抽出电脑，把数据线插在电脑端口，张老师的手有些哆嗦，插了数次才插进去，急忙开机，在等待开机的过程中，眼睛透过厚如瓶底的镜片，望着礼堂舞台上的进程。

"阿弥陀佛"念了不下一百遍，电脑终于开机完成，火急火燎地打开桌面文件夹，调出一个视频文件，双击打开。电脑屏幕上出现了蓝海中学的宣传片画面，与此同时，透过玻璃窗可以看到，舞台大幕缓缓下落，画面同步投射在白色幕布上。

张老师长长吁出一口气，顾不得擦拭汗水，人就瘫软在靠背椅上。

介绍完最后一名嘉宾，司仪示意把礼堂灯光调暗，话锋一转："在检察官同志开始精彩的演讲前，我们先播放一段本校宣传片，希望各位来宾、屏幕前的观众朋友们，对蓝海中学有更深刻的认知。"

鸟瞰整个校区，标准化的操场、宽敞明亮的教室、伏案苦读的学子、历届中高考的红榜、师生洋溢着幸福的笑脸……伴随宣传片的画面，音乐在礼堂上空回荡。

宣传片拍得考究，苏雪妮脸上露出微笑。一直在旁察言观色的韩松博趁机邀功："这个宣传片，是我亲自盯着剪的，熬了很多个日日夜夜，最初几个版本总觉得不满意，没能最好地诠释咱校的风貌，直到一支电影团队的加入，才最终完成，还有很多不足，请雪姨……"

昏暗的环境，又说得兴起，韩松博没注意到苏雪妮脸色的变化。那丝微笑冻结住了，或许是荧屏蓝光反射在脸上的缘故，精致妆容下，竟隐隐透出铁青色。

韩松博耳膜里响起一个女孩的声音，在诉说着什么，心中顿时不悦：谁这么没有眼色，跟自己汇报也不讲究个场合，没看见雪姨在呢吗？不对劲啊，周围观众都死死盯着屏幕，张着嘴满脸惊恐，这不是我预期的反应。座位底下似乎有一股暗流涌动，呢喃自语的嗡嗡声从地缝里钻出来，犹如白驹过隙，分贝瞬间提升，震耳欲聋地碾压着自己的耳膜，直到耳鸣的老毛病又犯了，他才反应过来，脖子僵硬地转向舞台，吓得好悬没昏死过去。

屏幕上播放的不再是宣传片，而是一位女生的死亡告白。

冷夏儿站在悬崖边，脚下是波涛汹涌的大海，白色衣裙随风乱舞，她就静静地站在那里，犹如一朵白莲花。

"……当看到这段视频的时候，我已经在天上看着你们。相信大多数人不认识我，我是高二（3）班的冷夏儿，蓝海中学一名普通得不能再普通的学生，我的梦想是考上一所中意的大学，开心地生活，仅此而已。我与世无争，却要饱受你们三番五次的侮辱，我宁愿做小透明，为什么还不放过我？我知道自己不够坚强，不敢闭上眼睛，怕噩梦袭来，睡眠早已变成奢侈品，我希望人生是一场白色的梦，希望世界变成白色，抹去一切记忆，从头开始……我想爱这个世界、爱你们，可回馈我的，却都是伤害。我不再有任何留恋了，现实世界让我恐惧，我想我找到了解脱方法，就是从这里跳下去，结束自己的生命，我才真正能拥有属于我自己的洁白无瑕的世界……"

借助一股激劲钟燃挺身而起，大声喊道："不要跳！"

屏幕里的冷夏儿似乎听到了呼喊，露出一丝甜甜的微笑："……我其实特别想知道，我从这里跳下去，会有人想阻止我吗？会有人想我吗？会有人在未来的今天，给我送上一朵小花吗？可我什么都不会知道了。如果有，谢谢你，试图阻止我的人，如果有，谢谢你，在意我的人，也谢谢你们，我的爸妈。今天是我的生日，最后，祝我自己生日快乐，做一只自由的鸟儿飞翔吧，夏儿。"

冷夏儿张开双臂，纵身跃下，她的身影消失在画面里。

稍许的静默，礼堂里的分贝瞬间飙升，尖叫声、号哭声四起。率先从震惊中恢复过来的老师们，手忙脚乱地安抚自己的学生。

画面又切回到了宣传片，却再没有人关注播放了什么，出于职业的敏感，媒体的"长枪短炮"都对准了苏雪妮。

"苏总，您对学校的突发事件有什么想说的吗？"

"接下来您会采取什么措施？"

"会不会对学校进行大的整顿？谁会承担这个事件的责任？"

……

挤不进去的记者，索性拽住离自己最近的学生，抛出连珠炮问题，有的学生被吓哭了，有的奋力挣脱、逃一般跑出礼堂，人们就如同蚂蚁，在热锅上相互践踏。

苏雪妮内心震惊无比，表面却不动声色，在镜头面前表现得相当镇定，真诚说道："作为学校的名誉校长，我对此突发事件深感震惊，也感到万分痛心。当务之急，是找到冷夏儿同学。我代表校委向社会表态，一定会配合有关部门调查清楚，给社会满意的答复，请给我们点时间。"说完就不再回答任何问题，在秘书和保安的保护下，匆匆离开会场，都没顾得上与检察官们打招呼。

"你的宣传片，剪得真用心。"在经过韩松博身边时，苏雪妮好似风轻云淡的一句话，让他如坠阿鼻地狱。

直至苏雪妮身影消失不见，韩松博才慢慢从惊恐中爬出来，顿时觉得胃里一阵翻涌，早晨吃进去的油条像要从嗓子眼里喷射出来，费了好大的气力，才没当众出丑，整个一条喉管被酸水呛得生疼。

"小王，快快快，让机房别再播了……"韩松博一脸哭相。

老校长已经站到舞台上，从司仪手中接过话筒，语调缓慢且有力："各位来宾、媒体朋友们，很抱歉让你们有了个糟糕无比的上午。我是校长，这起突发事件，正如苏校长所说，学校一定会积极配合相关部门的调查，让事件水落石出，给所有关心我们的家长、社会各界满意的交代。在此之前，我恳请媒体朋友务必客观报道，因为在我们眼前，是一群惊慌无助的孩子，我希望我们共同来保护他们，谢谢。"浑厚且有力量的声音，如一支镇静剂，让聒噪的会场渐渐平静下来。

钟燃命人向上级汇报突发事件，发动随行检察官们安抚学生们的情绪，并联络心理疏导部门迅速支援。安排妥当后，他一个箭步跳上舞台:"事件特殊,接下来的宣教演讲暂时取消,我们需要调取封存所有视频资料,还有播放视频的电脑,提交公安机关。"

"理应如此。"老校长向韩松博招手唤他过来,严厉训斥道:"韩主任,赶紧配合检察院的同志,去机房调取所有他们需要的证据。"

"是、是,老校长,我一定办到。"此刻的韩松博,精气神都被抽离了身体,哪敢有半分忤逆老校长之意。

检察官一行人从礼堂出来,每个人脸色肃然,匆匆赶往停车场。

等钟燃靠在驾驶室座椅靠背上,神情竟有些疲惫,好久才自言自语道:"我想……我知道小女孩跳崖的位置。"

副驾驶座上的杏子闻言,惊异地望着他。

"如果没认错的话,我弟弟钟意,就是从那块山崖跳下去的。"

第二章

抢　劫

1

半个月前。

车驶进石屿市时,已经傍晚时分。

聚餐位置早已发到手机上,屏幕蹦出"老地方大酒楼"几个字时,钟燃不禁会心一笑,这是中学时代同学们打牙祭的不二选择,别看店名中有"大"字,菜品价格却低廉得很,给的分量还足,对于处于生长发育期的半大小子们,无疑最具吸引力。

没想到接风宴就定在这家承载着满满回忆的酒楼。看了下表,十八点四十,高速上耽搁些时间,回家是来不及了,先给母亲拨电话报平安,告诉她不用刻意等,自己有家门钥匙。手机就剩一格电,钟燃干脆把导航关了,凭着记忆开过去。

又过了两条街,河对面就是目的地,要不是霓虹灯上的文字,他怎么也不敢相信,眼前的"老地方"早已不是记忆中的模样,在原址上,三层楼建筑拔地而起,外立面雕梁画栋,在灯光的点缀下尽显豪华。

与此同时,他发现自己走错路了。

城市高速发展,河岸两侧被规划成步行街,为了缓解交通,此刻脚下的马路变成单行线,到对面还得兜个大圈子。很长时间没回家乡，一切都在变，钟燃无奈笑了笑，索性把车停靠在路边，从步行桥走过去，他不习惯迟到。

夜幕降临，河岸夜市也热闹起来，摊主陆续出摊，手脚麻利的早已准备妥当，对每一位在摊前驻足的游客，卖力地推销自己的商品，为了块儿八毛讨价还价，忙得不亦乐乎。人声鼎沸，空气中弥漫着油炸、香料、劣质香水的混合气息，比起街边一排排装修精致的店面，这里更有生活的烟火气。

桥头大樟树下，一位老奶奶佝偻着身子，从小推车上吃力地搬塑料桌椅，远处跑来一名少年，书包顾不得放下，就帮老人往下卸东西，嘴里还不停抱怨："奶奶，今天刘婶没出摊啊。"

老人望了眼摊位旁空着的一块地方，回道："你刘婶身体不舒服，没出。"

"那你在家休息几天不好吗。"

"几天？一天也闲不住，奶奶身体硬朗着呢，你小崽子莫要担心。这是放学了？"

"都几点了，我从棋院赶过来的。"在少年帮助下，摊档很快就收拾妥当，老人系上围裙："吃饭了没？要不要给你炒个饭？"

"吃，要吃海虾的。"

"奶奶给你多放几只。"奶奶美滋滋去生火热锅，少年从推车上卸下一个招牌，立在摊位前。招牌上写着：奶奶海鲜炒饭。下面还写着一行字：来本摊位消费者，提供免费 Wi-Fi，网速之快，超乎你的想象。Wi-Fi 下还用横线描粗。招牌上面做广告似的，绑着一个大号路由器。

桥头这地段还能上 Wi-Fi？路过的钟燃不禁多看了少年一眼，少年个头不高，留着短寸，皮肤黝黑，面部棱角分明，单眼皮，眼眸深邃，鼻子高挺，薄薄的嘴唇，嘴角不经意上扬，五官看似普通，凑在一起却散发出独特魅力，让人印象深刻。

这少年挺有主见的。也仅仅是内心闪念，钟燃并没停留，径直朝着"老地方大酒楼"走去。

推开包厢的门，钟燃差点被喷薄而出的热浪掀翻，不知道谁喊了一嗓子："班长回来了！"人们一拥而上，握手的握手，拥抱的拥抱，脸上还被亲了一口，钟燃带着半边脸的黏腻坐在椅子上，也不好意思伸手擦拭。心绪稍定，才看清楚毕业后留在石屿市的老同学几乎都来了。在"大家把酒杯都举起来，热烈欢迎钟大检察官回乡莅临指导"的开场白后，酒席正式开始。

酒酣耳热，做生意的老郑举着酒杯来到钟燃面前，满脸堆笑："咱们班啊，就数班长前途不可限量。以后去省城还得靠班长多提携啦，这杯酒敬你，先干为敬。"说完就要举杯喝，被钟燃用手按住。

"先别忙着喝。"钟燃笑着说。

酒桌上厮杀惯了的老郑一愣，马上会意，直接拿过一个分酒器："直接对嘴喝，绝对诚意满满。"

"误会了，误会了。"钟燃连连摆手，"我从省院调回到咱家乡的检察院，这次回来就不走了。"

"犯错误了？"借着三分酒意，老郑的话脱口而出，活跃的酒桌气氛也瞬间有些凝固，大家都闭住嘴放下箸，望着钟燃。

"那倒没有，市院新成立未检科，我毛遂自荐回来的。"

"啥？"

"就是针对未成年人犯罪的检察部门。"

啊、哐、哎、嗨、嘿……一瞬间，酒桌上迸发出自人类有语言以来几乎所有的拟声词。虽然没有人说话，但从面部表情来看，想法出奇地一致：省院混好了都有可能调到中央，你却主动调回到这个海边小城，莫非吃错药了？

做律师的叶安稳急忙起身圆场："支援家乡建设那是响应国家号

召,班长回归,给咱们地方检察系统注入最优质的血液,来来来,大家共同举杯,为了班长的觉悟。"

叶安稳年纪不大就有些谢顶,戴着高度数的眼镜,脸色是那种日照不充足的惨白色,穿着有些起皱的西服,一副油腻大叔的模样。

众人掩饰着尴尬,急忙站起,举杯。老郑偷偷放下分酒器,换成之前的小酒杯,迎合道:"对对对,大家一起再敬班长。"

玻璃的碰撞声再次响起,很快,短暂尴尬就被热络气氛冲淡。

酒喝得多了有些微醺,钟燃走出包厢透气,顺便抽支烟。站在酒楼门口,望着灯火阑珊的城市,狠狠地吸了一口。烟雾刚从嘴里喷出,叶安稳大脑袋就凑了过来,全喷在他脸上,弄得钟燃很不好意思:"大头,你怎么还跟过去一样,冷不丁就钻出来。"

大头是叶安稳在中学时期的外号。他丝毫不介意,讨过支烟点上,向夜空吐了两个烟圈,笑道:"三岁看小,七岁看老,我就这不识趣的性格,哪不需要我,我就在哪里冒出来,改不了啦。"

自我解嘲的功底依旧深厚,钟燃一笑:"几年没回来,连'老地方'都变了,那时候的三四张桌子,变成现在的三四层楼。"

"那也没你变化大。"高中时两人同桌,私交不错,叶安稳干脆开门见山,"我其实也不明白,你是咱们班最有追求的人,考上中央政法大学,毕业了又在省院工作,你知道有多少人羡慕你吗?这可倒好,一下子回到解放前了,莫非遇到啥事了?我能力有限,但凡能帮上忙的,尽管说。"

"这话我可记住了。"钟燃轻轻给了叶安稳胸口一拳,也不隐瞒,"去年老爸被检查出癌症,老妈年纪大了,照顾起来很吃力,正好市院有这么个空缺,我就申请调回来,守着老两口内心踏实。"

"孝子!"叶安稳竖起大拇指,又看出钟燃内心有些不甘,脱口而出,"唉,可惜了,要是小意还在就好了……"突然意识到说错话,

第二章 抢劫 ·017·

急忙住嘴。

提及弟弟钟意，钟燃心脏像是被针猛地戳中，脸部控制不住地抽搐一下，弟弟是一家人永远的痛，十年过去了，对其的思念早已沉入心底，不敢碰触。借助昏暗的灯光，调整下自己的情绪，用平和的语气道："可惜什么，都是未检科，在哪里都是工作。"

"对对对。"叶安稳急忙应和。

钟燃有意识地把话题转移到叶安稳身上："大头，刚才我就注意到了，你这腿是怎么了？"

"都过去好几年了，每当回忆起还心有余悸……"叶安稳贪婪地把香烟抽到了烟屁股，才依依不舍地扔在脚下。钟燃会意，又递给他一支。

"当年我接了个案子，我是法援律师，为保证给原告带来最大利益，我下足了功夫，审判结果超出预期，案子在业界也算小有名气。谁承想，当天晚上就被打折了腿。"叶安稳嘴叼着烟，卷起裤腿给钟燃看他的伤口，如一条蜈蚣环绕吸附在左小腿上，"差一点儿就接不回来了。我花光了所有积蓄，欠下一屁股债。"

"抓住凶手了没？"触目惊心的伤口刺激到钟燃，他不禁有些气愤。

"抓是抓住了，也是一年以后的事，呵呵，就是单纯抢劫。经此磨砺，我算是学明白了，荣誉获得多少都是虚的，只有钱才是实打实的。"

钟燃不敢苟同，但叶安稳的遭遇也非常人所能经历的，不能用客观说教的方式去说服他，最好的方式就是不说。

这时，旁边传来少年的声音："王哥，你们密码换得够勤的，快帮我问问，新密码是多少？"

循声望去，是海鲜炒饭的那名少年，手里拿着一瓶可乐。被问的保安快步走进酒楼，很快又出来，把手中的字条塞给少年。少年笑嘻嘻嘻接过，可乐抛给保安："喝完了还有，管够。"

少年转身回摊档时，眼神与钟燃有个短暂交汇，少年嘴角似乎微微上扬了下。脑筋还挺活络——是钟燃给少年贴上的又一个标签。

叶安稳又黏上来，声音有些谄媚："说实话，你能回到市院，我可是找到主心骨了。"

"为何？"

"省院离咱们这十万八千里，你在那，有点啥事也不好运作……"叶安稳脸上泛着油光，从怀里掏出张名片递了过来，这才是他今晚来赴宴的真实目的，"鄙人开了家律所，以后你经手的案子，嫌疑人要是找律师，帮我想着点。"

名片上印着"安稳律师事务所"，地址在鱼嘴岘。钟燃半开玩笑道："还是冠名的律所。怎么，这就打起公诉人主意了？"

"哪敢哪敢，得空去我那喝茶。走，咱们上楼接着喝。"

2

酒局散场已经临近夜里十一点，天空飘起小雨，大家说着再聚首作鸟兽散。打电话叫了代驾，钟燃沿着原路往回走。

夜市早早就失去喧嚣，变得冷清起来。大樟树下的"奶奶海鲜炒饭"还没收摊，支起防雨棚，亮着节能灯，炊烟后面那具佝偻的身影，正在为三三两两下夜班的食客忙碌着。

"一定抽空来照顾下老人家的生意。"路过时，钟燃这么想。

雨棚一角，少年坐在塑料椅上，目不斜视盯着对面小街里的石屿HERO网吧，校服裤脚扎进长袜里，神色中竟有股莫名的亢奋。等的人终于出现。蒋钊脚步虚浮地走出来，伸了个大大的懒腰，就一头扎进细雨中。

"奶奶我回学校了。"少年起身跟奶奶道声别，把帽衫帽子兜在头上，尾随蒋钊而去。

海边天气说变就变，刚才还是绵绵细雨，转瞬大雨就倾盆而下，豆大雨滴击打在地面上，蒋钊瞬间被淋成落汤鸡。嘴里咒骂着，看到前面有一个商铺的房檐可以避雨，急忙跑了过去，靠在卷帘门上，气还没喘匀，电话就不合时宜地响起。从兜里掏出手机，手机的保护壳是一个霸天虎的标识。来电是陌生号码，没多想就贴到耳边："喂——"

眼前黑影晃动，没等看清来人，鼻梁上就重重挨了一拳。

"哎哟——"蒋钊疼得叫出声，紧接着肚子上又挨了一脚，力量之大，把蒋钊整个人都踢进大雨中，豆大雨珠不友善地洗刷着双瞳、涌进鼻孔，顺着鼻孔直刺鼻窦深处，难以形容的辛辣刺激着脑神经，大脑一片空明，眼泪却不争气地流出来，与雨水口水交杂。丧失抵抗能力的蒋钊，唯有双手抱头，哀号着请求放过自己。

袭击者直到打累了才停下手，足球鞋硬钉踩在攥手机的手背上，蒋钊吃疼，刚松开手指，手机就被一把夺走。

"再敢欺负女孩子，小心要你命。"

后背陡然轻松，蒋钊努力睁开眼睛，试图看清袭击者的相貌，人却已转身离开，消失在小街拐角处。

"抢劫了——"这声嘶喊，就像高压锅排气阀，沙哑又尖锐。

刹车声骤然响起，一辆汽车停在街口，代驾师傅有些不高兴："先生，这可是路口，有监控的。你冷不丁让我踩刹车，不仅要扣你的分，平台更要扣我信誉分的。"

副驾驶座上的钟燃说声抱歉，摇下车窗，正巧与从小街走出来的袭击者打个照面，袭击者手急忙插进兜里，低头疾步而行。这不是海鲜排档的少年吗，怎么在这？没容钟燃思考，不远处的蒋钊就嘶喊出了答案。

少年"嘿"了一声，拔腿就跑。

原来是贼——钟燃内心咒骂一句，扭头盼咐代驾师傅："师傅辛苦，你去把受害者扶到我车上来。我去抓人。"

一听这话，代驾师傅急眼了："你谁啊，你走了，这车我开哪去？"

"我是检察官，帮我抓坏人，我保证你成为平台的优秀代驾。"等不及回话，钟燃拉开车门跳下车，朝着少年逃跑方向追去。雨滴砸在身上，被体内散发出的热气蒸发，环绕着身体形成了一层薄薄雾气。酒精很快就挥发殆尽，奔跑的速度也越来越快，很快就追赶上了少年。

再往前是个小海湾，一座跨海桥横亘其上，少年脚步毫不停顿地跑上大桥。钟燃紧随其后。

"站住，你跑不掉的！"

声音就在身后几步的位置，少年心知不妙，急忙变向，朝着车道与人行道的隔离护栏奔去。没等腿跨上隔离栏，钟燃就赶到了，从身后一把抱住少年，惯性之大，隔离护栏都承受不住两人重量，被撞倒一片。两个人在地上翻滚扭打，蒋钊手机从口袋滑出，落在地上。

很快少年就处于下风，情急之下，张开嘴朝着钟燃手背狠狠咬了下去。钻心疼痛让他松开手，少年借机翻起身，去捡掉落的手机。

钟燃被少年的野性激怒，顾不得手背伤势，一个擒拿，把少年手臂拧住，顺势按倒在地，反剪双手并用膝盖顶住其后背。

少年双腿乱蹬，一只脚无意中踢中手机，手机顺着护栏和桥面的间隙掉进大海。

"哎哟——"钟燃和少年同时出声，少年狠狠瞪了他一眼，不再抵抗，死鱼般被钟燃从地上薅起来。

很快，少年又被按着脑袋扔进后座，后座另一边，坐着鼻青脸肿的蒋钊。钟燃坐进副驾驶室，跟代驾师傅说了句："去最近的派出所。"

车辆再次发动，雨刷器被开到最大。

查看伤势，清晰的牙印，有两处还被咬破渗出血渍。"你小子属狗的？"钟燃愤愤不平，挺直身体，从后视镜审视后座的少年。少年似乎感觉到威胁，倔强地仰起下巴，毫不示弱。

兜帽遮挡不住少年的面庞，本来注意力都在鼻子上的蒋钊，用不敢相信的目光望着袭击者——

"卧槽鹿晓阳，怎么是你！"

3

在卫生防疫站处理完伤口，打了针破伤风，已经午夜时分了。

刚回来就闹了这么一出，自己想着都好笑。出了防疫站，钟燃急匆匆赶回派出所，按照程序做完笔录，就可以回家了。刚走到派出所门口，就看见一个中年男人从出租车上下来，等不及找零就急匆匆跑进去，身影有些熟悉，一时间想不起来是谁。

与此同时，在警务大厅，蒋钊正在跟一名警官解释："我和晓阳是同学，还是一个年级的，平时就爱闹着玩，警察叔叔，闹着玩不犯法吧？"

"闹着玩不犯法，闹大了就不好说了。"

"我们肯定闹不大，是不是，晓阳？"蒋钊鼻孔堵着一团卫生纸，看着有些狼狈。鹿晓阳坐得离他不远，抱着肩膀并没有回应。蒋钊无奈，自己找台阶下："他就是那性格，装酷，不爱讲话。"

男警官瞥了他一眼，揶揄道："你鼻子不疼了？"

提及鼻子，蒋钊下意识吸溜了一下，牵动伤处，疼得眼泪都下来了，旁边一名女警察被逗得"扑哧"笑出声来。

"疼。"蒋钊哭丧着脸。

"你不想做伤情鉴定吗？根据结果，我们可以判断他对你的侵害程度,是违法还是犯罪。"男警官说到后面,语气已经很严肃了。

"不必了吧……"

"你俩挺有意思,打人的不说话,被打的反而给对方开脱。"男警官问旁边的女警:"这都几点了,他俩监护人怎么还没来?"

"来了,来了。"中年男人跑进来,急忙自我介绍,"警官同志,我是蓝海中学的教导主任韩松博,他俩都是我校学生。"

韩主任半夜接到校保卫科的电话,说是辖区派出所把两名学生抓了,要求校方通知双方监护人到场。此事非同小可,一下子困意全无,胡乱洗把脸就赶过来。

"鹿晓阳同学的父母都在海上钻井平台工作,为了祖国建设长期在外,家里就留奶奶监护。这么晚了唤老人家来派出所,吓出个好歹来恐怕不合适。咱们校嘛,注重人性化教育和管理,学生打架斗殴,我们学校也是责无旁贷的,这样,我暂且代表他的家长,真有什么解决不了的问题,再请监护人来所里……"韩主任赔着笑脸。

"那这位呢?"

"打了好几个电话,没人接……"

蒋钊接过话茬:"主任您甭打了,我爸叫不醒。他开出租白天辛苦一天,就靠晚上喝顿小酒放松,只要睡着天塌下来都不管。主任能代表鹿晓阳家长,顺便把我家长也代表了吧。"

男警官摇摇头,有些哭笑不得。

韩主任见警官没有表现出强烈反对,顺势追问道:"警官同志,我有些不了解情况,我的学生是因为什么进来的?"

男警官沉着脸道:"抢劫,还伤人。"

鹿晓阳听不下去了,噌地站起身:"我什么时候抢劫伤人了?"

蒋钊随声附和:"我俩闹着玩,不能算吧?"

男警官朝着所长办公室一努嘴,正巧钟燃做完笔录,齐所长送他出门,两人一路谈笑风生。

男警官道:"抓你的人是检察官。看见他手上缠的纱布没,你小子下嘴够狠,再使点劲,手掌都能咬透了,这总得算吧?"

鹿晓阳表情委屈无比:"不能。全国人民都知道,警察抓坏人要说的台词是'不许动,我是警察,再跑我就开枪了',他什么都不说,就让我停下来,我有奔跑的权利,凭什么听他的?"

女警官再次被逗笑了。鹿晓阳求援似的对女警道:"警官姐姐,你给评评理,我说得难道不对吗?"

"检察官不是警察,那句台词,是警察叔叔抓坏人时才说的。"

鹿晓阳迅速抓住女警官的小话柄:"谢谢警察姐姐说我不是坏人。"

女警官瞥了眼韩松博:"学校教育抓得不错啊。"

"是是是,是我们的工作疏忽,回去再狠抓思想工作。"

鹿晓阳可不管那套,继续强词夺理:"他是个成年人,胳膊比我大腿都粗,一下子勒在我胸口上,根本喘不上来气,求生本能才咬的他,这属于正当防卫。"

"嘿,你还正当防卫?要不是你抢手机,会追你?"

"警察叔叔,他没抢我手机啊。"又轮到蒋钊出场了。

"没抢?"

男警官让人把钟燃和代驾师傅的笔录取过来,手指在文字上面敲了敲:"受害人同学,你看看,两个人都证实,你当时呼喊抢劫。"

鹿晓阳伸长脖子,看笔录上的名字,"钟燃"两个字映入眼帘,不禁心思一动,透过窗户看着站在院内说话的钟燃。

蒋钊恨恨地瞪了鹿晓阳一眼,说出来的话却处处维护他:"我明白问题出在哪了。我手机里面有款手游,英雄级别特别高,晓阳想借来玩。本来约好在网吧,我看下雨了就想着赶回学校,突然被人从身后拍了一下,吓得我摔倒在地,本能就喊出抢劫了,谁知道是他。"

"说好在网吧等我却放鸽子,能不吓唬你一下?对不起了警察叔叔，浪费你们宝贵时间了。"鹿晓阳戏精上身，给男警官鞠了一躬。

蒋钊也学鹿晓阳的样子："警察叔叔，是我给你们造成了困扰，对不起。"两人一唱一和，虽然说词漏洞百出，不经推敲，但也让男警官很无奈。

韩主任听明白了，适时插话进来："警察同志，看来确实是场误会。当然，即便打闹，鹿晓阳同学下手也过重，我代表校教导处、学生家长在这里表个态，一定对他进行严肃的批评教育，杜绝此类事件再次发生。您看，都快凌晨两点了，明天还有繁重的教学任务，如果没有别的事，我就带同学们先回去？"

当事人主动和解，又没有抢劫的物证，立不了案。男警官不再深究："念在是初犯，性质也不严重，校方能出面教育那是最好，回学校好好上课去，再有下次，一定从严处理。"

"谢谢警察叔叔。"鹿晓阳和蒋钊再次鞠躬，在询问笔录上签完字，韩松博领着两人走出派出所。

趁打车间隙，鹿晓阳扭头来找钟燃，微微扬起下巴，一副挑衅的模样："你叫钟燃，还是检察官？"

钟燃一愣："你认识我？"

"谈不上认识。早知道是检察官大叔，我肯定不会咬你手的，或许会换一种方法。"说着话还用眼神瞄下三路，明显不怀好意。大多数人被带进派出所审讯，不被吓尿了裤子，也噤若寒蝉，生怕说错一个字，哪像眼前这位少年，毫不怯场。

钟燃兴趣大增："你是哪个学校的？"

"公民有配合检察、公安机关办案的义务，在我回答问题前，想问下大叔，您要办哪一桩案件？和我有关，还是和他？"鹿晓阳指了指门口的蒋钊，"我俩的事，里面已经结案了，不予追究。如果您要办的案子和我俩没关系，我有拒绝回答您的权利。"

突如其来的一套说辞，竟然把钟燃说愣住了，停滞五秒钟后才道:"既然这样,这位公民,我收回我的问题。"

"检察官同志,万分抱歉,学校愿意全额赔偿您的医药费用,我是蓝海中学的教导主任……"韩松博凑上来和稀泥。

"韩松博老师。"

"您是?"

"我是钟意的哥哥,钟燃。"

"哎哟哟,恕我眼拙,都没认出来,钟检真是一表人才。唉,钟意那孩子,我一直很想他。"韩主任表现出一副惋惜的模样。坐上教导主任位子前,他曾经是钟意的班主任。

"感谢韩老师牵挂,医药费用就不必了。"

"该学校承担的必须承担,改日亲手送到府上。"门口的蒋钊打上出租车,向里面招手示意。

"钟意的哥哥,我们以后还会再见面的。"鹿晓阳目光闪烁,扔下句模棱两可的话,钻进出租车扬长而去。

"我们还会再见面的……"少年所言,像是一句气话。可不知道为什么,直到红色尾灯消失在浓浓黑夜中,钟燃还在咂摸字里行间的味道。

第三章

世界变白了

1

人生就像一条单向快车道,被裹挟着全速奔跑,当你试图停下脚步去回顾过往的时候,才意识到,自己已经跑出了很远。

钟燃站在弟弟相框前,尤为感慨。

钥匙插进锁孔,轻轻推开房门,微弱的声响母亲就已醒转,她在沙发上和衣而卧,等着儿子回家。母亲张罗着要下厨房给他做醒酒汤。钟燃急忙安抚住,亲吻她的额头,哄着回屋睡觉后,才回到自己的房间。

上下铺的床、学习桌、墙上的海报……房间内所有物品都被母亲保留在原来位置,下铺的枕头、被子叠得整整齐齐,能闻到淡淡的晾晒味道。墙上挂着一幅照片,钟燃搂着弟弟钟意,开心地笑着。

躺在下铺,整个人松懈下来,钟燃眼睛空洞地望着上方床板,弟弟在的时候,那里总传来"咯吱咯吱"的声音,他也总会从上铺探出头,检查自己睡没睡着,好偷偷猫在被窝里玩游戏,每当这个时候,自己都会骗他,然后捉个现行。要是再探出一次头来,喊一次哥哥,该有多好……

思维逐渐变得空明,身体如氢气球,挣脱地球引力,离开了床板,盘旋上升、上升,直到周围的世界都变白了。

眼睛被烈日灼烧得生疼，好不容易才从白晕中缓过神，青草、碎石、羊肠小径……周围的事物变得真实可见，肺像是要炸开一般，潮热的空气在肺泡里发酵膨胀。继续奔跑吧，可灌了铅般的双腿，几乎丧失了这个功能。无论如何也不能停下，只有这样，才能追上钟意。

熟悉的身影就在前方，一袭白衣，钟意轻盈地跳上礁石，像一只白兔。

"弟弟，不要跳，回来——"一只大手牢牢掐住声带，任凭自己撕裂喉咙，也发不出一丝声音。钟意回头发现了自己，微笑着露出一口洁白的牙齿。

"永别了，哥哥。"钟意走到巨石边缘，如耶稣背负着十字架，双臂水平张开，毫不犹豫跳入波涛汹涌的大海。钟燃扑向弟弟，眼看就要抓住他的脚踝，自己却被从天而降的恶魔紧紧抱住。

"你放开我，我要救弟弟。"

恶魔狞笑着，翅膀张合间，变成一支魔凿，"嗖"地扎进他的太阳穴，神经针扎般疼痛……

钟燃猛地坐起身，胸前背心已被冷汗浸透。用手使劲揉着太阳穴，才稍稍舒缓些，好几年不犯这个毛病了，没想到回家第一天头又疼起来，看了眼闹钟，睡眠不到三个小时。隔壁父母睡得香甜，传来轻微的鼾声。又静静躺了会儿，困意已无，干脆起床换上一身跑步的行头。晨跑是坚持了快十年的运动，今天也不例外。

父母居住的社区位于城市边缘，紧邻滨海大道，是闹中取静的位置。东方泛出鱼肚白，灰蓝色的海水被罩上了一层薄薄的金色。钟燃跑出小区，沿着海岸线匀速跑着。大约跑出两公里后，拐进了海崖公园。顾名思义，公园里面不再是碧海沙滩，地势逐渐升高，在公园尽头，山崖与海平面的落差达到二十几米，涨潮时海浪拍打着巨石，浪花飞溅，隐隐有风雷之声。

一直跑到公园中央小广场，钟燃才停下脚步，计步器显示为二点五公里。来回五公里，达标了，不用跑到终点……绕着喷泉水池转了两圈，自我安慰着。做什么事情都讲究始终的他，不到达终点是反常的，可他克服不了自己内心的恐惧，即使用了十年时间来淡化，依然无法释怀。

再往前不远处的山崖尽头，就是弟弟跳海自杀的地方。

自己为何会跑到这里？惯性使然吧。钟燃苦笑着摇摇头，从腰包里抽出一瓶水，信步来到台阶前坐下。补充水分并眺望太阳从大海中升起，是他曾经每天跑步至此必然的流程。仰起脖一口气把玻璃瓶里的水喝干。透过瓶壁的折射，发现不远处的岩石边，站着一个人。天生的警觉让他霍地起身，径直走过去。果不其然，岩石边有一个穿着校服的女生，她的脚，距离岩石边缘已经非常近了。

"嗨，同学，你往里面站一点，那里太危险了。"钟燃急忙出声示警。

女生闻声回头，正是冷夏儿。此刻才发现危险，如触电般"嗖"地跳回来。

钟燃笑笑，转身准备往回走，却被身后的冷夏儿叫住："叔叔，我手机没电了，可以问下您几点了吗？"

钟燃看了下表，告诉了女孩时间。

"哎呀，糟了糟了，要迟到了。"冷夏儿惊呼一声，急忙挎起书包就往公园门口跑，书包上挂着一个泰迪熊的毛绒玩具。钟燃感到一股潮气拂面而过，女生身上的露水很重。

2

市内有座山，因形状像一头伺机而动的狮子，而得名狮子山。山顶平坦，凭栏远眺，是市民观赏全市美景最好的去处。山的南麓有一座五层楼建筑，银灰色的外立面，要不是楼顶高悬的国徽和门口挂着的牌子，朴素到让人认不出是市检察院。

在主楼后身，顺着长长的林荫道，还有一座二层小楼，钟燃把车停在树下，进入小楼，穿过长长的走廊，顺着指示牌来到未检科门前。没等他敲门，就听见身后一个女声响起："您是钟检吧？"

钟燃回头，拐角处站着的正是李杏子，怀中抱着一摞文件。

"我是钟燃，请问您是？"

"我叫李杏子，是刚毕业分配来的，您就叫我杏子好啦，以后请多多关照。"说着还朝钟燃鞠了一躬。装扮和说话的方式，十足的日韩风。

钟燃急忙回礼。杏子很有眼色地快走两步，抢先把门给钟燃打开："钟检，请进。"

"谢谢。"没等他迈步，一股浓烈的烟雾扑面而来，以为失火的钟燃好悬没破开消防柜取里面的灭火器，屋内传出沙哑的嗓音："要进就进，别在门口磨叽。"

"我刚来时，也是和您一样的反应。"杏子很善解人意，适时给他台阶下。

屋内有股浓重的烟草味，中间摆放一张长条形的会议桌，左边有几张办公桌，跨过会议桌，对面角落里，只有一张桌子，烟雾就从那个地方源源不断地冒出来。说话的人已经站起身，从办公桌后面绕出来，把香烟叼在嘴上，朝钟燃伸出手："小钟，对你是久等啊。"

"廖科长好。"钟燃急忙伸手和廖科长握在一起，对方的手很大、干枯但有力量。

"别整天官衔挂嘴边，听着生分。院里人都叫我老烟，你也这么叫吧。来一根不？"岁月的痕迹如刀子般雕刻在老烟脸上，尤其是笑起来，满脸褶子堆在一起，他个子很高，又有些驼背，像一个行走的千年树精。

"谢谢,我……上班时不吸烟。"钟燃不易察觉地向后退了一步,老烟嘴里喷出的烟臭味让他很不舒服,环视云雾缭绕的办公环境,心中多少有点别扭。

"来咱们科,是不是越走越偏僻,心里有种不被待见的感觉?"老烟直接戳破。

没等钟燃回答,身后的李杏子拼命点头。

"这可是我专门打报告才申请下来的宝地。为啥?因为就这间屋子没有装烟雾感应器。谁不知道老烟是一根火,从早上点着后,烟对烟、不断火。想让我管理新部门,不给点甜头谁来啊,嘿嘿嘿。"老烟在检察官岗位上兢兢业业一辈子,临近退休,组织上利用他丰富经验,让他带新部门走上正轨,自然在某些方面要开绿灯。这个理由,情理之中又在意料之外。

老烟眯缝着眼睛,似乎看透了他,笑道:"我看过你的推荐信,对未检工作有独到见解,是连续被评为年度先进的人才,从省城调回我这,有没有屈才的感觉?"

心事被看透,钟燃不禁脸一红,急忙解释:"听从分配,回来家乡工作也是我的本分。"

"听话未必就干得好喔。"这句话从老烟嘴里冒出来,穿过烟圈,又随着烟雾飘散。没等钟燃捕捉到这句话的意思,老烟率先拉把椅子坐下:"既然人齐了,咱们开第一次例会吧。"

就我们三人?钟燃和杏子对视一眼,相同的心思。

"以后还会有力量补充,目前就咱们仨。别磨叽,都坐下。"

两人急忙坐下。

"今天,我们科室就算正式成立了,以后凡是涉及未成年人的案件,由我们科专门负责审办。最高检发布的2014—2019年《未成年人检察工作白皮书》,都已经看过了吧,有没有什么问题想问?"别看老烟一副老烟鬼模样,说话却毫不拖泥带水,直接抛出问题。

杏子率先举手发言："白皮书我已经读了不下五遍，为实现涉罪未成年人、未成年受害人的双重保护，未成年人刑事执行、民事、行政、公益诉讼检察业务都由未检部门统一工作，这么大的工作量，真的很有挑战。"

"三个臭皮匠——顶个诸葛亮，小钟从省院来，给分享下工作经验。"

"经验不敢说，专门针对未成年人保护，省院倒是开展得早一步，把教育矫治作为未检检察官的一项职能重点纳入进来。法制进校园，面对面与少年们沟通，教他们如何正确看待犯罪，从源头防范潜在犯罪发生。我认为白皮书的意义，是对近些年各级院努力健全完善未成年人检察机制的经验，进行了很好的归纳总结，形成'捕诉监防教'五位一体的新模式。像重庆的'莎姐'，福建的'刺桐花'，四川的'亮晶晶'，都是优秀的未成年人检察团队的典范。"

老烟点点头："一站式办案机制，确实提高了工作效率。会工作的团队，更懂得抓源头、教育先行，孩子们理解并接纳，才是最重要的。"

"我愿意跟孩子们打成一片。"杏子关注的点，未免显得有些孩子气，"我们是不是也要先起一个闪亮的名字？"

老烟和钟燃相视而笑，童真未泯的杏子检察官，没准真的会受少年们欢迎。钟燃透过窗户，望着小楼外的参天大树，灵感乍现。

"要不，我们叫'树先生'吧。"

"这个寓意好。"老烟率先表态，同时又不忘补充一句，"等做出点成绩来，再亮名号。"

老烟起身从办公桌拿起一沓文件，用被烟熏得焦黄、卤鸡爪般的手指推给两人。钟燃拿在手中。这是一份红头文件，大致内容是为提高青少年防范意识，院里研究决定，由未检科牵头，深入全市的中小学开展宣教演讲活动，这项举措得到市委、团委的高度重视云云。

"就从'教'入手，开展我们的工作。时间紧迫，你们俩成立个小组，小钟是组长，届时，院里也会调配人员配合我们。"老烟发话，并抬眼皮望着跃跃欲试的杏子，"杏子初出茅庐没有经验，你做师父多带带她，就把这次宣教活动，当作磨合吧。"

没容钟燃反应过来，杏子就把文件捧在怀里，"师父、师父"地叫着，把生米煮成熟饭。

3

蓝海中学坐落于小城城区的中心位置，由石屿市最大商业集团蓝海实业投资兴建，作为一所私立学校，师资力量在省内都名列前茅，升学率连续几年排名第一，能上蓝海中学，意味着半只脚已经跨进了大学校门，这对小城的学生家长有莫大吸引力。每年招收的生源很杂，不仅来自全市，还有周边县市，因此，蓝海中学还是一所寄宿制学校，有着严格的考勤制度。

冷夏儿气喘吁吁地穿过高大气派的校门，跑进宽敞明亮的教学楼，在班级门前却遇到了等候她多时的教导主任韩松博。顺理成章，冷夏儿跟在韩主任屁股后面，先进了教导处。

"冷夏儿同学，昨晚你没有在寝室，去哪里了？家中有事？"冷夏儿一夜未归，负责管理寝室的老师清早就向教导处汇报了情况，按照学校规定，本市的学生周末可以回家，今天是周三，冷夏儿并没有请假，违反了寝室管理规定。

冷夏儿摇了摇头，没有作声。

"没事就好。家长把你们托付给学校，是对学校的信任，责任重大，万一出点什么事情，学校该如何向家长交代？"韩主任语重心长。

"对不起韩主任，是我错了。学校会给我什么处分吗？"

"按照校规，夜不归宿是要记过的。"韩主任顿了顿，观察了下冷夏儿的表情，切换了一种口吻，"不过我是讲人情的，念你是初犯，再者……也可能跟这段时间学校里的风言风语有关，让你情绪受到波动。谣言就是谣言，你不要被其左右，在学校，学习还是第一位的。"

冷夏儿抬起头，大眼睛噙满泪水："可万一、万一谣言是真的呢？"

"呃……谣言怎么可能是真的。你的心情，做老师的完全理解。"

冷夏儿摇了摇头，用只有自己能听见的声音反驳："您理解不了。"

"一张照片说明不了什么，谣言刚起，我就亲自去制止，防止扩散，并没有造成危害。"顿了顿，又试探性问道，"这件事，你和父母说了没？"

冷夏儿再次摇了摇头。

"真是懂事的孩子。虽然是子虚乌有的事，但传开来让家长颜面往哪里搁？你一言我一语，假的都会被说成真的，人言可畏啊。"

这句话戳中了冷夏儿，她了解母亲，把尊严面子看得比什么都重要，她不敢想象母亲知道后的反应。

"学校年年被评为市里先进，今年也不会例外。什么原因？因为咱们校有最好的教师团队。我看过夏儿同学的成绩单，嗯，一直徘徊在中游，需要再加把劲啊，毕竟这个时代，只有考上大学才是硬道理，其他都是浮云。我没什么能帮助你的，如果需要专业课老师的私下辅导，你尽管跟我说。"

冷夏儿鞠了一躬："谢谢韩主任。"

韩主任端起茶杯抿了口茶，在嘴里咂吧下滋味："刚喝几泡就没味道了……人间事啊，就和茶一样，再浓郁的茶叶多泡几遍，淡得也如同白开水。"

说着，他起身，把茶杯里的水连同茶叶，都倒进垃圾桶，意味深长地道:"冲淡、倒掉,自然也就没了,冷夏儿同学,让一切都过去吧。"

从教导处出来,冷夏儿耳边都在回响着韩主任的话,但事情真如他所说,像一杯泡败了的茶水,倒掉就完事了吗?冷夏儿内心清楚,那晚以后,自己的处女膜破裂了。

脑子昏沉沉的,冷夏儿不想迈进教室,胡乱编了个身体不适的理由跟班长请了假,自己溜回寝室,室友都在上自习课,没人。衣服都没脱就爬上铺位,接近三十个小时没有合眼,躺在床上却翻来覆去睡不着,脑海中充斥着纷乱的光影和记忆碎片,错乱、没有逻辑……什么也回忆不起来。干脆放弃了,呆呆地望着天花板。也不知道过了多久,直到下课铃声响起,她才想起什么,急忙起身从上铺跳下,从书包里掏出一个小盒子,直奔卫生间而去。

一条红杠表示没有怀孕,两条表示中签——这张薄薄的说明书,她看了不下二十遍,等待宣判的这几分钟,就像是过了一个世纪。结果终于出来了,是一条红杠,涉险过关,这是近期水逆中最好的消息了。冷夏儿长吁一口气,把验孕试纸撕碎,扔进马桶顺着水流冲走,直到消失不见,神情才放松了些,顺手把包装盒塞进口袋里。

冷夏儿梳理了下额头前的几缕乱发,推开门却被吓了一跳,洗手池前站着几名女生,眼睛齐刷刷望着自己。领头的是名长发披肩、明眸皓齿、美艳动人的女生,她叫尚雯雯。

尚雯雯微微一笑,露出一口洁白的牙齿:"我们夏儿宝自习课都不上,原来躲在卫生间里,给小男生发微信。"

冷夏儿急忙辩白:"怎么会……"

"还说不会?"尚雯雯勾了下手指头,两名女生裹挟着一名胖胖的女生进来,冷夏儿认出来,是"肥妹"。

尚雯雯斜睨着冷夏儿:"肥妹,大声说出你告诉我的话。"

第三章 世界变白了

肥妹见冷夏儿在里面，神情很尴尬，小声说道："对不起夏儿，她们问我，我想……这也不是什么秘密，就说了。"

后面两名女生用手指头戳肥妹的腰眼："磨叽什么，说啊，你说什么了？"

"我说，你昨晚没回宿舍睡……"

"好哇，刚上高二，就敢夜不归宿，这一晚上你干什么去了？"尚雯雯故意亮了亮自己袖子上的袖标，一副捉奸在床的模样。宿管老师为了便于管理，每个楼层都安排一名学生做楼层长，尚雯雯就是楼层长。

"只是家里有点事情需要处理……"

尚雯雯个头比冷夏儿高，没等她说完就猛地贴上来，用发育良好的胸部挤冷夏儿，吓得她踉跄后退，后背紧贴在冰冷的墙面上，尚雯雯压迫上来，壁咚式地单手扶墙，用鼻子在冷夏儿的头发、脸庞、耳根处游走，闻着嗅着。呼出来的气息让冷夏儿浑身发痒，头扭得与身体超过了九十度，尽可能地躲避，嘴里说道："雯雯，你要做什么？不要这样。"

尚雯雯居高临下，老鹰捉小鸡一般审视着冷夏儿。透过开敞的领口，隐隐看到里面并不明显的乳沟，与自己相比，差着好几个级别，心情莫名变得好起来，放弃进攻模式，向后退了一步："我就想闻闻，你身上有没有小哥哥的味道，还有有没有……被种了草莓。"

听到种草莓几个字，女生们都心领神会，哧哧笑了起来。

冷夏儿的脸红了，眼睛里泛出泪花："我只想考上好的大学，才不要谈什么男朋友。"

"真的？"

"我为什么要骗你？"

尚雯雯抱着膀子观察冷夏儿，她的神情不似作伪，扑哧一笑，语气也就缓和下来："夏儿宝急什么啊，和你开玩笑呢。我来主要是提

· 036 · 冷水沸腾

醒你，一会儿去练舞。"

蓝海中学为了丰富学生们的课余生活，组建了数个社团，尚雯雯和冷夏儿都在舞蹈社团里。尚雯雯怀揣一个明星梦，自幼在母亲的培养下，能歌善舞，在社团里是独一枝的存在。尚雯雯是领舞，冷夏儿是群舞中的一员。领舞召集队员练舞，无可厚非，冷夏儿本不想去，但又不敢忤逆她的意思，答应一声，回寝室去取舞蹈服。

尚雯雯有些内急，径直走进冷夏儿刚出来的厕位。等方便完要走时，无意中发现角落里的小纸盒，刚才，冷夏儿一直处于高度紧张状态，盒子从口袋里漏出也没有注意到。包装上"毓婷验孕试纸"几个大字，刺痛了尚雯雯的眼睛，有一团妒火在她体内熊熊燃烧，她咬着嘴唇，眼神瞬间变得冰冷可怕。

"你去食堂，给我取一截鱼骨来。"

一直躲在角落里的肥妹不知所措："现在不是开饭的时间，我去哪里找啊？"

"我只要你在半小时后，把东西送到校礼堂。"尚雯雯语气不容置疑，肥妹不敢再说什么，甩着肥硕的身躯走了。

"冷夏儿，事，没这么容易完。"

"今天的合练，改在校礼堂舞台。"尚雯雯给同学们宣布这条消息。

更衣室里瞬间活跃起来，女生叽叽喳喳的声音，此起彼伏。在舞蹈房对着镜子跳，时间长了很是乏味。尽管是合练，能登上舞台，足以挑动起女孩们兴奋的神经。

舞鞋踩在实木地板上发出"吱吱"的声音，伴随着音乐，女孩们在舞台上翩翩起舞，冷夏儿混杂在里面，跳得并不用心。进行到半酣时分，后台肥妹臃肿的身影一闪而过，尚雯雯就在等她，示意姑娘们休息下，自己赶往后台，把肥妹拉到没人的地方，伸出手："拿来。"

肥妹摊开手，尚雯雯一把夺过鱼骨，掰下一小块，并用手指轻轻弹了弹鱼骨上的刺，感觉很满意。脱下自己的舞蹈鞋，把掰好的鱼骨塞进去，顶在鞋尖的位置。

肥妹被尚雯雯的举动吓坏了，预感到不妙："雯雯，会扎脚的。"

尚雯雯并不理会，拎起舞鞋、光着脚向舞台走去。

见领舞回来，一名女生要放音乐，尚雯雯挥手制止，走到冷夏儿身前弯下腰腻声道："夏儿宝，这双新鞋有些硌脚，你脚比我小，要不跟我换下鞋穿？"她的语调让人无法拒绝，冷夏儿也没多想，接过舞鞋，把自己的舞鞋脱下递给尚雯雯。

"谢夏儿宝。"尚雯雯笑眯眯穿上，示意音乐开始。

冷夏儿纤足刚伸进舞蹈鞋，就感觉足尖被什么锐物顶着，十分不舒服，没等她脱下音乐就已经响起，尚雯雯一把把她拽起身，吼道："磨蹭什么，没听见音乐吗？"

冷夏儿无奈。

音乐逐渐激昂，舞蹈速率也在加快，队形快速切换，下一个动作是群舞队员分别在领舞头顶鞍马跳，落地时由领舞依次托腰保护，轮到冷夏儿了，只见她腾空而起，在空中轻盈地舒展开身躯、绷紧脚尖，像只美丽的白天鹅，尚雯雯也伸出双臂……

漂亮的画面，却在下一秒让人不忍直视。

上百次的练习，每一个动作都渗入到舞者血液中，不会有偏差。从高空下坠的冷夏儿却猛然惊觉，身后的尚雯雯不见了。再想调整重心已经晚了，脚尖没有缓冲地踩在地板上，鱼骨刺深深扎进大脚趾——

冷夏儿惨呼一声，钻心疼痛让她站立不稳，双手溺水般拼命乱抓。不知何时尚雯雯绕到她身前，顺势撕开了她的衣领……伴随绢帛撕裂之声，冷夏儿重重摔倒在地，巨大惯性下，舞蹈服被扯开到腹部，露出大片大片洁白无瑕的胴体，胸口位置有一块明显的胎记。与之同步，礼堂追光定格在她的躯体上，更加显得惨白瘆人。鲜血已经把舞蹈鞋染红，疼痛和屈辱同时袭来，几乎让她忘记抵抗，就这样躺在地板上一动不动，任凭耀眼的光芒在身体上肆意妄为。

"夏儿宝，你真不争气。不过你胸口上的图案，好像和公告栏上的照片一样。"尚雯雯的话，提醒了本要上前搀扶的女生们，看热闹心态，让她们秒变成了吃瓜的路人甲。

尚雯雯抬起手臂，朝追光方向比画出"V"的手势，追光后面的女跟班，咧嘴笑得像个弱智。

冷夏儿把头迎向追光，强烈刺目的光线如烈日一般。她强睁着眼睛，任凭泪水夺眶而出、顺着脸颊流下。周围嘈杂的声音逐渐离自己远去，事物也在快速地褪色。

世界变白了吗？难道，我许的愿望就要实现了……

在她昏过去前，清晰地听到后台传出一个女生压抑的哭声。

第四章

你可以帮助我自杀吗？

回想起昨晚那一幕，鹿晓阳一天心情都是舒畅的，蒋钊的窘态让他好笑，以致在语文课上真的笑出声，被老师扔了粉笔头。冷夏儿的位置靠前，语文课是她最喜欢上的，自己印象中她从来没有缺席过，可今天座位上却没有人。课间休息时问过班长，说是身体不舒服，请假回寝室休息了。

女孩子嘛，一个月总会有几天肚子疼的，鹿晓阳很懂似的安慰自己。

在球场挥汗如雨、消耗过剩体力后，鹿晓阳才发现，球场边站着肥妹，目不转睛地盯着自己。

"梁璐，你找我？"鹿晓阳语气有些不确定。梁璐被大家称呼肥妹惯了，很少有人叫她的大名，一时间竟没有反应过来。她和鹿晓阳不是一个班级的，因为是冷夏儿同寝室友，才相互认识，平时两人并无交集。

"你是不是一直在看我打球？说，找我什么事？"

"鹿晓阳同学，你见到夏儿了没？"梁璐眼睛肿得像个桃子，像刚刚大哭过一场。

"没见到啊。"

"没见到就算了，你俩关系好，我就是过来问一下。"

梁璐转身要走，却被鹿晓阳叫住："怎么，你俩闹别扭了？"

"那倒不是,她下午去参加舞蹈社活动,听说……在台上晕倒了。从校礼堂出来,就没再见到她的人。"

"晕倒?你看到了?"肥妹一副欲言又止的样子,让鹿晓阳有些吃惊。肥妹自愧于身材,曾想报名舞蹈社跳舞减肥,被尚雯雯狠狠羞辱了一番,立誓永不踏进舞蹈社半步,这是学校尽人皆知的秘密。眼前的她却对冷夏儿跳舞行程了如指掌,有点反常。一股不祥的预感涌上心头,鹿晓阳急忙掏出手机,给冷夏儿拨打电话,电话那头提示关机。

"不,我没有。我还要打饭,先走了。"梁璐神情躲闪,低头匆匆离开,可走出好几步,又回过头来,脸上写满了不放心,"鹿晓阳同学,你赶紧找找夏儿吧,我……我觉得她今天不太正常。"

图书馆、食堂、自习教室……都找了个遍,没有看到冷夏儿踪影,鹿晓阳意识到问题有些严重。

"如果人能有动物的机能,我最想被插上一双翅膀,在蓝天白云间自由翱翔。"有一次,在讨论动物特性附着在人体,将会给人类带来怎样的愉悦的话题时,冷夏儿清晰地表达了自己的观点。这个渴望自由的家伙,你到底躲在哪里?鹿晓阳内心埋怨着冷夏儿,大脑却急速转动。突然间,他抬头望向天空,似乎意识到什么,径直跑向教学楼。

教学楼总共有八层,在蓝海中学是最高的建筑。鹿晓阳飞奔上天台,趴着边缘四下张望,果不其然,冷夏儿正在女生宿舍楼的楼顶边缘跳舞,身形旋转,轻盈得如一只美丽的鸟。

短短五分钟不到,鹿晓阳就俯冲下教学楼,躲过宿管大妈的盘查,一口气狂奔上女生宿舍楼楼顶。推开天台的门,映入眼帘的是万国旗般的色块,晾晒在钢丝架上的床单被套层叠不尽,如劳森伯格的拼贴画,伴随着微风轻轻飘动。

鹿晓阳调匀呼吸,就猛身扑进色块迷宫,犹如一头困在其中的猛兽,左突右撞,终于撕开一条口子,看到冷夏儿,她的一只脚已经伸出了天台。夕阳西下,橘黄色余晖洒在她娇小的身体上,如一张随时会被风卷上天空的薄纸,憔悴且无助。

"夏儿,这么美的夕阳,你要独享吗?"

冷夏儿回过头,神色平静似水,可鹿晓阳却嗅出一股绝望的味道,忙道:"我一直找你,想分享个大喜讯。"

冷夏儿把目光从他身上抽回,凝望远方。天台视野非常好,可以看到大海,海天之间飞翔着无数海鸟。冷夏儿笑了,张开双臂,沿着天台边沿,模仿着鸟儿轻盈地跳跃。

"鹿晓阳,如果人死了,会不会变成一只鸟,无拘无束地在空中翱翔,再也不会被世间俗事打扰?"冷夏儿挺胸收腹、踮起脚尖,抬起受伤的脚再次探出天台,姿势优美,像只舞动的白天鹅。

"变成什么无所谓,我只觉得,死了,就吃不到奶奶的海鲜炒饭了。"

"你正经点,我跟你探讨的问题很严肃。"冷夏儿有些嗔怒。

"怎么不正经了?奶奶的炒饭,可不是简简单单放几只海虾那么简单,从热锅开始,倒入少许的色拉油,切碎的西红柿、青椒,爆炒,放入鲜活的大虾、青口、花蛤,配以蚝油、番茄酱、生抽,最后与香喷喷的大米饭混合在一起出锅,经过这番洗礼,每一粒米,都饱含着海的味道……我从小吃到大,这个味道,在我的记忆中从没有改变过,是奶奶的味道。"

"是奶奶的味道……"冷夏儿重复这句话,有些羡慕地望着鹿晓阳,"说得我都想去吃了。"

"我现在带你去?"

"呃……不了,那种味道,只有你才能品得出来,我只有羡慕的份儿。"

"羡慕啥,我小时候跟奶奶摆摊,嘴馋,总是偷偷把给客人炒的大虾、青口什么的藏起来,为的是收摊后让奶奶给我做着吃,结果没少挨奶奶打,要说味道,都是挨打的味道,哈哈……想知道为啥奶奶海鲜炒饭是百步桥夜市一绝吗?"

见冷夏儿听进去了,鹿晓阳趁热打铁:"离我近些,你站的那个地方,我有点眼晕。"

凝视半晌,冷夏儿从天台边缘走到鹿晓阳身边坐下:"坐这总可以吧。"

"谢谢夏儿同学体恤我恐高。"鹿晓阳嬉皮笑脸。

"是体贴好吗?"

"我觉得都是一个意思。"

冷夏儿朝他吐了吐舌头,托着腮道:"继续说。"

"因为我。"鹿晓阳拍了拍自己的胸膛,笑道,"有时候吧,我偷拿的海鲜有点多,奶奶嫌分着炒麻烦,就一锅烩了,谁承想创出独特的味道来。吃过西班牙炒饭吗?比起奶奶海鲜炒饭,差得不可以道里计。可把奶奶高兴坏了,再也不约束我了。"

"你和奶奶的感情真好。"

"有什么羡慕的,我父母都远在海外,哪像你,父母在身边,把你捧在手心。"

提及自己的父母,冷夏儿眼眸里的光彩瞬间黯淡了下来:"可能,成绩才是他们的亲生女儿吧。"

"又有哪位家长不是。"

"你刚才要跟我说什么好消息?"

鹿晓阳把抢蒋钊手机、戏耍他的过程简要叙述一遍,最后道:"他不知道手机已经掉进大海,以为还在我的手上,哈哈,他投鼠忌器,不敢再欺负你了。"

"我不希望你为了我,冒这么大的风险。"

与此同时,校园广播却不应景地响起:全体师生请注意,现公布教导处对高二（3）班鹿晓阳同学的处罚决定，鉴于他在校期间殴打同学，性质恶劣，特此在全校通报批评，望广大师生引以为戒……全体师生请注意，现公布教导处对高二（3）班鹿晓阳同学的处罚决定，警告一次，以观后效……

广播循环播放，冷夏儿有些气愤："鹿晓阳，你都被学校处分了。"

"呵呵，才是个警告，连严重警告都不是，老韩靠谱。"鹿晓阳一副捡到便宜的欠抽相。

"都被警告了，你还笑得出来？"冷夏儿看他，像看个傻子。

"又不是开除，难道还要哭哭啼啼？"鹿晓阳丝毫不以为然。

"这倒好，我们两个，在学校出名了。"

"夏儿，你别太焦虑了。贴在公告栏的照片本就没什么人看到，蒋钊手机也没了，用不了几天，这事就会被遗忘得干干净净。"

真的会被遗忘吗？冷夏儿内心明白，对自己造成的伤害，是无论如何也修复不了的。可她望着鹿晓阳，并没有说出口。

"为什么要帮我？"

"我们是最好的朋友啊。"

"可我不想让你再插手这件事了。"

"为什么？"

"我想变成天空中飞翔的鸟，而你，有奶奶的味道陪伴……"

鹿晓阳没有听懂她的意思："你说得太抽象了，我听不懂。"

"鹿晓阳，我们不是一路人。"

"能说得再假点嘛……"鹿晓阳用拳头轻轻捶了捶自己胸口，又指了指冷夏儿，"不要怕我受处分，也不要怕被报复，我做这些是心甘情愿的。不要忘了，你曾经是怎么救我的。"

冷夏儿沉思半天，终于下定决心："你什么都愿意帮我？"

"真的。"

"我不想让你为难。"

"你怎么这么磨叽,快说,想让我帮你啥?"

"鹿晓阳,你能帮我完成自杀吗?"

夕阳似乎听到冷夏儿绝望的声音,把余晖嗖的一下子抽走,天空黑了下来。

第五章
无心插柳

1

在公众面前，一个女孩如此决绝地导演了自己的死亡，就像一枚核弹在石屿市引爆，带来的震动超出人们想象。媒体舆论导向再客观，也很难控制网民对背后真相的猜疑，各种谣言、阴谋论甚嚣尘上。

为此，市委、团委、公安、检察院……都在召开紧急会议，目标只有一个，不惜一切代价救援冷夏儿，并严查让事件水落石出。这个案件特殊，且发生在检察院宣教巡讲上，又涉及未成年人，检察院与公安机关达成共识，提前介入，共同侦办。

根据技侦人员对电脑数据的研究分析，这组视频拍摄于两天前，海岸线绵延上百里，也就是说，冷夏儿跳海生还的可能性几乎为零。

国家怎么搜救马航 MH370 的，我们就怎么搜救女孩，即使只有百分之一的希望，我们也要尽百分之百的努力，决不放弃！市委领导的决心，让搜救工作自打事发起，就没有停止过。岸边临时搭建的帐篷里，守着心急如焚的双亲，突如其来的打击，让冷夏儿的父母茶饭不思、以泪洗面，一步也不肯离开。

出事当天，钟燃就把冷夏儿可能跳崖的地点，告知警方。此刻，他站在曾经与冷夏儿相遇的位置，眺望大海，内心有说不出的滋味。

"小伙子，你站的这个位置比较危险，往里面挪挪。"

钟燃回头，一名拎着钓鱼竿和水箱的中年男子从身后经过，善意地提醒自己。

"啊，谢谢您。"

中年男子挥了挥手中的鱼竿，沿着前面的石梯向下，下面礁石前，一排坐着几名垂钓者，中年男子的脚有点跛。

"师父——"杏子正站在身后，微笑地盯着自己。海风把丸子头吹得有些凌乱。

自己看得入神，竟然忽略了她什么时候来的。"你怎么知道我在这里？"

"猜的。昨天你在会上说过后，我就想亲眼来看看事发现场，好做到心里有数。师父，我还给你带了杯美式。"

钟燃谢着接过，一口气喝下大半杯，苦中回甘的味道，让他精神十足。

"学生们目前怎么样？"

"还算平稳，心理疏导小组已经进驻学校，面向每一位师生。学校也配合做了大量安抚工作。"

"冷夏儿的死，更让我觉得校园宣教的重要性了，这件事，我们得做完。"

"一切听师父的。"杏子环顾下四周，"你站的位置，就是当时偶遇冷同学的地方？"

钟燃点点头，他发现杏子手中拎着一个小金属箱，看来，不仅仅看现场、给自己送杯咖啡那么简单。杏子倒也大方，直接把箱子放在地上打开，里面物品和刑侦勘查箱一般无二。钟燃兴趣大增："怎么，还干上公安的活了？"

"纯粹业余爱好。我妈是老公安，我从小耳濡目染都学会了，正好借这个案子，练练手。"

"那你怎么没去公安系统？"

"我爸不让，他做刑辩律师的，说女孩子干刑侦太危险，让我接他的班。不过天天给被告辩护，有什么意思？他们为此争来争去，我就说不要争了，我选择中间，做检察官。再说，你不觉得检察官的制服很帅气吗？"

"检察官很中间吗？"望着杏子，钟燃有些哭笑不得，搞不懂现在的年轻女孩，脑海里想的是什么。

杏子自顾自地从箱子里取出相机，递给钟燃。在标有比例尺的画面里，有一枚踩在泥地里的清晰足印。

"提取得很清晰啊，这是在事发现场？"

杏子摇摇头，看到钟燃一脸疑惑的表情，急忙解释："公安刑侦人员已经勘查过了，我再原封提取一遍，意义不大。昨天晚上我仔细研究了视频。冷夏儿化了淡妆，穿一袭白裙，非常惹人怜惜。无论她对这个世界多么怨恨，想必在自杀前，她也希望留给世人的印象是美好的。况且，还有人给她拍视频……感觉她的时间很充裕。"

见钟燃听得很仔细，杏子继续讲下去："事发地点虽然在公园尽头，但不乏游人，以今早为例，我掐了下时间，最短八分钟就会有一两名游人到达悬崖、拍照留念。她如何利用没有游客经过的时间，完成这么多精细的准备工作？我得另辟蹊径。"

"你的意思，她在别的地方做的准备？"

"这种可能性非常大，等我到了事发现场，更加笃定我的推测。"

转过喷泉池，一路继续向上，地势逐渐升高，约莫走了半公里，钟燃在山路拐角处停下，再往前不到二百米，就是公园尽头、事发现场的悬崖，有一块巨石探出山崖边缘，犹如跳台上的跳板，脚下便是波涛汹涌的大海。回眺来时的路，自中心广场到此，道路一览无余，还能看到刚才路过时，在喷泉边嬉戏打闹的那对小情侣。

杏子站在两棵大树后，朝钟燃招手："师父，我就是在这里提取的脚印，只有一种，看脚形和大小，应该是位女孩子。"果不其然，采集脚印的地方很隐蔽，人几乎被大树的树干遮挡住，不易被路过行人发现。

钟燃蹲在地上查看，因为是泥地，脚印很完整，旁边还残留着杏子提取时的标记。如果冷夏儿躲在这里，从容进行准备，等一切准备就绪，中心广场不再有人过来，才走上悬崖，完成人生最后一跳，那从时间上，就说得通了。

"拍摄者呢？"

杏子耸耸肩："没有提取到。我推测，应该站在外面望风吧。八成是男生，毕竟女孩子换衣服，他站在里面不方便。"

"没想到你心如此细。回去送技术科，跟警方痕迹鉴定结果进行补充比对。"

"是，师父！"得到认可的杏子脸颊绯红，很是兴奋。

钟燃却高兴不起来，目光飘向远处的山崖，自从弟弟死后，他再也没有来过这里，弟弟跳崖的一幕，就像梦魇烙印在脑海里，一旦念及，太阳穴就会针扎般疼痛起来……在中学礼堂，当他看到冷夏儿的视频，太阳穴竟有了同样的感觉。昨晚，他又被噩梦惊醒，梦见自己一直在追赶的弟弟，当回过头时，竟然是冷夏儿。

这难道是冥冥中的天意？望着地上的脚印，一个疑问似乎在钟燃脑海中产生，只是若即若离，并不清晰。

"师父，我们要不要去前面祭拜下？"

"不用，回科里。"钟燃看了眼手机，上面是老烟发来的微信。

2

钟燃停好车，没等跑进小楼，就被一声老烟嗓喝住。树荫下的凉亭，老烟笑着向两人招手。凉亭里坐着几个人，王检察长也在席。在宣教演讲上播放自杀视频，等同于公然给检察院上眼药，院领导如何能坐得住？王检察长亲自下场，昨天开了一天的会，今天又来到未检科。

"检察长嫌咱们科太呛，就提议在这开会，也好，穿堂风舒服。"老烟倒是毫不避讳，又狠狠嘬了口烟。王检察长身体微微发福，面色红润，看得出平日里保养得很好，也附和一笑："这次确定事发地点，该给小钟记头功。"

随行的检察官拿出 iPad，打开一个网页后递给钟燃，上面大标题分外扎眼——历史惊人地相似，蓝海中学陷入死亡轮回。浏览页面上的内容，是一家媒体的评论文章：十年前，同样是蓝海中学的学生，同样是跳崖自杀的方式，到底是教育体系的崩塌，还是自杀情结一直在校园内暗流涌动；是学习压力成为压垮学生的最后一根稻草，还是名校的光环下隐藏着不为人知的霸凌，要持续关注事态的发展云云。配的图片，除了冷夏儿的，还有钟意。阅读量已经十万+，还配有大量的转发。

王检察长偷偷观察钟燃的表情，十年前钟意事件发生时，他还是副检察长，听说过这个案件，钟意意外失手杀人、跳崖自尽，最终是以畏罪自杀结的案，也知道他和钟燃的关系。直到钟燃放下 iPad，王检察长才继续道："现在的媒体啊，标题党，语不惊人死不休，哪里有纸媒时代的严谨？本无关的两件事情，非要往一处拧。"

钟燃主动请缨："检察长，我知道您想说什么，但我认为，我才是跟进这个案子的最佳人选，网络上这些言语说明不了什么，我也不会因为弟弟的事情丧失判断。我不相信宿命论，但从省院调回到市院未检科，就碰到这个案子，也许就是天意吧。"

老烟道："我咋说的，虽然这小子刚来我这不久，但这股办案劲头我能感受到，一星期就处理了四起案子。嘿嘿，老王，有点像你年轻时候啊。"

"少挤对我,谁不知道你老烟鬼护犊子,这鸡蛋刚装进篮子,你就窝上面了。"

"我们未检科全员都在这里,不用他用谁?我们不仅要督促公安机关办案,还要走访校园、安抚学生们的情绪,并进行适当问讯,要不,咱老哥俩亲自出马?"

王检察长佯怒:"少将我军。"

老烟"嘿嘿嘿"乐起来,并不反驳。

杏子也站起身表态:"我会辅助好师父的,请检察长放心。"

看王检察长还抱有一丝顾虑,干脆下军令状:"我还能看着他呢,万一有夹杂私人情感影响工作的事情发生,我保证及时向组织汇报。"

话说到这个份上,王检察长也就顺水推舟,同意了。

3

根据视频画面的抖动程度,可以推断出,当天在现场另有其人,持手机给冷夏儿录制。

警方现场勘探也能证实,泥地上除了鞋印,没有三脚架之类稳定器的痕迹。现场采集的足印与杏子采集的足印经细致比对,为同一人所留,后证实确为冷夏儿。警方还采集到几枚不同男性足印,虽然山崖被护栏隔开,也不敢保证事发后没有好事的游客翻栏杆进入拍照留念,唯一一点可以明确,给冷夏儿录制视频并偷偷放进宣传片的人,是男性,这也和杏子的推断相吻合。

这个人会是谁呢?

"只有扎根下来,潜心观察,才能真正发现问题所在。"钟燃如是说。

为了稳定师生情绪，尽快恢复学校的正常教学，这几天，钟燃和杏子都泡在学校里，给各个班级上法制教育课，还与心理疏导小组紧密配合，对筛选出的心思敏感的学生进行单独心理疏导。

"师父，你发现什么端倪了没？"又上完一堂法制课，杏子擦了下额头的汗水，仰脖牛饮着矿泉水，眼角瞥着钟燃。钟燃摇摇头，并没有头绪。学生们似乎对身着制服的人有天生的好奇和恐惧，除了按照学校要求上法制教育课，其余时间都躲得远远的，唯恐避之不及。

"他们可能不喜欢我。"杏子有些无可奈何。

"这也是创伤后应激反应的表现，冷夏儿这件事给孩子的心理冲击太大，要给他们一个舒缓的时间，千万不能操之过急。其实，他们也是在观察我们。"

杏子深以为然。抬头，就看到韩松博手中拎着塑料袋迎上来。

雪姨临走前的那句话，让韩松博连做几天噩梦，梦中自己被崔胜利狠狠踩在脚下……遑论要升职，能保住目前的位置，都要去庙里烧香拜佛了。这件事怎么论，自己也逃脱不了干系。事后的烂摊子需要人收拾，不仅为全校师生的心理疏导忙前忙后，还要不停配合警方调查。校办干脆做了甩手掌柜，置身事外还等着看热闹，为此，韩松博家都没敢回，一直睡在教导处。才两天工夫，人就憔悴了不少，性格也变得谨小慎微。

"辛苦了钟检、李检，赶紧喝口水润润嗓子。一会儿上完课，去我那里喝茶。"韩松博一脸谄媚，从塑料袋里掏出两瓶水，塞在两人手中。

利用课间工夫，钟燃问他几个问题。韩松博挥手把教室里仅存的几名学生轰走，才屁股似沾非沾地坐在椅子边，摆出一副可怜相。

"礼堂播放的宣传片，据说是您找人操刀剪辑的？"钟燃开门见山。

韩松博如鲠在喉，但又不敢不承认，涩声道："哎，是。"

"剪辑过程中，出过什么问题吗？"

"绝对没有，直到最终成片我才交给机房张老师，肯定是有人捣乱，陷害我。"韩松博顿了下，意有所指道，"本来这些事吧归校办管，但师生们都相信教导处，活动本身也是为了学校，我就义不容辞，谁知道帮忙帮出了问题。"

钟燃并不理会他们之间的事，继续问道："你是找的谁剪辑，据说是一家电影团队？"

当时为了彰显自己，才在苏雪妮面前信口开河，此刻韩松博神情扭捏，但也不敢撒谎，喃喃道："其实也不是了，就是校内电影兴趣小组的同学。"

杏子"扑哧"笑出声，又觉得不妥，急忙端起水杯掩饰，表现得像是被水呛到一般，韩松博如何不懂，不禁尴尬至极。他大概猜出来钟燃要继续问什么，干脆掏出手机拨通机房张老师电话。

很快，张老师就火急火燎地赶过来。韩松博眼神凌厉，恨不得在他身上刺出几个透明窟窿："老张，我给你的宣传片，你再当着检察官们的面说清楚，有没有问题？"

"韩主任您别着急，您给的成片没问题……"说着，张老师也急忙替自己辩解，"向毛主席保证，我绝对没有在宣传片上动手脚。"

韩松博："公安的同志在调取监控时我看了，除你之外没有另一个人进出机房，到底哪里出了差错，你可得好好回忆一下。"

张老师从面相上看就是老实人，一着急就汗如雨下，说话结巴起来："可、可真的就是你把剪好的宣传片给到我，我就播了啊。"

张老师的解释，令韩松博十分生气："我给你的成片没问题，你自己播放得也没问题，难道遇到鬼了？"

"也、也真保不齐。"

韩松博七窍生烟，好悬没背过气去。

钟燃问道："机房播放视频的电脑，您平时会带回家？"

"那是我个人的电脑,不属于机房。经费有限,我就权当为学校做贡献了。"

"监控录像显示,机房没有外人去过,您又是最后一名接触宣传片的人,请好好回忆,有没有可疑的人或事,不然,您会成为最大的怀疑对象。"

"真的没有……"

"老张,公安同志这么说,检察院同志也是同样的判断,你一辈子谨慎,怎么能犯这样的低级错误?"

"都怪我自己不守时,开播前没再检查一遍。自打参加工作,这是头一回。"张老师拍打着自己的脑袋,懊悔不已。

"韩主任好,您给我警告处分后,就不用叫家长了吧?"教室门口探头说话的少年,正是鹿晓阳。

韩松博正心烦意乱,十分地不耐烦:"不用!鹿同学,这不是教导处,没看老师正忙着呢?以后有事去教导处找我。"

"谢谢韩主任,我正好路过,就不打扰了。"鹿晓阳狡黠一笑,人"嗖"地消失了。

"这小子痞性难改,不应该警告,应该直接开除。"韩松博低声嘟囔了句。张老师却并不认同。

"韩主任,他可是位天才,性格还很谦逊,别看年纪小,自编自导的视频短片,拍得别提有多出色了。前两天在食堂我还拜读了他新写的脚本,说真心话,绝对是这个。"张老师还竖起了大拇指,脸上写满了佩服。

张老师的话,无意中提醒了钟燚,心思不禁一动:"张老师,您和鹿同学探讨脚本,具体是在哪天?"

"就是宣教那天。早晨我们在食堂偶遇,他不仅给我看脚本,还问了几个专业性问题。我这个人,聊起自己感兴趣的事就忘了时间,要不是他提醒,恐怕都得迟到。"张老师扶了扶架在鼻梁上的眼镜,书呆子气十足。

张老师的履历,来前已经看过,在机房一干就是二十余年,对工作兢兢业业,老实到近乎古板。这样一个人,如何会酝酿惊世骇俗的事故?反倒是鹿晓阳的出现,扰乱了张老师惯常的工作规划,时间点也拿捏得恰到好处……钟燃疑窦顿生:"关于这件事,您之前没和公安局的同志提及过?"

"提这个做什么,又不是他的问题。"

一直旁听的韩松博突然插嘴进来:"不一定,给我剪宣传片的同学,就是他。"

第六章
拍视频的人

1

"鹿晓阳,大猫找你。"

坐在篮球场长椅上托着腮若有所思的鹿晓阳,被同学召唤。大猫是同学们私底下给班主任沈冰起的绰号,沈冰属虎,人长得漂亮,平日里却不苟言笑,对教学工作有超乎寻常的认真,她带的班升学率最高,对学习要求也最为苛刻,从她班级里毕业的学生私底下聊起来,都庆幸自己被扒了几层皮才侥幸活下来,进入理想大学。

班上的同学,没人不怕她,唯独鹿晓阳是个例外。

"知道了。"鹿晓阳嘴角露出不易察觉的笑容。正好篮球滚到脚下,弯腰捡起球,屈臂抬肘,手腕挥动,篮球在空中划出美丽的抛物线,稳稳落入篮网。

当"鹿晓阳"三个字从韩松博口中说出时,钟燃不禁愣住了,第六感敏锐地告诉自己,少年与这次事件有脱不开的干系。

在韩松博陪同下,钟燃和杏子来到高二(3)班门外。正值自习课,教室内坐满了学生,都在埋头写作业,只闻笔在纸上摩擦的"沙沙"声。一如既往,沈冰端坐在讲台上,静候解答学生们的问题。

韩松博用食指竖在嘴上,示意大家不要出声,自己把门推开个缝，向讲台招了招手，沈冰会意，起身出来并把门带好。

钟燃很礼貌地伸出手，韩松博一旁做着介绍："这位是班主任沈老师，这位是市检察院未检科钟……"

"礼堂的那声吼，我就认出了你，没想到我们还能见面。"没等介绍，沈冰就接过话茬，语气听着不善，并没有握手。钟燃没有感到意外，收回手臂，解嘲地笑了笑。杏子似乎嗅到什么，睁大眼睛努力猜测两人之间的关系。

韩松博一愣，紧接着打个哈哈："看我这老糊涂，你俩认识，我还介绍什么劲。"

沈冰曾经和钟意是同班同学。钟燃比他们高一个年级，之前见到钟燃，总会甜甜地叫声"学长"。此时她却退后半步，双手抱肩，摆出一副拒人千里之外的姿态："学长，今天大驾光临，八成为冷夏儿同学的事吧。"

十年后，"学长"两个字再次从她口中说出，带着一股讽刺味道。

"沈老师，你猜对了一半，冷夏儿同学曾经的学习生活，我们需要进一步了解还原，才能更好分析自杀原因，另外，我们也想当面问询鹿晓阳同学……"

话还未说完，就被沈冰粗暴打断："我还是叫您钟检察官吧。夏儿同学的死，作为班主任，没能第一时间阻止这样的悲剧发生，我很痛心，也很自责。这件事已经演变成公众事件，最受伤的，却是我身后这些孩子，虽然表面上学习依旧，没有人再提，但那一双双彷徨惊恐的眼神骗不了人。此时此刻，与其司法机关介入，不如给些时间，让心理疏导的社工们，先完成他们的工作，您说呢？"

钟燃碰个软钉子，依旧耐心解释："我们并不是提审，只是有些疑问向他求证。"

"穿着这身制服，您觉得孩子会怎么想？"

杏子道："沈老师，我们检察机关没有恶意。只有尽快找到冷夏儿自杀背后的真相，才能更好地保护学生们啊。"

"寻找真相、破案是你们的事，我的职责是保护学生，不好意思。"

"我们是检察官，胸前别有检徽，请相信我们。"

"我并不是不相信这身制服。"沈冰说完，斜睨着钟燃，言下之意再明白不过，她是不相信眼前这个人。

沈冰语带机锋，让场面瞬间僵住了。韩松博打圆场："沈老师全心全意为学生着想，让人动容。检察官同志们不辞劳苦、来回奔波，更是希望给学生创造出一个安全、和谐的学习环境，两边并不矛盾嘛。"

看沈冰没有丝毫妥协的意思，韩松博干脆拿职级相压："检察官同志来学校调查办案，校委会要求全校师生予以配合，我看沈老师也就不要再坚持了。"

"我做老师的，自当听从学校安排，但后续出了什么问题，也请韩主任担着就好。"

"沈老师，你看你……"转念一想，自己身上背的锅还少吗？不差再背这一件。想通此节，韩松博不再计较，摆出一副英雄气魄，"我做教导主任，这些年学校的大小事，哪一件不是我负责？叫鹿同学出来吧。"

沈冰点头答应，可身体却纹丝未动。

韩松博顿时有些不高兴："沈老师，您把他叫出来吧，不要耽误大家的时间了。"

"他不在教室。"

"你在，还有人敢旷课？"韩松博一副难以置信的样子。

"不算旷课，是我允许他出去的。"

"呃？"

"他用很短时间，就把题都做出来了，并且全对，谁能达到这种水准，我都会把时间留给他自己支配。"说到自己最欣赏的学生，沈冰脸上终于流露出笑容。

等这尊神被"请"进沈冰办公室时，时间又过去了半个多小时。鹿晓阳眼神在钟燃身上短暂停留，就越过众人径直走到沈冰面前："沈老师，您找我？"

"是检察院的人找你，了解些情况。"

"知道了。"

"问学生的问题，希望钟检能简单明了，如果他不想回答，请不要强迫。"沈冰率先表明态度。

杏子有些不高兴，表面没有流露出来，只是淡淡地反驳："沈老师不用担心，鹿晓阳同学是未成年人，依照法律需要他的监护人在场，虽然这不是正式的提讯，但作为老师，还请您陪在学生身边，监督我们的工作。"

鹿晓阳顿时乐不可支："沈老师，我一直以为您是老师，原来还客串律师。"话音刚落，被沈冰狠狠白了一眼。

"既然鹿同学来了，那就赶紧开始吧。"韩松博看了眼手表，对浪费的时间感到不值。

鹿晓阳伸了个大大的懒腰，慵懒道："如果大人们都统一思想了，那抓紧问吧。"

"鹿晓阳同学，我们以一种特殊的方式见过面。今天正式介绍下，我叫钟燃，是市检察院未检科的检察官，也是冷夏儿自杀案件的调查负责人。今天约你来，想问几个问题。"

鹿晓阳做了个"请"的手势。

"你和冷夏儿关系怎么样？"钟燃抛出了第一个问题。

鹿晓阳半开玩笑的口吻："好朋友。要不是学校和沈老师不许早恋，我想，我会追她。"

沈冰啐了一口："鹿晓阳，别没正形。"

钟燃一笑，把宣传片拿给他看，并问道："这条视频是你剪的？"

鹿晓阳点点头："是不是审美还行？"

"很不错，要不是亲眼所见，很难相信这是出自高二学生之手。"

"这算什么，晓阳在视网可是大神级人物，他自编自导的短视频，质量上乘，我就是他的铁粉。"机房张老师忍不住插话进来。

"他的作品比国内很多电影拍得都好。在学校，他有很多迷妹的。"看得出沈冰很喜欢鹿晓阳，满脸都是赞许之色。接连被两位老师当面夸奖，一般学生早就承受不住了，鹿晓阳却从容接受，还伸出手指给两位老师比心。

钟燃继续充当"没眼色"的提问者："为何是你剪宣传片？"

"这是我和韩主任的交易，我帮他剪宣传片，作为交换，在打架处罚上，他从轻发落。"鹿晓阳瞥了眼韩松博，还火上浇油，"您别怪我，要不是检察官问，我根本不会出卖您的。"

杏子"扑哧"乐出声，觉得眼前的少年有趣得很。

众目睽睽，私底下的交易被堂而皇之地摆上桌面，韩松博脸色要多难看有多难看。也只好说两句场面话，给自己找台阶下："我怎么会责备你，本来你犯的错误就不大，警告足矣。是不是你剪，教导处都会是这个处分决定。呃，剪宣传片的事钟检已经知道，我们要实事求是。"

没有人去深究。

钟燃继续问："鹿晓阳同学，你为何要在食堂吃早饭时，向张老师求教问题，而不是选择其他时间？"

鹿晓阳直接挑破窗户纸："钟大检察官，干脆您就问，出事的视频是不是我动的手脚，何必绕来绕去？"

沈冰善意提醒："晓阳，如果不想回答，可以不回答。"

鹿晓阳点头表示谢意，咧嘴一笑："我当然要回答。为何选择吃早饭时间，因为我正好偶遇张老师了。我还可以告诉你，中途张老师还起身去了趟厕所,我有完美的作案时间。"

所有人向张老师投来求证目光,张老师点点头:"当时……哎,确实如此,我坚信不是他干的,所以没说。"

鹿晓阳把双手伸出来展开,掌心对着钟燃:"十个指纹都是斗,技侦人员只要采集张老师电脑鼠标和键盘上的指纹信息进行比对,是不是我,一目了然。"鹿晓阳坦荡的样子,让大家不自主都站在他这边。

"还有什么问题吗?我个人觉得检察院同志先回去排查指纹吧,证据确凿再来问询也不迟。晓阳赶紧去吃饭、上晚自习,你的时间也是时间。"沈冰逐客令下得毫不拖泥带水,还刻意把"时间"两个字咬得特别重。

"是!"鹿晓阳答得干脆,嘴角微微上扬,挑衅地望着钟燃。

钟燃苦笑一下,并没有再坚持。

两人走向停车场。问讯时一直默不作声的杏子,此时有些按捺不住:"师父,你觉得鹿晓阳有嫌疑吗?"

"你一直没有发表意见。"

"他那么镇静,还主动让我们排查指纹,应该不是。"杏子顿了顿,决定问出自己内心的疑问,"只是,这位鹿同学和沈老师,似乎都对你抱有敌意。"

"鹿晓阳对于我抓他,依旧耿耿于怀吧。只是他太镇静了,不像这个年龄段孩子应有的反应。"

"早熟也说不准。"

钟燃摇摇头,并不认同:"我第一次见他时,完全不是这种感觉。在派出所,他更像是一名冲动的男孩,今天的表现只能说明,他做了充分准备。"

"沈老师呢?"

"沈老师——"钟燃似乎一下子被拽到回忆中去，许久才深吸了口气，缓缓道，"她是钟意同班同学、最好的朋友。"

"朋友？！"

2

日头偏西，钟燃的车开进了海崖公园的停车场。

从蓝海中学到海崖公园并没有直达车，最便捷的，也距离目的地大约一公里。一路下来，两人没有任何收获。石屿市比不上一二线大都市，市政的监控摄像头没有完全普及，很多地方包括海崖公园前后，都没有安装。

"真应该向上级反映这个问题，城市基础设施不完善，带给咱们多大的困扰啊。"在车上，杏子一直愤愤不平。这岂是一个报告能解决的？可这种初出茅庐的激情，冲动且可贵。钟燃笑笑，并不反驳她，下车朝着残疾人专属车位走去。

残疾人专属车位设立在距离公园大门最近的地方，一辆天蓝色的奔驰商务车停在那，车头正对着公园大门。钟燃绕到车头前，看到前风挡玻璃内有一个行车记录仪正在工作，红色小灯一闪一闪的。

钟燃拉着杏子，坐在冷饮店门外的遮阳伞下，点了两杯冷饮，边喝边等。

约莫一个小时的工夫，一名脚跛的中年男子拎着钓鱼竿和水箱从眼前走过，走到商务车前，打开车后备厢，把渔具往里面搁。

"技侦科出具的报告显示冷夏儿在什么时间段跳的崖？"

"大约在下午三点。"

听到答案，钟燃起身朝着男子走去。男子合上后备厢，抬头却吓了一跳，眼前出现两名年轻人，不禁疑惑道："您是……"

"上次您还提醒我注意安全。"钟燃掏出证件，表明身份，"大叔，我是市检察院的。"

"检察院……找我有何事？"

"我们正在侦查一起案件，只是单纯想寻求您的帮助。"

"原来是这样，我能帮到什么？"男子神色顿时缓和了许多。

"您每天都来海边钓鱼吗？"

"不敢说每天，除了天气不好，几乎都来。"

"如果不冒犯的话，我想看一下您的行车记录仪。"征得男子同意后，钟燃和杏子一左一右钻进车内，打开记录仪的显示屏，调回到冷夏儿自杀那天下午时分，两个人目不转睛地盯着显示屏，生怕漏掉任何一个细节。

杏子眼尖，突然兴奋地尖叫起来："是他，真的是他。"

在显示屏上可以清晰地看到，一个男孩和冷夏儿结伴走进海崖公园的大门，正是鹿晓阳。

钟燃对男子千恩万谢，回到自己车上。杏子举着证物袋，里面装着行车记录仪的芯片，一脸兴奋："师父，真有你的，你怎么知道他的行车记录仪能拍到鹿晓阳？"

"我没有十足的把握，奔驰商务车的车漆很特别，全市恐怕也找不出第二台，上次来时就注意到了。大叔一身海钓发烧友装备，去礁石钓鱼，路过时还提醒我注意脚下安全。印象中，他腰间挂着的是奔驰车钥匙。走路跛足应该是安装假肢的缘故，他的车理所当然会停在残疾人车位上，十有八九就是那辆奔驰商务。如果事发那天，大叔正巧也来钓鱼，那冷夏儿行踪，就会被行车记录仪拍到。我只能说是运气好，受到幸运女神眷顾。"

杏子望着钟燃，一副学到的神情。

第七章

福利姬

1

时间过得飞快，眨眼一周过去了。

海边，冷夏儿父母还在坚守。开始时，离帐篷很远的地方，就被警察用隔离带隔开，外面聚集着大量媒体和声援的市民，随着时间推移，聚集的人数越来越少，直到最后全都消失不见。

"我们尽了最大努力，不到万不得已不愿意说出这样的话，冷夏儿已经离开了，请您节哀顺变。为了避免公共资源的不必要浪费，搜救行动也要告一段落。"最后一艘营救船驶回港口，市委派专人来跟冷夏儿父母解释。

母亲潘素素发疯般冲向大海，在数名女社工的拉拽下，急火攻心，在她晕过去之前，记忆中最后一个画面是大海倒扣过来，翻滚着扑向自己……

身后白板上，鹿晓阳照片贴在冷夏儿旁。老烟抽着烟，眯缝着眼听钟燃汇报，经技术比对，在悬崖旁的众多脚印中，有一枚是鹿晓阳留下的。已形成的证据链可以明确断定，冷夏儿自杀前，鹿晓阳就是在现场录制视频的人。

"改动宣传片、插入自杀视频，就是鹿晓阳。"杏子兴奋不已。

老烟抛出自己的疑问："作为同班同学，为何他见死不救，反而把视频公之于众？他到底有什么目的？"

"会不会因为流量？"杏子调出鹿晓阳的视网主页，脑洞大开分析道，"冷夏儿出事前，他的粉丝量一直维持在三万左右，而自杀后的一个星期，粉丝量剧增，拉升到二十万……都是去看冷夏儿的，媒体报道给他导流了。"

那天从海崖公园的停车场出来，两人又去了趟蓝海中学，随机走访冷夏儿和鹿晓阳的同学，关于两人的关系，七嘴八舌说什么的都有，总结归纳就是：他们之间有一种莫名小暧昧。

"夏儿吗，她应该是鹿晓阳最满意的女主角。"一名鹿晓阳的粉丝，也是冷夏儿室友提及。

"女主角？"

室友打开视网给钟燃看，鹿晓阳创作的视频以悬疑类型为主，每一支都是完整小故事。他自己写脚本、拍摄剪辑，很多同学都在里面出演过，但出镜最多的是冷夏儿。

"鹿晓阳说过，冷夏儿身上有一股神秘忧郁的气质，特别适合他的片子。夏儿长得那么普通，也不知道看中她哪点了。"对于屏幕里的冷夏儿，她竟有些嫉妒。

鹿晓阳在视网上的用户名叫"小鹿乱撞"，头像下有一行自我介绍：阅片无数，尤喜侦探、烧脑的素人视频创作者。

"这并不能解释鹿晓阳为何见死不救。"钟燃不认同杏子的说法。

"没准鹿晓阳正在创作一部新片，冷夏儿说台词时，失足落下悬崖……"杏子继续天马行空。

钟燃摇摇头，太多的不合理，都不知道该从哪里反驳。座机不合时宜地响起，老烟起身接电话，时不时还抢辩几句。等再坐回到会议桌前，眉头皱成疙瘩，钟燃和杏子异口同声道："检察长？"

老烟点点头："市里下达了指令，冷夏儿案，以自杀结案。"

杏子嘴快："前两天还鼓励我们查案，刚有点眉目，就这么轻易结了？"

"案子过去一个多星期了，公安那边主张的结论是自杀，这合乎情理，毕竟在视频里，没有迹象显示冷夏儿受到胁迫，也没有人亲手推她坠崖。即便鹿晓阳在现场，也不足以立案侦查。市里的意思很明确，宜早不宜迟，给社会一个交代。高考中考在即，人心得稳啊，尤其是学生和家长们的情绪。"

"即便自杀，那背后的原因，难道就不管了？"杏子愤愤不平。

"市里也有难处，现在是统一口径，已经在准备新闻稿了。"

钟燃和杏子对视一眼，眼神中都流露出不甘的意味。

老烟很快就调整过来情绪，从办公桌后面抽出一个卷宗，推到两人面前："看看这个案子，什么是福利姬？"

"这是二次元文化下发展出来的一个畸形产物，最早起源于日本。在我国呢，福利姬就是在网上打着网监擦边球，兜售性感照片或视频的女孩，甚至援交。"杏子回答得干净利索。

"那投食、绅士又是指的什么？"看着案卷上的生僻词汇，轮到钟燃发问了。

"购买照片、视频或者性服务就叫投食，这些喜欢二次元软色情的人，被称作绅士，如果这些人购买了福利姬提供的服务，就会被称为金主……呃，这些都是网络用语。"

"你怎么会知道这些？"

"我喜欢跑步，家门口的那个公园，时常有穿着cosplay服饰拍照的年轻人，我觉得好玩，就上网搜索，才发现有借助cosplay外衣贩卖色情的福利姬。师父，这是什么案子，抓住福利姬了？"钟燃把卷宗递给杏子。

"抓住个团伙，成员都已经批捕了。其中一名福利姬是未成年，按规定案子由我们科办。你们俩转换下思路，把精力投在这个案子上。行了，今天到此为止，下班。"

不容分说，两个人被老烟"推"了出去，门在身后关上。

吉普车随着车流走走停停，与车外嘈杂相比，车内安静极了。约莫过了一刻钟，杏子实在憋不住问了句："师父，冷夏儿自杀案就这样了？"

钟燃给不出答案，只是握着方向盘目视前方。杏子想说什么又忍住，终于叹了口气，蜷缩在副驾驶座百无聊赖地刷起手机新闻。

钟燃随手打开车载音响——

孤独的人
开着绿色的老爷车
……

旋律刚刚响起就被按下暂停键，杏子把手机举到钟燃眼前："师父，你看。"

屏幕上播放着冷夏儿自杀的官方新闻。一名衣着得体的女性主持人字正腔圆地报道：自蓝海中学学生冷某自杀事件以来，市委市政府、市教委、公安、检察、救援……各个部门成立联合工作组，由市委常务副市长亲自督战，领导了石屿市有史以来最大规模的海上搜救活动，派驻数个心理疏导小组进驻蓝海中学，为师生们进行一对一的心理辅导，经公安检察等部门细致的侦查，冷某确系因自身原因而导致极端事件的发生。在第一时间，市委领导对学生家属致以最诚挚的慰问。此次事件给我们敲响了警钟，如何关爱未成年人的身心健康，是我们教育部门接下来的工作重心。针对于此，市委领导亲自批示……

钟燃不想继续听下去了，整篇报道避重就轻，把冷夏儿之死轻轻带过，着重描述政府部门在事件中如何应对、做好善后工作。问题就这样被一捧捧看不见的沙土埋在地底深处，仅留下地表那一层虚假的光鲜。

底下的评论，清一水地称赞政府反应迅速，少女为何自杀，却鲜有人提及，看来，评论区是被进行了风控。

钟燃扭头望向窗外，正好途经蓝海中学，望着马路对面高大气派的校门，心头突然涌上股没来由的厌恶。

2

公安机关提交的案卷材料证据确凿。但这名未成年嫌疑人是聋哑人，在决定是否起诉前，谨慎起见，钟燃要去趟看守所提审。

推开科室的门，声音惊醒了杏子。从桌子上抬起头来，额头还有被手指压出来的印记，睁着惺忪的睡眼："师父，早。"

钟燃哭笑不得："又熬夜了？"

"我整理完资料都后半夜了，我怕回家睡着了爬不起来，干脆没回去，嘿嘿。"在杏子桌面上，整整齐齐摆放着一沓档案袋，"周如叶的案卷都在这里了，请师父过目。"

钟燃故意打趣："赶紧洗把脸清醒下，这么漂亮的检察官，一会儿提审嫌疑人，满眼眼屎算怎么回事。"

这句话一下戳中了杏子的软肋，"啊"的一声，急忙冲出办公室，朝着洗手间跑去。利用这个工夫，钟燃翻看杏子整理的案卷，看得出她非常用心，在关键性提示点，都用了不同的彩色小粘贴，还专门做了一张问讯提示笔记，字迹娟秀。很快杏子就回来了，神色飒爽了许多。

"第一次去看守所提审嫌疑人,有什么感受?"

"说实话……师父,你不能笑话我。"

"怎么会?"

"我挺紧张的,甚至有点怕。"

"怕?就和问讯学生一样。福利姬也是未成年人,不是暴力罪犯。"

杏子见他误会,急忙辩解:"倒不是怕这些,我是怕我的案头工作有纰漏,不能很好地帮助师父完成提讯工作。现在这种感觉,就像高考前的复习冲刺,准备得越细,感觉心里越没底。"

"还挺能拐弯抹角地夸自己。"

"师父,我哪有?"

"对嫌疑人的第一个问题,我想由你来问。"

杏子没料到钟燃会这么说,一时间有点不知所措:"师父,这、这合适吗?我是你的助理检察官。"

"谁规定助理检察官就不能提问题了?你要是害怕就当我没说。"

"我不怕,就是幸福来得太突然。"

杏子把微型录像机架好,录音笔放在桌面上,自己打开笔记本,正襟危坐在钟燃旁边,内心过于兴奋的缘故,拿笔的手有些微微颤抖。钟燃用余光观察她,内心觉得好笑,刚要拿面前的纸杯喝水,就被杏子抢先拿走,一饮而尽,清水的凉意沁人心脾,让她放松了很多。等喝完才意识到,她拿错了杯子,没等她尴尬,钟燃就笑着圆场:"我这杯,本来就是倒给你的。"

"呃,谢谢师父。"钟燃的温暖,让杏子感到开心。

提讯室的铁门打开,一名女民警迈步进来,在她身后,跟着一名穿黄色号坎的女孩,在女警手势指导下,安静地坐在两人对面。

又有两名女性人员进入房间。其中一名女社工主动介绍自己,她来自市属未成年人救助保护机构,嫌疑人周如叶是聋哑人,刚满十六岁。为保证未成年人权益，未保机构特派她来对此次提讯进行监督，也把同行的手语老师介绍给大家，简单寒暄后，步入正题。

钟燃仔细端详对面的女孩，身材瘦小，黄色号坎穿在身上，像套个面口袋。自从进门就低垂着头，纤细的手指拨动着衣角，缠绕住手指再松开，再缠绕，机械地重复着这个动作。

这么小就做福利姬，可惜了。钟燃暗暗叹了口气，眼神示意杏子，可以开始了。

杏子按下录制键，朗声道："石屿市检察院未检部检察官钟燃，助理检察官李杏子，现在开始对犯罪嫌疑人进行讯问，全程将在公平、公正的环境下进行。请问嫌疑人，你的姓名？"

手语老师轻轻拍了下周如叶肩膀，示意让她看自己手势，周如叶保持着姿势没有动，眼睛透过额前刘海的缝隙，注视着老师，老师接连打了三遍手语，她也无动于衷。

手语老师有点挂不住，回头对杏子解释："我在问她叫什么名字，这是很简单的手语，每名聋哑人都会的……"

跟随手语老师的视线，周如叶也调转方向，终于坐直身体，静静地望着杏子。眼神交错的一瞬间，杏子呼吸似乎停滞了。眼前的女孩，不带一丝烟火气，白皙的肌肤，稚嫩的容颜，清澈的眼神……要不是身上那抹杏黄色，她无论如何也不能相信，对面女孩，是在网络上贩卖自己裸照，甚至援交的福利姬。

杏子感觉心脏像是被针扎了一下，疼得瘆人。

杏子的异常让钟燃敏锐地察觉到，用手指轻轻敲了敲桌面，低声唤道："杏子——"

"啊——"杏子意识到自己的失态，急忙压低声音说了声"对不起"。

对面的周如叶似乎也感觉到了，朝着她笑了一下。杏子稳定下心神，再次问道："请问嫌疑人，你的姓名？"

周如叶没等手语老师，直接打出手势。接下来的问答没有任何滞涩，在手语老师的翻译下，周如叶一一回答杏子的问题。按照原计划，接下来会拿出警方提供的性感照片让周如叶辨别是本人无误，来完成证据的确认工作。照片就在手边资料袋里，可当杏子手指触摸到袋子边缘时却顿住，内心产生了犹豫，与在校园里问讯的感觉，完全不同。一定要当着女孩面揭开伤疤，让旁观者像看动物一般看待她吗？

屋内陷入死一般的沉寂。

时间似乎很漫长，周如叶睁着大眼睛，不解地望着杏子，转头打手语问老师，是不是提讯到此结束，自己可以走了？当手语老师问出这句话时，杏子不禁又为自己的幼稚感到可笑，对面女孩再无害，也是犯罪嫌疑人，而自己作为助理检察官，确认证据是本职工作，怎能感情用事？想通此节，杏子深吸一口气，手打开档案袋，刚要抽出照片，却被钟燃按住。

"师父？"

钟燃微微一笑，示意她先把档案袋放下，自己扭头望着周如叶："你是安溪县梧夏镇周家村人？"手语老师也轻吁一口气，又开始了自己娴熟无比的手指工作。

"村口的祠堂前，有一棵百年的古樟树，人们都喜欢聚在树下纳凉，有一位小男孩，每天都会牵着妹妹的手，途经小卖部时，会用自己攒下来的钱，给她买最喜欢吃的干脆面或者辣条，然后来到大樟树下。在孩子们当中，小女孩手里的零食总是最多的。"

周如叶盯着钟燃，神色似乎有些变了，不像刚才那般淡定。

"跟哥哥在一起，小女孩十分快乐。哥哥长大后去城里打工，每次拿到薪水，总会第一时间买最好吃的食物和最好看的衣服寄回给妹妹。哥哥对妹妹的宠爱，不啻父母亲。几年前，一场意外车祸，哥哥变成了植物人。"

第七章 福利姬

钟燃的声音舒缓，周如叶情绪波动却很大，用手语说出：你是怎么知道的？

"李检察官专门去走访你生长的山村，据村支书说，你是聪慧伶俐、有同情心的好孩子。由于哥哥的意外，父母不得不回到身边照料，无奈之下，你很早就辍学打工。太早步入社会，你缺乏保护自己的意识……"钟燃望着眼前这名命运多舛的女孩，有些心疼，"你并不是先天性耳聋，耳朵是在镇上采石场工作时，由于距离近，被炮震聋的吧。"

周如叶低下头，一句话也不说。

钟燃从案卷中拿出一张单据推到周如叶面前："这是银行出具的证明，是你打工以来把钱寄回家的转账凭证。转款数额明显增多时，与你开始在网上贩卖性感照片，线下援交的时间相吻合，这让我不禁想问，你做福利姬的目的。"

触及痛处，周如叶再也控制不住自己的情绪，潸然泪下，无声的哭泣，更让人看着心疼。女社工上前，轻轻地拍着周如叶后背，以表安慰。直至她完全平静下来，手语老师才按照她的表述告诉钟燃："那段时间，哥哥被接连下了好几次病危通知书，不得已，才走上这条道路。"手语老师说着，眼神中充满了怜悯。

钟燃点点头，继续道："你受迫于家庭或者身体原因，独自承受却不知道向社会寻求帮助。换位思考，我在你这个年纪，面临同样的困境，也会迷茫。但你终究是触犯了法律，要接受相应的惩罚。"

周如叶表示接受。

钟燃示意杏子继续。杏子感激地望了他一眼，把"中介"的照片摆放在周如叶面前，问道："这个人你见过吗？他主要负责什么？"

周如叶回答：见过几次，他是司机兼保镖。

"你们怎么认识的？"

周如叶回答：是我室友介绍的。他私信跟我聊，问我想不想挣快钱。哥哥急需大量药物维持，我手头拮据，当有人能解决你的燃眉之急时，很容易就会陷进去。他让我添加一个小程序，说是可以给我介绍金主，其实就是援交。

手语老师的翻译，让众人唏嘘不已。

"你说的小程序，是在你手机中的这个吗？"在杏子手中，有一张周如叶手机桌面的截屏图，红色记号笔圈中一个以烈焰红唇为背景图案的 App，名叫媚悦。

周如叶点点头，表示就是这个。

"你知道幕后是谁在操纵这款 App 吗？"

周如叶歪着脑袋，想起中介不经意间提及过一次。要来了笔和纸，在纸上面写了两个字：阿宽。

"你见过这个人？"

周如叶回答：除了接送她的司机兼保镖，她没有在现实中见过上线。这个圈子非常小，反侦查意识也强。我是被中介观察了好久才引荐进去的。除了福利姬流动性大一些，管理者、司机、保镖、摄影师，人员都非常固定，很少变换。

周如叶寻思了下，为了证明自己是初涉这个圈子的人，主动进行补充：我做这行时间不长，还没有脱离观察期，只是最初级福利姬。在管理者眼中，只有稳定、服从性强的福利姬，才会进入高端群。

"高端群？"钟燃和杏子面面相觑。

周如叶回答：专门提供给高端私密客户的，价格昂贵，对客户信息保密也下足功夫。

时间过得飞快，钟燃和杏子走出看守所时，日头正毒。与两位社工道别分开后，杏子拎着箱子跟在钟燃身后，依旧愤愤不平："师父，这个阿宽到底何许人也？连未成年聋哑人都不放过，心肠太狠毒了。我要是遇到，一定亲手送他上法庭！"

对于警方没有抓获的人物，钟燃不想做过多的评价，用鼻子"嗯"了一声，算是回答。

杏子兀自说道："周如叶太可怜了，要不是哥哥病重，也不至于落到这步田地。虽然犯错，但她出发点是好的。再说了，那么小的年纪，如何分辨得出成人世界里的善恶？我不能看着她跌入深渊而无动于衷。师父，我们应该做点什么……"

钟燃突然驻足，杏子猝不及防，一下子就超了过去，发觉不对劲又赶忙收住脚，回头疑惑道："师父——"

外表小巧玲珑、漫画感十足，内心却火热无比……钟燃越端详越觉得她有趣，故意把球踢回去："要是你能决定，你会怎么办？"

"不起诉。"杏子回答得斩钉截铁。

"理由？"

杏子微微沉吟："首先，周如叶的目的是救哥哥，主观没有恶意；其次，虽然有贩卖传播淫秽图片视频、援交的犯罪事实，但社会危害性还是较小的；最后，也是最重要的一点，在犯罪时她未满十六岁，我们应该给她'浪子回头'的机会。检爱同行，不正是咱们科室存在的意义吗？"

"好一个检爱同行。"钟燃被杏子的最后一句话逗笑了，"从进了看守所的门，见到周如叶后，你满脑门子装的都是爱，哪里还有一丝检察官的风范？"

杏子有些脸红："师父，我今天表现不好，但周如叶眼神里的纯真，是装不出来的。这让我坚信，她是可以，也是应该被拯救的。"

"我相信你的判断……但你是检察官，最不应该的，是让嫌疑人看透了你。"钟燃说得有些意味深长。

杏子也意识到了，顿时满脸通红："对不起师父，我以后会注意的。"

钟燃点点头，拉开车门上车，杏子"嗖"地就钻进副驾驶，没等系上安全带，就急不可耐地表态："师父辛苦啦，我知道一家啤酒炸鸡非常地正宗，我请你吃，算正式拜师啦。"

钟燃本想拒绝，不过杏子最后的话，让他不好再说什么。汽车开出看守所大门，沿着山路盘旋而下，最终汇入滚滚车流。

钟燃随手打开车载音响，车内响起《骄阳似火》的旋律：

孤独的人
开着绿色的老爷车
无垠的公路　如六十六号般延绵悠长
车顶的行囊
座位下的枪
善意地提醒我诗在远方
窗外的烈日
铸铁的招牌
轮胎就像松软的软皮糖
与我同行的人呐　何时才来打开我的心窗
骄傲如我
骄阳似火
……

杏子跟着节奏，轻轻地哼着歌词，却冷不丁冒出一句："师父，你阻止我抽出照片那一刻，有点帅。"

窗外，骄阳似火。

第七章　福利姬·075·

第八章

初现端倪

1

同样的噩梦让钟燃再次醒来。隔壁父母睡得香甜,传来轻微的鼾声。揉了揉生疼的太阳穴,看了下表,刚凌晨四点,困意已无,干脆斜靠在床头浏览手机新闻。

鬼使神差,他的手指点开鹿晓阳视网的主页。有一个新更新的视频,标题是:死去,还有人会记得她吗。

阅读量已经上万,与以往不同,这个视频完全基于现实。画面远端,沙滩上有一堆人"厮打"起来,还伴随着女人的号哭声。很快这些人就抬着一名女子快步而行,抬进救护车。救护车嘶鸣着开走,沙滩上的帐篷,以最快的速度被拆除、装车……沙滩上没有留下一丝痕迹,就好像什么也没发生过。视频的结尾,是一张黑白色的冷夏儿照片,渐渐隐去,消失不见。

评论区里的评论五花八门——

幽然@特雷西:这是故事吗?简直太逼真了。

餐桌上的蚂蚁:欧买噶我的女猪脚,就这么结束了?

神经蛙:怎么寻死也不能跳海,尸骨无存,找都找不到……

用户o15d99：干吗要寻死，难道出家不香吗？

眼前就是@卡夫卡：女猪脚死了，真不知道大神要换谁来演，严重期待中。

……

就如《龙旗下的臣民》里描述的愚民，评论区里更多是看客心态，鲜有人关注死者本身。钟燃不禁感叹，这条视频的名字取得恰如其分，任何爆炸性新闻，都会迅速淹没在浩瀚的信息海洋中，更何况一名少女……用不了多久，谁还会记得她？

钟燃晨跑回来，母亲已经把早餐做好，正笑眯眯坐在餐桌前等着自己。钟燃被母亲瞧得有些发毛："妈，怎么了？"

母亲道："刚才单位来电话了，本来不想接，但架不住手机一直响，是位姑娘……"

手机还在充电，钟燃拿起打开，是李杏子打来的。

"科室的同事。"

"她说是你徒弟，听声音，是位干净利索的姑娘。徒弟这层关系好啊，哪天带来家里吃饭。"母亲瞥了眼父亲，两人心照不宣地笑了。

"呃，有机会的。"钟燃疲于解释，急忙岔开话题，"她找我有什么事？"

"她就请我转达，让你速回科里。现在的姑娘啊，嘴甜还严的，不多见。"

钟燃嘴里应和着，胡乱扒拉几口饭，逃命似的离开了家。

刚停稳车，就听见凉亭方向传来杏子的声音："师父，这里。"

自从王检察长来这开过会后，凉亭成了大家心中默认的最佳地点，里面有三人，除了杏子与老烟，还有名少年，正是鹿晓阳。自己

第八章 初现端倪 · 077 ·

主动上门，大大出乎钟燃的预料。

钟燃步入凉亭，看到石桌上摆着一副围棋，黑白棋子几乎布满小半个棋盘，老烟和鹿晓阳正在对弈。

"小钟，你看看，黑子能赢，还是得输？"

老烟执黑子，钟燃摇了摇头："我不懂棋，那得看白子，是攻还是守了。"

老烟闻言哈哈大笑："回答得狡猾无比。不过我一直在攻，小友一直在守，我却输了。"

"老烟让着我，也是可能的。"鹿晓阳表现出难得的谦逊。

"嘿嘿嘿，我倒是想让。"老烟站起身，从兜里掏出一根烟，点上，深深吸了一大口，意味深长地看了钟燃一眼，"行啦，不打扰啦，你们好好聊，我老头子烟瘾犯了，躲你们远点。"说罢，人晃晃悠悠地直奔小楼而去，很快身影消失在门洞里。

鹿晓阳反客为主，嬉皮笑脸："大叔，您真是检察系统的好员工，一个电话，这么快就到了。要是来晚点，这盘棋，我们或许就下完了。"

杏子被逗得笑出声来，钟燃年富力强，再被这身制服衬托着，更显得潇洒帅气，哪里像是什么大叔？这个小鬼头，嘴巴真毒。

"你没下完，也是在等我们吧。"

被看穿心思，鹿晓阳反而开心起来："确切地说，是在等你。既然起手，那就由大叔来下完这盘棋吧。"

今天的日头很足，阳光穿过树叶缝隙，在地面上投射出星点光斑。阵风袭来，树影与光斑时而交错、时而分离，这点晃动，惊醒了卧在墙角轻睡的黑猫，伸出爪子朝着刺目的烈日空抓两把，扭头望着凉亭里面的人。

鹿晓阳一语双关，钟燃如何听不出来，接招道："说吧，怎么下。"

"冷夏儿自杀时，是我陪在她身边，拍下死亡视频。"

闻言，杏子急忙掏出笔记本，还不忘提醒道："鹿晓阳同学，你现在说的一切都会被记录在案，请如实陈述，不要信口开河，不然，是要负法律责任的。"

"我懂。"

"我们也可以请你的监护人到场。"

"没必要，是我主动来的。"

钟燃问道："宣教演讲时，播放出来的视频？"

"是我动的手脚。"鹿晓阳的回答毫不拖泥带水，"我知道你接下来要问什么，张老师有随身携带电脑的习惯，我只要在食堂稳住他，就有无数种办法把视频替换掉。"

"能说得再仔细些吗？"

"把改后的视频投上大银幕，需要三个关键步骤，第一，往宣传片里插入视频，这是最简单的一步，不再解释了。第二，拖住张老师，卡好时间，等他赶到机房时，宣教演讲刚刚开始，自然无暇再检查。张老师喜爱悬疑推理，我投其所好，一早就在食堂等他，拿出事先编写好的脚本请教。能参与创作，可把他高兴坏了。当然为了在时间上迷惑他，我做了个小手脚，把手表指针向前调了半小时。"

钟燃："第三点，就是人机分离了。"

"我一直给他倒水喝，人在高度专注时，是意识不到自己喝了多少量……剩下的，静静等着就好，等他尿急、跑厕所的时候，很从容地就把视频替换掉了。"说出来简单，想要完成这一系列操作，没有异常冷静的头脑很难做到。这还不算，最让钟燃惊讶的是，鹿晓阳好像在讲身边的一个有趣故事，这份超乎成人的淡定，令人刮目相看。

"你这么做目的是什么？"

"受人之托，给人办事。"

钟燃似乎已经猜到，还是问了出来："受谁之托？"

第八章 初现端倪 · 079 ·

鹿晓阳的眼眸暗淡下来，停顿了下才缓缓道："冷夏儿。"

空气瞬间凝固住了。过了好一会儿，钟燃才沉声道："冷夏儿她……为什么选择这么做？"

黑猫身形一晃，来到了凉亭之外。望着凉亭里面的人，烦躁不安地转了几圈，终于张开嘴，不满地"喵"了一声。

与此同时，凉亭内的鹿晓阳说道："因为被霸凌。"

杏子："是谁霸凌了她？为什么不去报警？"

鹿晓阳伸了个大大的懒腰，执一粒黑子放在棋盘上："老烟下棋吧，一味图快，其实步步为营，还是有机会翻盘的。"

鹿晓阳早已经走了，可两人就像被定住身形，一动不动。临走前的话犹在耳边回响——"不知道你们接下来会怎么做，我只想冷眼旁观，如果就此打住，她和这个世界告别的方式虽然粗暴，但无比正确。"

"我真搞不懂，她忍受着霸凌，不想报案，却采取这么极端的方式。"杏子只觉得口里发苦。

"可能成人世界，带给她太多的不安全感。"

又一阵短暂的沉默。杏子抬起头，眼中噙着泪花："我们，真的那么不值得信任吗？"

钟燃望着杏子还略显稚气的脸，深吸了一口气，道："是坐在这里怨天尤人，还是跟着师父继续调查，重新建立起信任？"

杏子噌的一下子站起来，泪珠犹挂在睫毛上，眼神却放着光："师父，真的吗？院里不是说已经结案了吗。"

"冷夏儿是结案了，可我们去找霸凌别人的人，并不算违规，你干不干？"

"干！"杏子回答得斩钉截铁。

"收拾一下，跟我去蓝海中学。"

"嗯。我总感觉，鹿晓阳没有把所有隐情都告诉我们。"

"他之所以这样，是想看我们接下来的反应。"

"他就不怕我们利用口供刁难他？"

"你会这么做吗？"钟燃反问。

杏子歪着脑袋想了想，摇头道："不会的。"

"他既然能来，是算准了这点。当然，旁观别人自杀、现场拍摄视频、帮朋友实现遗言都构不上犯罪，至多是品德不佳。"

"品德不佳？简直是胆大妄为。改动校宣传片，按照校规，够开除了吧。"杏子无不担忧。

2

提及鹿晓阳，韩松博火气就不打一处来。

"钟检，查出什么来没？这孩子心野，真要是他改的，我绝不姑息。上次打架斗殴，教导处本着教育的态度，不然早被开除了。"

杏子偷眼瞧着钟燃，意思很明显：看看看，我说什么来着。

"还在调查阶段，并没有定论。这次来，是想再问询一些同学。"钟燃的表情，就好像上午在凉亭的谈话从没发生过，平静如水。韩松博的态度却来了个一百八十度大转变。

"市里……不是已经结案了吗？"韩主任面露为难的表情，"配合公检机关调查，是公民应尽的义务，但我们毕竟是学校，以教学为主，市教委给我们的升学任务很重，你们调查来调查去，搞得人心惶惶，影响到学生们的成绩、耽误了升学率……我就是个小主任，担不起这天大的责任啊。"

韩主任官腔打得不错，一柄无形的软刀子递了过来。

钟燃先是一愣，进而笑道："韩主任说得不错，学校是学子圣地，我们怎么可能会无端打扰？此次事件敲响了警钟，市领导给检察院下达明确指令，为保护未成年人的健康发展，要把法制宣传教育的活动深入到校园每一个角落，我们未检科也是带着任务来的。"

如太极推手，钟燃将刀口调转方向，递了回去。

"既然是市里下达的指令，学校自然配合，也烦请钟检给个大概时间，不能无休止啊。"

钟燃伸出一根手指头："给我一周时间。"

"一言为定。"

小王从门外闪入，快步走到韩松博身前，俯下身在他耳边耳语几句。韩主任一皱眉："接待这两位，不应该是院办分内之事吗？"

小王瞥了眼钟燃，神色尴尬："这、这是老校长的意思，说是、说是……"

韩松博朝着小王挥了挥手，制止他继续往下说，内心再明白不过，背后肯定是崔胜利捣的鬼，说服老校长，把烫手山芋都甩给自己，可即便难办也得办。干咳一声，皮笑肉不笑道："钟检，既然约定好了，我就不耽误您的宝贵时间啦。"逐客之意明显。钟燃也不想多待，客套两句，起身告辞。

刚出门，就见助教引领着一对夫妻朝教导处走来，钟燃眼尖，认出对面神色憔悴的女人，正是鹿晓阳视频里被众人抬进救护车的人。于是朝女人伸出手，柔声道："您好，您是冷夏儿同学的母亲吗？我是市检察院未检科的钟燃检察官。"

女人闻言停住脚步，用涣散无光的眼神打量了下对面来人，并没有作答。陪在身边的冷勇敢上前搭话："钟检察官好。"

"夏儿同学的事情我很抱歉，请您节哀，有什么需要帮助的，二十四小时随时都可以致电检察院。"

身后响起韩松博的声音："**魏助教**，还耽搁什么，赶紧请家长进来吧。"

魏助教朝钟燃点头示意，匆匆带着冷家父母走进教导处办公室，门在身后重重关上。

翻看心理疏导小组的记录，同学们过来咨询的内容五花八门：师生关系、暗恋、身材、饮食、考前压力……因自杀事件需要疏导的同学越来越少，大家逐渐走出心理阴霾，是让人感到欣慰的。

除这些之外，没有更多的有用信息。

这几天，钟燊和杏子积极地在蓝海中学展开宣教活动，也根据疏导小组的记录，有针对性地和师生们进行交流。教室、图书馆、食堂、各个社团……到处都能看到两人的身影，夜晚，属于辅导小组房间的灯光，也彻夜亮着。

3

"师父，今天有发现没？"上课归来的杏子，推开门第一件事，就是问进展。

钟燊目光并没有离开桌面上厚厚的文件。杏子干脆拉把椅子坐在对面，双手枕着下巴，无不担忧道："约定时间就要到了，咱们下一步怎么办？"

"怎么没有？"

杏子眼睛瞬间睁大，不明觉厉地望着钟燊。

"你有没有觉得，同学们看我们的眼神，和刚来时不一样了？"

"有吗？"杏子神经大条。

"我冥冥中感觉，学校有人一直在暗中观察我们的态度、我们的决心。"

杏子扮了个鬼脸，对这个回答很不感冒："希望你的第六感能灵验。"

钟燊并不理会她的小动作，神情专注地翻阅文件，做着笔记：

"前来心理咨询的同学比例占学生总数的百分之二十一，其中女生又占绝大多数。可见此次事件，确实对同学们产生了广泛影响，尤其是女生。"

"女孩子心思细密，也更容易被环境所左右，产生心理波动。"

"这是前来咨询过的女生名单，咨询内容与冷夏儿自杀案有直接、间接关系的，我都用红色水笔勾画出来了。"钟燃把手中的纸张展示给杏子看，纸张空白处还写有很多关键词，"来世、人际关系、焦虑、懊恼……提出这样问题的女生，都有一个共同特点。"

"什么特点？"

"她们都是冷夏儿生前加入的舞蹈社团队员。"

"一哒哒、二哒哒，由美，把脚尖绷起来……雨桐，注意前后左右的距离……"还没有走进舞蹈房，清脆女声就在音乐旋律伴随下，穿过墙壁、飘进钟燃耳朵里。宽敞明亮的舞蹈房，尚雯雯正在领舞，在她面前有十多名女生，声音就是她发出来的。

"停停停，雨桐你怎么回事，每次都在这慢半个节拍，你是想凸显自己，还是不长记性？"尚雯雯挥手示意大家停下来，径直走到雨桐身前。

"对不起雯雯，我不是有意的……"雨桐的声音细若蚊蚋，看得出她很怕尚雯雯。

尚雯雯杏眉倒竖，叱道："光说对不起有用吗？跳舞不带脑子。咱们上次说好的，再错了怎么惩罚？"

看尚雯雯发火，几名女生合围过来，把雨桐夹在中间。

"雯雯，我来例假了，反应有些慢，再也不会了……由美、赵晖、胡春燕，你们帮我说句话啊。"雨桐无力地哀求。被点到名的人都噤若寒蝉，此刻的雨桐就像瘟神，都躲得远远的，唯恐避之不及。

尚雯雯的一名跟班道："雯雯，还是把她带到老地方？"

雨桐急着求饶："求求你们，不要带我去红房子。"

没等尚雯雯说话，门口传来舞蹈老师的声音："同学们先休息下，检察院的同志，找你们核实些情况。"

尚雯雯闻言回头，刚才的凶狠狰狞，瞬间化为满面春风，甜甜说道："刘老师好，我们已经排练大半天啦，雨桐来姨妈还在坚持，这不，大家正盘算着让她休息会儿。"

一名跟班在背后用手指捅了下雨桐的后腰，雨桐赶紧道："雯雯一直很关心我。"

舞蹈老师点点头，不再理会学生们，转头面向钟燃："钟检，您开展工作吧，只是时间不要太久，她们还要练舞。"说完，自己搬了把椅子坐在角落里，权当监护。

钟燃只是静静观察着舞蹈房的女生们。进来前，他敏锐地察觉到女生们起了争执，虽然声音不大，但雨桐哀求的话语，还是一字不落地传进他的耳朵里——"求求你们，不要带我去红房子……"

红房子，那是什么地方？

舞蹈房成了问询场所，谈话在一对一之间进行，女孩们都在门外排着队，轮流进入房间。可让钟燃和杏子感到困惑的是，提及冷夏儿，女孩们几乎都是一个说辞：我跟她不熟，仅仅是跳舞见过两次面，她为什么会自杀，我什么也不知道。

两人面面相觑，不知道问题出在了哪里，直到尚雯雯坐到对面椅子上。

"我叫尚雯雯，是舞蹈团的领舞，要问我和冷夏儿的关系，我自认为，我是她最好的朋友。"这句话，一下子把钟燃和杏子的目光聚焦在她身上。

尚雯雯继续道："夏儿性格内向，长相也不出众，在学校里就像个小透明。她来舞蹈社团，还是我介绍来的。"

"你们怎么成为好朋友的？"

"我们两人宿舍是门对门,平时走动频繁,夏儿文科很好,我有问题时,经常会请教她。"

钟燃看了眼手头的资料:"夏儿同学的志向是政法大学、未来成为一名法官,尚同学,你理想的大学是什么?"

"中央戏剧学院,或者电影学院,只要是同档次的艺术院校,我都可以的。"

"冷夏儿喜欢跳舞吗?"

尚雯雯想了一下,不明白钟燃的意思,就采用模棱两可的方式回答道:"谈不上喜欢,但也应该不排斥。"

"据我了解,她不太喜欢舞蹈社团,怕耽误学习。"

"她和我一起,我教她跳舞,她辅导我文化课,互帮互助,难道说……她跳崖是因为耽误学习、不想继续跳舞了?如果是这样,她可以直接跟我说啊。"说着说着,尚雯雯的眼圈红了,两滴晶莹剔透的泪珠从眼眶中滑落,进而失声痛哭起来,引得舞蹈老师不再刷手机,向这边投来询问的目光。

杏子掏出纸巾递了过去,并安慰道:"尚雯雯同学,不要紧张,我们只是了解情况。"

尚雯雯谢着接过,拿纸巾拭干泪水,才道:"请你们一定把她找回来,即便我失去最好的舞伴,只要她愿意,随时可以退出舞蹈社团。"

"我们也希望把她安全带回来。"钟燃换了个话题,"你是夏儿同学的好朋友,你觉得,鹿晓阳和她是什么关系?"

"鹿晓阳……"尚雯雯想了一下,道,"他俩是同班同学,我和他并不熟,非要说点什么……他喜欢惹是生非,有点自大,跟老师的关系倒还不错。还有什么,我也不太清楚,你们可以问问别的同学。"看得出,鹿晓阳这样的同学,在她心目中无足轻重。

"这名小姑娘,骨子里有种趾高气扬的劲,话说得冠冕堂皇,但不知道为什么,我有点不相信她的话。"结束与尚雯雯的谈话,杏子如此评价。

结束问询,两人向舞蹈老师道谢,走出舞蹈房。

舞蹈房外面是一条种植法国梧桐的小路,钟燃和杏子边走边聊,感觉身后有人影晃动。这个身影,在他不经意间似乎已经出现过几次,因为体形特殊,故在潜意识里留有印象,难道,就是暗中观察自己的人?

钟燃猛然回头,身影似乎受到惊吓,躲到了树后。快步绕到树后,一名体形肥硕的女孩躲在那里,用惊恐的神情望着自己。钟燃温言道:"同学,有什么可以帮助你吗?"

女孩眼神躲闪,脚步慢慢向后移动,身体语言已经说得很直白。没等她转身逃走,钟燃直截了当:"你跟踪我,可是因为冷夏儿的事?"

女孩脚步定住了,猛地抬起头,眼睛中噙满泪水。这一瞬间钟燃知道自己猜对了。

在树下长椅上,钟燃和杏子一左一右陪伴着她。女生接过杏子递来的纸巾,擦拭眼泪,等情绪平稳下来,钟燃才问道:"同学,你叫什么名字?"

"我叫肥妹……"女生弱弱地回答。

"这是你的本名?"

"不是,是她们给我起的绰号。"

"我只想知道你的大名。"

"在学校,她们只允许我叫这个,时间长了,也就习惯了……"肥妹感激地瞥了钟燃一眼,轻声道,"我叫梁璐。"

钟燃和杏子对视一眼,心有灵犀地等待她继续说下去。

"我和夏儿是一个寝室的,她心地善良,我很喜欢她。她怎么想我不知道,但我在内心里,把她当作最好的朋友。可是,我却背叛了她……"肥妹鼻头发酸，眼泪不争气地又流出来。杏子轻抚她的后背，肥妹却哭得更厉害了。杏子就这样安抚着，直到她的情绪再次稳定下来。

肥妹抬起头，感激道："谢谢检察官阿姨。"

杏子故意板起脸来："怎么，我看着很老吗？叫我杏子姐就好啦。"

肥妹急忙改口："杏子姐，我不是那个意思。只是……在我被欺负、伤心难过时，夏儿也是这么安慰我的，你让我很想她。"心中淤积很久的情绪释放出来，肥妹顿感轻松了很多，不再悲悲切切，把那天礼堂发生的一切，原原本本地讲述出来，最后道，"是尚雯雯逼死的夏儿，我是帮凶。是我亲手挑选的鱼骨，没想到扎在冷夏儿脚上，我有很多次想当面跟她说对不起，就是鼓不起勇气，生怕说出来，再也没脸成为她的朋友。万万没想到，她竟然选择了这样极端的方式。"

以肥妹的性格，说出这些已经鼓足莫大的勇气。钟燃感到心底有一股凉意涌上来，没想到瓷娃娃一般精致的尚雯雯，私底下手段竟如此狠辣。为了慎重起见，再次问道："你说的这些，同学们都知道吗？"

"舞蹈社的女生都知道，只是大家惧怕尚雯雯，没人敢说出来。"

"为什么会怕她，就因为长得好看？"杏子有些不忿。

"倒不完全因为这个。"肥妹咬了咬嘴唇，决定全部说出来："据雯雯自己说，刘鹰珞一直在追求她，她身边女生也证实了这一点。"

"刘鹰珞？"

"嗯，在学校他是超级学霸，男神一般的存在。"

来学校这么多次，这个名字还是第一次听到，钟燃不禁感叹自己对这所学校的认知，仅是皮毛。肥妹接下来的话，合理解释了大家惧怕尚雯雯的原因。

"刘鹰珞的母亲，是蓝海中学的名誉校长。"

"苏雪妮。"钟燃和杏子，几乎同时脱口而出。

钟燃想起雨桐说的话，试探性问道："你知道红房子吗？"

提及这三个字，肥妹脸上的肉颤了一下，下意识回答："你怎么知道？"

肥妹也不隐瞒，讲述了红房子的来历。蓝海中学是寄宿制学校，为了方便学生，学校特设立自助洗衣房，因为地板刷着红颜色油漆，被同学们戏称为红房子，外间有个大水池，尚雯雯经常带领跟班，在这欺凌女学生。

"有一次，我因为芝麻大的事触怒了尚雯雯，她根本不顾及我正值生理期，强行让我站在水池里很久，接下来几个月，只要来例假我肚子就很痛，在床上不停打滚，差点落下病根。也是从那个时候起，冷夏儿看不过去，开始关心我的。"

"夏儿同学，之前也是尚雯雯的跟班？"钟燃有些疑问。

肥妹点点头，但马上摇头说道："夏儿和她们不是一路人，加入她们，只是不想自己被霸凌而已。"

"夏儿同学这样的结果，恐怕之前，她自己也没有想到。"杏子发自内心地感叹。

钟燃追问："从什么时候，尚雯雯开始霸凌冷夏儿的？"

"好像是几周前，学校公告栏贴了一张女生裸照，说是冷夏儿。"

钟燃大惊，真如肥妹所言，这起事件的性质，就发生了根本性变化。肥妹被钟燃的神情吓坏了："检察官叔叔，你千万不要出卖我，学校下达过封口令，谁散播就会被勒令退学，我不想退学。"钟燃急忙安抚，让她宽心。再问下去，肥妹也不知道裸照是谁贴的。

离别前，钟燃把自己电话号码留给肥妹，有任何想寻求帮助的时候，都可以打这个电话号码。

"叔叔就会驾着七彩祥云来救你。"钟燃套用一句《大话西游》里面的经典台词，结束了这次对话。

第九章

吹哨的少年

1

与肥妹的谈话,使案件一下子有了方向。

这两天,钟燃泡在办公室,研究他所能搜集到的各种资料讯息,内容比起前几天,有了爆炸性增加。十年前弟弟意外死亡,十年后冷夏儿愤然离世,两条充满青春活力的生命戛然而逝,霸凌就像恶魔,无影无形却又无处不在,趁你不注意就猛扑上来,撕咬你的喉咙,吸干你的鲜血……这所精英学校的背后,到底隐藏着什么,想起弟弟当年的案子,匆匆结案,与现在如出一辙,这是巧合吗……念及弟弟,钟燃的太阳穴又疼起来。

周如叶的案子,未检最终的意见不予起诉。杏子从看守所回来,天已经黑了,老烟如惯常一样,留下满屋子烟味,自己拍屁股走人,回家抱孙子享受天伦之乐去了,仅剩钟燃一个人,倒也乐得清静。

"顺利吗?"

"很顺利,办完手续,我又开车送她回家。"

"她住哪里?"

"弘洞区的鱼嘴岘,是个城中村。说是合租的房子。师父,是不是还没吃晚饭?你一天到晚就知道工作,得劳逸结合。"杏子不由分说,掏出手机,用软件约车。

网约出租车很快抵达。开车师傅个子不高，身体壮实，看到钟燃和杏子从楼里出来，抢先一步拉开车门，手搭门沿请两人上车。车辆开出检察院，很快汇入车流。师傅很健谈，从国家大势到超市的茶米油盐，无不触及。杏子本是快嘴，与这位大叔相比却小巫见大巫，插不进去话，也就乐得听他单口相声，一路倒也轻松。

"……现在社会到底是进步还是倒退了？就拿教育说，只关注学生的分数不关注心理。我当年就是在泥地里、棍棒下长大的，哪像现在的孩子，内心脆弱，一点不顺心就寻死觅活，把自己生命看得也太轻了，爸妈拉扯你这么大，容易吗？在我们那个年代，哪有自杀的。这不，前几天蓝海中学还有一名女学生自杀，都上新闻了……"师傅抬眼皮看了下后视镜，"两位检察官，你们听说了吗？"

"听说了，大叔对这件事很关心啊。"

"热点新闻能不关心吗，现在网络真心发达，坐在家里哪也不用去，一块小屏幕，天下大事尽在掌握……"师傅说着说着跑题了。

健谈的人，绝大多数都能自圆其说，果不其然，师傅说着说着自己又绕了回来："……可这也有利有弊，资讯发达，对青少年的影响也大，随便点开个链接，好的坏的扑面而来，防不胜防啊。不过我儿子心思正，从来不喜欢这些玩意。"说到这里，师傅刻意把腰板拔了拔，"他就在那个学校上学。"

"他叫什么名字？"

师傅迫不及待地报出儿子的名号："蒋钊。"

听到这个名字，钟燃不禁愣了一下。目光落在副驾驶前的司机名牌上，师傅叫蒋大年，一脸憨直。

正赶上等红灯，蒋大年从怀里掏出钱夹，指着里面的相片给后座的人显摆："这是我儿子，不去台球厅网吧，不结交不三不四的朋友，唯一的爱好就是学习，不像我这个大老粗。嘿嘿，我没文化，但在学业上都是给儿子最好的。蓝海中学可是我挤破脑袋、上下走动关系才把他送进去的。不为别的,就为孩子这股劲头。"看得出,儿子是他的骄傲,怕后座的人看不清楚,还特意打开前排座位灯,回过头咧嘴笑道,"看,是不是很像他老子?"

钟燃兴趣大增,没想到,网约车师傅竟是蒋钊父亲。父亲眼中的好儿子,其实是网吧常客。他一笑道:"蒋师傅,蒋钊同学学习成绩怎么样?"

绿灯,蒋大年发动汽车:"中等偏上吧,毕竟在这样的学校,不容易了。按照往年的录取率看,一本是稳稳的。嗨,其实啥本都成,只要能考上大学,那就是给他老爸脸上贴金啦。"他性格乐观,小富即安,并没有太多的奢求。

"蒋钊同学,平时喜欢打架吗?"钟燃冷不丁问了一句。

"打架?别看他长得像我,五大三粗的,内心却柔软得很,连只蚂蚁都舍不得踩死,怎么可能喜欢打架。"蒋师傅突然意识到什么,"怎么?蒋钊惹事了?"

看来,学校和蒋钊,都没有将派出所的事告诉他,这所学校处理问题的方式,实在不敢恭维。钟燃略一沉思,还是决定告诉这位蒙在鼓里的父亲:"前一段时间,蒋钊和同学闹矛盾,闹进了派出所。"

伴随着轮胎与地面的摩擦声,车辆猛地画了个"S"形,车内的人都跟着左摇右晃,车刚停稳就听见窗外的怒骂声:"怎么开车呢?"

蒋大年摇下车窗连声道歉,再扭回头脸色都变了:"进局子了?检察官同志,您认识我儿子?这到底怎么回事?"

"你先别急,也不是什么大事,派出所经批评教育后,早就放了。"

"不会留下案底吧?"

"不会。"

听儿子没事,蒋大年的心才放下大半:"中学生就打架?真是教育体系的悲哀。我儿子那么老实,肯定不是他先动的手,回头我得找学校理论下。"

"您有这个权利和义务。这件事学校做得欠妥，不管发生什么，都应该第一时间通知监护人。"

"是是是……这么大的学校，需要处理的事情太多，没通知我，也可能是疏忽了。"蒋大年对蓝海中学充满了敬畏，主动替其圆场。车辆再次发动起来，心里终究放不下，"检察官同志，因为啥事？"

"听说是因为手机里的游戏，与同学间产生矛盾。蒋师傅，闲暇时您也要关心一下儿子。"

"还能怎么关心，我挣的钱，百分之九十九都花在他身上了。手游他不喜欢的，这里面是不是有误会……"蒋大年明显缺乏刚才的自信。

对儿子一无所知的父亲，钟燃摇头苦笑，不想再问什么，静静地望着窗外。不知何时，外面下起了雨，雨滴斜打在玻璃窗上，发出"噗噗"的声响。

出租车在石屿 HERO 网吧门前停下，蒋师傅抬起计价器的表，并指了指前方："只能停这了，往前横穿过步行街，路的右边就是老地方酒楼。"

二十七块一，钟燃扫码付账，等待出发票时，余光却看到蒋钊从网吧里出来，手遮着头快步朝出租车跑来，拉开车门后就愣住了。

"怎么是你？"蒋钊脱口而出，等再看清楚前面驾驶室里的父亲，顿时吓得魂飞魄散，转身想跑，却被蒋大年吼住。

"小兔崽子给我站住，你刚从哪儿冒出来的？"蒋大年气得暴跳如雷。

"爸，我就过来查阅个资料……"

"手机里装的都是游戏，还 TM 敢骗老子。"

钟燃和杏子对望一眼，默默地从车上下来，也不便再与蒋师傅打招呼，把"舞台"留给这对父子。走出老远，杏子实在憋不住"哈哈哈"笑出了声。

"世界原来这么有趣。"

雨似乎下得更大了些。

两人没有带雨具，钟燃的目光下意识望向桥头，大樟树下"奶奶海鲜炒饭"已经支起防雨棚、亮着节能灯，那副佝偻的身影，依旧在袅袅炊烟中为来去匆忙的食客忙碌着。钟燃心念闪动，停住脚步："我们去那家吃吧。"

杏子顺着他手指的方向看了看，对照高大阔气的"老地方大酒楼"，调侃道："又不让你请。"

"那是鹿晓阳奶奶的摊档，今晚我想照顾她的生意。"

"随你咯。"

钟燃特意坐在那晚鹿晓阳坐的位置，点了两份炒饭，等餐时望着对面石屿 HERO 网吧，其间还给辖区派出所齐所长挂个电话。从这个角度可以清晰地观察到网吧门口进出的人流，那晚袭击蒋钊是有预谋的，鹿晓阳早早就在此守株待兔，老齐在电话里念出来的笔录内容，与现场有很大出入。两名少年都撒谎了，鹿晓阳为了保护自己情有可原，可蒋钊为何也要这么做？这么推理下来，被鹿晓阳抢夺的手机才是关键，里面到底有什么内容，让两名少年如此反常？

钟燃似乎意识到了。

"看出什么来了？"鹿晓阳不知道什么时候坐到旁边，正笑吟吟地望着钟燃，没等他回话，提高嗓门叫奶奶，"奶奶，这两位是我朋友，每份多加一只大虾。"奶奶挥了挥炒勺，示意知道了。

"这两瓶免费送的。"鹿晓阳给两人摆上可乐，自己又拿起一瓶，拧开仰脖往嗓子眼里灌，眼睛却盯着钟燃，意思再明白不过，我尽完地主之谊了，下面该你说了。钟燃也不客气，拧开可乐喝了一大口，等胃里的热气顺着嗓子眼"嗝"出来后，才笑道："谢啦。我只是来求证下，你当时在派出所录的口供，是真的还是假的。"

"你觉得呢?"鹿晓阳反问。

"因为手机里的游戏,蒋钊与你约在网吧见面。天下大雨,他误以为你会爽约,就独自回学校,不料被你从身后吓唬,惊吓中他才胡乱喊出了抢劫。"

鹿晓阳笑了:"然后你就出现了,追得我跑出了百米飞人的速度。"

"可你俩都说谎了……"钟燃并没理会他的调侃,"那晚,你分明坐在这里等他从网吧出来,还扎起了裤脚。袭击并抢夺他的手机,是你早已预谋好的。作为受害人,蒋钊反应却很奇怪,一口咬定是恶作剧,不追究你任何责任。唯一能解释的理由,就是他手机里有不想被曝光的秘密。"

"只是匆匆经过,就留意到我扎起了裤脚……呵呵,大叔观察能力超级赞。不过一个中学生的手机,能藏有什么秘密?大叔你太多疑了。"鹿晓阳脸上闪过一丝赞许之色,又恢复了玩世不恭的神情。瞬间的转换却被钟燃敏锐捕捉到。此时,奶奶招呼鹿晓阳,等他回来时端着两份炒饭,每份上面都摆着一只红彤彤的大海虾。

"大叔,即便你猜得全对,蒋钊手机掉进大海也死无对证。别耗费脑细胞了,赶紧趁热吃,吃完了好回家,两份总计四十八元。"

杏子掏出一张百元大钞,趁鹿晓阳去找零时,悄声道:"师父,他好像还不相信我们。"

"何以见得?"钟燃故意引她发表见解。

"信任我们直接说就好啦,何必兜圈子?"杏子朝着鹿晓阳撇撇嘴,道,"这小子比猴都精,真是个难缠的家伙。"

钟燃笑道:"这点,我俩高度一致。他有所保留,那我们就用实际行动,打消他的顾虑。"

可怎么才能打消他的顾虑呢?

杏子走心了,用筷子下意识地拨弄着大虾,脑子在飞速旋转。

"你再不吃,虾都不高兴了。要不我给它做下人工呼吸,放回大海,等你想吃的时候,我再捞上来?"鹿晓阳的声音从身后传来。

"想得美。"鹿晓阳的玩笑却提醒了她,杏子眼睛亮了,一口把虾吃进肚里,紧接着神秘兮兮地问,"你告诉蒋钊,他的手机掉进大海了?"

"我有那么傻吗?"

两人吃完,起身准备离开。

走出几步后,杏子突然又折返回去,跟鹿晓阳耳语几句,鹿晓阳像是发现新大陆,兴奋得差点蹦起来。两人似乎怕被钟燃听见,转过身遮遮掩掩地又嘀咕了几句,杏子才满足地走回来。

看着钟燃满脸疑惑的表情,杏子心里乐开花,嘴上却故意道:"师父,现在不是工作时间,我私底下和小朋友说句话,内容不用向你汇报了吧。"

"大叔,我刚跟杏子姐表白了,我特别喜欢她。"鹿晓阳半倚在招牌前,一脸坏笑。

钟燃哂然,怔怔地望着两个古灵精怪的"家伙",顿觉头大如斗。

2

虽定有一周之约,但让韩松博就范,钟燃不费吹灰之力。

"检察院调查得知,冷夏儿自杀前,学校公告栏有人张贴疑似她的裸照,事件恶劣,却被学校下达了封口令。这种隐瞒不报的行为严重影响了案件调查进度,院里正在研究,是否正式照会蓝海集团,认真处理责任人。"没等韩松博汗珠子掉地上,钟燃紧跟着把选择题答案B公布出来,"当然,如果学校有关部门积极配合,这事院里还可以再研究。"

韩松博答题神速，把胸脯拍得啪啪响，大表忠心："钟检不要客气，配合检察院的调查，是学校分内之事。小王——"

时隔几天，韩松博再次华丽大转身，让办公室里其他老师措手不及，小王脑筋轴，一时没转过弯，还低声提醒："主任，您不是说，咱们不再配合……"

韩松博一瞪眼珠子，怒道："什么说好了？和谁说好了？我怎么不知道，今天就在这把态度摆明白，我韩松博——全、力、配、合！"

杏子抿住嘴想笑不敢笑。

按照要求，很快韩松博就联络上监控室，让人遗憾的是，公告栏附近并没有安装监控摄像头，监控室只好把事发当天临近几个摄像头的视频录像全部调出来，钟燃和杏子认真比对。终于，学校大门的摄像头拍到了蒋钊从校外回来，手里拿着一个纸卷之类的东西，十分钟后，他出现在教学楼门口，手中纸卷消失不见。

他是这起案件的亲历者，也是将之公之于众的传播者，在检察院巡讲大会各路媒体云集时爆料，社会关注度不可谓不高。当热度从开始渐下降、市里决定结案时，又主动来投案，时机掌握得恰到好处，刚才他话里有话，实际在间接提醒我要调查蒋钊——这是昨晚钟燃在送杏子回家时，跟她说的话。果不其然，真在监控上得到了验证。

钟燃和杏子相视一笑：十有八九，鹿晓阳就是冷夏儿案的幕后推手。

韩松博派人找出来学校的平面图。从图纸和蒋钊步行方向来分析，校门口到教学楼会途经校公告栏。

"从校门口走到教学楼，大概需要多久？"

"正常步行，三四分钟就可以了。"

多出五分钟的时间，足够张贴照片。钟燃继续问："学校里传出流言，是哪天？"

"是7月17日，那天是我爱人生日，我记得很清楚。"韩松博斩钉截铁。监控录像上的日期条码,也是7月17日,没有丝毫偏差。蒋钊张贴裸照的嫌疑,瞬间变大。

韩松博不等钟燃问,就主动回忆起来:"当天我很早就赶到学校,想着提前把手头事情处理完,能早下会儿班,去给爱人买束鲜花。却听到有同学反映,公告栏被人张贴不雅照,我急忙赶过去,不雅照不知道被谁撕掉了,现场并没有发现物证,虽然围观的一小部分同学说看到了,我总感觉是孩子们无知的恶作剧,怕影响学习,就特意叮嘱大家,不要随意散布谣言。"韩松博的一番话,既陈述了过程,也轻轻为自己的隐瞒开脱。

没想到外表粗犷的韩松博,还是个浪漫的人。钟燃表示赞许:"在当时情景下,韩主任做得无可厚非。"

韩松博连连点头:"钟检看问题就是透彻,未来不可限量啊。"

"当时,可有同学看到是谁张贴的,又是被谁撕下去的?"

"问过了,没有人看到。"

"钟检,你们忙着,桌上茶叶随便喝,就和在自己家里一样……呃,我还有个重要的会议,先走一步。"从监控室出来,韩主任按照吩咐把蒋钊叫到教务处,留下小王老师配合工作,自己借故离开。

见到钟燃,蒋钊的不爽立马写在脸上,梗着脖子鼻孔朝天,根本不理睬。

"蒋钊同学,我们请你来,是想和你探讨几个问题。"钟燃和颜悦色。

"都跟我爸聊了一路,还没问够?"少年在父亲心目中的形象崩塌,对他的打击可想而知。钟燃很理解,举起左手道:"我向你郑重声明,叫网约车去步行街,和你父亲偶遇,只是恰巧停在石屿HERO网吧门前。"

"跟我解释这些有什么用,是不是成心而为,对我也不重要了。

有啥想问的就抓紧问,我还急着回教室抄检查。"

"那天晚上,鹿晓阳为什么抢你手机?"

蒋钊有些不耐烦:"我在派出所已经交代得很清楚了,大叔要是好奇可以去调笔录看啊。"

杏子心里好笑,明明帅气得很,怎么每个人见到他,都叫大叔呢。

"就是因为有疑点,才再次询问你。"

"你们这些人真是麻烦。他想借我手机玩游戏,谁承想他恶作剧,背后吓唬我……大叔,我俩真的是误会。"

"你的手机,后来他还给你没?"

蒋钊微一迟疑才回答道:"还了啊。"

"现在手机在哪?"

"五湖四海皆有可能。不瞒大叔说,我拿在手里觉得晦气,给低价处理了。"蒋钊干脆来个死无对证。

钟燃快速切换话题:"冷夏儿自杀前,学校里针对她有些不好的流言蜚语,你听到过吗?"

"听到什么?"

钟燃直视着他的眼睛,一字一顿道:"冷夏儿同学被人拍了裸照,照片还被公开张贴在校公告栏。"

"这和我有毛线关系?"

杏子把录制的监控视频放给他看:"出事那天,你分别出现在校门口和教学楼门口,公告栏就在两者之间必经之路上,你手中拿着的纸卷却不见了。这些巧合,请跟我们解释一下。"

蒋钊脸色变得煞白,咬紧牙关,脑筋飞快运转:张贴冷夏儿裸照时,特意四下张望,没有人路过,不可能被看到。检察院拿出的视频,唯独没有公告栏附近的,说明那里漏装了摄像头。也就是说,他们手头没有确凿证据,千万不能被他们诈出来……不对,鹿晓阳知道我手机里存有电子版照片,是他向检察院揭发的?也不像,如果是

第九章 吹哨的少年 ·099·

他，早就把手机上交了，事不宜迟，还得找他把手机要回来。眼下，只能死不认账了。念及鹿晓阳，蒋钊就恨得牙根痒痒。

"蒋钊同学？"钟燃提醒式叫了一声。

蒋钊打定主意，兀自嘴硬："大叔，我没什么可解释，那是一卷用过的废纸，经过垃圾桶就给扔了，仅仅是巧合而已，你们不能无端猜忌我。"

"请不要多想，我们只是例行询问。"

"那我可以走了？"

钟燃点点头，示意在询问笔录上签字后，杏子送蒋钊出去，虽然几乎百分之百断定就是他干的，但没有物证，什么也不能证明。

3

钟燃接到老烟电话，告诉他在五十公里外的渔村，当地渔民发现一具年轻女性尸体被冲刷上岸，已经拉到市殡仪馆，通知冷夏儿父母前去辨认，市刑警队的同志和法医陪同前去了。

钟燃意识到这段因为忙，忽略了冷夏儿的父母，正好借此机会，近距离接触下。

当钟燃驱车赶到殡仪馆时，冷夏儿父母刚辨认完毕，从停尸间里面走出来。偷看两人的神色，钟燃暗自松了口气，在他内心深处，希望永远也不要有见到冷夏儿尸体那一天，这对活着的亲人，是种虚无缥缈的寄托。

陪同冷家父母来殡仪馆的是市公安局的警官，悄悄告诉钟燃辨尸结果，正好印证了他的猜测。

"尸体被海水冲刷上岸的，水温低，尸斑现象还不明显，主要集中在颈部和胸部，从身高和年龄特征看，与冷夏儿相仿。可冷母只看了一眼就斩钉截铁说不是自己的女儿，知道为啥吗？"警官故意卖了个关子。

"为什么?"

"她女儿胸口有一个蝴蝶形状的胎记。"

"原来如此。"

又寒暄两句,钟燃跟警官要求,他负责送冷家父母回家,警官求之不得,欣然同意。目送警车走远,钟燃走到冷夏儿父母面前,温言道:"我们又见面了,今天我护送您二位回家,请跟我来。"

潘素素面无表情,跟随来到车前,看也没看给自己拉开车门的杏子,探身钻进后座,靠在座位上闭目养神。紧随其后的冷勇敢有些不好意思,对着杏子挤出一丝笑容:"谢谢姑娘了啊。"那笑容简直比哭还难看。

冷家所在的老式居民楼前,平日里老人晒太阳纳凉的空场,今天都停满了车,满眼望去,都是西装革履的商务人士。这阵仗引得街坊邻居聚集在楼洞门口,少不了品头论足——

"看这架势,八成还是找老冷家的。"

"你说他们夫妇俩多老实的人,怎么就能摊上这事儿了?"

"都上热搜了,听说这事还是被夏儿同学给捅出来的。"

"什么同学啊,这么胆大妄为?"

……

钟燃把车停在居民楼外,潘素素拉开车门,跳下车自顾自回家。路上已经说好,钟燃去家里拜访,顺便聊些冷夏儿的事。冷勇敢怀着歉意:"夏儿的离去对我们家打击太大,她妈整个人还没缓过来,失礼莫怪,她之前可不是这个样子。"

钟燃忙道:"大叔千万不要这么说,是我们打扰了您二位的休息。"

三人下车,远远地跟在冷母身后。快走到楼门口,一个中年男子迎上来搭讪。潘素素目不斜视,径直走进门洞,把中年男子晾在一边。杏子眼尖,这不是韩主任吗。

韩松博也看到身后的两人,自我解嘲地笑了下:"钟检,这么快就询问完了?"

"韩主任怎么出现在这?这些人是?"

韩松博环顾下四周,故作神秘:"都是总公司的人,一会儿苏总也来探望。事出在学校,我们不得提前过来候着?"听到苏总名号,冷勇敢一哆嗦,加快了上楼的脚步,这里不方便说话,钟燃朝韩松博点点头,跟在冷父身后。

门口堆放着好几束"鲜花",说是鲜花,不如说干花更准确些。很久没有人动过,发黑的花瓣与枯枝纠缠着,与屋内的阴冷昏暗相互映衬,滋生出一股腐败的气息。杏子看到花束上还插有未拆卡片,是某单位写的祝福话语。一进家门,冷勇敢就像变了个人,根本无暇顾及钟燃和杏子,胡乱指了指沙发让两人坐下,自己就跑进卫生间洗了把脸,还换了件干净衬衫。

"素素,去洗把脸,再把头发梳梳,一会儿苏总过来得打起精神。咱家的好茶你搁哪里了?赶快取出来,我这就把水烧好。"

潘素素瞪了一眼不成器的丈夫,恨恨地把头甩开。

"你看你,现在可不是耍脾气的时候,平时见苏总一面都难,这都要亲自来咱们家了,你可别关键时刻掉链子。"冷勇敢一副恨铁不成钢的模样。"啪"的一声,一个玻璃水杯在他身后的墙壁上炸响,玻璃碎屑四溅,把冷勇敢吓了一大跳:"素素,你这是干什么?"

冷母头发散乱、瞪着猩红的眼睛,戟指骂道:"冷勇敢!你个孬种!我瞎了眼才嫁给你,女儿死了,也没见你怎么着,听说领导来,瞧这殷勤劲。女儿不出事,姓苏的会登门看你?你也不撒泡尿照照你自己。"

冷母声音尖锐,歇斯底里。

被媳妇一顿抢白，冷勇敢气势立马弱下来，也不敢顶嘴，只是低声嘟囔着："好好好，少说两句行不？消消气，一会儿苏总来了千万别这样，算我求你。"

潘素素气得"哇"一声哭了出来："我真想死在你的面前！"

"小点声，妈还在屋子里面躺着呢，她心脏不好……"冷勇敢急得搓手，求援似的望着钟燃。看得出在家里，这个老实巴交的男人，没什么地位。钟燃暗自叹了口气，示意杏子把潘素素搀扶进里屋。杏子会意，轻轻地拍着冷母后背，在她耳边轻声细语。一直紧绷着弦的冷母心力交瘁，年轻女子温柔的话语，顿时让她眼前空明，四肢百骸如在空中飘浮，再也使不上一丝气力，被架到里屋，放倒在床上。

看到房门关合，冷勇敢才如释重负般吁出口气，忙不迭地把地上碎玻璃扫干净，又赶去厨房烧水。钟燃问道："冷大叔，我可以看看夏儿同学的房间吗？"

"哎，看吧看吧，您随意就好。"冷勇敢心思完全没在他身上。

钟燃认真打量起这户人家来。老式的三居室，狭窄逼仄，90年代的装修风格，很多地方已经显露出岁月痕迹，屋内收拾得倒是很干净，空气中隐隐有一股消毒水的味道。阳面的大屋是冷家父母的，旁边的小屋，躺着一位白发苍苍的老者，是冷夏儿的姥姥。冷夏儿的屋子对着厨房，屋门镶嵌着玻璃。从厨房就能直视进屋内，这样缺乏隐私的格局让他有些吃惊。

推门而入，与大多数女孩子的房间不同，没有毛绒玩具，角落都被书籍堆满。书桌前墙壁上挂着几幅奖状，每一幅都用镜框精心装裱起来，可见主人对荣誉的重视程度。其中一幅是潘素素的，内容是荣获"科级优秀护士"。母亲和女儿的奖状之间隔着一定距离，形成了非常有趣的对比。

妈妈奋斗一生，只荣获这么一次可有可无的荣誉……女儿啊，你一定要好好学习，要给妈妈争口气，让荣誉挂满整面墙……

站在屋子中央，钟燃似乎看到在厨房忙碌的母亲，边炒菜边扒头儿监视女儿的一举一动，坐在书桌前的女儿刚打了个哈欠，母亲就端着牛奶走进来，盯着她喝完，嘴里还不停教诲着。

不明白为什么，望着墙面上的奖状，自己脑海中竟会突然冒出这些画面，可以窥见冷母望女成凤的迫切之心，也让他感到一种无法言表的恐惧。钟燃有点理解冷夏儿了。

敲门声响起，冷勇敢嘴里喊着"来了来了"，跑过去打开门，蜂拥而入的商务人士很快就挤满了整个客厅。少顷又如潮水般向两边分开，众星捧月下，苏雪妮迈进了冷家大门。

直属领导熊卫国把冷勇敢拉到苏总面前："雪姨，这就是冷夏儿同学的父亲，也是咱们深蓝游艇制造有限公司质检科科长冷勇敢。"

冷勇敢原名冷雪枫，从小性格懦弱，受尽同龄孩子欺负，父亲为了激励他，改名勇敢。名字变更，除了受到新一轮嘲讽什么也没改变。一次父亲在醉酒后感叹，真不知道在自己有生之年，还能不能看到儿子勇敢一回。直到死愿望也没有达成。

这是冷勇敢终身的遗憾，他希望自己能人如其名，勇敢一回。

集团派苏雪妮来慰问，其用意不言而喻，就是尽快了结此事。毕竟，蓝海中学是集团的下属企业，久拖不决会对整个集团形象产生负面影响。冷勇敢也不傻，这点道理能想得透彻。但作为亡者父亲，一手带大的女儿就这么没了，他内心深处并不想善罢甘休，想与公司好好谈判一下，给女儿讨个说法……今天是最好时机，他要勇敢一回。

心脏突突直跳，只觉得一腔热血涌上脑门，脑壳里面就像燃气灶上烧开的水壶"嗞嗞"直响，热气顺着嘴巴、鼻孔、耳朵一切有眼的洞冒了出来，雾气中冷勇敢似乎都看不清楚苏总的脸……

还没等他结结巴巴把话说出来，苏雪妮发话了："一切请节哀顺变，我谨代表集团，特意来此向你表示慰问。"声音带着某种磁性，温柔且不容置疑。同时还把保养得非常好的手伸出来，握住了冷勇敢汗津津的手。

冷勇敢实在是高估了自己的勇气，仅这一握，那点好不容易才聚集在丹田的勇气，如气球被戳破般飞泄出体外，整个人败下阵来，不自觉地弓起腰："雪姨好，您能来就是我们家的荣幸。"

"勇敢啊，请允许我这样叫你。"

"哎哎，不敢当。"冷勇敢生怕手心汗渍沾在苏雪妮皮肤上，急忙把手抽回来，偷偷在自己裤腿上反复蹭了几下。苏雪妮余光看到他的小动作，瞬间就明白他的心理，心下大定。

苏雪妮呵呵一笑，反客为主道："去趟殡仪馆累了吧，别站着，咱们坐下说。"

"哎，好好好。"

"你们夫妇的丧子之痛，集团上下所有同人感同身受。我今天来，是受刘总委托，代表集团五千名员工，来看望你和夫人……"苏雪妮说到这，停顿了下。

冷勇敢忙道："我爱人她身体不适，正卧床休息，有什么事跟我说就行。"

"十分理解，现在家里都是独生子女，遇到这样的事情，换成谁也承受不起，务必请夫人保重身体。大家来看望了冷科长，这就回去工作吧，集团事务繁忙，容不得半点差池。"

一声令下众人如鸟兽散，屋子里瞬间清静下来。

苏雪妮道："老熊啊，勇敢家里出了这么大的事，依我看，厂里是不是给他一个月的带薪假，让他两口子出去散散心？"

熊卫国是刘复舟心腹，跟着他一起闯天下，苏雪妮对他也是另眼相待。熊卫国笑道："雪姨，我正想向您汇报，厂里也是这个意思。"

苏雪妮点点头，目光集中回冷勇敢身上："你的事集团一定负责到底。"示意身后侍立的法务："谭律师，请把集团草拟的抚恤金协议递给我。"瘦小精干的谭律师从皮包里取出一份协议。苏雪妮接过，

第九章　吹哨的少年　·105·

余光却瞥到了站在门口的钟燃，觉得有些眼熟，又想不起来在哪里见过面。

作为校方代表随侍在旁的韩松博看出端倪，急忙哈下腰低声道："雪姨，他是钟检察官，宣教大会时，来过咱们学校。"

苏雪妮一副想起来的模样，起身笑盈盈道："这段时间钟检辛苦，集团事务繁忙，我没能好好陪同实在是怠慢了。"

"苏总客气，我们只是在完成本职工作而已。"

"钟检大驾光临，想必是有问题要问勇敢了。"

"确实有几个问题。"

"是我们来得不是时候，我们企业，绝对支持公检法机关的侦查办案。那钟检先忙，我们回头再议。"回头再议，是说给冷勇敢听的。

苏雪妮把协议书还给律师，起身作势要走，韩松博察言观色，此时急忙上前阻拦："冷家长啊，雪姨日理万机，难得有空。今天能来是学校费了九牛二虎之力啊，你忘了我在学校怎么跟你说的？"

韩主任不停给冷勇敢使眼色，冷勇敢更没了主意，只好可怜巴巴地望着钟燃。这个可怜的男人，谁也不敢得罪，但眼神中流露出的意思，是想让自己主动退一步。钟燃暗自叹口气，干脆送个顺水人情："苏总在先，是我打扰了你们的谈话，冷科长我们改天再约。"

"好好好，不好意思啊钟检察官，我送送你们。"冷勇敢如释重负。

苏雪妮也笑眯眯道："如此就太感谢钟检了，有机会一起吃饭。对了，见到王检察长，就说蓝海集团的苏雪妮给他问好。"

钟燃点头示意，带着杏子离去。

出了楼门洞，杏子就嚷嚷着要请假，不管钟燃怎么问，都执意要请，还摆出一副神秘莫测的样子。

第十章

缺角的裸照

1

当老烟拿着实习人员调查问卷到处找杏子时，钟燃才意识到，她已经三天没来上班了。老烟禁不住揶揄："徒弟干什么不知道，在哪不知道，走了多久不知道，为什么也不知道……五 W 有四个不知道，你这师父怎么当的？"

钟燃被说得一阵脸红，想想也确实如此，这几天钻进案子里面而忽略身边很多事。急忙拿起手机拨打杏子电话，连拨三遍都没有人接听，顿时有点坐不住了。跟老烟打个招呼，动身赶往杏子家。

这段时间办案朝夕相处，有几次工作到深夜，都亲自开车送她回家，钟燃轻车熟路，过了跨海大桥再向前两条街，就是杏子家小区。油箱却偏偏报警，上桥前路边有个加油站，钟燃驾车拐进去停在油枪前，利用加油间隙，到后面小超市买点体能饮料。

钟燃拉开展柜，刚拿出瓶水，身后传来一男一女说话的声音。

男孩：你说她可真够拧的，一个手机，掉就掉了，何必费这么大阵仗，把咱们也发动起来。

女孩：你还不知道她的脾气，认准什么，不达目的决不罢休。

男孩：幸亏掉的位置靠岸边，真要是再往里面一百米，根本没可操作性。

女孩：真掉在里面，我就给你在岸边盖间茅草屋。

男孩：只要你陪着我，四处漏风也不怕，晚上还方便看星星。

男孩打情骂俏的话，明显惹女孩子开心，嗔道：别贫嘴，赶紧买热量高的食物，一会杏妞上来要补充的……

男孩肩膀被人拍了一下，与自己打招呼的人却不认识："您好，我叫钟燚，职业是检察官，很抱歉听到了你们的对话，我想求证一下，你们口中的杏妞，可是在我院的实习生李杏子？"

女孩上下打量钟燚一眼："没错，你就是杏子经常提起的钟燚啊。"女孩笑容中，明显夹杂着另一层意思。

"经常提及……"钟燚咂摸着话里的味道。

女孩大方地伸出手："我叫方舒，杏妞闺密，这位是我男朋友巨巨，潜水教练，话痨达人，不想听他唠叨就忽略他的存在。"

巨巨回嘴："有这么介绍人的吗，也不知道谁话痨。"

"难道还有人比得过你吗？"

"近在眼前啊。"

眼看两位就要拌嘴，钟燚急忙摆手，迭声道："幸会两位，你们这是和杏子一起……"

两人默契十足："潜水给你捞手机啊。"

钟燚目瞪口呆。

三人鱼贯来到桥下岸边，一路上钟燚大概明白了状况，巨巨经营一家潜水俱乐部，方舒和杏子高中时期就学习潜水，都是资深潜水员。此次他俩是受邀过来给杏子助拳。

今天风力五级，海面并不平静，被风卷起来的小浪迭次翻滚着。钟燚望着灰茫茫大海，忧心忡忡。方舒看在眼里，指着海面上的一艘小船给他宽心："看到那艘船了没，上面是我们的人，在给水下的杏妞做支援，你就放心好啦。"

钟燚抻脖子望着海面，嘴里说着不妨事，脸上表情却暴露出内心的慌乱。方舒抿嘴一笑，心想让他紧张会儿也好，不再劝他，自顾自地与巨巨席地而坐，掏出食物大快朵颐。

大约过了一刻钟，小船附近的海面冒出一个脑袋。很快，小船载着身着潜水装备的杏子回到岸边。杏子摘下潜水镜，惊呼道："师父，你怎么来了？"

巨巨上前，帮她把身上背着的氧气瓶卸下来，下水时间有点长，杏子身体明显有些发冷，方舒从后面给她披上一件厚实的浴巾。巨巨取出一套满氧的装备，就要往身上套，被杏子笑嘻嘻拉住了："你不用去了。"

"为啥？"巨巨还没有反应过来，方舒却欢呼一声："杏妞，你找到啦？"

"嗯哪。"杏子摊开手掌，里面是一个手机。

"师父，你再甄别下，是不是蒋钊手机。"杏子把手机装进证物袋递给钟燃，神情得意极了。

钟燃并没有接，而是用异常严厉的语气训斥："为了一个手机，有必要这么拼吗？你出了事怎么办？"

看着他心疼自己的样子，杏子莫名开心，故意嘀道："不拼怎么转正啊。"

"你简直是胡闹，以后绝对不能再冒险了。"

"我知道了师父。"杏子内心甜滋滋的，急忙满口应承。

方舒在旁边帮腔："她再敢不听话，逐出师门，永不相见。"

杏子偷偷掐了方舒屁股一把，咬牙切齿："永不相见个鬼啊，死丫头，给我滚一边去。"

"哎哟哟——"方舒夸张地喊着疼，眼睛却笑成了月牙儿。

钟燃这才接过来，手机保护壳上是一个霸天虎的标识，与那晚鹿晓阳抢夺的手机一致。

"师父，我把手机送到技术科，恢复里面的数据？"

"在海水里浸泡这么长时间,不知道还能不能恢复。"杏子刚要垂头丧气,又被钟燃一句话鼓舞了信心,"有手机这个物证就足够了。蒋钊并不知道手机坠海,我们就利用信息不对称,让他说出实情。"

"哈,真是好主意,那还等什么?"

"等我请你们吃顿四川火锅,暖暖和和的,再去对付他。"

三人愣了不到一秒,欢呼雀跃起来。

2

鹿晓阳同一天接到两组电话,分别是要手机的蒋钊和送手机的杏子。坐在自习教室的他,托着腮帮、眼睛直勾勾地望着黑板,大脑却迅速运转着,事情竟然发展到这么有趣,恨不得立马就看到两拨人相遇时的表情……内心乐开了花,一时没控制住竟笑出了声,引得其他同学侧目。

篮球场上空无一人,鹿晓阳坐在篮球上,守株待兔。

"鹿晓阳,你怎么约我来这里?"蒋钊声音在背后响起,鹿晓阳笑了,约的第一位到了,起身将篮球抛给他:"接住。"

蒋钊下意识接住,有些恼怒:"我来拿手机,不是陪你打球的。"

"能赢了我,手机就还给你。"

"几个球的?输了可不许赖账。"蒋钊恨恨地看了他一眼,只好接受。鹿晓阳伸出一只手掌,比画了个五,再向蒋钊勾勾手指头,微扬起下巴示意可以进攻了。蒋钊被他的傲慢激怒,运球上前强攻,却被轻松断掉。转换进攻,鹿晓阳面对蒋钊贴身逼抢,一个胯下运球,接着持球转身,轻松晃开并高高跃起,篮球出手后在空中旋转着,划出美丽的抛物线,稳稳命中篮筐。

"一比零,come on。"

鹿晓阳不断挑衅在耳边说着垃圾话,蒋钊心浮气躁,只进了一个,很快就又输了仨球,大比分来到了四比一。

鹿晓阳朝着蒋钊竖起一根手指:"还差一个球。"

蒋钊怒极:"用不着你提醒。"

目光越过蒋钊肩膀,看到远处出现钟燃和杏子的身影,第二组人终于到了,鹿晓阳狡黠一笑:"来吧。"

等钟燃走进篮球场、来到两人面前时,比赛刚刚结束。鹿晓阳把篮球夹在腰间:"你赢了。"

蒋钊对于钟燃的到来很是诧异,不等他问,鹿晓阳就说出了答案:"你想要的手机在他手里,我负责把人找来,能不能要得到就看你自己了。"

"鹿晓阳,你敢玩我?!"蒋钊怒不可遏。鹿晓阳也不说话,向后退了几步,与三人保持一定距离,双臂抱肩,摆出副看戏的神情,还不忘偷偷朝杏子竖起大拇指。

鹿晓阳摆的局,让钟燃迅速明白了其中含义,顺势接过话茬道:"蒋钊同学,找你手机确实浪费不少时间和资源,幸运的是,我们最终找到它。开诚布公地谈谈吧,谈好了未尝不可以还给你。"

杏子把证物袋取出来,在蒋钊眼前晃了晃。里面的手机,蒋钊如何能不认识,脸色惨白。

"杏子,开始前,请通知下蒋钊同学的老师。"

蒋钊挥手制止:"不必了,这事并不光彩。在我眼中,你们不是检察官,只是拿我手机的人。"

杏子用眼神征求钟燃的意见:这样可以吗?

钟燃点点头:"好,那我们就权当一次聊天。"

鹿晓阳在一旁煽风点火:"放心蒋钊,谁要是敢欺负你,我第一个给他们曝光。"

蒋钊气得脸都青了,恨不得一口吃了他,鹿晓阳嘿嘿直乐,一副满不在乎的样子。就在篮球场,几个人席地而坐,"公告栏的裸照是我贴的。"蒋钊犹豫再三，终于说出了口。

"你知道照片上的裸体女孩是冷夏儿吗？"

蒋钊点点头："可我没想到她会自杀，听到这个噩耗我真的吓傻了，如果时间能倒流，我绝对不会这么做，真的，请你相信我。"

杏子忍不住出言训斥："蒋钊，我真想不明白，你为什么会拍一个女生裸照，她还是你的同学？"

"我没有……"蒋钊欲言又止，脸憋得通红。

"怎么，不是你拍的？"钟燃敏锐地捕捉到他一瞬间的犹豫，急忙追问。

蒋钊闭上眼睛，深深地吸一口气，似乎调动起来全身的气力，才敢张开眼睛道："是我……我喜欢她，喜欢给她拍，想怎么拍就怎么拍，不行吗！"

一粒篮球狠狠砸在他的鼻梁上，把他打翻在地。"蒋钊我宰了你！"鹿晓阳被激怒了，挥拳就要扑上去，被钟燃横臂挡住。

"鹿晓阳！"

与此同时，杏子也把倒地的蒋钊扶起来，刚才那一下劲道十足，蒋钊本就脆弱的鼻梁被再次打裂，鼻孔里喷射而出的鲜血染红了前襟。突如其来的状况，让询问没办法再进行下去。杏子陪同蒋钊去校医务室检查伤口，钟燃留下来，他有话要质问鹿晓阳。

没等他开口，鹿晓阳率先发言："大叔，这手机真是杏子姐从海里捞出来的？"这句话，暴露了那晚杏子和鹿晓阳耳语的内容。

钟燃有点不高兴："鹿晓阳，你提前知道，为什么不阻止她？"

"人有点冒险精神，未必是坏事，看来师父并不是很了解徒弟啊。"鹿晓阳仰起脖，似笑非笑望着他。

钟燃被噎得无话可说。

"在 Q and A 前，我先给大叔看样东西……"鹿晓阳有备而来，从篮球架下的书包里取出一个纸卷，递了过去。钟燃眼尖，这个纸卷

· 112 ·　冷水沸腾

和监控录像里蒋钊手中消失的那卷一模一样。急忙接过展开,果不其然,是一张放大的照片,照片内女孩胸口有蝴蝶形状的胎记,正是冷夏儿。裸露部位都被鹿晓阳用胶布精心贴住,这个暖心举动,让钟燃好感陡升。

"怎么在你手里?"

鹿晓阳不想再兜圈子,手指球场外一条甬道:"从这条小路过去,向左拐弯,就是校公告栏。那天清晨蒋钊就从这经过,我正在打球,看他那副鬼鬼祟祟的样子,出于好奇就跟了上去。他在公告栏前耽搁几分钟,很快就走掉了。一起打篮球的同学喊我去吃早餐,说几句话,耽搁了会儿……等我走过去,公告栏前已经聚集不少人,大家说什么的都有,我一眼就看出来,照片上的女孩子,就是夏儿……"鹿晓阳停顿了下,抬头望向天空,似乎不愿回忆那天发生的一切。从神情中,钟燃明显感到他内心受到的震动。

"我足足愣了有好几秒钟,没有去制止,让夏儿被这些人品头论足……大叔,作为夏儿最好的朋友,我是不是特别没用?"鹿晓阳声音发涩。

"换作是谁,在那种时刻,都会手足无措的。"钟燃安慰他。

"可我是鹿晓阳啊。"鹿晓阳喃喃自语。

"等缓过神来,才在人群后面大吼一声,教导主任来了!嘿嘿,学生嘛,最怕的就是被教导,顿时作鸟兽散,我才有机会撕下来。你现在知道,为什么我会约你们来这里见面了吧。"那一瞬间的软弱消失不见,他又恢复了惯常的痞态。

"你为何没把照片交给学校,让老师来处理?或者,报警?"

鹿晓阳瞥了眼钟燃,一副道不同不相为谋的表情:"算了吧,警察过来取证调查,最终闹得尽人皆知,这种事不管发生在哪位女生身上,绝不是好选择。我个人倒是很欣赏老韩的做法,把流言硬压了下去。我试探过蒋钊,确定裸照原图就在他手机里,这才私底下找蒋钊解决，本想神不知鬼不觉，让这件事消失。"

韩松博倒是没撒谎。少年的自负让钟燃有些痛惜："可结果，并不是你想要的。"

"结果又有谁能预料？我本计划删除蒋钊手机里面的内容，再狠狠教训他一顿，是我想简单了。"

"你为好朋友打抱不平是没错，只是手段不可取。"

"做了就是做了，让时间去评判吧。大叔，事情就是如此，我做了夏儿的传声筒，接下来就靠你了。"

"蒋钊都招了，难道还有接下来？"钟燃敏锐地抓住了他这句话的漏洞。

鹿晓阳似乎在想该如何回答。好一会儿，才"咯咯"笑了起来，并用意味深长的眼神瞥了钟燃一眼："世界真奇妙。这件事从一开始你就被裹挟进来，看来，命中注定就是你来办这件案子。"钟燃明白他所指，回想起第一次与鹿晓阳相遇，竟有些哭笑不得。

"长这么大，还没被谁揍得那么惨，不过我大人有大量，不跟你计较了。"鹿晓阳表现得很大度，背着书包抱着篮球，"大叔，我还有事先走一步。对，替我给杏子姐捎个话，她好帅。"

鹿晓阳所做的事情，早就超越传声筒这个层面，更像是整个事件走向的引导者。他还会在适当的节点出现，钟燃对此深信不疑。他突然心血来潮，朝少年背影挥了挥手中的照片，喊道："晓阳，如果我们没有找到突破口，这张照片，你也不会拿出来吧。"

鹿晓阳回头粲然一笑，不置可否。

钟燃也笑了，这一瞬间他对这位少年，不再那么陌生了。

检察官带着学生去医务室包扎，立马惊动了校方。教导处韩松博一溜烟赶过来，有些气急败坏："李检，问讯未成年人，得有老师或者监护人在场啊，这出了事故，谁来承担？"

蒋钊适时把话接了过去："韩主任，我单纯和检察官姐姐聊天不行吗?"

"那你这鼻子?"

"我和鹿晓阳 battle 篮球,他投球,我朝天上看,碰巧篮球落下来砸我脸上了。"这种说辞从伤者口中说出,韩松博瞠目结舌,作声不得,内心却骂了一万遍:叚成这样,你不挨揍谁挨揍?看以后谁还管你!

这次没敢耽搁,韩松博得到消息的同时,第一时间也通知了蒋钊父亲。火急火燎闯进医务室的蒋大年,看到儿子这副惨相,护子心切,叫嚣着要追究伤人者、校方监护不力、检察院讯问时导致儿子受伤的几方责任。蒋钊却一口咬定刚才的说辞不松嘴,还埋怨父亲多管闲事,自己就是不小心。蒋大年气炸了肺,要不是看在鼻梁上裹着厚厚纱布的分上,他都有心对儿子动粗。韩松博暗中朝他一摊手,意思很明白:不是学校不作为,是你儿子不争气啊。

就这样鸡飞狗跳折腾到下班晚高峰,几方才好不容易达成共识:学校给蒋钊一周时间休养,并承诺回来后安排专门老师给予辅导;蒋钊的医疗费由学校先行垫付;蒋钊休养结束后,经蒋大年同意,检察院方可再次接触蒋钊。

目送蒋钊钻进出租车,父子俩绝尘而去,钟燃才带着杏子返回检察院。

夜已深,只有未检科小楼的灯还亮着,杏子熬不住,已经趴在桌子上睡着,照片被钟燃扫描进电脑,投屏在大屏幕上。

拍摄照片的地点应该是在一个密闭房间里,灯光昏暗,焦点又集中在人身上,环境背景的可辨识度不高。照片是残缺的,可能是鹿晓阳在撕扯中,情绪过于激愤,不慎扯掉一个角。就是被撕掉的部分引起钟燃注意。再次放大照片,用鼠标一点点拖拽观察撕口的毛边,似乎有一个桌牌的角藏在下面,桌牌的一团红色花纹图案若隐若现。

在哪见过这个图案呢?昏暗的房间、桌子、红色纹样……钟燃想到了什么,急忙把酣睡的杏子摇醒。

"师父,几点了?"杏子睡眼惺忪,茫然四顾。

"前两天咱们庆祝找到蒋钊手机、吃完饭后去的KTV,叫什么名字?"

"好像是……夜色KTV,怎么了?"

"你看看这里,像不像夜色KTV的桌牌?"

杏子揉着僵硬的脖颈,瞪着眼睛看了会儿,摇摇头道:"我真的看不出来,要不这样我问问方舒,她今晚还约我去唱歌呢。"

接通电话,方舒凑巧就在夜色KTV,很快,按照杏子角度要求,她拍了几张现场照片发了过来。有方舒照片作参照,辨认工作变得轻松起来。环境氛围虽然不同,通过反复比对,两人确定,被撕掉的一角,就是夜色KTV的桌牌。

第十一章

快乐的人运气都不会差

1

清晨,老烟踏着上班时间点,迈步走进办公室,钟燃正在白板前勾勾画画,见他进来,急忙打招呼。

"又一宿没睡啊,咱们办案得讲究循序渐进,不然身体吃不消的。"

"老烟,我正想跟你汇报一下冷夏儿案的情况。"

老烟眼毒,进门就瞥见白板上的内容,却不慌不忙把烟点上:"先别忙,容我点上。"老烟狠狠吸了一口,让烟雾顺着喉咙滑入,直到充满整个肺泡才意犹未尽地从鼻孔里喷出来,咧嘴笑道,"莫怪莫怪,家里有小孙子不敢抽,哎,现在算续上命啦……咋了,你说吧。"

"从冷夏儿的案子,继续调查发现,蓝海中学里,存在严重的霸凌现象。"

老烟斜睨着钟燃:"市里已经要求结案了,你这是?"

钟燃道:"市里只是公示社会,冷夏儿案确定为自杀。我们挖出的,是事件背后隐藏的校园霸凌,两者之间并不冲突。"

"狡辩。"话虽这么说,老烟却一脸笑眯眯的样子,钟燃突然意识到了:"老烟,我们私底下做的这些,你都知道?"

老烟脸上露出"老奸巨猾"的表情:"若想人不知,除非己莫为,看来这句话一点不假。幸亏别的案子你们也没耽误,不然……嘿嘿嘿。废话少说,那就让我看看,你都鼓捣点什么出来。"

利用旭日初升的早晨,钟燃从头至尾描述一遍。最后指着白板上的裸照:"这张照片是在冷案案发前两周,出现在公告栏上。经过辨认,照片中的女孩确为冷夏儿本人。很难不让人联想,这张照片的出现,与冷夏儿自杀有直接关系。"

"你的意思,这里面涉及刑事犯罪?"

"目前没有证据能证明。但这张照片,出自蒋钊手机,他也承认了自己给冷夏儿拍照的事实。"

"强迫和自愿,性质可完全不同啊。"老烟眯缝起眼睛,盯着钟燃。有那么一瞬间,这种猎人般的眼神让钟燃联想起了鹿晓阳。

"蒋钊的事,我们会继续跟进。"

"小钟啊,有没有发现,事情推进到现在,你一直被鹿晓阳牵着鼻子走?"

钟燃很诚实,点头称是。

"面子事小,顺水推舟亦可事倍功半。"老烟禁不住对其点评,"这位小棋友有点意思,那盘围棋我记忆犹新,若不是面对面,我肯定误以为是和一位修行多年棋艺精湛的棋手在下,嘿嘿嘿,以退为进、步步为营,下得好。"

"老烟大可放心,我在意的,只有事件背后的真相。"

老烟点点头,又点燃一支烟,透过丝丝烟雾望着白板上标注的文字:"夜色KTV?那不是蓝海集团的产业吗?全市数一数二的豪华KTV。"别看他一副大烟鬼模样,但老而弥辣,办了几十年案,石屿市的大事小情他如数家珍,此时一语道破。

老烟似笑非笑:"蓝海中学的学生在同属一个集团的KTV被拍裸照,嘿嘿,看来这个案子,很有办头啊。"

钟燃深有同感。

老烟看了眼杏子的座位:"这丫头人呢?"

话音刚落,杏子从外面风风火火地跑了进来,一脸兴奋:"师父,确实如咱俩猜想的,冷夏儿裸照传出来前,她们班在夜色 KTV 举办了场生日趴……老烟,你也来啦。"

"呵,这么早就被派去了学校,你使唤徒弟可够狠的。"

"早起的鸟有虫吃嘛,是我耐不住,主动请缨的。"自打发现裸照拍摄的案发地,杏子困意一下子就没了,天蒙蒙亮就赶往蓝海中学,经过询问冷夏儿同班同学和室友,梳理清楚事情经过,才兴冲冲赶了回来。杏子掏出笔记本,指着其中一页:"我了解清楚了,那次生日趴的主角叫刘鹰珞,拟邀了二十多位同学,剔除各种原因没来的,总共有十七位同学到场。"

"刘鹰珞?"

"嗯,就是梁璐之前提到的那位同学,蓝海集团副董事长苏雪妮的儿子。"中学生搞个生日趴,能去得起夜色 KTV 的非他莫属,这下就说得通了,老烟又点燃一支烟,示意继续。杏子说出了最有价值的信息:"可这十七人里面,并没有蒋钊。"

"你确定吗?"

"有数位同学的证词录音,我又反复进行交叉比对,错不了。"杏子晃了晃录音笔,"证词都在这里。"

蒋钊不在场,如何能给冷夏儿拍照?难道说,还有隐藏在背后的人?回想起蒋钊欲言又止的神情,这种可能性被无限放大。钟燃问:"刘鹰珞的生日是哪天?"

"7月11日。据参加生日趴的同学回忆,是在7月10日晚上去的夜色,一直闹到第二天凌晨。"

门外突然有人喊:"里面说话的,是老烟鬼吗?"

老烟一愣,马上分辨出外面的来人:"老贾,你天天猫在资料室,也不说来找老伙计抽支烟。"

第十一章 快乐的人运气都不会差

"你那屋呛的，谁能忍得了。我今天冒着被熏死的危险找你，是位朋友说要咨询下他孩子的事，我先让他进去。"话音未落，一个人像件包裹似的被"邮递"进来。

"老伙计，我还有事，改天再来找你……"声音已经远到走廊之外。

屋内三人齐刷刷望着来人，粗壮的中年男子，正是蒋钊父亲蒋大年。

2

出租车驶离学校，蒋大年刚才的气势就一扫而光，接踵而来的是深深的恐惧。能惊动检察官亲自调查，儿子惹的事不会小。上次儿子去网吧被抓个现行，父子俩就闹得很不愉快，好几天都没有说话。气氛刚缓解点，又出这么档子事……蒋大年没心思继续出车了，跟公司请个假。拉着儿子先去医院检查伤口，再去他最喜欢的火锅店。面对一桌子美味，儿子狼吞虎咽，就是对父亲敲边鼓的问题不予理睬。实在憋不住了，不再兜圈子，声色俱厉地让儿子如实招来。

"爸，有些事，你能不能不管？"

"我是你老子，检察院都找到你了，还能不管？"

蒋钊想了下，很认真地对父亲说道："我上蓝海中学，每次考试都拿回好的成绩，让你在一帮老哥们面前有面子。爸，真想劝你一句，这样的日子不好吗？何必非要过问我的事？"

儿子突然冒出这样的话，让蒋大年有些吃惊："你考得好，难道是为了我？"

"不是吗？"蒋钊反问。

"那是为了你自己的前途，考上好的大学，光宗耀祖！咱们老蒋家，你必须是第一名大学生。"

蒋钊"扑哧"笑了:"还说是为了我……嘿嘿,那么多先人在地下不错眼珠地盯着我,我紧张。"

"小兔崽子,怎么说话呢?"

"非要知道?"

"说!"

"说完就不要再烦我了。"蒋钊抹抹嘴,直截了当,"一句话概括,我给同学拍裸照,还贴在校公告栏。现在被抓住了,完了。"

"什么!"蒋大年脑袋瓜子嗡一下子,顺势就扬起了手,蒋钊双手抱肩,眼眸盯着父亲的手掌,眨都不眨一下。儿子眼神中的那抹戏谑,像极了前妻。

蒋大年是小镇青年,初中没毕业就辍学,在镇里的小工厂上班。可能是为人憨厚、工作努力的缘故,意外得到厂花赵玲玲垂青,觉得他是有志青年,主动跟他好上了,天上掉下来的艳福,着实让蒋大年幸福两年。很快两人就步入婚姻,并在次年生下蒋钊。

赵玲玲天性爱享乐,生孩子后就不再上班,自恃相貌娇美,整天打扮得花枝招展。维持这种表面光鲜的生活,需要相当的物质基础,为了满足妻子,蒋大年没日没夜工作,苦于没文化,脑筋又不是那么活络,挣不到大钱。时间久了,两人矛盾也尖锐起来。

偶然机会,赵玲玲邂逅了一位做生意的外地人,一来二去竟产生情愫,苟合在一起。没有不透风的墙,偷情的事被蒋大年知晓,男人尊严让他迅速失去理智,打了赵玲玲。哪承想赵玲玲破罐子破摔,夺门而出,人再也没有回家,回来的只是一份离婚协议,并主动放弃孩子的抚养权。

爸爸打妈妈的那一幕,让蒋钊看在眼里,那一年他刚刚六岁。

很快,蒋大年也离开这块伤心地,带着年幼的儿子来到石屿市闯荡,又当爹又当妈,历尽艰辛,才把孩子拉扯大。在内心深处,他把妻子当年离开自己,归咎于自己的鲁莽和没文化,这才拼死拼活也要供儿子读大学，不能像自己一样没出息。

蒋大年暗自叹了口气，巴掌最终没有落下来。一天以来，他调动了自己全部人脉，才朋友托朋友，找到了检察院老贾，请他给自己牵线搭桥，求见未检科的主事人。

蒋大年被呛得连咳嗽两声，才看清楚屋内的人，两位已经打过交道，剩下那位，跟个千年树精似的"老怪物"正在吞云吐雾，应该就是廖科长。紧走几步，路上就已经把腰塌下来，等来到老烟身前，膝盖都快贴地了，老烟本身就瘦高，更加显得他卑微。

"你这是……"老烟有些意外。

蒋大年腿一软，借势就给老烟跪下，带着哭腔道："廖科长，我家娃小不懂事，求你们多担待啊……"话刚说到后半段，人却已经离地，被钟燃和杏子一左一右架起来，放在椅子上，顺手还给他倒了杯水。

钟燃语气带着不满："蒋师傅，检察院不兴这套，有事坐着说。"

"钟检，昨天是我粗鲁，脑袋一热就跟您和李检叽歪几句，万分对不住啊。我那逆子，没有什么可说的，祸是他闯的，认罚。能不能看在他还没成人的分上，高抬贵手，不要批捕啊。我们蒋家世世代代感恩戴德……"蒋大年神情悲戚，有些语无伦次。

"我们只是调查取证，没有下结论，再说公安机关也没有立案。"

蒋大年急忙起身作揖："有什么需要我协助的，我一定配合，只要能放过我儿子，他真的，岁数还小，什么也不懂。"

"知道了，我们还有事，您先回去吧。"钟燃下逐客令。

蒋大年还做垂死挣扎："几位检察官同志，中午要是没事，我想请大家吃个便饭。"

杏子道："蒋师傅，我送你出门。"

望着蒋师傅佝偻的背影，钟燃心念一动，突然发问："7月10日那天，你知道蒋钊在哪里吗？"

"知道。"蒋大年急忙扭回头，回答得不假思索。

"过了很长时间，你怎么会记得这么清楚？"押宝式的一问，竟然问对了，钟燃对他的快速回答有些不可思议。

"李检，你看，我得回答问题……"蒋大年冲杏子赔着笑脸，轻轻挣脱她的手，快步回到钟燃面前，"钟检，那天我接到一个跨市的活，报酬丰厚。按照市里要求，我们跑营运的，出城必须带个押车人。不凑巧，经常给我押车的老伙计病了，下不来床，我发愁之际，蒋钊却莫名打电话来，说是手头紧……不瞒你说，每月生活费我都是月初转给他，他也很少在这个时间段打电话要钱，有点反常，我下意识看了时间，没错，是7月10日，也就刚给过他生活费一周左右……"

蒋大年说得有点口渴，端起桌子上的水"咕咚咕咚"灌下去，抹了把嘴才又道："我说今天没空，爸爸要出远门，正在找人押车。他听了却很兴奋，说他来押车，肥水不流外人田，把押车的钱给他，还一再强调下午没课。我确实不想丢掉这个活，稀里糊涂地同意了。"

说着说着，自己突然意识到了，一脸急迫："是不是想问蒋钊有没有作案时间？绝对没有，他跟我在一起，没离开过视线。回到石屿市天都快亮了，回不了学校，他就直接跟我回家住了。"

蒋师傅提供的线索非常关键，钟燃慎重起见，再次追问："回来你走的是哪个收费站？大概在几点钟？"

"三家陵收费站，大约、大约在凌晨四点五十分。"

不等钟燃吩咐，杏子已转身出门。

一个小时后，杏子从三家陵收费站传回来了7月11日凌晨四点五十分左右的监控画面，很清晰显示，蒋大年开着车，蒋钊坐在副驾驶座。案发当晚，蒋钊根本没有出现在夜色KTV，也就是说，给冷夏儿拍裸照的人，绝不可能是蒋钊。

那，他又是在给谁打掩护呢？

钟燃回想起蒋钊在篮球场时的表现：脸憋得通红、作着激烈的思想斗争……现在明白了，他不是在犹豫要不要承认，而是在忍住不说出那个拍摄裸照的人。是谁值得他这样做，宁肯把锅背在自己身上，也不说出真相？根据对蒋钊的测评，他在学校并没有什么存在感，总找理由逃学不上课。临到考试的时候，就想尽各种方法抄袭，应付了事。同学们对他的评价就是自私，不善与人交往。真想不出来，他会为谁做出这么大的牺牲。

冥冥中，钟燃想到了一个地方。

3

华灯初上，百步桥桥头夜市逐渐热闹起来。

老烟照例按点下班，去享受天伦之乐。钟燃与杏子，好像被一根无形的绳索牵着，自然而然就来到奶奶海鲜排档前，自从上次光顾后，杏子就一直嚷嚷着要再次品尝奶奶炒饭。

没有看到鹿晓阳，钟燃点了两份章鱼炒饭，奶奶对他俩很熟识，笑眯眯地答应。

等餐过程中，杏子双手托腮，看着过往的行人："在办公室坐一天，还不如来这种有烟火气的地方，就是发呆地看着，也觉得有意思。"

钟燃明白她的心境。杏子内心藏不住事，很快就自己说出来："师父，参加生日趴的十七名学生，我怎么也想不出，蒋钊会为哪个人如此付出。"

钟燃深表赞同，此时也只能安慰："起码我们距离真相，又近了一步。"

"我就怕时间久了，蒋钊反应过来，其实我们手中的手机，并不能成为指控他的证据。到那个时候,我们就被动了。要是鹿晓阳不拿篮球砸他……"

"自己最好的朋友被拍裸照,拍摄者还没有悔意,换成谁都会按捺不住的。更何况,他还只是个孩子。"钟燃轻轻替鹿晓阳开脱。

"有时候,我还真没把他当孩子看待。"

奶奶端着两份章鱼炒饭过来,放在桌子上。又要颤巍巍去拿可乐,杏子急忙抢上前自取:"奶奶,这个我自己拿就好啦。"

摊位上还没什么食客,奶奶坐在小马扎上,用围裙擦着手。炒饭的香气直刺鼻腔,钟燃迫不及待往嘴里扒拉着炒饭,吃掉上层米粒,才发现下面藏着好几只大海虾。钟燃探头看杏子的餐盘,也完全一样。钟燃急忙拿过菜单。印刷得很清楚,海虾炒饭三十八元,章鱼炒饭二十八元。奶奶给的量,是两者之和。

"奶奶,您给我们的炒饭,是不是错了?"

"怎么,不好吃吗?"

"非常好吃,只是您给的海鲜太多了,章鱼炒饭里面,还放了这么多大虾。"

奶奶把手指头竖在嘴唇上,还故意往两边瞅瞅:"嘘,小点声,这是奶奶给你俩的小惊喜。"

"奶奶,你太客气了。"

"阳阳的朋友,就是奶奶的朋友。"看两人吃得差不多了,奶奶起身把桌面上的虾头都收在手心里。又摸出一个小盆,把虾头还有两条小鱼放进去,走到大樟树下,"咪咪、咪咪"地叫着。很快,在她身边聚集起了好几只猫,奶奶蹲下身,把食盆放在地上,猫咪很快聚拢在食盆周围,奶奶慈爱地抚摸着它们。

一名民工打扮的男人走过来,杏子刚要招呼奶奶,却发现来人抽出一张二十元的纸币,放进一个纸盒子里面,转身就走了。杏子顿时感到莫名其妙。奶奶很快从大樟树下折返回来,脸上流露着满意笑

第十一章 快乐的人运气都不会差 · 125 ·

容,杏子急忙迎上前去:"那些猫真可爱,奶奶每天都喂它们吗?"

"每天都喂。开始是阳阳,他有时候上课不在,就专门叮嘱我来喂,一来二去的,我还爱上它们了,少来一只都牵肠挂肚的。"

"刚才有人往盒子里面放了二十元钱,什么也没点就走了。"

"有的食客忘了带钱,或者说手头不富裕,在我这都可以赊账。时间长了,我老太太哪里记得住,干脆就放一个小纸盒,想起来了,就送过来,没有也没关系,谁还没有个手头不宽裕的时候?如果正碰到那种需要帮助的人,我老太太别的拿不出来,从那个小纸盒里,拿出二十、三十还是可以的。"

奶奶坐在板凳上,神态平和,看着来来往往的行人食客:"在深夜里,给辛苦一天的人们烧烧菜,看着他们洋溢在脸上的幸福感,奶奶心里踏实。"

"您真伟大,这才是有人情味的深夜食堂。"

"我大字都不识几个,还伟大?奶奶没别的本事,就喜欢做饭。我把阳阳拉扯大,让他上学,他父母又常年漂泊在外。一个老太婆在家闲不住,就找个营生做,每晚这么多人变着花样陪我,不寂寞。"

"晓阳同学跟着奶奶长大,真的很幸福。"钟燃由衷感叹。

"奶奶相信一点,快乐的人运气都不会差。"

4

深夜的 HERO 网吧,人满为患,风顺着锈迹斑斑的铁门门缝灌入,海的腥气混合着各种汗味、烟草味,形成一股独特的味道。

当钟燃和杏子亮明身份,石屿 HERO 网吧的老板一时间竟有些茫然,接待过消防、卫生、防疫、街道、辖区派出所的抽查,可从没有检察院的人冒出来……面对吃公家饭的,也不敢怠慢,笑脸相迎。钟燃掏出蒋钊照片:"老板您好,您认识这个人吗?他经常来。"

没等他说完话,网吧老板就"咯咯咯"笑了起来:"问我认识吗?你问问这里的玩家们,有谁不认识'永远的巴雷特',他是我们的巴神。"同学眼中的另类,竟然被这里尊为神,钟燃感到不可思议。但这种错愕,很快就随着他看到的景象,消失得无影无踪。其貌不扬的蒋钊,是游戏《皇家荣耀》里"石屿HERO"战队的灵魂人物。在网吧一隅,战队有专属座席,他的座位是最显眼的,从网吧老板艳羡的口吻可以听出,"石屿HERO"战队的战绩相当不错,与专业队不遑多让。

"看我店名,那可是冠名品牌。"老板自豪挂在脸上。

"一个虚拟的游戏世界,玩得再精又有什么用。"杏子一句话,引得周边玩家瞥来"你果然不是同道中人"的凌厉眼神。网吧老板更甚,觉得与眼前这二位没有共同语言,干脆介绍给一名战队队友,自己溜之大吉。

钟燃先说明来意,再问道:"同学,你觉得蒋钊近期,有没有什么反常?"

队友挠挠头,用不确定的语气回复:"倒也没有什么异常,就是、就是感觉他近期缺钱,总张罗着一起玩游戏。"

"玩游戏还能赚钱?"

对杏子,队友简直连白眼都懒得翻:"怎么不能,我们也算是大神级别的战队好嘛,求我们代玩的人排到北极圈了。"

进门伊始,杏子就感觉迈入另一个世界,气场不合,干脆闭嘴不再言语了。能让快言快语的杏子没脾气,钟燃内心想笑,装作没看见继续问道:"你知道他为什么急用钱吗?"

"听说为了女朋友。"

"女朋友?叫什么名字?"

"尚什么来着……对,叫尚雯雯。"

第十二章

尚雯雯

1

艳阳高照。

树影婆娑中，一名身着校服短裙的少女款款走来，她低垂着头，柳眉微锁，似乎满腹心事。拐过街角时，少女被奶茶店所吸引，上前点了杯奶茶，吮吸了一口，瞬间被奶茶的甜香所陶醉，少女把奶茶摆放在胸前，脸上挂着浮夸的笑容："妙街奶茶，拐角与它相遇……"

"咔！"

导演终于喊停，服、化、道各个部门蜂拥而上，接道具的接道具，补妆的补妆，忙得不亦乐乎。导演脑袋上顶着毛巾走过来，谆谆教诲道："雯雯，前面表情控制得很好，那种淡淡的忧伤直抵人心，可是介绍产品时表情放得太过，就显假了，要发自肺腑地开心，好吗？我们再来一条。"

"好的导演。"尚雯雯露出甜甜一笑，又走回到原点。

"各部门注意，are you ready？ action！"

不远处的遮阳伞下，一名穿着华贵的中年妇人，跷着二郎腿，目不转睛望着拍摄现场。妇人烫着精致鬈发，太阳镜腿上香奈儿标识大得吓人，脖子上系着范思哲丝巾，烈焰红唇，即便坐着，身体也下意识地微微扭动，拿捏着各种妖娆的姿势，好像身体里面住着玛丽莲·梦露……我必须声明,这种表达没有丝毫对梦露不敬的意思。妇人举手投足间,透露着一股说不出来的俗气。

终于,监视器前传来导演的一声"过了",妇人长长地吁出口气,站起身,朝着尚雯雯挥手:"雯雯,快过来喝口红参汤。"

尚雯雯燕子般飞了过来,"嘤咛"一声扑进妇人的怀里,撒娇道:"妈,今天太阳怎么这么毒啊,晒死我了。"

尚母曾经是市舞蹈剧团的一名舞蹈演员,作为台柱子经常参加各种演出,梦想着有朝一日成为大红大紫的明星,可事与愿违,一次舞台事故伤到了腰,不得不忍痛告别舞台。她叫尚华倩,雯雯刚出生时,丈夫就抛弃了娘俩,这让她痛不欲生,"爸爸"这个词,在她们家是禁止触及的。雯雯自然而然跟了她的姓。自从有了女儿,尚华倩把全部激情都倾注过来,希望女儿长大后能圆自己的明星梦。

尚华倩掏出手帕,爱惜地给女儿擦擦汗,顺手把红参汤递了过去。尚雯雯并没有伸手接,噘嘴道:"这大热天,我胃里就像点燃一团火,想喝凉的,越凉越好。"

"那怎么行,越是这种天,女孩子越是容易亏气,可不能像那些野丫头们,你身子骨金贵糟蹋不起,妈煮了好久,赶紧趁热喝了。"

过来给尚雯雯修妆的小化妆师,暗中翻了个白眼。

尚华倩嘴里说着,眼睛却盯着化妆师的粉扑,叫道:"哎哟,不能往我姑娘脸上抹,怎么不用新的?这可得多少人用过啊。"

"没有别人,您家姑娘是第一位,早晨化妆时拆封给她用的,不可以吗?"小化妆师撑了回来。

尚华倩根本不理会小化妆师说什么,把头探到化妆箱,朝里面看了下,又大惊小怪地叫起来:"这化妆品品牌也不行啊,上次我姑娘拍广告,从上海专门请来的化妆师,用的是清一水的奥迪……"

化妆师眼神毒辣,瞥了眼尚华倩这身行头,脑海中冒出两个字——假货。

"那是DIOR……"尚雯雯接过话茬，对着化妆师笑道，"小姐姐莫怪，我吧，皮肤娇嫩，一般品牌的化妆品用不了，上妆就会过敏，上午就跟那位主化妆师姐姐说了。你看，你是不是换一下。万一影响了拍摄，谁都担待不起不是？"软刀子扎人，她确实有一套。

"这么小就这样，以后谁能伺候得了你。"小化妆师暗自骂了一句，没办法，只能回去换化妆品。

"还是我姑娘厉害。"尚华倩眉开眼笑。

"有什么用，拍摄的都是这种街边小奶茶，一点热度都没有。能拍到可口可乐那种片才叫爽。"

"妈就喜欢你这种劲头，机会慢慢来，这位导演，听说是毕业于北京电影学院导演系，花重金请来拍的。"

"我早打听过了，是进修班，掏钱就能上那种。"尚雯雯不屑一顾。

"这种小人物，入不了我姑娘的法眼。"话是这么说，眼睛亦跟随着导演，见他起身去僻静处抽烟，尚华倩急忙赶过去，一脸谄媚地套近乎、加微信。

等妈妈转身离开，一直挂在脸上的微笑变得有些僵硬，尚雯雯动了动下颌骨，用手指轻轻拍苹果肌，让脸部肌肉放松。电话响起，是教导处小王老师打来的，让她尽快赶回学校，说是检察院的人要问她几个问题。

挂了电话，尚雯雯的脸色变得阴郁起来，自打上次在舞蹈室见过钟检，她就有种直觉：他还会来找自己，难道，这么快他就发现了什么？

2

钟燃和杏子坐在教师办公室，已经快两个小时。其间连陪同的韩松博都坐不住了，安排小王老师继续陪着，自己谎称还有事，溜之大吉。杏子等得有些心烦："你们学校对学生的管理，都这么宽松吗？"

小王老师手里攥着手机，急忙回话："校外有个活动，邀请尚雯雯同学参加，也是早就请过假的，她电话里说尽快赶回来。"

一直埋头批改作业的沈冰抬起头来，眉头紧锁："李检，我们学校注重学生德智体美劳全面发展，尚雯雯同学的志向是考取电影类大学，在不影响学业前提下，多积累些拍摄经验，对她个人发展是有好处的。再者，你们事先没打招呼就突然造访，学校有自己的安排，确实做不到尽善尽美，也请您担待，或者，可以改天再来。"尚雯雯的班主任今天恰巧请假，韩松博特意委托同一教研室的沈冰老师，代替他行使监护人职责。检察院三番五次来"骚扰"学生，虽然是为了冷夏儿案子，但客观上也造成其他同学人心浮动，作为老师，配合起来并不情愿。

"既然来了，就再等她会儿。"钟燃并不想起争执，杏子也就不好再说什么。

少顷，敲门声响起，门外有同学喊了声"报告——"。

随着沈冰说了句"进来"，一名身材修长，眉目清秀的男生推门走进来，小王老师见到他都下意识起身，满脸挂着笑。

"王老师好。"男生很有礼貌。

"哎，鹰珞同学好。"被男生问候，小王老师似乎很开心。

男生冲着钟燃和杏子微微点头，走到沈冰面前："沈老师，我有几个语法问题，想请教您。"

"好啊，你问吧。"沈冰如沐春风。男生掏出试卷，指着上面的几个问题，沈冰不厌其烦地给他解答，不易理解的，还专门把身后的黑板报擦出块区域，一笔一画地写在上面。看得出，她很喜欢这位男生。

小王老师再次拨打尚雯雯电话，挂了后一副如释重负的样子：

第十二章　尚雯雯　· 131 ·

"钟检，尚雯雯同学已经快到校门口了，用不了几分钟啦。"

"好的，十分感谢。"

在沈冰悉心指导下，男生得到自己想要的答案，谢过沈冰，礼貌地轻声跟大家道别，转身出门，并把门掩好。

钟燃眼睛眨了眨，挑起话头："现在的学生都很成熟，也懂礼貌，和我们那个年代只会傻读书不一样啦。"

不出所料，沈冰很愿意聊刘鹰珞："倒也不是，你见到的是这里面的佼佼者，当然不是说其他的同学不好，是鹰珞同学过于优秀。"

一旁的小王老师深表赞同。

"从来不在老师同学面前显摆，人很低调，学习成绩、操行评定都首屈一指。今年伊始，学校与斯坦福大学开展联谊活动，将会有一至两名保送生名额，这可是本校第一次与世界级名校的交流。不出意外的话，鹰珞同学将会代表学校，成为第一名保送生。他不利用身后背景，而是靠自己的奋斗争取来，这才让人心服口服。"说到这里，沈冰眼神中充满自豪。

刘鹰珞走出沈冰办公室，走廊里正巧碰见尚雯雯。见到是他，尚雯雯笑靥如花："多谢你推荐喔，今天拍摄特别顺利，等发了薪水，我请你吃饭。"

"这点小事不用破费。嗯……检察院的人在沈老师办公室等你，你快去吧。"

尚雯雯一愣，歪着脑袋问道："这事，你怎么知道？"

"我刚才去找沈老师，在办公室里碰见的，听他们说是在等你……"刘鹰珞停顿了一下，像是不经意间问出口，"他们单独约你，有什么事吗？"

尚雯雯水汪汪的大眼睛好似要滴出水来，用似笑非笑的神情看着刘鹰珞："能有什么好事？放心啦，我知道该怎么说。"绕过刘鹰珞，走向沈冰办公室。

刘鹰珞一人站在原地，低头琢磨她话里面的意思，神色逐渐冰冷下来。

"你知道红房子吗？"

钟燃上来的第一个问题，竟然让尚雯雯措手不及，干脆反问回去："红房子，什么意思？"

"据我所知，红房子是学校自助洗衣房，因为地板刷着红颜色的油漆，被同学们戏称为红房子，外间有个大水池，经常有女生被要求站在里面罚站，即便是生理期，也不例外。"

"学校怎么会发生这种事？"旁听的沈冰坐不住了，直接发问。

钟燃并没有理会沈冰，直视尚雯雯，观察其反应。尚雯雯内心突突直跳，不知道哪个碎嘴子走漏风声，让对面的"恶人"知道得如此详细，脸上却丝毫没有表现出来，故作惊讶道："我和沈老师感受一样，太可怕了，这么说我都不敢去洗衣房洗衣服了。"

"钟检，如果你说的属实，我要向校办反映，在洗衣房也安装摄像头，杜绝这类事件发生。"沈冰义愤填膺。

书生气的想法让钟燃不禁莞尔，权当没听见，继续问道："前一段时间，校公告栏被人贴了一张女孩子的裸照，这件事你听说了吗？"

"听有的同学提起过，但教导处辟谣了，让同学之间不要传播，就没有在意，怎么，真有这回事吗？"

"确有此事。张贴的人是高二（2）班的蒋钊同学，他张贴的是冷夏儿同学的裸照。"

身后响起钢笔掉在地上的声音，沈冰用手捂住自己嘴巴，惊讶莫名。

"据调查，拍摄裸照是发生在7月10日晚、夜色KTV某位同学的生日宴上，当天蒋钊陪着爸爸在外地，并没有作案时间。也就是说，有人在现场拍照并发给了蒋钊。"涉及他人隐私，钟燃隐去了刘鹰珞的名字。

尚雯雯静静地听着，没有作声。

"你跟他关系如何？"

"虽然是一个班的同学，但平时也不来往，不是很熟悉。"

钟燃盯着尚雯雯，终于抛出了撒手锏："听蒋钊说，你是他的女朋友。"

"这种鬼话你们也信？他也不……"尚雯雯噌地站起来，气得俏脸通红，好不容易才把脏字咽回去，"就他那副德行，凭什么说我是他女朋友？！"尚雯雯的应激反应作不得伪，钟燃暗暗点头。

"这也是我们来找你核实的目的。为什么问你，因为参加宴会的十七位同学，你是其中之一。"

尚雯雯怒道："你的意思，怀疑我给夏儿拍的照片？"钟燃并没有回答，只是静静地看着她。此时无声胜有声，让尚雯雯不得不多想，色厉内荏道："你们这样随便怀疑人，我可不可以请律师？"

杏子适时接过话茬："先不要激动，我们今天来，只是例行问讯。当然，你以后想起什么来，随时可以主动找我们。"

"主动"两个字的音，杏子咬得很重。

"我可以走了？"在获得允许的答复后，尚雯雯站起身，尽量让自己表情看起来镇定自若，可是脚下却暴露了她的内心，转身时身体僵硬，脚指头磕在了沙发腿脚，钻心疼痛让她忍不住叫出声来。尚雯雯用手势制止想搀扶自己的杏子，用尽量平和的语调："没关系，我自己能走。"

等尚雯雯离开办公室，沈冰才缓过神来："钟检，你说的都是真的？"话出口又有些后悔，哪有执法人员在没掌握证据的前提下，胡乱约谈的。但她关心自己的学生，心中念及也就脱口而出了。

钟燃并不介意，点了点头。沈冰还想再说什么，却被杏子拦住：

"沈老师，我们理解您的心情，但办案的细节和过程，确实不能和您透露，还请谅解。"

沈冰碰了个软钉子，无奈之下不再言语。

去停车场取车的路上，杏子乐不可支地跟在身后，陶醉在刚才撑沈冰的快感中，被钟燃突然回头问道："什么事，让你这么开心？"

杏子急忙收回脸上的笑容，正色道："我想不太明白，在没有确凿证据前，就这样约谈尚雯雯，会不会有点冒失……"

所答非所问，钟燃也不去深究："咱们确实没有一锤定音的证据。我提及红房子时，故意说得事无巨细，她并没表现出一丝惊讶，只是在末尾象征性迎合了两句，这说明梁璐同学所说的霸凌事件确有其事，不敢说是她指使，但起码她是知情的。"

杏子眼神炙热，眼前这位男人头脑清晰，分析起来头头是道。

"你感觉尚雯雯是个什么样的人？"

"傲娇、敏感，还很心机。"女人间的直觉，通常都很准，杏子想都没想就脱口而出。

"这样的尚雯雯，当得知我们在怀疑她、手头可能握有不利于她的证据时，她会怎么做？"

"应该想尽办法撇清与这件事的关系。"

"回答正确。"

杏子眨着大眼睛，突然"咯咯咯"笑了起来："师父，当你说出她是蒋钊女朋友时，感觉她都要被气炸了，这种陶醉于外表、内心又很傲娇的女孩，是绝对容忍不了你的这种关联的，即便假的也不行。"

"他俩的关系，是蒋钊网游队友亲口说的。"

杏子撇撇嘴："这种游戏直男懂什么，充其量蒋钊单相思而已。倘若真是尚雯雯拍摄裸照，让自己的死忠粉去张贴，倒也符合逻辑。"

"一切还都只是推测，不能先入为主。只是把红房子霸凌、给冷夏儿舞鞋里塞鱼刺等恶劣事件综合在一起分析，尚雯雯有很大嫌疑。我们密切关注事情发展、静观其变就好。其实，我还有一点想不明白……"

杏子嗔道："没发现，你这个大男人，就爱卖关子。"

钟燃并没有理会她。回头环视身后的整个校园，自言自语道："如果真是她做的这一切，她和冷夏儿之间，到底有什么样的矛盾，让她下这么重的手？"

第十三章
最好的朋友

1

天刚蒙蒙亮,钟燃就准时起床,洗漱完毕后套上帽衫、穿上跑步鞋。杏子这段时间软磨硬泡要和自己一起晨跑,个中好处,她叽里咕噜说了一箩筐。

钟燃望了眼窗外,靓丽的身影已经在楼下做起了热身运动。昨晚在办公室分开已经十点,杏子家离这并不算近,这么早人就等在楼下,难道不用睡觉吗?在窗台边,不禁多看了她两眼,会心一笑。

手机里有条未读微信,是沈冰发来的,钟燃微微感到意外。内容是问他还坚持晨跑的习惯没?如果有,在老地方见,自己有几个问题想问问他。

"老地方"三个字,迅速勾起了钟燃的回忆,那还是上中学期间,自己和弟弟,还有沈冰,约着一起晨跑的碰头地点。沈冰是为了昨天的事而来。十年了,她性格一点没有变,还是那么固执。钟燃回复微信:好的。

沈冰秒回复了个握手表情。

刚出单元门洞,就被杏子"逮到",蹦蹦跳跳跑过来,"师父、师父"叫着。她带着发箍,天蓝色体型衣把身体曲线完美地勾勒出来,细腰翘臀,笔直的腿,紧身裤的长短,恰到好处地露出雪白的脚踝,足蹬一双白色慢跑鞋，年轻身体充满活力，给这薄雾清晨注入一抹亮丽的暖色。有那么一瞬间，钟燃竟然看痴了。

一股薄荷的清香随晨风飘进鼻腔，让他感到心旷神怡。杏子仰起头笑问道："师父，愣什么神，昨晚头又疼了？"

说来也奇怪，和杏子跑步这一个多礼拜，困扰他许久的头疼，奇迹般没有再光临过。恢复常态的钟燃有些不好意思，急忙遮掩道："没有，可能是没睡好的缘故。"

杏子做了个鬼脸，揶揄道："没想到你这么大了，还有起床气。说吧，今天我们跑什么路线？"

"海崖公园。"

出了小区，两人沿着海岸线向公园跑去。钟燃步幅很大，身后杏子跟得有些吃力，总是跑出一段后就逐渐被甩在后面，然后自己咬紧牙关加快脚步频率，再跟上来。跑在前面的钟燃，并没有意识到这一点。

"大男子主义，自私的家伙……"杏子跟在身后，不知内心暗暗咒骂了多少遍。

两人一前一后跑进海崖公园大门，顺着坡一路向上。

小广场的喷水池前，沈冰正翘首以待，看到钟燃身影，急忙招了招手。钟燃也挥手示意，身后的杏子却突然加速，以百米冲刺的速度，赶在钟燃之前先到小广场。

"沈老师，你也在晨练啊，看样子你在等我们？"杏子笑吟吟地率先发话。

沈冰没想到会遇见杏子。

"我们天天一起跑步，要不，沈老师跟我们一起吧，我俩也不怕多个人。"杏子的语气，暗含着挑衅意味。

沈冰如何听不出来，瞧着杏子有意无意地挡在钟燃身前，内心恍然，轻笑道："加入就不必了，自打钟意离开，我们三人就再也没有一起跑过步,十年了,我都不习惯晨跑了。"沈冰意思也很清楚,我和钟燃十年前就不是朋友了,你大可不必担心。杏子冰雪聪明,立马会意,乖巧地闪在旁边,正好钟燃赶到。

"沈老师,你来得可真早,咱们边走边说?"钟燃想不到,这之前已经进行过一场没有硝烟的战争。

"就在这吧。"沈冰指了指喷水池的大理石台面,坐在这个位置,可以眺望山脚下辽阔的大海,太阳已经从海平面跃起,暗灰色的海水逐渐变得像女孩的蓝色眼瞳。想当年,每当在此会合后,钟意都会意犹未尽地跑到山崖尽头,两个人就坐在这里等,等着他兜转回来,三个少年并排坐在一起看日出。

如今,物是人非。

钟燃和沈冰都下意识望着山崖方向,好像下一秒钟意就会呼啸着从那里跑过来,搂住两人脖颈,并用偷偷采摘的毛毛草捅两人鼻孔、迎着太阳打喷嚏……

"你们在看什么?"

杏子的声音把两个人拉回现实,不禁相视一笑,十年前的朋友,竟还保留着一丝默契。

"钟检,我很理解执法机关不能透露案情调查进展的原则,但我作为老师,每一个孩子都牵动着我的神经,冷夏儿、鹿晓阳、蒋钊、尚雯雯……朝夕相处是快乐的,可现在,夏儿同学的死,却给每一个孩子的内心蒙上阴霾,我很难接受这个事实。如果证据确凿,请告诉我,但如果没有,也请保护他们并不成熟的心灵。因为我不知道,还会有多少孩子被裹挟进来。"沈冰率先开口。

钟燃静静地等她说完,才道:"这是你内心真实的想法?"

"嗯。"

"我可以告诉你,我们不会放过任何一个坏人,即便他只是一名少年。"

"换句话说，证据还不确凿了？"

"沈老师，每个人都有考虑问题的角度，我并不想质疑你。就像你听到的，那张裸照被蒋钊公之于众。你有没有想过，或者尝试去体会夏儿同学站在悬崖边上时内心的绝望？"钟燃扭过头去，望着波光粼粼的海面，"你还记不记得，曾经的我们，最喜欢的事情就是坐在这里，看着太阳从海平面上升起，温暖阳光洒在脸上，多么惬意……这种快乐，我相信夏儿同学也拥有过，是谁造成她决绝地离开这个快乐世界？不，也可能在她眼中，这个世界，有我们看不见的冰冷。"

钟燃正视沈冰，无比认真地说道："我必须努力工作，揭开这个真相。"

世界似乎再次静默下来，只闻远处传来海浪的声音……沈冰眼神变幻——疑惑、茫然、释然、兴奋，最终变得炙热，眸子里闪烁着光芒，最终笑了："我想，我会再相信你一次。"

钟燃也笑了："你叫我来到这个地方，应该有这层意思吧。"

"我们曾经是事件的亲历者，留下太多遗憾，现在你身份变了，成为执法人员，希望你能还夏儿一个公道，给公众真相。"

钟燃把手攥成拳，轻轻地在自己的胸口敲了敲："我会的。"

沈冰长吁口气，朝杏子嫣然一笑："我想，有你陪着钟检，一定会走得很长远。"直到沈冰的身影消失在视线中，杏子也没回过神来，刚才两人的对话，隐藏的信息量很大，不是亲身经历，很难明白他们说的是什么。只能隐隐感觉到，沈冰和钟家兄弟俩，纠葛很深。但她又不知道该如何问起，只有托着腮，静静地等待。

不知道过了多久，钟燃才把目光从海面上收回，拍了拍刚才沈冰坐的位置："来，坐到这里来。"

杏子急忙坐过来，屁股下面的余温尚在。

"你坐的位置，我弟弟生前经常坐。"

2

十年前。

钟燃两兄弟都在蓝海中学读书,钟燃念高三,钟意读高二,一奶同胞却性格迥异。钟燃性格内敛,成绩优秀,属于保送211重点大学的优等生。弟弟钟意调皮捣蛋,能打架,出了名的"混世魔王"。

那一年,沈冰从外省随父母工作调动,转到蓝海中学,分在钟意班级。当时班里谁也不愿意和钟意坐同桌,她是插班生,这个"苦差事"自然就落到她的头上。沈冰性格内向,到了陌生的环境很不适应,愈加少言寡语。

开始时,钟意很不拿她当回事,经常冷嘲热讽,沈冰都默默承受下来。直到有一次,钟意淋雨踢球感冒了,请了两天病假,回来后发现课桌里摆放着字迹工整的学习笔记。钟意鬼机灵,把课代表收上来的试卷做了下字迹比对,确认是沈冰的字迹。等她回来,钟燃故意把学习笔记拍在桌面上,并告诉她,自己不用看也会。话是这么说,可内心深处,却对沈冰种下好感。

两天后的体育课上,沈冰来例假身体不舒服,和老师请假准备回教室休息,路过跑道时,被外班的一名粗壮男生撞倒。男生欺生,纠缠不休,非要赔礼道歉并赔偿洗衣服的钱。没等沈冰妥协,男生就被从操场远端狂奔而至的钟意一个飞腿踢倒在地,膝盖压住胸口,拳头抵住鼻尖,钟意用所有围观学生都能听见的语调宣告:她是我同桌。

一来二去接触得久了,沈冰发现,这个众人眼中的"坏小子",是个古道热肠、性格可爱的大男孩。而钟意也感觉到,真实的沈冰,并非木讷无趣。不知不觉间,两名少年成为最好的朋友。

钟意把沈冰介绍给哥哥,共同爱好让他们成为好友,三个人经常一起跑步。钟燃学习成绩优异,沈冰好学,不会的问题都会来请教。钟燃也通过沈冰,来督促自己弟弟。本该完美的高中生活,却被接下来噩梦般的遭遇击得粉碎。

有一阵子，钟意总是鼻青脸肿地回家，怎么问都绝口不提。没办法，父母只有寄希望于大儿子来开导。钟燃被从学校叫回家。关上门拉把椅子坐在弟弟对面，希望他告诉自己实情，到底是谁欺负他了。

钟意抱着膀子低着头，做着激烈思想斗争，就在他鼓起勇气、想要把心里话分享给哥哥时，钟燃却接到班主任电话，问他怎么没有来上自习课。进入高三冲刺阶段，他这样的尖子生是没有"人身自由"的，赤条条活在老师眼皮底下。刚"消失"不到一小时就被发现了，电话里，钟燃在不停解释回家缘由。等放下电话，弟弟早已经爬上床睡觉了。

在钟燃内心深处，弟弟打架并不是一件稀奇的事，如果他不想说，就算了，自己没有时间来顾及他。

等哥哥走了，钟意从床上翻身坐起，没有一丝困意。他偷听哥哥与老师的对话，此时此刻不能让哥哥分心，那件事……就烂在自己肚子里吧。

市统考，钟燃以优异的成绩名列全市第一，在校季度表彰大会上领奖并发表获奖感言，鼓励全校高三学生共同加油冲刺、迎接人生第一次大挑战。在"钟状元，中状元！"的山呼海啸中，钟燃春风得意地走下主席台，却发现弟弟随后上台，当着所有师生的面宣读检讨书，内容竟是作风问题——早恋。

等他面无表情、照本宣科地读完后，突然将检讨书高高举起："我已经按照学校要求把这封检讨书读完了，但内容我并不认同。"一把撕碎检讨书，甩手扔了出去，大声疾呼，"我打架是为了保护自己的朋友。作为男生，难道不应该保护身边的女生吗？我们一起吃饭、一起放学、安全送她回家，这有什么错？收起你们肮脏的思想，如果这就算早恋，我并不介意！"

伴随着麦克风里传出来的高昂之声，碎纸屑像雪片般飘下主席台。

钟意的话，就像在蓝海中学引爆核弹，赞同、嘲笑、欢呼、起哄声四起，各个班级班主任急忙约束自己的学生，几名男老师冲上讲台，连哄带拽把钟意往台下拖，场面混乱不堪。在无数扭动的躯体中，钟意顽强地伸出一只手，手指比画成"V"字，指向天空……如此戏剧性场面，让站在台下的钟燃，脸色红一阵青一阵，颜面都被弟弟丢尽了。

校园角落里，钟燃苦言相劝，一副恨铁不成钢的模样："那个女生是谁？是沈冰吗？你怎么这么傻，可以跟学校解释啊，就说不单单你们两个人，还有我呢，我们经常一起跑步……"突然意识到，三个人，已经很久不再一起晨跑了。

钟意反而宽慰哥哥："你的任务就是好好学习、考上最棒的大学，让爸妈骄傲。我的事情就不要插手了。"不等钟燃反应，钟意转身走掉。

"都赖我，被所谓光环蒙蔽双眼，觉得学习才是我的一切，什么都不重要，任他跑远却没有伸手拉一把……可能在我内心深处，有一种廉价自尊心在作祟，生怕知道了弟弟的事后，会耽误我'宝贵'时间。"说到"宝贵"两个字，钟燃自嘲地笑了笑，表情却痛苦莫名。

杏子望着他，眼神中充满了怜悯。

"我也试图找过沈冰，可她支支吾吾，问到与弟弟关系，一副不置可否的态度。就是两名任性少年让大家误会了，时间久了，也就会淡忘，没再放在心上，直到出事那天……"

考前辅导班，钟燃认真听老师分析着高考冲刺试题，沈冰却突然闯进来，一副紧张兮兮的模样，看到座位上的钟燃，急忙朝着他

第十三章　最好的朋友　·143·

招手。

等钟燃从教室里出来，沈冰急切道："哥，赶紧去劝劝钟意，他要出去打架。"钟燃一皱眉，今晚讲课的特级老师，是学校为了大考，特意花重金聘请，讲师的解题思路，让自己有种拨云见日的感觉，这时候去劝架？

见钟燃犹豫，沈冰气得一跺脚："真的是，去晚了就来不及了。"

教室里面传来特级教师高昂的声音：刚才同学们看到的，是正常的，也是最普通的解题思路，能解吗？能。就是费的步骤多、烦琐、耽误时间。同学们要知道，在高考战场上是分秒必争的，你比别人多节省出一秒，就多出一分胜算。下面给同学们分享下我教学三十多年总结出来的解题窍门。还拿这道题举例，用我的方法，同样答案可以省下一半的时间……

天平迅速倾斜，钟燃做出令自己后悔终生的决定。

"小意打架从不吃亏，你不要太紧张，等我下课就去找他。"顾不得沈冰，急匆匆返回教室。

约莫过了半个小时，班主任风风火火闯了进来，朝着钟燃大吼：钟意出事了！

钟燃如坠五里雾中，忘却怎么出的教室，恍惚中就跟在班主任身后，一路上，人影晃动得厉害，嗓子被海风刺得生疼，肺就像着了火一般，平时锻炼体内所聚集起来的能量，似乎在这种特定时刻都派不上用场，就在大脑极度缺氧、几乎要摔倒之际，钟燃被眼前红蓝交替、明晃晃的警灯唤醒。

这是条僻静小巷，巷子中央躺着的人一动不动，着蓝色防护服的法医围在身边，还有警察在拍照片，闪烁不停的闪光灯下，映出捂着嘴恸哭的沈冰。钟燃推开外围警戒的警察，疯了般跑进去，身后班主任急迫地跟警察解释：这是行凶者的哥哥，他、他误会了……钟燃却什么都听不到，猛扑上前，发现躺在地上的不是弟弟。法医给尸体盖上了白布。

钟燃瞪着血红色眼睛,嘶声问道:"怎么回事?"

"是、是钟意杀了他……"沈冰早已经哭得梨花带雨,抽泣着回答。

"不可能,我弟弟他不可能杀人,一定是哪里搞错了。"

身后几名看似是死者朋友的人,正在配合警察录口供,一口咬定是穿校服的少年,猝然从背后发起袭击,还添油加醋地描述着少年如何凶残地杀害死者。

"你们住口,我弟弟不是那样的人。"钟燃目光含泪,无力地申辩着。此刻的他,懊悔极了——我为什么非要听试题,而不来阻止呢?

警察对讲机里,传来了呼叫声:各单位注意,疑犯已朝海崖公园方向逃窜,疑似持有凶器,为保证安全,如果疑犯拒捕,可以击毙。

"不可以!"钟燃跳起来,一把夺过警察的对讲机,用力嘶吼,"不可以击毙,他还是个孩子!"瞬间,他似乎激发了体内所有潜能,大步流星直奔海崖公园跑去。猝不及防下被夺了对讲机的警察在身后喊道:"孩子,抢夺警械是犯法的,赶紧还给我。"

像灵活的跑垒手,躲过各路的围追堵截,他心中只有一个念头:救下弟弟。奔跑在沿海公路上,如《阿甘正传》,身后跟着越来越多、密密麻麻的人。跑上斜坡,穿过喷泉小广场,夜空中划过无数光柱,钟燃朝着亮光跑去。

"别怕,哥哥来救你了。"

前面影影绰绰有二十几号人,人声嘈杂,传进耳朵里的话语已经被脚下浪涛声撕裂得支离破碎。

"不要——跳——"

"海——子,我们不强——你,自己走——"

"海——救——援,到哪——"

离光柱越来越近,周围的黑暗也渐渐退去,站在山崖尽头的正是弟弟。面对一圈蠢蠢欲动的警察,目光越过众人头顶,看着远处向自己极速跑来的哥哥,微笑着点点头,张开双臂,向身后的黑暗遁去。

"弟——"钟燃徒张着嘴,却发不出来声音,体内的元气像是被抽了真空,"嗖"的一下,连个渣滓都不剩。双腿再也支撑不住身体的重量,松软、垮塌,双膝接触到地面,头突然剧烈地疼痛起来。朦胧间身后和悬崖边的人都朝自己拥来,时空在扭转,黑暗退去,耳边传来钟意的声音:"哥,照顾好爸妈,我永远爱你们。"

他闻声扭动僵硬的脖颈,看到了在海水中的钟意,几条海豚在他身边游弋。朝着自己挥了挥手,与海豚一起,深深地扎入海底……

"钟意——"随着这一声喊出,世界唰地变白了。

阳光明媚的上午,却听到这样一段令人心碎的往事。沉默良久,杏子才轻轻蘸去眼角泪水:"你的头疼,就是从那个时候开始的?"

钟燃点点头,歉然道:"我一时心血来潮,跟你啰唆了这么久,对不住啊。"

"我怎么会怪你。"杏子幽幽望着眼前这位男人,能主动打开心窗、没有隐瞒,让自己能看到他曾经的过往,一股亲近感由心而生。

"这件事,后来如何处理的?"

"还能怎么样,弟弟是行凶者,以畏罪自杀结案,民事上赔了受害者一大笔钱。最可怜的是父母,弟弟死后,两位老人很长时间缓不过来,我这次从省里调回来,主要也是为了照顾他们。"

"我感觉,钟意所做的一切,都是因沈冰而起。"

"这件事后,我问过她原委,可她似乎对我怨气很重,很快就转学走了。这次回来,能碰到也是意外。"

杏子心思一动,暗暗打定主意,此刻也不方便说出来,继续问道:"当时学校态度呢?牵扯到自己的学生,总得有个态度吧。"

"息事宁人,很快就恢复如初。"

"我要是早认识你，我一定会帮你跟学校打官司，他们有监管的责任，怎么能说没就没呢？"杏子愤愤不平。

"十年前，你还在上小学吧？"

"你可不要小瞧我，我是真能帮到你的。"杏子一脸认真。

钟燃望着杏子，内心竟有些感动："谢谢，这句话我收下了。"

"你当检察官，是不是也跟弟弟有关？"

"确实。弟弟的死让我改变了人生方向，填报志愿，只选择了政法大学。我立志成为一名法律工作者，不想看到弟弟的悲剧在更多的少年身上发生。"

"我现在终于理解，你为什么会紧紧咬住这起案件不放了，与当年事件相对比，这里面有太多的相似处。你回来就负责这个案子，也是冥冥中的安排。"杏子迎着朝阳，伸出了手掌，粲然一笑，"师父，你放心，我一定会全力以赴地辅助你。"

钟燃哈哈一笑，与她挥掌相击。

远远的海面上，似乎有几条海豚破浪而行。

第十四章

夏儿的日记

1

从检察院回来,蒋大年又忐忑不安地等了两天,实在憋不住了,就给钟燃挂个电话,在得知儿子的嫌疑被取消时,那种喜悦,隔着屏幕都能让对面感受到。下厨炒了几个小菜。儿子已经在家"禁闭"了两天,对于父子来说,是少有的独处时刻。饭桌上,蒋大年狐假虎威地训斥了儿子一顿,最后才道出这顿饭的缘由。

本想借机套出是谁拍照转发过来,可无论他怎么问,蒋钊就是那句话:这件事,您就别跟着操心了。无奈之下,蒋大年只好把儿子手机没收,隔绝一切安心养伤,等回学校后好好学习,再也不要骗自己了。

望着父亲一夜之间两鬓飞出的白发,蒋钊有些心疼,沉默半晌,终于鼓起勇气道:"老爸,我不想上学。"

"你怎么会有这种想法?"蒋大年异常吃惊。

"我一直就是这个想法,只是……你为了我的学业,忙里忙外,就没和你沟通过。"

"爸爸说你说重了吗?"

"我想做专业的电竞玩家。"望着根本不懂自己的父亲,蒋钊无奈解释,"这句话我憋了很久。时代变了,不是只有分数高才能证明自己，我在电竞圈是大神般的存在，坚持下去就能进入专业队、国家队。儿子能在一个领域做到极致，也是一件值得骄傲的事情啊。"

"行行出状元，这话不假，可你功课一直很好。"蒋大年突然意识到什么，说话竟然有些哆嗦，"难道每次考试……"

蒋钊点了点头，默认了。

"你——"

"老爸，我上蓝海中学，很大原因是为了让你高兴，我不想像妈妈那样，做什么事情，都不顾及你的感受。"

"臭小子，提她做什么。不管电竞还是田径，好好想清楚自己的前途。"蒋大年感觉眼睛一辣，急忙抛下句话，逃似的出了家门。

"有什么可逃避的。"蒋钊对于外刚内柔的父亲，很是无奈。

接下来几天，家里的气氛有些微妙，父子两人就像是路人，尽量回避着这个话题。

尚雯雯生日，早就被红色水笔在挂历上圈起来，蒋钊掰着手指头算日子，这一天终于到了。等父亲出车离开，把自己攒了好久的零用钱全取出来，穿衣服出门。

施华洛世奇专柜前，蒋钊挑了款项链，准确地说是尚雯雯相中的。几个月前，课间休息时尚雯雯把一本杂志举过头顶，兴奋地尖叫起来，顿时吸引很多女生围拢过来，就听见她的声音从人缝中钻了出来："这也太好看了吧，要是谁能把它送给我，我愿意做他女朋友。"

一句玩笑话，却没想到蒋钊认真了。他一直暗恋尚雯雯，理智曾告诉自己，这种女生不是谁都能驾驭得了。可不知道为什么，就是让自己深深地陷了进来。举止优雅、浑身上下散发着香水味的妈妈，在童年蒋钊的内心是完美的。不辞而别，他并不认为是妈妈的原因，反而是缺乏浪漫、浑身汗臭味的爸爸和自己不懂事造成的，任由妈妈离开，是爸爸缺乏勇敢，即便长成十六岁的少年，这种认知也没有动摇过。

从高一分班、他见到尚雯雯那一刻起，就为其倾倒，尚雯雯一颦一笑，总让他看到妈妈的影子……他想引起她的注意，可内心的自卑，让他不敢在尚雯雯面前有丝毫表达。

可在电竞圈，属于他的世界里，蒋钊就像一位王，告诉自己的臣民，尚雯雯是他们的王后……绝美照片在同伴手中传阅，赞美声四起，这对习惯虚拟世界的他来说，感到非常满足，但总感觉少了点什么——他想真实地把尚雯雯带到"臣民"前，接受祝福。而尚雯雯这句话，让他看到从虚无变成真实的机会，一定要抓住！

蒋钊放下课本，从后面不经意走过，目光穿过层层阻碍，把杂志上的那款施华洛世奇水晶项链，牢牢印在脑海里。

他专门跑柜台看过，项链对于学生来说不啻天价。可越是这样，越勾起他的斗志。为此他精打细算：勒紧裤腰带省伙食费；疯狂替游戏玩家代打获取报酬；甚至找借口不参加刘鹰珞的生日宴，熬夜陪父亲跑长途……所有的辛苦所得，终于变成手拎袋里精美的礼盒时，他兴奋得无以言表。

回学校顺路，他去了趟石屿 HERO 网吧。

刚一进门就被网吧老板看到，不怀好意地朝他挤眉弄眼。与此同时，"石屿 HERO"的几名队友一拥而上把他围在中间，表情与网吧老板相同，像是一个模子刻出来的。

蒋钊有些纳闷："都吃错药了？"

话音未落，身上就挨了不少拳头，一名粗壮少年道："行啊巴神，以为你吹牛皮，没想到你女友还真是照片里那位。"没等蒋钊反应过来，粗壮少年一把搂过他肩膀，"瞅你这鼻梁，跟人家打架了？没来这几天，你女朋友来了好几趟。"

"女朋友，尚……雯雯？"蒋钊的话，透着不自信。

"不是她还能是谁。你拎着礼物走错门了吧？麻利约会去，今天战队不需要你。"

腾云驾雾般，蒋钊还没反应过来，人就已经被推出网吧大门外。

尚雯雯来找了我好几次……都怪老爸没收我的手机，找不到我，她该多着急啊。蒋钊心脏狂跳不已，再看手中的礼物，萌生出一种幸福的错觉。

以百米飞人博尔特的速度跑回学校。今天是周末，宿舍室友告诉他，雯雯去自习室了。

蒋钊兴冲冲穿过走廊，推开自习教室的门，却骤然停住脚步。屋子里聚集着很多人，众星捧月，尚雯雯站在正中间，面前堆满了礼物，此刻正摆弄着脖子上挂着的项链。这款项链他看到过，在施华洛世奇专柜，放在最显著的位置陈列，比起自己手中这款，不知道昂贵多少倍。

尚雯雯双颊绯红，把项链放在自己雪白纤细的脖颈前，含情脉脉望着身边的少年，语调丝滑无比："鹰珞同学，你真的要送给我吗？太贵重了。"

"舞蹈社团为学校拿回那么多的荣誉，一条项链算什么，你以后戴着它，不管走到哪，都能给蓝海中学增添光彩。"

尚雯雯娇笑："别拔得那么高，我只领你的情，那就收下啦。"把项链戴好，坦然接受身边女生们艳羡目光和欢呼，陶醉中目光扫到门口呆立的蒋钊，不禁轻声"啊"了一声。同学们也注意到蒋钊，目光齐刷刷地望了过来。

蒋钊下意识地把手中礼品袋往身后藏，却不知道谁喊了一句："他手里的，该不会也是施华洛世奇吧。"

蒋钊羞愧地望着刘鹰珞，他好像看着自己，又好像没有，嘴角轻轻上扬，一切风轻云淡，但那副从骨子里蔑视的神情，让自己感觉就像一名小丑。莫名的羞辱感，热血瞬间涌上脑门，脸腾地红了。

尚雯雯尴尬神色在脸上一闪而过，招手道："是蒋钊同学啊，快过来。"

蒋钊深吸一口气，把礼品袋举起来，用尽浑身气力："尚雯雯同学，祝你生日快乐，这是你最喜欢的项链，我买下来给你做生日礼物，希望、希望你能戴上它……"说完话，还挑衅地望着刘鹰珞。

有那么几秒钟，教室内似乎被抽光了氧气。

尚雯雯浅笑，接过打开，随意看了眼里面的项链："好漂亮哟，谢谢你的礼物。"说完就放在礼物堆里。蒋钊脸色变了，不再是斗气的红，瞬间惨白下来："好，你很好……"说完，头也不回地走出教室。

"我还有几句话跟你说。"尚雯雯在他身后叫道，见他没有停下来的意思，又急忙向刘鹰珞解释，"我确实有点事要和蒋钊同学交代下，你、你一定要等我。"

"我们都会等你的，你快去吧。"刘鹰珞依旧保持着平淡。

蒋钊在走廊里被尚雯雯截住。

"还有什么事吗？"蒋钊还抱有一丝幻想。

"你跟检察院的人说，我是你女朋友？"尚雯雯居高临下的语气，让蒋钊很不舒服。换作平日，能主动跟自己说话都会开心好久，可今天的感觉却和往常截然不同。

"我没有这么说过。"

"你没说过？可为什么网吧里面那些人，称呼我是巴神女王？就因为你是'永远的巴雷特'？"提及网吧，尚雯雯语调顿时高了八度，"那是什么鬼地方，烟雾缭绕，还有一股臭脚丫子味，把我和那里联系起来，真是侮辱我。"

那里，是自己全部的精神寄托，却被形容得如此不堪。蒋钊被深深刺痛："我再说一遍，我没说过你是我女朋友，那里也与你没有一丝瓜葛。"

尚雯雯并不在意他说什么,兀自说道:"我去网吧找你,其实只为了一件事,就是我们两个人之间的秘密,你不要告诉其他人,更不能告诉检察官。"

尚雯雯停顿了会儿,见蒋钊没有反应,内心恼怒,又不敢发作,只好把话说得绵软些,柔声软语道:"蒋钊同学,我知道你喜欢我,高中生不允许谈恋爱,但这不妨碍我们做最好的朋友啊。"

"你对最好的朋友的定义是什么?"

"你关注我应该了解,我经常接广告和一些电影的拍摄,将来肯定走明星路线,曝光率非常高。自然从学生时代的履历上,就要完美无瑕。你虽然考试成绩不错,但很多人都知道,你天天迷恋于网吧不学习,考试成绩都是作弊得来的,不作数,将来上了考场肯定不行。但如果我俩是好朋友,等我成为明星,那时候你就可以说,你和我的关系啊,我也可以帮你介绍好的工作。"

"你的意思就是,所有黑锅,都是我一个人来背喽?"蒋钊气极反笑。

尚雯雯还试图说服:"这样,对你我都好……"

"雯雯,刚接到电话,我要去父亲那,就不要等我吹蜡烛了。"刘鹰珞声音自身后传来。

尚雯雯急忙回头,语调变得柔美很多:"伯父叫你当然要赶紧去。放心吧,仪式会等你回来再开始的。"

得到刘鹰珞肯定答复后,尚雯雯才回过头,想跟蒋钊敲死这件事,却发现人已经不见,对这枚无足轻重的棋子,头一回,她的心头泛起一股不祥的预感。

第十四章 夏儿的日记

2

冷夏儿葬礼如期而至。

在蓝海集团协办下,整个葬礼办得简单且庄重,冷夏儿的遗像被成团菊花簇拥着,照片前面,陈列着她生前最珍爱的玩具熊。

冷家父母,一袭黑衣站在冷夏儿遗像旁,接受来宾的哀悼。潘素素机械地与人一一握手,眼神空洞,让人不忍直视。钟燃和杏子随着人流缓慢向前,今天两人特意赶过来,送一送这位未曾谋面但又无比熟悉的女孩。

冷夏儿生前班级的同学,在老师带领下,两人一组排队进来,受浓重哀伤气氛感染,很快就传来女生们低低的啜泣声。每个人对死亡的理解都不一样,肥妹眼睛红肿神色凄然,尚雯雯挂满泪珠的脸上写满了放松,刘鹰珞神色与平时并无差别……很快,队伍走完,里面唯独没有看到鹿晓阳。以他和冷夏儿的关系,怎么可能不来?钟燃内心产生疑惑。

被他惦记的鹿晓阳,此刻正坐在告别厅对面建筑的台阶上,双手托腮,神色平静地望着进进出出的人群。就在这一直坐着,直到悼念人群逐渐散了,众人陪着冷夏儿父母出来,才站起身拍拍屁股,朝告别厅走去。

工作人员正收拾物品,布置下一场悼念仪式,鹿晓阳径直上前,朝着工作人员伸出手:"阿姨,我是冷夏儿家属,她的玩具熊落在这了。"工作人员正不知道手中的玩具熊该如何处理,急忙递给他。鹿晓阳礼貌地道谢,接过并装进自己的双肩背包里。

到了停车场,大家道声珍重就各自散去,最后只剩下钟燃、杏子陪伴着冷家父母。

冷勇敢强打起精神:"两位检察官同志,要是还有什么问题,等过阵子孩子妈状态好些了,你们再来问吧,现在……"

"我们今天来，仅是表达对夏儿同学的哀思，绝对没有别的意思。"

"这样最好，那、那我们就先告辞了。"

冷勇敢拉开车门，准备服侍妻子上车，身后却传来一名少年的声音："大叔——"

冷勇敢急忙回头，却发现少年叫的不是自己。

钟燃道："鹿晓阳？你来晚了，悼念活动已经结束了。"

鹿晓阳嘿嘿一笑："我吧，最反感给死去的人办这办那，人活着的时候，为何不多用点心呢？"

"照这么说，你还来做什么？"杏子不爱听了，直接出言反驳。

"我来，还有一件冷夏儿遗愿要完成……"

话音未落，潘素素疯一般冲到他面前，用手戟指着鹿晓阳鼻子，嘶吼道："你是她什么人，我女儿遗愿，凭什么要你来完成？你这个见死不救的东西。"冷勇敢急忙从身后抱住了她，钟燃上前要护住鹿晓阳，被他伸手制止。

任凭唾沫星子喷溅在自己脸上，鹿晓阳一步没往后退："阿姨，你问的问题无法回答，但我对于夏儿同学的死，问心无愧。"

等潘素素的情绪平静下来，钟燃遂问道："晓阳同学，你说的遗愿是什么？"

"她电脑桌面上有亲笔写的遗书和日记，要分享给大家看。"鹿晓阳看着钟燃，说到"大家"两个字时，字音咬得很重。

当事人日记，肯定会记载很多有价值的线索。鹿晓阳意思很明显，是希望自己也能看到。钟燃急忙再次强调："夏儿同学的意思，是只有父母才可以看吗？"

"我只能说，她并没有这样说，她说的是大家。"

钟燃征求冷家父母意见，冷勇敢叹了口气："女儿的日记，按说是最私密的……如果真的对破案有帮助，我们愿意分享出来，但、但

第十四章 夏儿的日记 · 155 ·

绝对不能公开,素素,你看呢?"见妻子没有明确表示反对,就自己做主了,"那就这么定吧。"

钟燃连声感谢。

"为什么不早些说出来?"杏子充满疑惑。

"能说出来的时间,就是在开完追悼会后,不要忘了,我只是个执行者。"鹿晓阳把电脑开机密码报出来,转身离开。望着他的背影,钟燃突然热血上涌:"从现在开始,希望我们能成为很好的朋友。"

鹿晓阳似乎没有听见,毫不停顿地往前走,可却向天空伸出一只手臂,竖起大拇指。顾不上杏子投来诧异的眼神,钟燃会心笑了。

房间与上次来并无差异。按照密码,钟燃很顺利就打开电脑,桌面屏保上的冷夏儿搂着玩具熊,笑容灿烂。这只熊,刚出现在殡仪馆夏儿的遗像前。仅仅心中一闪念,注意力就被桌面上的内容所吸引。有两个文件夹,一个写着:女儿对妈妈的最后告白,另一个写着:日记(为我伸张正义的人亲启)。女孩微弱又无助的文字,让钟燃顿觉嗓子一紧,热血涌上脑门。还是理智地请冷家父母先看,自己去门口等待。

与女儿阴阳两隔,如今却要通过冰冷的文字,才能聆听她的心声。潘素素用颤抖的手,好不容易才打开文件夹,双击 Word 文档,女儿的文字如同滚滚浪花扑面而来——

爸爸、妈妈:

你们好,人生一趟,能成为你们的女儿,是我的荣幸。但若有来世,我不知道,是否还期待与你们见面,可能,不见面祝福是更好的选择。

你们爱的是一个十项全能的女儿,但不是我。我深知,家里的经济状况并不好,爸爸辛苦而不得志,妈妈又是位好强的女人。从小,我就想做一名乖乖女,妈妈身边的暖手炉、爸爸的小棉袄,可无论我怎么努力,似乎都达不到你们的要求。

太多的道德约束、无尽的学业压力,我也想找你们倾诉,可每每话题没有展开,就会被粗暴打断,诚然,生活压力,压得你们喘不上气来,但稍微停下脚步,听听女儿的心声,真的有那么难吗?

从小到大,在这样的家庭氛围里面,我养成了独自承受一切的习惯,即使我成绩浮动,即使我被霸凌,即使有更严重的事情发生,我都要独自承受,我只能一遍遍地说服自己,爸爸妈妈是爱我的,所以才对我要求如此苛刻,才会如此没有耐心、不近人情……

我只有接近你们内心标准,才会感觉到有一丝的爱,为了这点萤火之光,我努力奔跑,即使跌倒了,也不敢发出求助,这种无助感深入我的骨髓,直到恶魔降临,把我摧毁,我亦如此。

当我躲在浴室,在喷头下嘤嘤哭泣的时候,我多么希望母亲突然闯进来,用温暖的双臂把我紧紧搂在怀中,但以我对你的了解,你会把我当成一个败坏门风的脏女孩,即便女儿的心灵是清白的……这种折磨我受够了,唯有一觉睡下去,才能睡掉恐惧,只有这样,才能把内心空虚的地方填满。

请不要怨恨晓阳同学,在他为我做这一切之前,已经阻止了很多次,但我心意已决,逼迫着他,让他帮助我完成遗愿。他是我最好的朋友,也是最懂我的人,在我内心深处,多么希望这个人,是爸爸妈妈……

没有我的世界,希望爸爸妈妈能相互扶持,白头偕老,希望姥姥能长命百岁,我不奢求世界上还有我的墓碑,只要在我的忌日,鲜花能为我绽放,也就心满意足了……

后面的文字,更多是交代她离开后,她借阅的图书请代为归还、身边的玩具如何处理等琐碎的事……

剜心疼痛让冷家父母再也承受不起,抱头恸哭。钟燃心下黯然,让杏子搀扶两人先去沙发休息,平复下心绪,自己端坐在电脑前,心情沉重地打开标注"日记"的文件夹。

开始的日记,更多是记录一个少女的杂言碎语,随笔比较多,从文字中可以读出,虽然有来自父母尤其母亲的压力,冷夏儿依然是一名对生活充满憧憬的女生。记录到进入蓝海中学读高一的下半年,语锋忽变。

2019年1月10日　星期四　晴

刚过完元旦不久,今天班里来了一位新同学,她长得漂亮极了,明眸皓齿,像大明星似的。她推开门的一刹那,感觉班级都被她照亮了。她站在讲台上落落大方,自我介绍叫尚雯雯,喜欢唱歌跳舞,很开心能与大家成为同学,我也很开心,希望我俩能成为很好的朋友。

……

2019年3月21日　星期三　阴转多云

梁璐今天哭着跑回了宿舍,不管我怎么问她,她都不说。还是其他同学偷偷告诉我,梁璐想报舞蹈社团,没有通过。她就是有点胖,但为了能圆舞蹈梦,每天晚上等宿舍楼熄灯了,她都会裹着保鲜膜去操场跑步,甚至节食,把生活费省下来买减肥霜,虽然效果并不明显,但她的毅力很让我佩服。

舞蹈社团团长是尚雯雯同学,我想私下跟她央求下,就满足了梁璐的愿望吧,对,明天跟她说,希望明天是美好的一天。

2019年3月22日　星期四　多云

尚雯雯听我说了,很爽快地同意了,她让我明天晚上带着梁璐去自助洗衣房找她,虽然我不知道为何要去那而不是舞蹈房,但她能同意,我真的很开心,尚雯雯真是人美心美。

2019年3月23日　星期五　雨

今天,我如约带着梁璐去了自助洗衣房,除了尚雯雯,还有几名女生在。今晚,我见到了尚雯雯的另一面,她让梁璐脱光衣服站到外间的水池里。虽然已立春,但天气很冷,外面下着雨,水池里的水冰冷刺骨,最要命的是,梁璐还来着例假。

尚雯雯的道理很简单,只有不怕吃苦的人,才能进舞蹈社团。在周围那些女生的怂恿下,梁璐真的迈进去了,那身白花花的肉,泡在灰蓝色的池水里……

我差点被吓哭了。

等浑身冻得青紫的梁璐爬出水池时,尚雯雯却告诉她,她永远也不会让她进舞蹈社团,今晚的惩罚,只是在报复军训时,尚雯雯私带手机被梁璐发现,后阴差阳错被教官处罚的事。

赤身裸体的梁璐趴在红色地板上呕吐不止,酸水都出来了,她那样子,就像是被放了血、待宰的猪!

黑色的星期五,如果时间可以倒流,我宁愿离着尚雯雯远些!

对了,在她们的口中,自助洗衣房美其名曰红房子。

红房子,又是红房子……冷夏儿的日记,与梁璐的口述几乎一致。后面的内容,让钟燃越看越震惊,尚雯雯不仅屡屡霸凌梁璐,还把黑手伸向了冷夏儿。

2019年4月20日 星期五 晴

近一段,尚雯雯霸凌梁璐有些频繁。除了带到红房子几次,不知什么时候,还把她的洗面奶换成了鞋油,弄得梁璐满脸起疙瘩,我带着她去了趟医务室,这件事被尚雯雯知道了,今天她约我了。

我知道去红房子的下场,就主动去找她,告诉她我愿意加入她的舞蹈社团,听她的指挥,舞蹈社团,名字叫得好听,其实就是她随意发泄淫威的地方。

她今天的心情不错,放过了我。

我想好好学习,考上一所理想的大学,很长一段时间,我都尽可能地远离她……唉,眼下,只能走一步说一步了。

2019年5月8日 星期五 多云转晴

今天,在红房子霸凌初中女生时,可能我的神情把内心想法流露出来了,尚雯雯给了我一记耳光。从小到大,虽然父母争吵不断,对我也异常严格,但从来没有打过我,我实在是接受不了。

我第一次跟妈妈说我想转学,但没等我说出原因,就被她劈头盖脸地痛骂一顿,是是是,你养我不容易,你和爸爸加起来的死工资只能维持家庭的日常周转，我不应该添乱，可是我……算了，她们高兴就好，我还是做我的小透明，做一只打不死的小强，夹缝中求生存吧。

下面的很多篇幅，都是记录着如何学习，如何与尚雯雯霸凌团体周旋。翻着翻着，就来到了7月13日，钟燃心脏激烈跳动起来，目不转睛地看着。

　　2019年7月13日　星期三　多云
　　今天是7月13日，我在家已经躺了两天。我想忘记两天前发生的一切，如果脑海里有一块橡皮擦，我就会用它狠狠地擦去记忆，即使把自己擦成一个白痴，就这点可怜的幻想，也是那么不切实际。7月11日凌晨，是恶魔降临到我身边的日子，注定在我记忆里永远也抹不去。
　　天下没有后悔药，如果有，我愿意付出我的所有来购买。我不知道为什么要参加刘鹰珞同学的生日宴，不知道为什么会醉得那么厉害，但等我清醒过来，赤裸的身体，下体传来撕裂般的疼痛，还有带血的内裤……我能知道的是，我被性侵了。

……
钟燃瞳孔猛地收缩，文字如刀，"我被性侵了"几个字刺痛他的双目。

第十五章

骨　折

1

一石激起千层浪，冷夏儿的日记，让整个事件变了性质。

自最高检察院"一号检察建议"下发以来，这是石屿市第一起涉及性侵未成年人的重大刑事案件，检察院依法提前介入。事关重大，检察院连夜召开会议，王检察长、未检科全体成员、侦察监督工作办公室的领导也列席会议，同时，公安局刑警大队立案侦查，楚良副队长也带精干警员参会，共同办案。

钟燃先把情况做了汇报说明，最后道："如果受害人的日记记载属实，那嫌疑最大的尚雯雯就不会是主要对象，在她背后，还有性侵主犯存在。"

王检察长"啪"地一拍桌子，气愤难平："查！请公安机关一查到底！我们全力配合。"

鲁队长："我们刑警队义不容辞。马上就安排警员对受害者周边的人际关系进行摸排，夜色 KTV 监控也会第一时间去调取。钟燃同志和李杏子同志，深入这个案件已久，与未成年人已经建立良性的沟通渠道，我建议继续跟进，公检部门各取所长，事半功倍。"

侦察监督工作办公室的领导也积极表态，做好公检部门的协调工作，未成年人性侵案不容小觑，力争早日让这个案子水落石出。

散会后，王检察长等送刑警队的同志上车。目送他们离开后，才扭回头，面对老烟似笑非笑："老烟头，新部门检察官都是干侦察兵的，胆子就是大，市里已经结了案，没想到你们还在取证。"

没等老烟表态，钟燃急忙上前解释："报告王检，这件事和老烟没关系，他不知情。"

"少打掩护，他都活得快成精了，能不知道？在他眼中，你们是逃不出如来佛祖手掌心的孙猴子。"

"哪能当众揭短？青年人的办案热情，我们应该精心呵护才对。"老烟嘿嘿嘿一阵乐。

"呵护？真出了事，我看你护不护得住。"

"报告王检，我们没有继续调查冷夏儿自杀案，而是以霸凌为切入点，继续深入蓝海中学调查取证的，与市里的决定并不矛盾。"杏子试图狡辩。

"咦？"

"王检，是我感觉冷案里面依然存在问题，才打起擦边球，如果给院里带来不好影响，我愿意接受处分。"

"师父——"

"嘻，少将我军。挖出冷夏儿跳崖自杀背后的真正原因，怎么处分你？走到这一步，就给我把这案子办漂亮了，绝不放过任何一个犯罪者。"

"是！"

等王检察长一行走远，老烟直奔车棚："今天下班晚了，我回家陪孙子，你俩继续。"等推出电瓶车，从容跨上又转过头来，"那个鹿晓阳，真是有意思得很，有机会帮我传个话，邀请他跟我再下一盘棋。"说完，优哉游哉骑走了。

"师父，领导都这么善解人意吗？"

"那是你刮中了五百万大奖。"钟燃调侃一句，转身朝办公室走

第十五章 骨折 ·163·

去,杏子望着他的背影,笑靥如花。

"万一,我刮中的是一千万呢?"

"以一己之力,步步为营,推动整个事件进展,从自杀视频到校园霸凌,再牵出性侵案来……嘿嘿,他还会利用舆论,这哪像一名少年的手笔。"在办公室看资料的杏子,还不忘感叹一句。

她的话提醒了钟燚:"你看一下,鹿晓阳视网有没有更新?"

杏子答应一声,打开电脑登录,很快就惊呼一声,果不其然,更新的视频名称为"告别",在告别仪式现场,悼念的人排着队,献上手中的菊花,每个人的表情都格外清晰,这与拍摄者的角度有关,根据镜头展现出来的画面,拍摄者就站在冷夏儿遗像的前方。

钟燚和杏子面面相觑,他俩印象很清晰,遗像的前面,根本就没有摄影师。难道……两个人突然眼睛睁大,几乎是异口同声:"摄像头装在玩具熊的身体里?!"

冷夏儿心爱的玩具熊,原来在他手上。摄像头藏在玩具熊的身体里,并放在遗像前,他为什么要这么做?钟燚一遍遍看着视频,望着那一张张几乎特写式的生动面孔,内心锁定了答案——他没有进来,就是在等我们。

2

此时,被念叨的主角,正在海鲜炒饭摊档前忙里忙外地给奶奶打着下手。今天下夜班的人似乎都出奇地饿,鹿晓阳一刻没闲,刚刚送走一桌客人,正麻利擦着桌子,身后又来人了。

"稍等一下,我马上擦完,桌上有菜单,桌角有二维码,您怎么方便点菜都行。"鹿晓阳流畅地说着一套嗑,回头却愣住了,身后围了四五个半大小子,个个凶神恶煞般盯着自己,领头羊正是蒋钊。也仅仅是瞬间，鹿晓阳神情就恢复正常，咧嘴一笑："吃饭啊，还是干别的？"

碰巧，"老地方大酒楼"的保安过来给鹿晓阳新的 Wi-Fi 密码，顺手抄起展示牌后面的可乐，灌了一大口，觉得气氛不对，操起陕西话问道："晓阳，这是要弄啥哩？"

鹿晓阳"扑哧"笑了："没事啊刘哥，这几位都是我同学。"

"中！有事喊俺。"保安大哥点点头，摇摇晃晃回去了。

蒋钊死死盯着鹿晓阳，好一会儿才道："真有你的，一点也不害怕。"

"打不赢还打不输吗，有什么好怕的。"他的话把那几位少年逗笑了。

"巴神，这可是你非要来的，阵仗摆完了没？我现在肚子好饿。"粗壮少年揉着肚子。

蒋钊："都坐下吃饭，我请客。"

众少年欢呼一声，急忙坐下，都点了加量的海虾炒饭。在眼巴巴等着奶奶把炒饭端上来时，鹿晓阳拉把椅子坐到蒋钊身边："近在咫尺，你也从来没照顾过奶奶生意。说吧，究竟啥事？"

自打被尚雯雯伤透了心，蒋钊躲进网吧连刷了好几夜，体力透支的同时，思维反而通透了：自己甘愿被尚雯雯当枪使，最主要的，还是内心深处放不下妈妈的缘故。虽然两个人长得完全不像，但就是这种妈妈的味道，让他毅然决然陷了进来，为其铤而走险，回报却是深深的伤害，痛定思痛，他要重新审视自己。

"你了解钟检这个人吗？"

"谈不上了解，但以我观察，他是名合格的检察官。"

"是合格品就行，我想找钟检自首，把一切都说出来。"蒋钊苦笑。

"这么想就对了，只是，你为什么要来告诉我？"鹿晓阳似乎预

第十五章 骨折 ·165·

料到这个结果,语气平静。

"毕竟这件事因你而起。后来我也想明白了,那次在篮球场你给我摆鸿门宴,让我误以为手机落入检察官手中,他们已经掌握了所有证据。可冷静下来想想,如果手机还能用,他们何必要来追问我呢?"

鹿晓阳嘿嘿嘿直笑:"你嘴巴太严,不上点手段,怎么撬开你的嘴?"

"我的手机,到底是怎么回事?"

"掉海里了。"

"海里?"

"对,是杏子检察官潜入海底,用了几天工夫才打捞上来的。"鹿晓阳眼神中散发着光彩,"这样的检察官,你可以相信他们。"

蒋钊用力点点头。

鹿晓阳长吁一口气,坏笑道:"老蒋,哪天我们在篮球场好好再打一场,上次是我故意输给你的。"无形中,鹿晓阳对蒋钊的称呼变了。

"随时奉陪。"

"一言为定!"

热腾腾的海鲜炒饭端上来,饿急眼的粗壮少年一把把大虾塞进嘴里,吃得有些急,噎着了,大眼珠子凸凸着望向对面,他怎么也想不明白,势如水火的两个人,怎么就像得了失忆症,如多年好友一起大快朵颐,嬉笑怒骂。

3

清晨,钟燃和杏子一身跑步装,先后跑进小区。按往常,钟燃上楼,杏子取车,约好在单位会合。今日不同往常,身后有声音响起:

"燃儿，这是你单位同事吧。"钟燃吓了一跳，发现母亲正笑眯眯地望着杏子。

"妈，你这是？"钟燃急忙看表，刚早晨六点。

"今天邪乎，就是睡不着了，起来遛遛弯。"母亲随口应付他两句，注意力全在杏子身上，端详许久，一副很满意的样子："孩子，你叫什么名字啊？"

"伯母，我叫李杏子，您叫我杏子就好啦。"

"这名字听着就灵动。你每天和燃燃跑步，也不说去家里坐坐。"

"太早了，我怕影响您和伯父休息。"杏子回答得十分乖巧。

"哎哟，那怎么会，你来家里我们才开心呢。"母亲上前拉住杏子的手，开启连珠炮发问模式，"今年多大了啊？哪个学校毕业的啊？"

"妈，我们单位还有事，得马上走。"钟燃了解妈的性格，问起来就没完，急忙解围。杏子反倒笑嘻嘻，并没有马上离开的意思："师父，你先上去收拾，好不容易遇见伯母，我再陪她说两句话。"

这话可把钟母乐得合不拢嘴："瞧这孩子，多通情达理，你不问不代表你妈不能问。还有，你在单位别摆出师父那副臭架子，也得多跟人家学学。"还没怎么着，母亲就站在杏子那边。

杏子开心地朝钟燃做鬼脸："听到没师父，以后不许欺负我。"

钟燃摇头苦笑。手机铃声正好响起，母亲巴不得他别杵在这，摆手让他离远点，才继续道："没他打扰，咱娘俩可以好好唠唠。"

"伯母，我今年二十二岁，刚毕业，分配在师父手下实习。"

"真好，二十二岁，在我们那个年代，都还没开始处对象呢。"

"大学时代，我觉得学业更重要。交男朋友，可以步入社会后，寻找真正与自己情投意合、有共同语言的人。"杏子等于在告诉自己没有男朋友，钟母怎会听不懂，眼睛都笑成一条缝："说得太对了，年轻人就应该以事业为重。你看钟燃，一门心思扑在工作上，眼瞅着快三十，也不谈女朋友，以伯母观察，还是没有情投意合的女孩。"

杏子笑而不语。见她不接话茬，钟母只好切换话题："爸妈做什么工作的啊？"

"爸爸是律师，咱们市有一家叫隆德的律所，就是我爸爸开的。"

"哎哟哟，还是法律世家呢啊，真不错，真不……隆德律所……"母亲念叨着律所名字，似乎有些耳熟。

"我妈是法医，自从有了我后，我妈妈就辞去工作，全职在家——"

杏子的话被钟燃母亲打断："你爸爸叫？"

"家父名讳李观山。"

"喔喔，不错，不错……"听到这个名字，钟母神情竟有些异样，拉着杏子的手也松了下来。杏子察觉到了："伯母？"

"哎呀，可能是早晨起猛了，头有些疼，想回去躺会儿，以后有机会再邀请你去家里坐吧。"钟母强加掩饰地说。

"伯母您太客气了，身体要紧，我、我什么时候去都行。"杏子听出话音不对，也不知道自己哪句话说错了，试图缓解尴尬。钟母不再搭话，转身脚步飞快，人影消失在楼门洞内。

"我妈人呢？"等钟燃打完电话，才发现母亲不见了。

"伯母突然说自己身体不舒服，要不，你赶紧去看看。"

"身体不舒服？"别看母亲六十岁出头，身材瘦小枯干，但从不生病，头疼脑热都非常少，怎么会突然不舒服？钟燃点点头："先不回科里，一会儿我们在蓝海中学碰面。"

钟燃推门进屋，看到母亲正坐在父亲床头，诉说着什么。

"妈，你哪里不舒服了？要不要我带你去医院看看？"

钟母看到儿子进来，神情有些尴尬，正要张口，父亲先发话了："毕竟上岁数了，起床起猛了就在所难免，别担心，你赶紧上班去。"钟母看了眼丈夫，神情有些不满，但说出来的话，还是顺着丈夫的意思:"不用惦记,妈休息会儿就好了,快去吧。"

钟燃内心有些疑惑,但也没多想,答应声,回屋换衣服。

4

在校礼堂后台,钟燃再一次见到尚雯雯。

"该问的都已经问了,还要干什么?检察官叔叔,同学们都在等我彩排,请让开。"望着堵在化妆间门口的钟燃和杏子,尚雯雯语气不善。

"雯雯,注意语气。"陪同前来的舞蹈老师急忙善意提醒。

钟燃微微一笑,闪身给她让开道路:"没关系,你先彩排,我有的是时间,可以等你。"

等钟燃转身离开后,尚雯雯急忙掏出手机,给蒋钊拨电话,听筒里却传来"您呼叫的用户已关机"的提示,预感到有些不妙。登上舞台,余光自然而然就瞥到舞台下并排而坐的钟燃与杏子,两人一副胸有成竹的样子,更加重了自己的烦躁,平日里最喜欢的追光却如此讨厌,自己就如同待宰的羔羊,被圈定在舞台上,赤条条无处躲藏。

"雯雯,开始了。"身后舞伴小声地提醒着她。

"啊——"尚雯雯这才意识到音乐已经开始,无奈之下,只好随着节拍翩翩起舞。

"停停停!"站在台口的舞蹈老师拍着手大声喝止,"雯雯,你今天怎么了?"

我怎么了?

尚雯雯停下脚步,发现本该跳到右侧的自己,竟来到了左侧。舞伴们眼神疑惑地盯着自己。

"身体不舒服就说出来,在舞台上绝不可以走神。"舞蹈老师语气中带着不满。尚雯雯偷偷瞥了眼台下的钟燃,咬了咬嘴唇,示意老师没事。

音乐再次响起，观众席后面的门被推开，伴随淡蓝色冷光的射入，一个人出现在门口，逆光看不清相貌。来人先打量了下礼堂内情形，看到前排的钟燃，毫不犹豫，顺着坡道走过去，坐到他身边。

来人道："钟叔叔，我是来交代问题的。"

钟燃似乎一直在等着他，此刻伸出手："欢迎你，蒋钊同学。"

蒋钊迟疑了下，伸出手握了握，力量顺着手臂传递给自己，顿时踏实了许多，抬眼望着舞台上的尚雯雯。

比钟燃更先看到蒋钊的，是尚雯雯。当蒋钊坐到钟燃身边那一刻起，她就知道完了，只感觉天旋地转，想跑，迈不动步，想喊，又发不出一丝的声响。音乐旋律骤然加快，千锤百炼过的动作，竟支配着身体，随旋律下意识地旋转起来。高昂音乐声中，礼堂的屋顶陡然翻转……

"雯雯——"

尖叫声响成一片，舞蹈老师和队友纷纷跳下舞台，围拢上来。刚刚一脚踩空的尚雯雯，此时躺在舞台下冰冷的地板上，脚踝崴成了九十度，骨折了。不知道是谁拨打了120，很快救护车就赶到现场，人被担架抬上救护车。

此刻她的心理防线是最薄弱的。钟燃让杏子做好蒋钊笔录，自己飞身钻进救护车内，急救医生刚想阻拦，钟燃把工作证掏出来晃了晃，沉声道："执行公务。"

急救医生不敢言语，低声嘟囔了句，准备自己的急救工作。

"尚雯雯同学，你为什么给夏儿同学拍裸照？"

脚踝钻心的疼痛让尚雯雯冷汗直流。神情处于崩溃边缘的她，疯狂地摇头，祈求钟燃能放过自己。钟燃狠下心来，掏出手机给她播放了一段视频：内容是从鹿晓阳视网里告别厅悼念仪式的视频里节选的，主角是尚雯雯。只见画面中的她手捧菊花，放在冷夏儿遗像前，神情放松，嘴里还在念叨着什么。

"经口型专家对你唇形的分析，你当时说的是'夏儿，不要记恨我，早死早托生'。你为何会这么说？"

密闭的空间、咄咄逼人的问询、无法忍受的疼痛，尚雯雯只想让这一切早点结束……终于歇斯底里地尖叫起来："因为我嫉妒她，不可以吗？"

"嫉妒"这个词从她嘴里说出来，还是让钟燃大吃一惊，论条件长相，尚雯雯才是应该被嫉妒的那个人，两个女生之间，还有什么不为人知的秘密？钟燃趁热打铁，连珠炮似的追问："照片是不是你拍摄的？她的衣物是不是你给脱的？在当时的状态，她神志是否清醒？"

"她喝醉了，哈哈哈，一个贪杯的家伙，我没有脱她的衣服，要脱，也是她自己脱的，那个小贱人。"

"在你之前，你看到有人进去过吗？尤其是男性。"

尚雯雯身体激烈扭动，疯狂地摇头，似乎剧烈的疼痛已经让她神志不清。急救医生看不下去了，阻止道："检察官同志，我没有权力阻止您办案，也不知道病人有什么样的过往，但此刻是在救护车上，我的职责是救治她，保证她以最好的生命体征接受治疗，请您配合我的工作。"不容分说，把钟燃挤到一边，命令护士给尚雯雯吸氧，注射镇静剂。

钟燃无奈向后靠在椅背上，安静望着医生护士行使自己的职责。

人还没出急救室，韩松博就气喘吁吁地跑过来。救护车接走受伤学生的消息，迅速就在学校传开。学校第一时间通知学生家长，教导主任也急忙带人赶赴医院了解情况。顾不得擦汗，就迭声问道："钟检，尚雯雯同学情况如何？有生命危险吗？"

"骨科医生正在积极处置。生命危险……应该不会有吧。"

"那就好，那就好。"韩松博明显松了一口气，来之前学校流言四起，什么尚雯雯头朝下摔在地板上，救护车赶到时人已经昏厥……路上他忧心忡忡，冷夏儿事件已经把他整得焦头烂额，这要再出人命，不用校长发话，自己立马就得卷铺盖滚蛋。

陪同韩主任来的人员，除了教导处的几位年轻老师，还有刘鹰珞。他怎么来了？钟燃有些疑惑。

狐疑的目光也让刘鹰珞感受到了，主动搭话："钟检好，上次忘了做自我介绍，我是学生会主席，此次随韩主任来，是代表全体同学看望尚雯雯同学。听说，钟检出现后雯雯同学明显心神不宁，不慎失足摔下舞台，万幸没有大碍……"话谦卑礼貌，却暗藏机锋，有隐隐责备自己的意思。钟燃如何听不出来，不由得暗自感叹，眼前的少年观察敏锐，自己的一个眼神就被他猜透内心想法，在谈话中，不露声色去占据主导权。虽然不像鹿晓阳那么张扬，但心中城府，有过之而无不及。嘿嘿，现在的少年们，都是人精吗？

"尚雯雯同学从伤病中快速恢复过来，才是眼下最重要的事情。"话里意思也很明显，既然代表学校前来，首先要关注自己同学的身体健康，公检机关对于具体案情的进展，无可奉告。

刘鹰珞也听懂了，微微一笑，不再言语。

又大约过了半个小时，急救室的门打开，尚雯雯被推了出来，整个小腿以下被厚厚的石膏包裹着，外面的人蜂拥上前，问候声四起。她看到人群中的刘鹰珞，苍白虚弱的脸上露出一丝微笑。

远端楼梯口一阵喧嚣。

"女儿啊，妈妈来了——"未见其人，先闻其声。尚华倩出现在楼梯角，三步并两步，疯一般跑来，完全不顾及自己"雍容贵妇"的人设。身后还跟着校办刘主任等老师。人几乎是扑倒在女儿身上，脸埋在尚雯雯发丝里号哭："女儿啊，你可不能抛下妈妈啊！"

饶是尚雯雯，也被母亲夸张举动弄得不好意思，忙宽慰道："妈，我没啥事,这么多人看着呢。"

尚华倩猛地抬头,满脸泪痕:"什么叫没事,你是未来的大明星,掉根汗毛都是天大的事,更何况……"目光瞥见女儿被包裹着的小腿,吓得尖叫一声浑身颤抖,目光求救般地望着医生。

"这位家长,患者受外力情形下,脚踝形成撕脱性骨折。"

听到"骨折"几个字,尚华倩顺着推担架床瘫软在地:"医生,那会不会落下残疾啊,我女儿命苦啊。"

骨科医生:"现在医学技术先进,撕脱部位我们已经做了石膏固定,再结合科学的康复训练,相信很快就会恢复健康。"

尚华倩立马止住哭声,假睫毛上犹挂着泪珠,瞥了医生一眼:"你可不许骗我。"

骨科医生有些哭笑不得:"我是医生,怎么能欺骗患者,您放宽心态就好。"

得到医生的宽慰后,尚华倩把剩余炮火全部宣泄在钟燃身上,戳指他的鼻子骂道:"你姓钟对吗,是检察院的就了不起吗?三番五次骚扰我女儿,她还是个孩子,能受得了你们这么折腾?我了解我女儿,跳舞跳了十几年,从来不会出现这种事故。说,你到底说了什么威胁我女儿的话语,让她失足从舞台上摔下来?"声音尖细高昂,引得整条走廊的人都驻足朝这边看,以为来了医闹。越是这样,她越来劲,大有一口把钟燃吞下肚的架势。

杏子看不下去,把尚华倩戳在钟燃鼻尖的手弹开:"尚雯雯家长,有事说事,不要闹。"

"怎么,还想动手不成?"手被杏子推开,尚华倩眉毛倒竖,撒起泼来,"检察院的动手打人了,欺负我们娘俩,这是法治社会,有没有人管他们啊。"更多吃瓜群众,怀着看热闹不怕事大的心态,里三层外三层把急救室门口围得水泄不通,还有人举着手机录制视频,甚至都惊动了院保安,赶过来维持秩序。

第十五章 骨折 · 173 ·

杏子气坏了:"尚雯雯家长,我们正常做调查,请不要血口喷人。"

"正常调查能把我女儿的腿都调查断了?你们欺辱未成年人,还不允许我在大庭广众之下说出来吗?你们怕丢人,我可不怕!"尚华倩撒起了泼。

韩主任和刘主任,这对互掐的冤家,此刻倒是默契得很,谁也不上来劝解,躲在角落里看热闹。喧闹间两名辖区派出所民警拨开人群,走了进来,年纪偏大点的民警问道:"是谁报的警?"

尚华倩拍着胸脯:"是我,他们检察院的人,骚扰我女儿。"

"话不能乱讲啊。"民警目光转向钟燃,一愣。

钟燃认出了年纪偏大的,正是那晚在派出所审讯蒋钊和鹿晓阳的民警,解释道:"张警官,未检科正常办案,询问前这位同学要排练舞蹈,不小心摔下舞台,脚踝骨折了,学生家长有情绪,我也能理解。"

张警官听着点点头,转头对尚华倩说:"这位家长,检察院同志说的话,你认可吗?"

尚华倩也是凭着股激劲、冲动之下报的警,警察站在自己面前,心顿时虚了,不知道该怎么回答:"那是他一面之词。我、我只是受不了他们欺负我女儿、让我女儿脚踝骨折。"

"我们办案,一切以事实为依据、法律为准绳,您的心情可以理解,但无端猜忌是不予支持的,我建议您把更多精力放在孩子身上。"张警官耐心劝导尚华倩,同时疏散围观吃瓜群众。

眼看着事情就要告一段落,一个声音冒出来:"警察叔叔,我不这么认为。"大家循声望去,说话的人正是刘鹰珞。

"你是?"

刘鹰珞走到张警官近前:"我是蓝海中学学生会主席,也是伤者尚雯雯的同班同学。"

躺在担架床上的尚雯雯见刘鹰珞为自己出头,不禁喜上眉梢,竖起耳朵听，生怕落下一个字。

"自从冷夏儿同学事件以来，蓝海中学成为舆论中心，检察院未检科的叔叔阿姨为了这件事奔波已久，这份认真和执着，值得我们学习。但学校毕竟以教学为主，作为全国百强私立中学，升学率在本市名列前茅，来蓝海中学就读的学生，都抱有同一个梦想，就是考入梦寐以求的大学，做对社会有用的人。可检察院无休止到访，海量调查，数次问询，无形中让师生们产生巨大的心理波动，我身后的尚雯雯同学，就不止一次有这样糟糕的感受。当然，我不知道问询内容，也不会妄加评判公检部门的办案方式，但从法律上说，尚雯雯同学是未成年人，对其问询，理应是在监护人陪同下，退而求其次，也要有主管老师在场。"刘鹰珞停顿一下，眼神望向韩松博。

韩松博会意，刚要发言，校办刘主任却抢先发声："鹰珞同学说得极是，事件发生了，我才从校门口保安口中得知，检察院两位同志就这样大摇大摆走进校园，擅自问询学生，我们校办，压根就不知道……"

被刘主任抢了先机，韩松博哪能示弱，也急忙补刀："上次钟检来学校，我就特意跟他强调过，谁知道还会如此武断行事。唉，多半是尚雯雯同学内心害怕、脚下不留神踩空摔了下来，那么高的舞台……真给我们敲响警钟啊。"

有哼哈二将帮衬，刘鹰珞表现得更加自如："我们全力支持公检部门的合法办案，也恳请公检部门能把心思更多放在未成年人的健康和安全上面来。"刘鹰珞语速不紧不慢，娓娓道来，直指钟燃办案过程粗暴，并造成学生意外受伤。一番话下来，连张警官都有些难办，望向钟燃，虽然没问出声，但意思很明显。

"不是这么……"杏子还想反驳，却被钟燃拦住，示意她不要插嘴。

"今天在问询环节上，我做得确实有些欠妥。"

张警官微微摇头:"事情的来龙去脉,警方需要进一步调查取证,你们双方先各自回去,等待通知。"

钟燃依言,带着依旧愤愤不平的杏子离开,与刘鹰珞擦肩而过时,感受到一股凉意渗入骨缝,就像有人将一盆活蚂蚁顺着脖领倒进去,瞬间麻遍全身。这种切肤之感,只有自己才能体会。

刘鹰珞嘴角带着微笑,一副不卑不亢的表情目送钟燃远去。等他回转头,迎面而来的是尚雯雯炙热的目光。主角离场,看热闹人群自然散去,尚华倩笑吟吟地走到刘鹰珞面前:"不愧是鹰珞主席,几句话,就把那恶人说得落荒而逃,给雯雯出了口气,有你做朋友真是她的福分。"泼妇秒变贵妇,功力之深厚,川剧变脸的演员在场,都会自惭形秽。

刘鹰珞忙道:"阿姨您客气了,我只是将事实说出来而已。"

"有本事还这么谦虚,像你这样的年轻人,十万个里都没有一个。"韩主任、刘主任等人也频频迎合。在尚华倩张罗下,担架床被推进病房,除了刘鹰珞,所有人都被她拦阻在外。见刘鹰珞泰然处之,内心乐开了花,急忙给女儿递个眼色。

尚雯雯会意。

尚华倩把门从外面关上,偌大的病房,只剩下两名少年,可能是热的缘故,尚雯雯的脸颊,竟有些绯红。

"尚雯雯同学,我来得匆忙,没能带束鲜花来,很抱歉。"

"你来了比什么都好,那些都是俗套,我并不在意。"刘鹰珞先是给她倒了杯水,放在床头,还探下身给她掖了掖被子。男性青春荷尔蒙的气息扑鼻而来,房间内除了他俩,没有第三个人,又离得这么近……躺在病床上的尚雯雯情窦初开,只觉得脸热得发烫,急忙把眼睛闭得死死的,被子下面的身体紧绷得一动也不敢动。又想起自己脖子上还挂着他送的项链,内心窃喜,忙把下巴向上微仰,尽可能多地展露出雪白脖颈,一切准备就绪,朱唇微张,似乎等待某个神圣时刻的到来……

就这样渴望着,她等了好久。

房间静悄悄的,似乎人已经不在了。尚雯雯有些诧异,睁开眼睛,发现刘鹰珞就坐在自己的床边,平静地看着自己,那冷漠的眼神,让她一下子明白了,滚烫的脸颊一下子变得冷若冰霜。

"刘鹰珞同学,麻烦您帮我把床摇起来。"声音未经打磨就从牙缝中挤出来,生涩无比。

刘鹰珞依言行事。半坐着的尚雯雯又拿过个枕头靠在自己肩后,尽量让自己舒服点。一切妥当后才道:"你来找我,只想探听下检察官都问了些什么,对吗?"

刘鹰珞还想掩饰:"我是学生会主席,有义务关心同学……"

"收起这套说辞吧。"尚雯雯突然激动起来,指着脖子上的项链,"生日送我这么贵重的礼物,什么意思?"

"同学之间送个礼物,也是正常的。"

"正常?不要以为我不知道它的价钱,那几乎是我一年的生活费。"尚雯雯有些赌气地摘下并扔了过去,"同学之间送这样的礼物,我消受不起。"

刘鹰珞下意识接过,攥在手里,神色不变。

"论长相、论条件,我哪点比不上冷夏儿,可你为什么偏偏喜欢她?"实在忍受不了这种态度的尚雯雯,内心压抑了许久的话脱口而出。

"什么?"

事已如此,尚雯雯不再顾忌:"你生日那天,我看到你从冷夏儿的包厢里出来,你到底干了什么?不要骗我……"

直到此刻,刘鹰珞的身体才不经意颤动了下,眼眸里滑过一丝慌乱。

第十六章

酒精下的生日宴

1

学校里,暗恋尚雯雯的男生,几乎能站满整个篮球场。在她意识里,能配得上自己的,唯有刘鹰珞一人。潇洒的外表、风雅的谈吐,时常让自己心动不已,更何况还有显赫的家世。当然,在学校里大多数学生眼中,他俩也是珠联璧合的一对。

但刘鹰珞若即若离的态度,让尚雯雯很是苦恼,搞不清楚他内心真实想法。一次宿舍熄灯后,舍友们聊起闺密话题,谈及刘鹰珞,都认为他唯一的缺点,就是情窦未开。大家叽叽喳喳出点子,怂恿尚雯雯去主动追求,她若主动出击,谁还不是手到擒来?

尚雯雯听进去了。

7月11日刘鹰珞成人前最后一个生日,苏雪妮提议,请同学们一起庆祝,为此,特意安排集团旗下的夜色KTV,在10日晚专门腾出一间大包厢供孩子们使用。刘鹰珞不愿意辜负母亲一片心意,他从没去过KTV,不喜热闹,对邀请同学并不上心,尚雯雯却表现出少有的热情,主动张罗名单,甚至让舞蹈社团的女孩子们都来捧场。她还特意去美容店卷了个头发,化了精致的妆,挑件领口略开的衣服,畅想着和刘鹰珞成为这次生日宴的主角。

可偏偏被冷夏儿"砸了场子"。

头一回出席这种场合，为表示尊重，冷夏儿穿了件白色连衣裙，略施粉黛，清纯的外表在灯红酒绿中，如出水芙蓉一般引人注目。刘鹰珞也不例外，一晚上都在和冷夏儿找话题聊天，当到了零点切蛋糕时，刘鹰珞身边站着的，是她而不是尚雯雯。

　　几天辛苦付诸东流是小事，最让尚雯雯无法容忍的，是刘鹰珞看冷夏儿的眼神，这种眼神自己从来没有感受到，嫉妒之火从心底燃起，越发不可收拾，于是找到KTV的领班，告诉他需要几打啤酒。

　　领班经理表示很为难，都是中学生，他们提供的全是无酒精饮料。

　　尚雯雯一挑眉："非要我把身份证拍到你面前？这点芝麻小事，还要去问雪姨不成？"领班经理哪敢怠慢，急忙招呼服务生准备好酒水。

　　回到包厢，尚雯雯笑靥如花，故意引诱道："鹰珞，难得今天气氛这么好，没酒总感觉少点什么，要不要每个人都少喝一点点？"

　　这种气氛下，人的心理防线很容易就被冲垮，虽然母亲再三叮嘱过自己，刘鹰珞还是抛之脑后，用仅有的理智道："那就每人一瓶，点到为止。"

　　尚雯雯招呼着服务生端上早已准备好的酒水，分给同学们。都是十六七岁的年纪，喝了一晚上的饮料，体内被音乐调动的激情无处释放，都忙不迭地拿在手中，觥筹交错之下，气氛一次次被推向高潮。

　　更甚的是，尚雯雯还带来了cosplay风格的服装，让舞蹈社团的同学们换上，玩起了主题轰趴。潘多拉魔盒一旦打开，就再难控制。光怪陆离的气氛、酒精的烘托、肆意释放的荷尔蒙……没有人会在意喝了多少，酒水如流水，很快桌上地下就堆满了空酒瓶。

　　尚雯雯就想让冷夏儿当众出丑，怂恿几个女生去灌她，自己以逸待劳地坐在刘鹰珞旁边，陪着他喝酒聊天，等待好戏上场。酒劲很快就抑制不住涌上来，刘鹰珞头有些晕，说了句抱歉起身就向门外走去,尚雯雯转转眼珠,起身跟上。

此时领班经理在招呼其他包厢客人,走廊外面候着的是名实习服务生,刚上两天班,很想表现自己。见刘鹰珞脚步有些踉跄着出来,忙上前献殷勤:"刘公子,要不要我扶您去刘总包厢休息下?"夜色KTV有刘复舟的专属包厢,以备他随时招待客人所用。

"我爸这还有包厢呢?"

"除了刘总,谁也不能用,当然不包括刘公子您。"

刘鹰珞头疼欲裂,需要个安静地方醒醒酒,点头应允。实习服务生急忙弓着腰,扶着他朝最隐秘的包厢走去。尚雯雯默不作声地跟在后面,看着服务生把刘鹰珞扶到包厢门口,被挥手打发走了。

尚雯雯撇了撇嘴,刚想迈步进去,却透过走廊廊镜,瞥到自己头发有些杂乱,这才想起好久没补妆了,急忙回去拿起化妆包就跑进化妆间。三百六十度无死角地扭转身躯,端详着镜子里光彩照人的自己,再也没有可添加一笔的余地,尚雯雯这才满意地收起化妆包,走出化妆间招呼自己的死党:"你们开心玩,我有点事……"

余光中,发现夹在她们中间的冷夏儿不见了:"夏儿呢,去哪里了?"

"已经醉得不能再醉了,刚才挣扎着要去洗手间,我们嫌脏,轰她去外面吐了。"说话的女生,很得意自己把冷夏儿灌醉。

"雯雯,你打扮得这么漂亮,要去哪里啊?"没等另一名女孩子说完话,尚雯雯已经走出了包厢。翻遍了附近几个洗手间,都没有冷夏儿的影子,尚雯雯冥冥中感觉不妙,快步朝着专属包厢走去。

拐角处,似乎看到穿着cosplay学生服的身影一晃,就消失不见。那不是冷夏儿吗?尚雯雯心里咯噔一下,预感到不妙,等她赶到专属包厢门外,大门已经紧闭。设计时充分考虑到私密性,实木板材厚重,隔音效果良好,任凭她把手指敲疼,里面也没有丝毫动静。

冷夏儿进去了?可里面还有刘鹰珞啊,两个人都喝醉了,这要是发生些什么……被拒之门外的尚雯雯，简直不敢再想下去。

门里春色盎然。

喝了会儿醒酒茶，感觉头没有那么晕了，正准备起身，冷夏儿却突然从开敞的门缝"闯"了进来，踉踉跄跄的几欲摔倒。刘鹰珞下意识去搀扶，冷夏儿就像找到一个可以依靠的大树，浑身瘫软地依附在他身上。为了能舒服些，刘鹰珞试图把她放在沙发上，可几乎失去意识的冷夏儿就像灌了铅的鱼，一下没扶稳，整个人就要倒下去。

慌忙中抓住了她衣领，巨大惯性让本就不结实的纽扣崩开，伴随布帛撕裂的声音，上衣被扯开，露出里面的内衣。刘鹰珞下意识地扭过头去，不知道为何，瞬间的惊鸿一瞥，让他脑海中闪现出来的全是冷夏儿蕾丝花边文胸，和文胸下露出的那一点浅浅乳沟。青春肉体的温热气息，似乎已经把后背融化，让他丹田燥热，嗓子干燥无比，举起桌子上的茶壶，仰起脖直接一饮而尽，体内躁动非但没有减弱，反而愈加强烈起来。他极力控制着自己眼神，不瞥向半倚靠在沙发上的冷夏儿。

我必须要走出去！刘鹰珞用最后一丝理智告诫自己。他咬着牙走到门边，却沦陷在下意识的回眸中，酒后红晕的双颊、散乱的发丝、微张的朱唇……

本来要拉开门的手，却把门重重地关上。

时间漫长得像是过了一个世纪，专属包厢的门才再次被打开，刘鹰珞探头向两边张望，神色紧张又有些兴奋。发现没有人，才长吁一口气，直奔生日宴的包厢而去，酒精麻痹下，他忘记了关门。

往事不堪回首。尚雯雯泪眼婆娑，胸口起伏不定。

整个病房里静默了很久，刘鹰珞一脸苦笑着打破僵局："其实，我倒是希望能听到你敲门声。"

第十六章 酒精下的生日宴 ·181·

尚雯雯拭干眼泪，涩声道："你们两人，就那样好了？"

刘鹰珞点点头，又摇摇头，尚雯雯有些不解。

"我点头是因为对冷夏儿做了不该做的事。但我向你保证，在越界那一瞬间，冥冥中似乎有人在大声疾呼我的名字，让我不要犯下懊悔终身的错误。我停下来了，可望着赤身裸体的冷夏儿，我真的很害怕，不知道该怎么办，只好胡乱给她盖上衣服就落荒而逃。希望她醒来后，不知道是谁做的这种事。"说这段话时，刘鹰珞直视尚雯雯，目光毫不躲闪，似乎在告诉她：我说的每一个字，都是真的。

一秒、两秒、三秒……尚雯雯的眼神终于柔软下来。咂摸着刘鹰珞的话，内心逐渐被自己说服了。

"你在里面干什么龌龊事我不知道，但从你出门时的细节描述，想必说的是真话。"

"十足保真。"刘鹰珞眼珠一转，立马想通了，"你一直在外面守着？"

"寸步未离。"

躲在斜对面包厢的尚雯雯，透过门缝用手机录下刘鹰珞离去的身影，直至人消失在拐角，才闪身从未关严的屋门走进去。与她猜想的一般无二，诺大专属包厢，冷夏儿正"慵懒"地躺在沙发上，身上散乱地盖着衣物。自己精心布置一切，却被捷足先登，她怒火中烧，上前就拽开衣物，下面的人近乎全裸。一步之差，害怕的事竟成为现实。

尚雯雯懊恼极了，为何要回去补妆，让这个小狐狸钻了空子。她把对自己的不满全部发泄在冷夏儿身上。盛怒之下掏出手机，疯狂地拍着……

"你拍下照片，然后指使蒋钊张贴在学校？"刘鹰珞察言观色，见自己说的话起到了作用，尚雯雯情绪不再起伏不定，干脆问了出来。

尚雯雯点头承认。

"为什么？"

"你已经知道了原因，何必再问我？"

刘鹰珞用相对仰视的角度，深情凝视半晌，才语气和缓道："雯雯，有个问题一直在内心萦绕，让我十分困惑。"

"什么问题？"

"我们是中学生，是不应该谈恋爱的。可见你第一面，我就很喜欢你。但这种喜欢却不敢表达出来，因为我不知道，一旦说出口该如何面对。"

"你在我面前表现时冷时热的，因为这个原因吗？"

刘鹰珞用力地点点头。

尚雯雯瞬间破防，咬着嘴唇轻声道："其实，不要有这么大的压力，我们可以先试着交往，等满十八岁，再做男女朋友也不迟。"

"我有时候怕控制不好分寸。"

"那你对冷夏儿，控制得就很好吗？"尚雯雯眼中再次噙满泪水，一副楚楚可怜的模样。

刘鹰珞并没有接话茬，把她柔荑般的小手握在掌心里："原谅我雯雯，有时候我的高冷，是为了掩饰内心怯懦，今天，我想向前迈一步，尝试着与你交往。"

"为什么非挑今天说？"

"哪天其实都一样。我决定的事不会改变的。如果我去美国留学，你要不要跟我一起去？"

"那我就去读纽约电影学院。"

"舍得你妈妈自己在这？"

"怎么舍不得，我不在，她活得更潇洒。"

第十六章 酒精下的生日宴

刘鹰珞轻笑一声，拿起项链要给她重新戴上，尚雯雯半推半就道："这件事也有我的原因，我选择原谅你，以后再也不能这样了。"

"那是自然。"刘鹰珞双手绕过脖颈，给她重新戴上。肌肤相贴，他的手出奇冰冷，让尚雯雯不禁打了个寒战。

"真好看。"刘鹰珞端详半天，嘴里赞美着。看到尚雯雯红晕上颊，又用不经意的语气问道："你偷偷给我拍的视频，放在哪里了？"

"放在一个很安全的地方。"尚雯雯把头枕在刘鹰珞肩头，幸福地闭上了眼睛，少顷又想起来什么似的，"鹰珞，夜色 KTV 的监控视频，你都删除了吧？"

刘鹰珞微笑着点点头，等他仰起头时，神色中闪过一丝慌乱。

2

一栋栋别墅错落有致地点缀在名贵树木之中，在路尽头，植被最茂盛、私密性最好的一栋别墅，就是刘宅。从医院回来已经是深夜，刘鹰珞敲开房门，开门的是保姆孙姨，见他回来，嘘寒问暖一番后，朝着客厅努了努嘴："太太在等你呢。"

"等我？"刘鹰珞感觉有些意外，径直走进客厅。水晶灯下，母亲正靠在沙发上看书。

"妈，您找我有事？"

苏雪妮听到脚步声，抬头招呼儿子，让他坐在自己对面。父亲不苟言笑，刘鹰珞还是跟母亲更亲近些，也更放松。孙姨端上来银耳莲子羹，苏雪妮看着儿子趁热喝完，才问道："这么晚才回来，是老师留的复习试卷过多吗？"

"那倒不是。妈，有同学病了，我去医院探望，自然回来晚了。"

苏雪妮点点头，她很欣慰这一点，儿子在自己面前从不说假话。也就不再兜圈子，把桌面上 iPad 递给儿子："大鹰，这是怎么回事？"

大鹰是母亲对自己的昵称。刘鹰珞双手接过，内容是白天在医院自己站出来慷慨陈词的视频。标题很带节奏：蓝海集团未来掌门人为保护女学生，当众驱逐检察官。

看来，是好事之徒发在网上，被嗅觉灵敏的媒体发现，大肆宣扬。蓝海集团公关团队也不是吃素的，在控评同时，第一时间向刘复舟汇报。

"确有此事，不过，没有媒体说得这么夸张。"刘鹰珞一脸平静。

受市场大环境影响，集团业务增长有停滞的趋势，集团下属中学又发生学生自杀事件，对于上市公司，这不是好消息，刘复舟正为此殚精竭虑。节骨眼上，看到儿子抛头露面的消息，如何能不恼怒，让妻子好好管教下鹰珞。

苏雪妮仔细研究过视频，儿子虽是学生会主席，也犯不上为一名女学生与检察官公然作对，况且当时在场人员，还有学校教导处主任、校办主任……这太不像儿子的风格了。

苏雪妮直接电话韩松博。

雪姨兴师问罪，韩松博哪里敢有半分隐瞒，把自冷夏儿出事后，检察院派人反复出入学校调查取证，尚雯雯因为害怕从舞台上摔下来的经过复述一遍。话语中还不忘夸赞刘鹰珞，说他是最有担当的学生会主席，为了学校声誉、学生安全挺身而出，让他们这些做老师的汗颜，在今后的工作中向刘主席学习，敢于直面"恶势力"云云。

苏雪妮听明白一点，所有事件的源头，是冷夏儿自杀事件。检察院宣教大会的自杀视频让集团当众出丑，股价立马受到波及，集团上下好不容易才稳定住局势，市里也发声明宣布案情结果。可检察院还在不懈调查，充分说明死亡事件背后还有不可知的秘密。

受伤的女孩叫尚雯雯，是学校校花。集团旗下有个儿童食品的品牌形象大使就是她，是通过鹰珞推荐，她才有的印象。但除此之外，没听儿子提及过她。自己很笃定，儿子志向高远，不会欣赏这种草根姑娘。

检察院因为冷夏儿事件找到尚雯雯，儿子本不该去，他在担心什么？三名少年的交集又在哪里？

学校？苏雪妮摇摇头，绝不可能，读书环境引发不了这么激烈的矛盾，这几名少年，还能在哪呢……会不会是那次生日宴惹的事端？

不愧是雪姨，脱离商战、在家相夫教子多年，但思维之敏捷，不放过任何一个可能的环节。亲自过问下，夜色KTV的经理汇报，前不久少公子来到KTV，要求拿走7月10—12日的监控视频。还嘱咐他们说，如果有人问，就说那两天设备检修。

苏雪妮不由得打了个冷战，直觉告诉自己，儿子大概率摊上事了。她很沉得住气，直到儿子深夜归来，才问出心中的疑惑。

刘鹰珞只是问："父亲知道了没？"

在刘鹰珞的心中，父亲异常严厉，不允许自己犯任何的错误。这和早年父亲家庭有着莫大的关系。父亲家境贫寒，在村子里备受歧视，没有人愿意给他机会，逆境中拼搏的刘复舟，不能接受自己出错，因为每一份得来的回报，都是拼命换来的。他如履薄冰地走到今天这个位置，更让他笃定地认为：这么做是对的。

自打记事起，父亲就再也没有朝自己笑过。他要把自己的准则、自己的成功，复刻在儿子身上。这让刘鹰珞背负着巨大精神枷锁，也不敢挑战父亲的权威。

儿子问出这个问题，苏雪妮感同身受，她虽然不完全赞成丈夫的教育方式，但在一个家中，树立父亲的绝对权威，未必是件坏事。

"他只是希望，在你能接手家族企业前，行事要低调。至于别的，他并不知晓。"

得到母亲否定答复后，刘鹰珞鬼魅般一笑。他深知，今晚要不吐不快了。于是滔滔不绝，把事情原委和盘托出，边说边观察母亲的反应。

反观苏雪妮，犹如五雷轰顶，作声不得，儿子涉嫌猥亵，甚至是强奸未成年少女。她终于明白，为何冷夏儿会选择自杀，原来与宝贝儿子有直接关系。作为蓝海集团唯一继承人，这事要是被抖搂出来，无疑判了儿子死刑。

苏雪妮起身焦躁地转着圈，连干了好儿杯红酒，又点燃根烟，直至烟雾弥漫至体内的每一粒细胞，才稳住心神："这件事，还有谁知晓？"

"尚雯雯。"

"只有她握有视频证据？"

"目前看确实如此。"

"你在病房稳住她是对的，接下来怎么做，容妈好好想想……嗯，时间不早了，你先回房间休息吧。"

刘鹰珞答应一声，转身朝着自己房间走去。在楼梯口，突然转身问道："妈，出了这么大的事，你一句话都不责备我吗？"

"吃后悔药有用吗？重要的是如何打扫战场。"

刘鹰珞发自内心地笑了："妈，我没想到，你这么强。"

"别拍马屁了，赶紧滚。"

苏雪妮罕见地爆了粗口。

第十七章

遇　袭

1

钟燃这两天心神不宁。

苏雪妮看到的新闻，他也浏览了，"驱逐"这样罔顾事实、博眼球的字眼，让他很不舒服，内心也涌出一丝不祥预感。果不其然，第二天就有媒体爆料，市检察院未检科钟姓检察官，在办案过程中，对未成年人没有妥善保护，即便少女脚踝骨折，还不依不饶追到救护车上，继续进行语言暴力，罔顾少女身体所承受的伤痛。这些言论得到120救护车急救医生和护士的证实。急救医生在采访中强调，要不是自己及时制止，受伤少女都有可能引发昏厥的危险。在文章最后，还痛心疾首地发出灵魂拷问：作为关爱青少年成长的未检检察官，为什么在事件中扮演如此粗鲁的角色，这到底是个人行为，还是检察机关办案过程中脱离群众、脱离实际所导致？

短短几日，舆论就一边倒地碾压过来。在评论区，甚至有好事之徒建议人肉搜索他。杏子气不过，在评论区回击了几句，迅速招来漫山遍野的谩骂，说她是洗底的，诅咒她全家的……键盘侠口吐芬芳，什么难听说什么。怕小姑娘脸皮薄，钟燃不让她再替自己发声。

还没进未检科的门，就听见老烟沙哑的烟嗓在极力争辩着。等把电话"啪"地挂了，嘴里还骂出了句脏字。

杏子急忙问:"老烟,发生什么事了?"

"还能为什么,不都是为他。"老烟狠狠地瞪着钟燃,一副恨铁不成钢的模样,"是王检察长的电话,这两天舆论想必也有耳闻,矛头都冲着你去了,组织决定,先暂时把你调离这个案子。你说说你,也是当师父的人了,办案这么鲁莽呢?"

钟燃还没表态,杏子率先不干了:"老烟,这就是组织不对了。我们没日没夜工作,为的是还社会一个真相,还夏儿同学一个公道,尚雯雯嫌疑最大,这可倒好,她自己从舞台上掉下来,变成是我们搞的,真是倒打一耙。不行,我得找检察长去。"

钟燃和老烟急忙阻拦。

"胡闹,你以为王检没有压力?这个结果也是组织权衡下来,找到的最佳解决办法。"老烟顿了顿,故作威严道,"我刚说了前半部分,就被你这个丫头把话茬接走了,还想不想听后半段了?"

杏子故意把头扭向一边,钟燃笑着回答:"她想听。"

杏子"扑哧"一下被气笑了:"谁想听了,他要是自己愿意说,我也不拦着。"

老烟端详着眼前"师徒"两人,打了个哈哈,不紧不慢地坐回座位上:"这么说我就放心了。小钟啊,你暂且把杏子手头的事接过来,冷夏儿这个案子呢,由杏子继续跟进。"

杏子再笨也秒懂老烟的意思,顿时眉开眼笑:"合着整这么大阵仗,换汤不换药,这不什么也没变吗。"

老烟叱道:"什么叫没变,可不许到外面给我瞎说去,这次舆情来势凶猛,按道理,这么小的事不至于引起媒体的关注……总之,在一切明朗化前,谨慎为上。杏子,你有没有信心办好这个案子?"作为老前辈,老烟护犊之情流露无疑。

杏子瞥了眼钟燃,双腿一碰,站得笔管条直:"请老烟放心,保证完成任务。"

"一切走着看。反正,别没事就求助我这把老骨头。"老烟嘿嘿一乐,把身体向后仰,完全埋进椅子靠背,吞云吐雾去了。

正分析着案情,钟燃电话响起,是鹿晓阳打来的,电话那头的少年邀请他吃晚饭,钟燃欣然同意。挂了电话,与杏子相视一笑,这个电话既在意料之中,也在意料之外。

等两人来到奶奶海鲜炒饭的摊档前,鹿晓阳早已经等候多时。像老朋友般挥了挥手,朝一张放着预留桌位牌的桌子努了努嘴,又忙乎其他客人去了。

钟燃坐下,饶有兴趣地看着少年忙里忙外。送走了几拨客人后,鹿晓阳把围裙摘掉,坐过来边倒可乐边笑:"今天请二位吃本店最高规格的海鲜,虾蟹炒饭,都是我早预留出来的。"

"怎么想起来请我俩吃饭了?"

"给你压压惊。"

"给我?"

"你都成本市风云人物了,街头巷尾,谁还不知道市检察院未检科有个脾气火暴的钟大检察官。"

知道是开玩笑,可杏子还是不爱听:"不许胡说八道。"

"真如你说的这么有名气,以后办案子就更方便了。"钟燃倒是并不在意。

海鲜炒饭端上桌,香气扑鼻,鹿晓阳张罗着两个人趁热赶紧吃。两人倒也不客气,大快朵颐起来。等吃到差不多,鹿晓阳才问:"大叔,接下来你有什么打算?"

"为什么要这样问?"钟燃故意逗他。

"经我这两天观察,网络上有人雇用水军抹黑你,有污点的检察官,总不能继续调查了吧……"鹿晓阳也不绕弯子,直截了当问道,"你是迎难而上,还是被调离这个岗位?"

"后者。"钟燃指了指身边的杏子,"接下来这个案子的跟进,由杏子检察官全权负责。"

鹿晓阳先是愣住,望着对面两人几乎同样的吃饭姿势,瞬间想通了,不禁莞尔:"以后这个案子,就靠杏子姐姐了。"

杏子白了他一眼:"好像自始至终,都是你在操纵我们,说说看,后面还有多少是我需要做的。"

鹿晓阳连连摆手:"夏儿同学交代给我的后事,我都已经按部就班完成了,再往后就没有啦。"见杏子一副不相信的样子,鹿晓阳拍着胸脯,信誓旦旦,"以后我来做姐姐的线人,学校里有任何风吹草动,我都告诉你。这样侦破速度,是不是会加快一些呢?"这话可谓正中靶心,被媒体如此曝光,接下来的工作确实不好开展,有这位古灵精怪的小子做内应,确实事半功倍。杏子不敢做主,眼巴巴望着钟燃,等他定夺。

钟燃收起脸上笑容,严肃地望着鹿晓阳:"不要因为罪案电影看多了,就草率下这个决定。若舆论真被操纵,这股势力就绝对不容小觑。况且他在暗处,我们在明处,你不害怕吗?"

"怕,怎么不怕?"

杏子哂然:"怕你还说什么?"

"就是因为怕,才更要知道真相。我不想让整个事件沉下去,再也无人问津,更不想未来还会有第二个、第三个冷夏儿出现。"鹿晓阳的话瞬间就击穿了钟燃。钟意已经沉入海底十年了,这十年,又有谁为他做过什么……念及弟弟,太阳穴顿时疼痛难忍。

杏子发现异样,关切地问道:"师父,是不是头又疼了?"

钟燃朝她摆摆手,示意不碍事,少年自相矛盾的话,他听懂了,内心不由得升起一丝敬意:"你比我勇敢。如果决定了,我欢迎你的加入。"

"早就加入了,你们嘴里吃的,是我的入伙饭。"鹿晓阳痞性十足。

夜色已深,三人话别。

杏子家里有事,自己打车走了。钟燃朝停在河对岸的汽车走去。来的时候,河边路两旁停满了车辆,转悠了好半天,才在一条小巷内找到个停车位。

小巷曲径幽深,没有安装路灯,钟燃借助月光,依稀看到不远处自己的车,身后传来"簌簌"的轻响,难道有人尾随?掏出钥匙按了开车键,随着"嘀嘀"的声音,车灯亮起,照亮了周边环境。果不其然,在自己身后墙上映出一个人影。没等转身看清楚身后来人,就被棒球棍狠狠地击打在后背、抽倒在地。

一个穿着黑衣,戴着棒球帽的壮硕男子扑上来,拳头挥起,照着头部就是一套组合拳。先机尽失,钟燃只好双手护头,蜷缩起身体,护住要害部位。即便这样,脸上也挨了不少拳。

袭击者并没有害命的意思,发泄般捶打了会儿,见他没有反抗,也就直起身,照着腹部又狠狠踹了一脚,压低声音道:"姓钟的,以后再敢骚扰尚雯雯,就弄死你。"说罢,转身消失在夜幕中。

那脚很重,几乎让钟燃喘不上气来,肺部一阵痉挛,紧接着就是剧烈咳嗽。好一会儿,才抹去嘴角血迹、晃晃悠悠爬起来,拉开车门坐进驾驶室。透过反光镜才看清楚自己的惨状,脸部被地上碎石子磨出数道血痕,嘴角破了,颧骨也肿起老高。

又缓了会儿,打开手机的手电功能,重新下车,在案发现场寻找遗落的证据,刚才撕扯中,钟燃清楚记得,自己薅下袭击者身上的一粒纽扣,终于在转到第四圈时,在车轮底下找到。把纽扣放在手心仔细端详,扣子正面是两个英文大写字母 MS 组成的图案。

2

尚雯雯成为刘鹰珞女朋友的消息,在蓝海中学不胫而走,传播速度之快,连食堂扫地大妈都听说了。她的脚踝伤,需要在医院住半个月左右。为了不耽误学业,学校特意安排了老师和同学为其补课,可谓服务周全。除此之外,每天来看她的师生络绎不绝。

好不容易又送走了一拨,尚华倩轻轻擦拭下额头上的汗珠,说话的腔调都透着喜悦:"你那些死党把你俩关系说出去,这就是效果。姑娘,听妈的没错。"

尚雯雯斜靠在床上,慵懒至极:"妈,这才哪到哪。"

尚华倩瞥了眼几乎堆满房间的鲜花礼物:"这还不行啊,当妈的,从来就没这么风光过,全是托了女儿的福。"

"我和刘鹰珞,充其量就是相互利用罢了。"尚雯雯神色带着一丝戏谑,她不傻,还保持着冷静。

"说什么胡话呢。人家有什么可利用咱的?你可得好好跟鹰珞相处,把握住机会,别像当年妈年轻的时候,瞎了眼挑了你爸。"

"打住,又来了。"

"不说不说。不过有一点你妈没看走眼,他高大帅气基因好,不然能生出你这么个好皮囊来?"

尚雯雯从小就没有见过这位本应陪伴她一生的男人,记忆深处的他就是个符号,如果非要说出点意义来,就是夜晚偶尔做梦,当自己被欺负时,总会有一个看不清相貌的男人出现,超人一般打跑所有坏蛋,自己开心地喊着爸爸,扑进那个人的怀里……每当做到这样的梦,即便是噩梦,她也舍不得醒来。

尚雯雯不想继续聊这个话题:"妈,你再不走,敏婶的牌局就该三缺一了。"

"跟陪我姑娘比,打个牌算什么。"

"这个点没人再来了,妈,明天一早你再过来风光,快去吧。"尚雯雯撇撇嘴,揭穿她的老底。

尚华倩讪笑一下,站起身道:"那妈先走了?"

正说着,外面走廊又是一阵骚动,护士甜美声音再次响起:"探望十五号房一床的病人往这边走,你们都轻点声,病人都需要安静。"

十五号房是尚雯雯的病房号,尚华倩朝着姑娘一笑:"你看,这点还有人来呢。"

屋子里面又站满了同学,鹿晓阳也夹在其中。大家轮流问候着尚雯雯,并把鲜花礼物摆放在病房的各个角落,尚华倩乐得合不拢嘴,忙里忙外招呼大家。很快,人又如潮水般退却,留下母女两人。

在成簇鲜花背后不起眼的位置,多出一个玩具熊,样式和冷夏儿追悼会摆在遗像前的一模一样,眼睛正对着病床方向。

尚华倩第二次尝试出门,在病房门口迎面撞上杏子,顿时有些疑惑:"你怎么来了?"还下意识看她的身后。

杏子冷冷道:"不用看了,今天来找你们,只有我自己。"

尚华倩不知道她来意,色厉内荏道:"你们刑讯逼供,害得我姑娘腿骨折,我还没找你们算账,你反倒是主动找上门来了……"

"钟检昨晚被人打伤,高度怀疑行凶者是受到你们的指使。"

闻听此言,尚华倩被吓了一跳,气焰立马消失得无影无踪,急忙摆手辩解:"误会,这肯定是误会,我们孤儿寡母的,怎么可能去买凶伤人?"不禁回头望向病床上的女儿。尚雯雯与她一样,满脸惊异。

看两人神色不似作伪,杏子胸中那团怒火稍微平息了些:"袭击者得逞后,在钟检耳边说了一句话,'姓钟的,以后再敢欺负尚雯雯,就弄死你',不是你们指使的,还会是谁?"

母女俩再次对视一眼,几乎异口同声道:"冤枉啊,我们从来不会,也没有想过去伤害钟检。这个人是谁,我们哪里知道。"

"伤害公检人员是重罪,隐瞒不报者,也会受到牵连。"杏子望着尚雯雯打着厚厚石膏的脚踝,正色道,"这段时期好好养伤,也静下心来好好想想,什么是对,什么是错。届时检察院会再来问讯你的,希望到时候,你选择的是正确答案。"

尚雯雯嘴角轻微上扬,对她的话不置可否。

该说的话已说,杏子转身离开病房。等人影消失在走廊深处,尚华倩急忙俯下身:"雯雯,这位检察官话里有话,你到底摊上什么事了?是谁替你出头的啊?"

"都是误会,我什么也不知道。"尚雯雯胃里一阵翻涌,突然感觉很烦躁,翻身躺倒在床,把后背晾给母亲,"妈,我累了,想休息会儿,你没事就先走吧,不用陪我。"

"哎,那妈就先和敏婶打牌去了。"尚华倩有些担心地望了女儿一眼,又牵挂着牌局,正左右为难时,刘鹰珞推门进来。

"阿姨好。"

"雯雯,你快看谁来了。"尚华倩立马满脸堆笑,招呼着女儿。

听见刘鹰珞脚步声,尚雯雯急忙坐起身,用手指把散乱的披肩长发尽可能梳顺些,有些嗔怪道:"你来前,怎么也不打个招呼?"

"我用吗?"刘鹰珞把手捧的一大束玫瑰花放在床头桌,顺手拿过枕头放在尚雯雯后腰,让她靠得更舒服些,贴心问道,"这样舒服点没?"

尚雯雯双颊绯红,仰起脸幸福地点点头。

"你们好好聊天,鹰珞,阿姨有事先走啦。"尚华倩倒也识趣,留下句客套话,出门并把门轻轻带上,脸上挂着的笑容却突然不见了。母亲的直觉,让她感到女儿笑容背后,隐藏着莫名忧虑。这位蓝海集团的少公子,之前只是在校办家长会上见过一两面,在自己印象中,是名高傲冷峻的男生,与女儿的交往也浅尝辄止,从没像最近一段,对女儿如此上心。难道,检察院找雯雯,是因为刘家的事……念及此，不禁从心里打出个寒战。

敏婶的催促电话扰乱了她的思绪，尚华倩急匆匆下楼，明媚阳光照在脸上，又让她的心情莫名地好起来：自己这是怎么了，盼星星盼月亮都盼不来的关系，如今变成现实，自己却多疑起来。少年间的事，能有什么大事？一个小小的未检检察官，就把自己吓成这样，看来自己的胆量是退步了。再者说，那可是刘复舟的儿子啊，谁能拿他怎么样？

尚华倩哑然失笑，轻轻抽了嘴巴一下，骂道：你这个半老娘们，看来是被男人伤透了，女儿找到依靠，自己却自哀自怜，该打，还该再打一下。

尚华倩举起手，正准备象征性地再给自己来一巴掌时，突然停顿住了，一个模糊人影跳跃进她的脑海里：袭击钟检察官的男人，难道是他？

3

钟燃刚刚把车停好，就接到了杏子电话。

"师父，你猜我干吗去了？"

"找尚雯雯？"

"你是如来佛祖吗，我刚才去狠狠地训了她母女一顿。"手机那头传来杏子"咪咪"笑声，明显带着得意。冲动的女徒弟让钟燃无可奈何。前天晚上被陌生人袭击，自己还没怎么着，她却罕见失控，当时就要去找尚雯雯算账，还要报警抓她，死活才被自己拦住。按照计划今天回访周如叶，这丫头借故不来，果然是"滋事"去了。

"你现在可是冷夏儿案子的主检察官，要时刻注意自己的方式方法，不能冲动。"钟燃善意提醒。

"嘿嘿，知道啦师父，我就是明面上挂着的羊头，底下的狗肉可不是我。"

近乎放肆的言语，钟燃却感觉很入耳，很久没有人像她这样，在自己面前没有丝毫伪装，这份纯真才是弥足珍贵的，嘴里却说道："这是优秀检察官说出来的话吗？"

"我优秀不优秀不重要，你优秀我就满足啦。"脱口而出的心里话，让世界一下子安静下来，情愫如小萌芽般破土而出，"嗖"地钻进两人心里。隔着电话，似乎都能感觉到对方脸颊滚烫的温度。

静默了十几秒钟，钟燃才轻咳一声，故意转移话题："你是回院里，还是？"

"回院里。那个地方我去过一次，可不想去第二次了。"

钟燃挂了电话，抬头望着杏子口中的那个地方。

弘洞区的鱼嘴岘原本是个小渔村，"走运"地倒在城市野蛮扩张下。野蛮意味着无序，无序意味着有些必须舍弃，它又一次"走运"地成为遗珠，城市高架桥远远地就拐弯，最近的387路公交车鱼嘴岘站，也距离超过五百米。即便这样，依然有大量外来人口拥入，究其原因，这里房租便宜。

本就不大的海湾早不见了渔船踪影，倒是被各种建筑垃圾和生活垃圾堆满，风一吹，海腥臭气混杂着各种垃圾的怪味，直刺人鼻腔，让大脑如嗑药般迷幻。搓泥板似的水泥路两边，电线杆子歪七扭八，包治性病、丢猫寻狗、疏通管道……花花绿绿的小广告贴满了海碗粗的杆体。路边民房，更是集中体现劳动人民不拘一格的智慧，私搭乱建，每一丝空间都被不协调地占据着。隔不远就有一个电表箱，数百根电线从里面偷接出来，如蜘蛛网般，吸附着触所能及的地方。

小商贩或蹲或坐，撕扯着自己沙哑喉咙，摩托车冒着劣质尾气穿梭往返，成群流浪狗为了地盘和一块丢弃的肉骨头撕咬，人鸣犬吠，烟雾缭绕……九龙城寨是香港贫民窟，若与这里相比，不啻五星大饭店。

也难怪她不爱来,钟燃低声嘟囔一句,手里握着的字条,上面写的是周如叶出租屋地址:鱼嘴岘十二号五弄三号楼208室。对照门牌号码,在密如鸽笼的房屋中寻找。费尽周章,终于在穿过一条污水横流的小巷后,迎面出现一栋二层小楼,从外表看,是村里的厂房经过改造,隔出很多房间以提供出租使用。顺着露天楼梯走上二楼,中间是天井,沿着滴水廊一侧排列的都是房间,墙面和门面上贴满了小广告,几乎看不到门牌号码。正无措间,旁边一扇门走出位老太太,手拎着垃圾袋。钟燃忙上前询问:"大妈您好,请问208室是哪间?"

老太太鄙夷地斜睨他一眼,没好气道:"小伙子,一大早不去努力挣钱,跑这来亏身体。"

"大妈,我是市检察院的检察官,对208室的房客进行案件回访。"见她误会,钟燃急忙解释。

闻言,老太太脸色立马和缓下来,看人的眼神也不一样了:"我就说吗,一表人才的小伙,才不会来这种藏污纳垢的地方。"又觉得欠妥当,急忙补充一句,"我单指208室啊,其他都是好邻居。这两个小姑娘干点什么不好,天天昼伏夜出,带不同的陌生男人回家,能是什么好人?我看不用回访,直接抓起来得了。"

老太太虚空指着其中一间:"就这间。"说完避瘟神似的,尽量绕开208室的门,匆匆下楼扔垃圾。

周如叶重操旧业了?钟燃感觉愤懑无比,挥拳"咚咚咚"地敲着门。

伴随着一声女声"谁啊?"门被打开。开门的是名穿着吊带裙的小姑娘,一副没睡醒的样子。没拿正眼瞥钟燃,就没好气地道:"这刚几点啊大叔,我还没营业呢,过会儿再来。"说着就要关上门,被钟燃用脚抵住。

小姑娘不干了,叉腰戟指道:"原来是物业大叔啊,跟你们说过多少次了，马桶下水有问题总堵，你让老娘坐屎汤上大便啊？还有那电压，我就插个电磁炉没事总跳闸，就不能给一次性解决吗？"

小姑娘突然住口，她的眼前划过一张带有检徽的工作证。别看岁数不大，却圆滑得很，瞬间态度再次切换，变成一副可怜兮兮的模样："我这几周来一直生病，什么也没干。上午我妈还来长途电话，说她腿摔折了，我正计划着买票回家去看她，警察叔叔，你要是找我，等我回来可以吗？"

"我不是警察，周如叶在吗？"钟燃不想看她演戏了。

不是找自己的，小姑娘先松了口气，笑靥如花道："她不在家。您找她有什么事吗？"

"你和她什么关系？"

"室友。"

"仅仅是室友？"

"呃……我们也是同事。"小姑娘觉得这么说不妥当，急忙补充了一句，"自从我搬到这里来，她哪也没去。"做这行的女孩，下意识都会替同伴打掩护，钟燃摇头苦笑，在字条上写下自己名字和办公地址，递了过去："麻烦你转达，让她给我回电话。"

小姑娘看了眼字条，连声称是。

钟燃问道："怎么称呼你？"

小姑娘眼珠转了转，甜甜地回道："我叫紫霞。"听名字，八成就是假的。

廊子对面203室的门突然打开，周如叶从里面走出来。钟燃背身没有看到，紫霞眼尖，急忙提声道："检察官叔叔，我还约了事就不留你了，等周如叶回来，我告诉她。"

话音刚落，周如叶如触电般"嗖"的一下子躲进房间，门再次关上。钟燃并没有看到身后的人，称谢后转身下楼。

第十七章 遇袭 ·199·

周如叶透过猫眼看着钟燃身影消失在楼梯口,才长吁出一口气。
在她身后,一个男人低沉的声音响起:"他怎么来找你了?"
周如叶回头,眼前的男人是叶安稳。

第十八章

玩具熊

1

阳光明媚的午后,海边沙滩,尚雯雯身穿白色纱裙,光着脚踩在细软的沙子里,海水轻轻拂过脚面,又忙不迭地退了下去。远处刘鹰珞高呼着自己的名字,朝着自己跑来。尚雯雯嘤咛一声,掉头就跑,两位少年在海边相互追逐嬉戏。

尚雯雯不停地奔跑。

渐渐地,海水不见了,脚下沙子变为石砾,地势越来越高,前面就是悬崖,像极了冷夏儿自杀的地点,尚雯雯急忙停住脚步,回头道:"鹰珞,不能再跑了,再跑就掉下去……"没等她把话说完,身后刘鹰珞面目变得狰狞,双手狠狠地推在她胸口。巨大惯性下,尚雯雯腾空而起,向崖底跌落。

"救命啊——"

尚雯雯只觉得周围的一切都变白了,身体如坠在棉花中,浑然使不出一丝气力……

"雯雯、雯雯——"一个遥远的声音在耳边响起。白茫茫中,尚雯雯的手终于薅住了什么,紧紧抓住。

"你做噩梦了?"声音很熟悉。尚雯雯睁开眼,透过被汗水浸湿的刘海,刘鹰珞英俊的面庞近在咫尺,几乎贴着鼻尖。

尚雯雯"啊"了一声，双手下意识地使劲推开他。猝不及防，刘鹰珞被推了个踉跄。

"雯雯？"刘鹰珞语气中流露出不满。尚雯雯这才环顾四周，洁白的病房，窗外天色已接近黄昏，刚才是自己做的噩梦，顿时有些不好意思，小声道："你怎么还没走？"

"本来我们在聊天，你太困了，聊着聊着就睡着了……嗯，我就一直坐在旁边，看着你。"

尚雯雯大羞。

"我睡着了……没有胡说什么吧……"尚雯雯对自己并不确定。

"就感觉你眉头紧锁、浑身僵硬，还喊出冷夏儿的名字。"刘鹰珞起身给她倒了杯水，尚雯雯接过，喝在嘴里，有一股酸甜的味道。杯子里面有两片柠檬，外皮用刀片削去，男生的细心，让她内心涌起一股暖意。

刘鹰珞重新坐在她面前，轻轻握住她柔弱无骨的小手，用柔和且不容置疑的口吻道："雯雯，冷夏儿这件事折磨你很久了，要尽快让它成为过去式。你是我女朋友，我有义务保护你，你要全身心放在舞蹈和表演上，那才是未来大明星应该关注的。"

刘鹰珞满目真诚。

尚雯雯被软化了，就想把自己录制的视频交给刘鹰珞。可梦里的他，太可怕了……仅仅是一瞬间，理智就占据了上风，甜甜一笑道："你这么说我很感动，保护你也是我的义务。视频放在一个非常安全的地方，这是咱俩之间的秘密，除了我之外，不会有第三个人知道。"

刘鹰珞内心有些恼怒，尚雯雯的话听起来，不啻是对自己再次敲打。但迅速就调整好心态，切换话题："等你脚伤痊愈，放假后我们去帕劳吧，这段时间，都快把你折磨疯了。"帕劳是西太平洋上的群岛岛屿，世界著名的潜水胜地。毕竟是小女生，听到这种撒糖的话，尚雯雯眼睛散发出光彩，恨不得现在就能蹦下床，坐在飞往帕劳的飞机上。

刘鹰珞准备撤了，刚有些憧憬的尚雯雯噘起小嘴道："就不能再多陪我会儿吗？"

刘鹰珞随口撒个谎："今晚不行啦，老爷子要回家吃晚餐，我得陪他。"把父亲抬出来，吓得尚雯雯不敢再说什么。

门被推开，护士换点滴液，看到满屋堆满的鲜花礼物，顺嘴说了句："这屋鲜花可真多，拿出去都够开花店了。"

尚雯雯冰雪聪明，瞬间就想到巴结护士的方法："护士姐姐喜欢哪束，我给您摆到护士站去。"

护士急忙摆手："不用不用，心意领了。"

刘鹰珞会意，从桌子上挑了最大的一捧花束。在拿的过程中，包装丝带不慎把后面的玩具熊带倒在地，急忙俯身去捡，突然顿住身形。

半依偎在床上的尚雯雯看不到情形，只是催促道："怎么愣住了，快把鲜花摆到护士站去啊。"刘鹰珞应了声，快步捧起花送到护士站，等回来时，脸上却冷若冰霜。尚雯雯终于觉察到，有些不解："不就是一束花，不至于生气吧。"

刘鹰珞把玩具熊扔在床上，冷声道："是不是你干的？"

尚雯雯吓了一跳，急忙把玩具熊抓在手里，刚才摔在地上，玩具熊的一只眼睛掉下来，露出了藏在里面的摄像头。

"没有理由偷拍我自己啊。"尚雯雯辩解。

刘鹰珞黑着脸不说话，拉开玩具熊背后的拉链，把摄像头连带着储存卡拽了出来，又打开自己书包，掏出笔记本电脑，连接上读卡器，一帧帧回看着偷拍内容。一直拖拽到偷拍开始的第一个镜头，尚雯雯和她母亲都在画面里，还有很多的同学进进出出，虽然没看到是谁按了录制键，但绝不是尚雯雯母女。

刘鹰珞神态这才缓解下来："是我错怪你了。"

第十八章 玩具熊

尚雯雯顾不得与他赌气，怔怔地望着玩具熊："你有没有觉得，这只玩具熊，我们在哪里见过？"

"见过？"刘鹰珞一时没回过神。

尚雯雯皱着眉头极力搜索脑海中的记忆，突然叫道："我想起来了，在冷夏儿葬礼上，在她照片前，也有这么一只熊。"

刘鹰珞恍然大悟，再看这只玩具熊，犹如看一枚定时炸弹。

尚雯雯涩声道："看来，很早我们就被盯上了。"

刘鹰珞不知道该如何回答。他想不通是谁在偷拍，但有一点很明显，这个人明显针对的，是尚雯雯背后的人。

他想抓住我！

念及此，人瞬间变得焦躁不安，在房间里来回转圈。他的反常吓坏了尚雯雯："别着急鹰珞，我们坐下来好好商量，接下来该怎么办。"

刘鹰珞置若罔闻，直到内心盘算清楚才停下脚步，阴沉着脸，按照原样把摄像头和储存卡填回去，眼睛重新贴在摄像头上，并把玩具熊摆回在原来的位置。这一通神操作，让尚雯雯不明所以，愣愣地望着他。

刘鹰珞笑容中带着狰狞："雯雯，他不是想看吗，来，就让我们好好说说，关于帕劳的计划吧。"

说完，按下了录制键。

2

夜深人静。

钟燃拖着疲惫身躯，掏钥匙打开房门，发现客厅还亮着灯。不禁有些诧异，通常这个时间父母早已经上床睡觉了。探头往客厅看，发现母亲斜靠在沙发木制扶手上，单腕拄着头，鼻腔里发出轻轻的鼾声。

这是闹的哪一出，难道老两口拌嘴闹矛盾了？钟燃蹑手蹑脚地拿了件外套，刚想给母亲盖上，母亲却醒了。

"唉，瞧瞧妈，人老不中用，你回来都没听见，肚子饿不饿，妈给你下点面条？"母亲醒来就要张罗着给他弄宵夜。

钟燃急忙阻止："妈，都几点了，你还不回屋睡觉，和我爸吵架了？"

"就他那笨嘴，想吵也吵不起来，妈是在等你。"

钟燃不知道发生了什么事，急忙坐到母亲旁边："妈，您说。"

"你和那个杏子，发展到什么程度了？"

母亲突如其来的问话，让钟燃有些猝不及防："我们就是同事关系，什么都没有发展，妈，你净操没用的心，赶紧休息去。"

"妈刚才睡了会儿，不困。"老太太抱着打破砂锅——问到底的战斗精神，继续道，"你要是没给暗示，大姑娘家能天天过来陪你跑步？"

"妈，那不是陪，是我们有共同爱好而已。"

"真的不骗我？"

"骗你干吗？"

儿子表情不似作伪，母亲的心反而放下来："真这样，妈就放心了。你和谁家的姑娘好都行，就是不能和她好。"

母亲的话反让钟燃来了兴趣，忙问道："妈，出什么事了？"

"倒也没有……"母亲也不打算隐瞒儿子，从桌子上的木匣子里面拿出一沓纸，这是一份民事调解书：纸面发黄松软，边角磨出毛边，岁月的痕迹跃然纸上。钟燃快速浏览一遍，不禁有些生气："有些条款，未免有点过分了。"

钟意过失杀人、畏罪跳崖自杀后，刑事虽然不予立案，但在民事上被受害者家属告上法庭，要求天价赔偿。经过庭前的数次调解，才给老两口保留下目前这套老房子，除此之外的财产，几乎被"洗劫"一空。虽然心哀若死，但小儿子犯下的错，老两口咬紧牙关也得担着。为了能让钟燃好好上大学，追求自己的梦想，这件事他们从没告诉钟燃，与儿子通话，也是报喜不报忧，平日里的小病小灾能不去医院，就不去医院。父亲病重，不靠着原单位的那点医保支撑，日子都难维持下去。母亲天性乐观豁达，要不是杏子的事，她还会缄口不言。

调解书在末尾的落款处，原被告分别签字画押，除此之外，还有律师李观山的签名。

李观山，那不是杏子的父亲吗？

母亲察言观色，见儿子神色阴晴不定，解释道："事情出了后，受害者家属对咱们提起巨额民事赔偿，起诉书送达时，赔偿金额那一连串数字，我眼都花了，压力大得几乎喘不上气来。在法院调解期间，这位李律师代表原告，与咱们见过几次面……"

那时候弟弟去世不久，又面临高考，钟燃干脆逃避现实，把自己封闭在学校，除了读书，什么也不过问……母亲的话自己第一次听说，不禁心生愧疚。

钟燃的心思母亲迅速就捕捉到了，安慰道："不妨事，那都是爸妈心甘情愿的，你考上政法大学，才是爸妈最大的荣耀。"

钟燃内心感动，用胳膊轻轻地搂住母亲。母亲微闭双目，满足地躺在儿子臂弯。直到好一会儿，才恋恋不舍地推开儿子，笑道："去搂你女朋友去，搂我这个老太婆作甚，对了，我刚才说到哪了？"在儿子提示下，再次说下去，"人老了就健忘。我和你爸挣的都是死工资，没有闲钱请律师。李观山这人相貌方正，感觉很可靠，相处久了，我和你爸也就把他当作自己的半个律师使用，凡事也请他帮忙拿主意。在他斡旋下，原告终于松了口，把这唯一的老房子留给我们养老用，但要一次性赔偿一百五十万元。当时在爸妈看来，这已经是最好的结果了。"

钟燃愤愤不平："一百五十万，真是狮子大张口啊。"

"砸锅卖铁，又借了八十万的外债才算付清。你爸那么要强的人，不得不把工作辞了，四处打工捞外快，还给人当替班司机。"

"家里的情况，为什么不跟我说？"

"你正在大学深造，绝不能影响你。在这方面我和你爸绝不糊涂。我们没保护好一个儿子，不能把另一个儿子的前途再搭进去。"

钟燃鼻头一酸，眼泪好悬没掉下来。父母之爱深如海，此时此刻他明白了这句话的意义。

"其实辛苦了这几年，陆续把欠的债都还上了，要不是那晚偶遇，我们的内心还是很平和的。"母亲顿了顿，面露怒色，"说来也凑巧，那晚你爸替班，十点左右拉了个活，乘车的两个人喝得有些醉，没认出你爸来。他俩一路上高谈阔论，言语间，还聊到了钟意的事……"

钟燃立马联想到两个人。

"是李观山律师……和他？"手指着调解书上原告的名字，熊卫国。

母亲点点头。

"他们说什么了？"

"熊卫国说当年多亏了李观山，不仅惩罚了对方家属，还让事情迅速调解。"

作为检察官的钟燃很敏感，立马追问："妈，你确定他俩是这么说的？"

"妈确定。你爸回来后气愤莫名，李观山和熊卫国说的话，就像刻录机刻在他的脑海里，一个字都不会错。李观山还说，老战友的事必尽全力。自己的律所能有今天，也多亏老熊的鼎力支持。嘿嘿，两个人相互吹捧，你爸都听不下去了，有几次想停下车，揪住李观山脖领问问他，凭什么当年装好人，哄骗自己。"母亲压抑了很久的情绪，似乎全要发泄出来，喋喋不休地说下去。

费了九牛二虎之力,才把母亲哄进屋睡觉,钟燃却陷入了沉思:父母一辈子老实本分,不知社会的险恶,对李观山反应有些过激,是可以理解的。作为原告律师,为原告争取最大利益无可厚非。只是作为受害方,独子丧命,熊卫国为何要急于让事情迅速解决,甚至不惜私下调解?这太不合常理。

难道,十年前钟意的杀人案,还另有隐情?念及弟弟,钟燃的头如裂开般疼痛难忍。

3

尚雯雯被门外的嘈杂声吵醒时,天色早已大亮,阳光透过薄薄的纱帘,把房间染成暖黄色。

尚雯雯看了看床边,不知道刘鹰珞什么时候走的,印象中他昨晚一直坐在自己床边,跟自己讲啊说啊,从帕劳潜水到环球旅行,从美国读书到未来的规划……直到自己眼皮如灌了铅般沉重,他还在喋喋不休。

昨天晚上刘鹰珞说的话,比他这一年跟自己说的都多,刚开始,自己还有作秀成分,可到了后来,聊得越来越起劲,浑然忘记玩具熊里的偷拍摄像头……这个大男孩,并没有大家印象中那么地冰冷,回想起他聊到未来理想时,那副神采奕奕的表情,尚雯雯由衷笑了。

这份独属的甜蜜,很快就被妈妈尖脆嗓音打断。

"哎哟,你们可真是雯雯的好同学,这么早就来看她,来就来,还带什么礼物啊……"说着话尚华倩推门进来,看到女儿醒了,忙朝着外面招呼,"都别站着了,快进来。"

"妈,你刚来吗?看没看到什么人?"

"你敏婶手气好,非要打四锅,这一晚困得我哟。刚回家洗个澡就赶过来了。"尚华倩突然意识到,女儿并没关心自己,问的是刘鹰珞，讪笑道，"这才多大会儿工夫，就把妈忘了，想问自己打电话问去。"

床边围满同学，大家七嘴八舌地和她说话。尚雯雯随口应和着，眼神却透过人缝，偷偷瞥向墙角的桌台……让她感到惊讶莫名，刚才还摆在那里的玩具熊，不见了。

清早，微信群里，同学们就相约着来医院看望尚雯雯。恰逢周末，来的人比往常多，几乎挤满了半辆公交车，鹿晓阳也在其中。今天的他特别安静，坐在角落里戴着耳机听音乐。

来到医院，鹿晓阳混在人群中，尽量让自己变成小透明。就这样，探视时间一到，他走进病房，趁大家注意力都在尚雯雯身上，偷偷把玩具熊塞进早已准备好的书包里，转身出门。快步通过病房走廊，推开安全通道的门进去，顺着盘旋楼梯向下走了好几层，四下没人才停住脚步，从包里掏出玩具熊，拉开拉链检查里面的摄像头和储存卡，一切正常，这才长长呼出一口气。把东西重新收拾好，迈步下楼。

可这一切，却被刘鹰珞看在眼里。

不知道为何，昨天晚上，当着尚雯雯的面，刘鹰珞竟少有地敞开心扉，畅谈自己宏伟的人生计划。直到尚雯雯昏昏睡去，才意犹未尽地离去。

清早，刘鹰珞就被群里的微信"炸醒"，这么多同学要来医院看望尚雯雯，不正是偷拍者浑水摸鱼的好时机？一骨碌从床上爬起来，连早饭都顾不上吃，打辆车直奔医院，早早寻觅个能看到整条病房走廊的地方躲起来，守株待兔。

果不其然，在同学们鱼贯进入尚雯雯病房不久，一个人很快就从病房里撤出来，快步穿过走廊，消失在安全通道门的后面。刘鹰珞急

第十八章 玩具熊 ·209·

忙跟过去，轻轻推开门，闪身跟进楼梯间，听脚步声是往下，手扶栏杆向下张望，隔着二层的距离，一名少年正坐在楼梯上，查看玩具熊里面的偷拍装置，正是鹿晓阳。

第十九章

仙 人 跳

1

弹指间，十五天过去了。

这半个月，案情进展似乎停滞下来。尚雯雯不仅矢口否认自己在救护车上对钟燃所说的一切，还放出口风要聘请律师，准备就钟燃的"暴力"执法，向法院起诉。

杏子来医院找了尚雯雯两次，也都无功而返。未检科手中并没有铁证如山的证据，虽然有蒋钊口供，但他的手机在海水里浸泡了数周之久，里面芯片原件早已损坏，无法恢复里面数据，也就没有证据证明他所说的证词。

这期间，警方去夜色 KTV 调取过监控录像，恰恰就缺失了从 10 日到 12 日三天的监控，夜总会方面给出的解释是那几天监控设备出故障，正在检修，所以没有记录。如此一来，亦无法证明究竟是谁出入了冷夏儿的包厢。退一步讲，仅凭鹿晓阳提供的残缺照片，是不是在夜色 KTV 包厢拍摄的，都存在疑问。当晚上班员工都被带到警方面前，挨个排查，没有人看到有拍摄裸照，甚至性侵等恶性事件的发生。夜色 KTV 更是主动停业整顿三天，专门请来退休老刑警，给所有员工上了一堂普法教育课，并把上课视频放在集团官网上滚动播出。

在舆论推波助澜下，冷夏儿自杀案，似乎被描画成了市检察院未检科某些年轻检察官冲动之下的办案闹剧。

市委领导及教育局强烈关注，王检察长给未检科下达死命令，以后在没有确凿证据前提下，绝对不可以随意约谈蓝海中学的师生，不能因为自己的猜测，影响学生学业。老烟虽然不忿，但在节骨眼上也得顺应形势，这个案子必须放一放了。就此他特意给两位手下放了几天假，等人回来后，再重新安排其他案件。

这几天，钟燃没有和杏子见面，他在研究弟弟的案子。

作为伤害致死案件，弟弟畏罪自杀，并没有在检察院提起公诉。钟燃找到当年侦办此案的市公安局鲁阳分局刑警队。刑警大队杨队长热情接待了他。时隔久远，但当年向阳巷少年杀人案件，还是很轰动的，杨队长有印象。

钟燃说明来意，想调取当年的案宗，没想到眼前的检察官，竟然是行凶少年的哥哥，杨队长自然是予求予取，爽快答应。

整个下午，钟燃都泡在分局档案室，仔细查阅着成沓的资料。法医出具的报告很详尽，死者熊强为颅脑撞击钝物，形成开放性创口，失血过多，引起多脏器衰竭死亡。再结合现场数位证人的证言，都指证钟意恶意推搡熊强，致其摔倒在地，后脑磕在路边石阶休克后死亡。从案宗里的证据来看，这个案子没有问题。

钟燃揉了揉太阳穴，内心有些失落。他站在窗台透了口气，有些不甘心，决定最后再浏览一遍，正是这次，发现了一处极容易被疏忽的漏洞，在警方笔录的开头记载着一句话：警方在现场询问了目击者和案件亲历者……

熊强的几名同伴，既是目击者也是案件亲历者，但作为有经验的刑警，为何还分开来写？说明当时是有两拨人看到了现场发生的过程，同伴是亲历者无疑，那目击者呢？翻遍笔录，除了熊强几名同伴的口供，没看到目击者只言片语。这个小小的 bug，却在钟燃内心燃起一丝希望。他辗转找到了当时案件的负责人张华警官。

张警官已经退休，在家养鱼遛鸟安度晚年，过着闲云野鹤的生活，问及当年之事，还有很深的印象。抓起一把鱼食扔进缸里，看着鱼儿欢快地吃起来，才慢慢道："小钟啊，我办了几十年的案子，大大小小加起来，也得有数百起，哪能一一记得。你问的这起，快十年了吧。"

"算上今年，正好十年。"

"时间过得真快啊。"张警官端起大茶缸喝了口水，悠然一笑，"也怪了，这起案子在我脑海里，就如同昨晚发生的一般。"

钟燃眼神顿时亮了："这起案子，难道有什么特别之处吗？"

"一般的凶杀案，即便凶手畏罪自杀，受害者家属也不会善罢甘休，恨不得把天都捅出个窟窿来，可这家家属却出奇冷静，不哭不闹。听说民事赔偿，也是迅速与被告家属达成调解。"作为老刑警，张警官对案件的嗅觉，比常人敏锐太多。

"您的意思，这桩案子还有隐情？"

"我可没这么说。"张警官分寸拿捏得很到位，把话又收回来，"没准受害者家属天生就是那种性格的人，也未尝不可……"

看得出，张警官说出来的话，自己都不相信。钟燃干脆直截了当地问出来："我在查看卷宗时，发现了一句话，'警方在现场询问了目击者和案件亲历者'，写在询问笔录的扉页上，而下面的记录里面，却没有目击者的口供，我想知道为什么。"

"那句话是我特意加上去的。从警方办案流程到法医出具的伤情鉴定、责任认定都没有问题，只是在询问笔录上，出了点小瑕疵。"张警官赞赏地瞥了钟燃一眼，匠心被发现，内心竟生共鸣之意，于是对案情经过娓娓道来，"那天我在案发现场，笔录里所指的目击者，实际是名小学生，很活泼的小男孩，自己跑到我面前要求做证。那时候现场一片混乱，还有尸体躺在巷子里，可不是适合孩子的环境。我

第十九章 仙人跳

就与他约定，等这里事情都处理完，再与他细谈。等法医勘查完毕、尸体被救护车拉走、看热闹人群散去时，我再找那位小朋友，却不见人影。此时他母亲走过来向我道歉，说儿子才七岁，上小学一年级，平时喜欢看侦探电影，脑海里天马行空，作不得数。我问起案发时男孩人在哪里，母亲回答儿子正在家里写作业，听到外面动静才跑出来。时间不吻合，所以也就没有深究下去。"

"在您内心深处，感觉到有些不对吗？"

"当时没有。我开始感到疑惑，是从受害者家属的反应开始，联想起案发现场的小男孩，难道背后真有我们不了解的隐情？那时，队里遇到几起重大刑事案件，没有多余警力花费在早已结案的案件上。不知道为什么，可能是我脑筋一热，在笔录的扉页上多留下那么句话，没想到，被你读解出字面后的意思。"张警官意味深长地望着钟燃。

"您还有印象，小男孩叫什么名字吗？"

"他的姓很少见，我一下子就记住了，他姓鹿，叫鹿晓阳。"

2

"阳阳，把这两盘海鲜炒饭，给五号桌端过去。"奶奶的声音，透过袅袅烟气传了出来。

鹿晓阳答应一声，端过炒饭送到五号桌客人桌前，又手脚麻利地收拾好旁边桌的残羹剩饭，擦拭着桌面。他头顶箍着毛巾，高挽袖面，像极了《深夜食堂》里的小林薰。肩膀突然被人轻轻拍了拍。回头看到一名女孩坐在身后的三号桌前，女孩像是穿越过来人物，穿着夸张服饰，还化着浓郁的烟熏妆。

"您扫桌角的二维码，就可以点餐了。"

女孩手指了指操作台立面插着的塑封餐单，用手比画着，意思自己是否可以看。

"啊，当然。"鹿晓阳意识到女孩是位聋哑人，急忙把塑封的菜单递到女孩手上。女孩并没有着急看菜单，而是掏出手机打了几个字，展示给鹿晓阳看。手机上写着：你是"小鹿乱撞"吗？

"小鹿乱撞"是鹿晓阳视网上的名字，他有些诧异，印象中自己并不认识这位女生。也急忙掏出手机，打字给女孩：我是，难道我这么有名了吗？

女孩一笑，继续打字：我是你忠实的粉丝，私信和你聊天的"请叫我鬼鬼"就是我。

这几天"请叫我鬼鬼"一直在网上跟自己接触。鹿晓阳顿时热络了许多，急忙敲字：原来是鬼鬼，幸会啊，你怎么找到这里来的？

鬼鬼：如果诚心想找大神，应该不会那么难吧。

马屁拍在谁身上都受用，鹿晓阳咧嘴一笑，继续输入文字：既然来了，今天这份炒饭，我请你吧。

鬼鬼用力点了点头，表示感谢。等炒饭端上桌，鹿晓阳拉把椅子坐在对面，他似乎对用手机沟通的方式感到很新鲜，继续问：说吧鬼鬼，你来找我，有什么事？

鬼鬼用手指了指自己的衣服，在手机上回复：我是 cosplay 的群主，一直梦想拍支属于自己风格的片子。刷到你的视频，瞬间就喜欢上你的风格，今天来，最主要目的就是想邀请你，帮我实现梦想。

看到鹿晓阳有些犹豫，鬼鬼急忙敲字：我可以支付一定报酬。

鹿晓阳见她误会，急忙摆手：我倒不在意这个，只是除自己之外，从来没有给别人拍过，更没有接触过 cosplay。万一拍出来的东西不合心意，显得多不好。

鬼鬼甜甜一笑，飞快地回复：那怎么会，我看上的人绝不会错的。

见鬼鬼执意如此，又是聋哑人，鹿晓阳爽快地答应下来。两个人互加了微信，并约好时间，到时候由鬼鬼提前通知他拍摄地点。

临走前，鹿晓阳问了最后一个问题：我真名叫鹿晓阳，聊了半天，还不知道你的名字。

鬼鬼：我叫周如叶。

三天后，按照约定时间，鹿晓阳来到了维蜜大酒店。

敲开 407 室的房门，鬼鬼早已经在里面等候。维蜜酒店是情侣酒店，装修风格都是主题型。房间很大，以 Hello Kitty 为主题，到处都是少女的粉红色。在墙角简易的挂衣架上，挂着好几套 cosplay 风格的衣服。

鹿晓阳也是有备而来，把摄影器材包在地上展开，取出佳能 5D Ⅱ，安装在三脚架上，还支起了一个 LED 补光灯。朝鬼鬼招了招手，从包里掏出一沓纸，递给她，并把想说的话敲在手机上：这是我写的拍摄脚本，你先看一下，室内场次不多，主要是外景……

鬼鬼蹦跳着过来，紧挨着鹿晓阳坐下，距离之近，恐怕都插不进一根针。穿着一身"街霸人物"里面"春丽"的短旗袍，旗袍的开衩很高，几乎开到了大腿根部，一双明晃晃的大腿紧贴着鹿晓阳，让他很不适应。

鹿晓阳挪开点位置，有些尴尬：鬼鬼，你说的那几个同伴，怎么还没有来？

鬼鬼妩媚一笑：刚才还跟我发微信，说是塞车，晚一会儿就到。你的脚本写得很好啊，等他们来了一起讨论。

鹿晓阳点点头，鬼鬼身上浓郁的香水味直蹿鼻腔，让他神志有些迷离，急忙拿起桌上的体能饮料拧开，仰脖灌了进去。

鬼鬼此时指了指摄影器材，又指了指自己，意思很明显：与其等待，不如先给我拍一组照片吧。

她的提议，正好缓解了尴尬，鹿晓阳连声说好，起身把照相机抄在手里。这部相机还是父母去海上油井平台前,过生日送给自己的礼物,他的视频,都是通过这台相机拍出来的。鬼鬼站到床边摆着各种姿势,很快,房间内充斥着快门按动的"咔咔"声。

拍完一组后,鬼鬼提议自己去换一套衣服再拍,也不待鹿晓阳反应,从衣架上摘下一套,走进卫生间。卫生间墙体是玻璃的,也不知道是不是鬼鬼忘记了,她没有在里面拉上浴帘,就开始褪去衣物。里面春光外泄,被沙发上的鹿晓阳看得真切。

雪白的肌肤、纤细的腰肢、坚挺的乳房、笔直的大腿……鹿晓阳长这么大,从来没有见过女孩子裸体,鬼鬼发育完美的胴体与自己仅隔着一层玻璃,这让情窦初开的他顿时乱了方寸,想喊鬼鬼拉上帘子,可想起来她是聋哑人,根本听不见自己说什么。

费尽气力,鹿晓阳才把头扭开不去看玻璃房里面,脑海中却全是白花花的身影……理智告诉自己,最好的方式就是起身拉开房门出去,可偏偏鼓不起勇气,说得更准确些,是不想鼓起勇气。很快就感到身后一股温热气息袭来,肩膀被轻轻拍了拍,那股气息又"嗖"的一下抽离开。

鹿晓阳下意识回头,要不是及时捂住嘴,心脏都要离开胸腔、顺着喉咙跳出来,即便这样,"啊"的一声也顺着手指缝溢出,回荡在整个房间。

鬼鬼换的这身衣服,可以媲美皇帝的新装,面料透明,几乎把整个胴体完全展示在鹿晓阳面前,气人的是,偏偏又在隐私部位,进行若隐若现的遮挡,平添几分野性的诱惑。

鹿晓阳感觉体内暗流涌动,不知何时何地,竟萌生一股犯罪的冲动。

鬼鬼似乎不知道自己给对面少年产生多大影响,气定神闲地指了指相机,又指了指自己,示意继续拍摄。鹿晓阳大脑一片空白,如同提线木偶,机械地配合着鬼鬼的指令。各种姿势,各种角度,快门的

"咔咔"声，香水、汗水被滚烫的肉体蒸发，在空气中形成万亿的分子交媾在一起，弥漫至每个角落……

直到鼻尖快贴近鬼鬼丰满坚挺的胸部，鹿晓阳才猛然醒过神来，发现此刻两人已经上床，自己赤裸着上身，骑在鬼鬼的身上。

鹿晓阳急忙就要下来，同时道："对不起鬼鬼，我不是这个意思……"

可为时已晚，鬼鬼双腿紧紧夹住他，还伸手撕破自己胸前的衣服，用尽全身气力嘶号起来，从她口中发出的声音，如同老鸹在叫。与此同时，酒店房门被大力踹开，几名穿着警服的男人飞扑而入，鹿晓阳如小鸡般被抛向空中，又摔在地上，几只大手牢牢按住他的头、肩、手、背、腿，让其丝毫动弹不得。等他被从地上拉起来时，已经铐上了手铐。

鹿晓阳看到鬼鬼的身体裹上白床单，正靠在朋友肩头嘤嘤哭泣。朋友都朝自己怒目而视，甚至站起身要冲过来打自己，被身前身后的警察拦住。

"打死这个强奸犯！"

世界变得空明、洁白，没有一丝声音，但从口型中他读懂了。想笑出声来，好好的我，如何就变成了这副模样？在被警察押出房间的那一刻，余光中，他清晰地看到鬼鬼堆满泪痕的脸上，露出邪恶的笑意。

鹿晓阳终于醒悟，自己被仙人跳了。

周如叶扒着窗台，望着警察把鹿晓阳押进警车，开走，才长长吁出口气，一切尘埃落定，她取出钱包，掏出一沓人民币，分给几位"朋友"。其中演她男友的精壮男士精虫上脑，拿到钱还用淫邪目光打量着周如叶裸露出来的肌肤。

周如叶眼皮都没抬一下，朝着门外挥了挥手。

另外两个人急忙劝阻精壮男士，小声道："哥们别犯浑，这女的咱们惹不起。拿到钱就撤吧。"扮演男友的人也不傻，被提醒后，放下非分之想，急忙抽身离去。

周如叶不屑地撇撇嘴，把自己扔进沙发里，点燃支烟，狠狠地吸上一口，微闭着眼睛，好一会儿才把这口烟吐出来。

透过层层烟圈，一个人迈步走进房间，脚有些跛。

"一切还顺利吗？"男人问。

周如叶笑了，用字正腔圆的语调回道："顺利。"

她压根就不是聋哑人。

叶安稳也跟着笑了。

第二十章

安稳如叶

1

叶安稳老家在偏远山区,不通公路,到最近镇子还得翻两座大山。父亲老实本分,一生守着几亩薄田,过着面朝黄土背朝天的日子。

在当地农村,没有儿子顶门立户,会被说闲话的。父亲拿出少有的执拗,不生出儿子绝不罢休。就这样,经历了前三胎都是姑娘的苦楚,终于苍天开眼,父亲年近四十,母亲才在家徒四壁的堂屋,生下了叶安稳。

叶安稳自幼脑筋聪慧,超出同村孩童一大截,这让父母把希望都寄托在他身上。为此,三个姐姐很早就辍学打工养家,专供弟弟读书。他倒也争气,从村小学到县中学,一直名列前茅。后拜远房表姐所赐,以当地状元的名头,进到石屿市蓝海中学高中部读书。

父亲亲戚里有位堂姐,与木讷的父亲不同,早早就脱离山村、远嫁石屿市。堂姐女儿叫苏雪妮,名牌大学毕业,人长得漂亮还善工心计,一次在酒局上结识刘复舟,被他大胆的商业蓝图所吸引,那时候蓝海还只是很小的公司,但她慧眼识珠,毅然辞去稳定工作,加入蓝海,很快坐到宣传总监的位置上。当蓝海发展成为集团,苏雪妮也奉子与刘复舟成婚。

刘复舟进军教育领域,创立蓝海中学,妻子自然成为名誉校董。有着雄厚财力的蓝海中学,招贤纳士,汇聚了业内教师的顶尖团队,短时间内就在石屿市崭露头角,成为莘莘学子的向往之地。

远房外甥女成了名校校董,也传到了叶父耳朵里。为了儿子前途,叶父背起满满编织袋的土特产,敲响堂姐家门,堂姐本不想结交这门穷亲戚,可架不住叶父的数次拜访,才勉为其难,答应给自己女儿引荐。

第一次见到比自己小十来岁的远房表弟,苏雪妮内心十分不喜。叶安稳从小体质差,脑袋很大,头发稀疏枯黄,身如薄片,一副没发育起来的模样,而且,浑身上下透着一股洗不掉的土腥气。

表姐苏雪妮,却在叶安稳眼中惊为天人。剪裁合体的衣裙,高雅的气质,不俗的谈吐,让他自惭形秽。原来,人世间还有这么优雅的女人。表姐的冷漠非但没有伤害到叶安稳,反而在他内心深处,把能得到表姐垂青,作为激励自己奋斗的目标。

叶安稳年少时就懂得隐忍,并没在学校里通过宣扬他和苏雪妮的关系来换取好处,反而口风很严,把精力都用在书本上,这点,倒很让苏雪妮意外。

高二时,同桌换成了钟燃,有学霸在一旁做标靶,更加激励叶安稳头悬梁、锥刺骨,忘我学习。

高考前夕,钟意杀人事件把蓝海中学推进舆论旋涡。几乎每天,叶安稳都能看见表姐清早就赶到学校,与校委会人员一起研究对策,常常工作到深夜。表姐步履蹒跚地从办公室出来,晃动酸痛的肩膀、扭动僵硬的腰身……每一下都牵动叶安稳脆弱神经,让他内心充满愤懑。他责怪那些衣冠楚楚却不能替表姐分忧的废物们。从那时候起,叶安稳就暗自下定决心,自己要考入法学院,成为最棒的律师,守护表姐。

轿车驶出校门,车内的苏雪妮无论如何也想不到,隐藏在阴影处，有一双充满忧郁的眼睛在凝视自己。

与钟燃不同，叶安稳大学毕业就选择回到石屿市，并把自己第一份简历郑重投给了蓝海集团。他没有去找表姐，想靠自己的实力，正大光明地进入集团法务部。可简历就像泥牛入海，音信皆无。

在焦躁等待中，他想通了，自己大学刚毕业没有任何实战经验，不走后门就想进这样的大企业，谈何容易。他决定从法律援助开始做起，等羽翼丰满，再去叩响蓝海集团法务部的大门。

一起交通肇事案，却将他推入人生谷底。

原告的父亲周满堂，是外来务工人员，薪资微薄，与聋哑妻子带着两个孩子努力维持着生计。一次偶然，大儿子在送外卖时被闯红灯的跑车撞伤，司机酒驾并且逃逸，留下浑身粉碎性骨折、生命垂危的周家大儿子。被告方依仗权势，趾高气扬，想通过狸猫换太子的方式让人顶包，还企图拒绝赔偿受害者家属。叶安稳作为法援律师，年轻气盛、正义感爆棚，主张民事赔偿并协助周父提起刑事诉讼，根据大量翔实证据，在庭上据理力争，维护了原告的合法权益。

最终法院裁决，官司打胜了，驾驶肇事车辆的富二代赔偿了原告一笔不菲的费用，还被关进监狱。

叶安稳大获全胜。当晚，难得下回馆子的他，一高兴还喝了点酒。

深夜，回家路上，在一条没有监控的小巷里，叶安稳突然被人袭击，铁棒猛击在小腿上，清脆骨折声，痛彻心扉的疼痛让他摔倒在地，行凶者似乎还不解恨，持续施暴殴打，直到叶安稳奄奄一息，才掏空他钱包、借助黑暗遁去。满脸是血的叶安稳，没看清伤人者面目就昏厥过去。直到第二天早晨，才被晨跑的市民拨打120送进医院。

周满堂一家，听到消息急忙赶至医院，精心陪护。等叶安稳苏醒过来，才知道自己躺在医院病床上，骨折的腿被石膏厚厚固定住，浑身上下裹满了纱布。

几天后,警方调查结果出来了,案发于深夜,没有目击证人,案发地没有市政监控摄像头,白天这条小巷市民常走,无法有效提取脚印……说白了一句话:调查取证很难,不要抱有希望。这样的结果,叶安稳打碎牙往肚子里咽。他怀疑这件事因周家案所起,但苦于没有证据,怨不到他们身上。

把这几年攒的积蓄都掏空,叶安稳才勉强支付上治疗费用。伤腿落下残疾,从此以后,走路一跛一跛的。为自己申冤的律师,最后落得这个下场,周满堂对世界充满失望,他要带着一家人回老家。临行前把自己的女儿拉到身前,让她给叶安稳磕头,并告诫她,要牢牢记住眼前的恩人,长大了记得报恩。

小女孩很乖巧,喊了声"叶叔",就要给他磕头。

周满堂朴实的情感让叶安稳感动,急忙伸手拦住小女孩。

小女孩叫周如叶,水汪汪的大眼睛凝视着叶安稳,把他牢牢记在心里。那一年,她十一岁。

2

叶安稳和周如叶的再次相遇,已在五年后。

立秋后天气转凉,叶安稳双手插兜,缩着脖子在鱼嘴岘站等车。这个被城市遗忘的角落,要等很久才会来一辆公交车。

终于,387路公交车从远处晃晃悠悠驶来。此刻站台上等车的人不安分起来,不再顾及早已排好的上车顺序,随着公交车开始慢慢蠕动。气刹声响起,车门打开瞬间人群蜂拥而上。南腔北调的叫骂声此起彼伏,在这方寸之间的上空炸裂开来。

叶安稳被人浪裹挟着一会儿奔左、一会儿向右,他腿脚不灵便,数次与车门近在咫尺,又被推了出去。

"我真的有急事，请借个方便，让我上去。"叶安稳叫道。

"哪个还不是有急事嚯——"他被更加焦躁的声音撑了回来。

"我排队了……"这句苍白无力的话，都没有人愿意费口舌反驳他。

"是……是叶叔吗？"一个清脆的声音刺穿这团污浊秽气，飘进叶安稳耳朵里。

叶安稳大脑没时间予以回应，一门心思地往车上挤，等车门终于在眼前粗暴关合上，他才发现，自己依然站在原来等车的位置。低头看了眼自己的皮鞋，被踩了无数泥脚印。心疼地掏出手帕刚要擦拭，那个声音再次响起："叶叔。"

叶安稳抬起头，透过厚厚镜片，看到不远处一辆出租车前站着位浓妆女孩，在朝自己招手。

"你，是在叫我？"叶安稳不认识眼前女孩，有些茫然。

女孩子蹦蹦跳跳跑过来，嬉笑道："是啊叶叔，我是周如叶，几年不见就忘记我啦？"

叶安稳仔细端详一番终于认出来，不禁莞尔："哎哟，女大十八变，真的是不敢认了。"

周如叶倒也洒脱，指了指自己的脸："这哪能怪您，这妆容就是我爸面对面走过来也未必认得。叶叔要去哪？我送你吧。"

眼看就要迟到，叶安稳有些犹豫："这合适吗？"

"有什么不合适的，我刚打上车，正好一起。"

叶安稳从蓝海集团总部大楼里出来时已近黄昏，街道上车灯如河。在路对面，周如叶早已经翘首以待，见到叶安稳身影，再次挥舞起手臂。

两人打车回到鱼嘴岘。为表示感谢，叶安稳要请她吃饭，周如叶欣然同意。在一间小小烤肉店，两人如多年未见的老友，聊起了过往。

　　被告补偿款，对高位截瘫的儿子，无异于杯水车薪。实在筹不来钱，周满堂一狠心把儿子接出院，让镇里卫生院和村里的赤脚医生为儿子续命。长期照顾儿子，哑巴妻子也病倒了，只剩下周满堂一个人苦苦支撑。为了生计，周如叶年满十四周岁就辍学挣钱养家。用人单位不敢给未成年人签署劳务合同，这也就意味着她的付出没有保障，周如叶住最差的出租屋，从早到晚打好几份工，一日三餐吃的是馒头夹咸菜，吃尽了苦头。即便这样，辛辛苦苦打拼一年攒下来的钱，还不够哥哥一个月的医药花销。

　　她最恐惧的，就是听到父亲来电铃声。每当这时候她都近乎抓狂，想对着父亲狂喊：就让哥哥去死吧。但电话贴在耳边，父亲那疲惫且温暖的声音传来，周如叶就会打消自己这种"邪恶"念头，流着眼泪笑着安慰父亲："再坚持下，一切都会好起来的。"

　　在周如叶濒临绝望前，新室友"紫霞"指出条生路：一起做"福利姬"。这个词太陌生了，但对于她而言，能挣到钱才是硬道理，其他都不重要。她像条水蛭，饥渴地吸吮着网络上关于"福利姬"的一切，隐藏在表面光鲜下的钱色交易没有让她退却，相反地，她就像溺水之人抓住根稻草，执意要投身进去。紫霞将她引荐给了媚悦 App 的中介。

　　与叶安稳再次相遇，她已经入坑三个多月了。

　　一粒泪珠顺着她长长的假睫毛流下，滑过脸颊，留下一条晕染般的墨色泪痕。

　　叶安稳唏嘘不已，他第一次听到"福利姬"这个词，但不管怎么叫，也是挂羊头卖狗肉，核心还是援助交际。想出言相劝，话到嘴边却说不出口。如果说她现在最不需要什么，恐怕就是几句不凉不热的心灵鸡汤吧。能做的，只是安静地递过一张纸巾。

　　周如叶并没有接，而是用手指轻轻擦拭掉，也不顾及妆面花不花,叫道:"哎哟,光顾着说了,肉都烤煳了。"说着,手忙脚乱地用镊子把牛肉都夹给叶安稳。

"别都给我,你也吃啊,多吃牛肉有劲。"

"煳的给你,嫩的给我。"周如叶调笑道。拗不过她,叶安稳夹起一片黑乎乎的牛肉放进嘴里。好长时间没吃牛肉了,虽然有一股焦煳味,但肉质本身的美味,还是让他甘之如饴。

"你也赶紧趁热吃。"叶安稳口齿不清地说着。

"我就想看着叶叔吃,你吃饱了,才有精力给我讲你的故事。"

我的故事……我的故事有什么好讲,除了失败就是失败,叶安稳内心苦笑。周如叶歪着脑袋等了会儿,见他没有开口的意思,干脆说道:"要不我们 Q and A 吧,我问你答。"

叶安稳点点头,这样也好。

"叶叔,你是不是在蓝海集团上班?"

"我只是去面试法务……嘿嘿,第八次啦,每次都杳无音讯,我也不期待了,可能我并不适合做律师吧。"

"那是他们眼瞎,你在我心中就是最棒的律师。"周如叶愤愤不平。

叶安稳感激地望了她一眼:"我是什么水平心里有数。不过,还是要谢谢你。"

"你住在这里?"

"对,我连家带律所都搬到这,最重要的是省钱。"叶安稳终于有了点幽默细胞,"关键是不住在这里,如何能遇见你啊。"

周如叶眼前织起一层雾气,急忙望向窗外,少顷才把目光收回,落在叶安稳身上:"今天我才感受到,这里还有一丝人情味。"

叶安稳笑了,周如叶也笑了。在这一瞬间,两颗漂泊的心灵,找到可以暂且停泊的港湾。两个人又聊了好多,那一夜,似乎过得异常漫长。

眨眼两周过去了，叶安稳把和周如叶见面之事，忘到九霄云外。在自己的袖珍律所，正趴在桌子上给人写诉状，外面突然闯进一个人，门也没敲就径直走到桌前，遮住了窗外洒进来的一寸阳光。

叶安稳有些不高兴，当抬起头看清来人，脸色瞬间阴转晴："臭丫头，你怎么找到这里的？"

周如叶笑道："这还用找吗，在鱼嘴岘，谁不知道'安稳律所'的大名。"用自己的名字注册律师事务所，以求安安稳稳的意思。叶安稳招呼着她坐下，又要给她倒水。周如叶忙阻拦道："今天不坐啦，我还得抓紧搬家，以后找你串门机会多着呢，我就住你对面，208室。"

看到叶安稳满脸诧异，周如叶咻咻笑着："是不是感觉很奇妙，我特意叮嘱过中介，一旦你这栋楼有人搬走，要第一时间通知我。"

顿了顿，周如叶又道："干我这行，早晚有被抓住的风险，挨着大律师，起码心里踏实许多。"

叶安稳不禁莞尔，他进入蓝海集团的梦想未泯，渴望成为表姐身边叱咤风云的人物，可如今竟"堕落"到为一名失足少女当挡箭牌的境地。可望着周如叶炙热的眼神，他不忍扫兴："有叶叔在，给你荡平一切妖魔鬼怪。"

周如叶给他比画一连串哑语，最后手指握成心形，从胸口推向叶安稳。

叶安稳不明所以。

周如叶笑着解释："我刚才比画的手语，就是告诉你，你所说的一切我都心领了。"说完就要出门，却被叶安稳叫住。

"叶叔？"

"我也是突发奇想……"叶安稳在脑海中盘算了下，一本正经道，"你长期做这行，确实存在风险。我看你哑语如此熟练，不妨你在工

第二十章 安稳如叶 · 227 ·

作时扮演下聋哑人,这样的人设,有可能在关键时刻帮到你。"

周如叶先是一愣,进而笑得直不起腰来。叶安稳被笑得发毛:"我说错什么了吗?"

周如叶止住笑,从随身小包里拽出一个绿色小本,在叶安稳眼前晃了晃,嫣然道:"真是我的大律师,连想法都一样,你看,我的残疾人证。"

"你怎么会有这个?"

"我第一份工作,在镇采石场被炮震得暂时性失聪。虽然后来恢复了,村支书是我堂叔,还是按照致残给我申请的残疾人证,他一片好心,为姑娘家孤身闯江湖增加份被人怜悯的砝码吧。"像吹过的一阵风,周如叶消失在门外。

叶安稳愣了半晌,哑然失笑:这张王炸,能不用还是不用的好。

一语成谶,这张王炸,却接连打过两次。

3

钟燃从省院调回市未检科,叶安稳响应最为积极,公检法系统里有老同桌,对自己可是莫大好处。那次聚餐他第一个就到了,特意把自己安排在钟燃座位旁。攀交情、套近乎,一晚上就像打了鸡血,忙得不可开交。

该说的话都说了,约莫半个月过去,也没见钟燃那里有任何动静。叶安稳急得像热锅上的蚂蚁。几次想打电话给钟燃,又不知该如何开口,内心不免堆积了怨气。

某天清晨起床,看到铺天盖地的新闻,叶安稳才知道蓝海中学有学生跳崖自杀。

选择检察院在学校宣教活动时播放自杀视频,引起公检机关和媒体最大关注,爆料者很会挑时机。出于职业敏感,叶安稳认为这起案子,绝不是单纯自杀那么简单。他对此案抱有极大兴趣,不放过任何一宗与之有关的报道。为了获得第一手消息,还冒充小报记者,亲自在校门口拦截学生,做随机采访。被翻过无数白眼,也收获一些有用的佐证,光剪报就做了厚厚一大本。

下这么大功夫,叶安稳肚子里揣着小九九,案子和表姐的蓝海中学有关,他这次不想再做看客,而要私底下做足功课,等表姐最需要的时候挺身而出,让她明白自己才是她最值得信任的人。

冷夏儿葬礼他也去了,手拿一束白菊花,远远地躲在人群后冷眼旁观。钟燃和另一名女性检察官都来了,更加深了他对事件的判断。等告别仪式结束后,一名少年映入他眼帘,快步跑进告别厅,把陈列在冷夏儿遗像前的玩具熊取走,而后又快步追上钟燃与冷家父母一行,诉说着什么。看情形,这名少年和钟燃很熟。

叶安稳留了心眼,多方打听下,得知这位少年叫鹿晓阳,还获得他视网的主页链接。一幅幅生动的视频画面,女主角几乎都是冷夏儿,直到最后一个视频,不再是精美故事,而是对残酷现实的记录,女人号哭声、警笛声、厮打、咒骂……画面在强烈抖动,直到定格在冷夏儿的黑白照片上,世界才安静下来。

他浏览数遍,强烈感受到,这些有声有形的视频里倾注了作者对冷夏儿深厚的情感,同时也猜中,鹿晓阳就是整个事件的背后推动者。他开始暗中调查,不查不打紧,一查更对这名少年刮目相看。

与他人不同,鹿晓阳在取得优异成绩的同时,依然有大量精力投入课余生活,自拍自导视频只是其中一部分,他是运动达人,还酷爱下围棋,经常一放学就背起书包去棋院,直到河岸夜市开启,准时赶过去帮奶奶打理大排档的生意。远超同龄人的成熟,精力充沛,又善于管理时间,天才少年,说的就是他吧,叶安稳不禁内心感叹。

学校、球场、棋院、夜市,鹿晓阳的生活丰富且有规律,没有丝毫与冷夏儿案沾边的地方,这让叶安稳一度怀疑,自己是不是判断

第二十章 安稳如叶 · 229 ·

错了。

将要放弃之时，一枚"炸弹"在他眼前炸响，媒体将尚雯雯腿伤紧急送医、刘鹰珞怒斥检察官的视频放出来，一时间舆情四起，这让叶安稳嗅到不祥的味道。作为刘复舟独子、未来蓝海集团的掌舵者，本应该低调为人，此刻却为了一名女同学公然挑衅，与检察院撕破脸皮，这种近乎冲动的做法明显不妥。背后原因，恐怕与冷夏儿案，脱不开干系。

一直高调宣称配合公检法调查工作、力求公开透明的蓝海中学，也风向忽变，以影响学习为由，联合教育局发声，希望不要对学生过度调查，舆情也甚嚣尘上，直指具体办案的检察官暴力执法，迫使检察院调离钟燃。

操控舆论风向是表姐的拿手好戏，可这更验证了刘鹰珞有问题，不然何至于亲自下场？表姐的这步棋，叶安稳认为并不高明。表面上与检察院的较量上占据上风，可实际……叶安稳抿了口茶，内心明镜，她已经在刀尖上行走，稍有不慎，满盘皆输。

老天终究还是眷顾自己，刘鹰珞鲁莽、表姐护犊心切，却为自己迎来了曙光，即使破釜沉舟、铤而走险，也要抓住这唯一机会。

叶安稳的目光，望向桌面上厚厚的剪报本。

从医院回来，刘鹰珞没有隐瞒，把经过跟母亲陈述一遍，苏雪妮听到背后始作俑者是鹿晓阳时，不禁眉头紧锁。

"妈，要不要我私底下再去探探他的口风？"

"不要惊动他，知道是谁在背后捣鬼，是我们的优势。妈只是没想到，一名高二学生，竟在眼皮底下掀起这么大风浪。"

"只要稳住尚雯雯，没有证据，鹿晓阳也拿我没办法。"

"你相信她？"

"呃，谈不上相信……我只是觉得，她和我在某些方面有些相似，都有明确目标。"

"通过一两天的促膝长谈，你就读懂这个女孩？"苏雪妮觉得儿子很幼稚。

"妈，这和时间长短没关系，以雯雯的性格，不会因小失大。"刘鹰珞争辩。

"通过要挟获得的情感不可能长久。我担心的是，一旦轻易满足，她的欲望会变成填不满的无底洞。不过目前，鹿晓阳这个麻烦需要先解决掉。"苏雪妮凝视着儿子，异常严厉道，"你未来要掌舵蓝海集团，任何一点疏忽，都可能被无形放大，酿成无法估量的损失，这种事情绝对不允许发生，主动权，妈必须要握在手中。"

刘鹰珞不置可否，但他不想违背母亲的意愿，不再说什么。

轻轻的敲门声阻断了母子谈话，保姆孙姨探头进来，说话有点犹豫："夫人，有一件快递……"

"哪里寄来的？"

"没有寄件人，只是用红笔在箱子外面写着夫人亲启，我没敢拿进屋，放在院子里了。"

果不其然，在庭院中央搁置着一个纸箱子，密封得很严实，上面用红笔写着：闲人勿动，雪姨亲启。

苏雪妮点头示意，司机手持壁纸刀，轻轻划开透明胶带打开箱子，里面有一个厚本。苏雪妮上前打开观看，不禁大惊失色——自打冷夏儿事件发生之日起，所有消息都被以剪报形式汇聚于此，粘贴归纳得整整齐齐，最后捋出脉络，并在下面做着密密麻麻的批注，做剪报者，一定是个细思极恐的人。翻到最后一页，剪报分析出来的结论，矛头直指刘鹰珞。

看着儿子照片，苏雪妮感到一股凉意顺着脊梁骨爬上来，不禁打了个寒战。把本子递给儿子，刘鹰珞看完，同样惊讶不已。

一时间，母子俩竟没了主意。

第二十章　安稳如叶　·231·

还是苏雪妮老辣,率先从震惊中复苏,低头查看纸箱子,底部还夹有一张便签条,上面写着:14日下午两点半,鱼嘴岘河岸茶馆,恭候雪姨大驾光临。从称谓上看,像是内部人干的。

"妈,你要去吗?"

"去,为什么不去?妈想当面见见,到底是什么人物,敢威胁到我的头上。"

"会不会有危险?我陪您去吧。"刘鹰珞担心地望着母亲。

"行啦,你能有这份孝心,妈就知足了。"苏雪妮轻轻地拍了拍儿子的脸颊,"多一个人反而容易生事端。你不要担心,回学校好好上课,这事妈来处理。"

4

两天后,苏雪妮准时推开了河岸茶馆的店门。一路寻来,也让这位阔太充分见识了现代都市市井的一面。找个偏僻角落坐下,随便点了杯茶,端上来的玻璃杯,杯口还有未冲干净的洗洁精残留,这让她有些反胃。

等不多时,门口悬挂的风铃声响,一个跛足男人迈步进来,先环视一圈,目光最终落在苏雪妮身上,咧开嘴笑了下。

逆光中看不清来人相貌,苏雪妮内心明白,他就是约自己来的人,不由得微微挺直腰板,祭出一副不可侵犯的气势来。男人一跛一跛走过来,拉开把椅子坐在对面,依旧保持着笑容。当看清楚男人这张脸,苏雪妮竟有些恍惚,好像在哪里见过,但又记不真切,他是?

"表姐,我是安稳。"

对,他是远房表弟叶安稳,印象中他不是跛足啊,上次见面还在十多年前,人明显沧桑了许多,头发也稀疏,隐约有谢顶迹象……苏雪妮正寻思着,叶安稳又开口道:"很抱歉以这种方式约表姐见面,但除此之外，我实在想不出更好的办法。"

"可以去公司找我，为何非要约在这里？"

叶安稳苦笑一声："可能是我的跛足有碍观瞻，我与蓝海集团之间，一直有道看不见又难以逾越的鸿沟。"

"表姐，我知道你要说什么。"看到苏雪妮要开口说话，叶安稳急忙制止，"我虽然落魄，但不想一辈子过寄人篱下的生活。这是我真实感受，你可能理解不了，也不必尝试理解。"

苏雪妮捕捉到叶安稳内心的那份敏感，温言道："男人有骨气不是件坏事，我能理解。你的脚是怎么弄的？"

叶安稳感激地望了她一眼："帮原告打赢了官司，当晚却被打断了腿。"

"你是律师？"

"是。"

"律师还用这种方式，你不怕今后无法在行业内立足吗？"

"怕。我今天是以表弟的身份约你，不是律师。"

"哟？"苏雪妮杏眉一挑，用近乎嘲讽的语气，"你今天的举动，让我觉得表弟这个词，很陌生。"

叶安稳并没有反驳，自顾自道："我寄的资料，想必表姐已经看了。这是我近段时间通过走访调查得出来的结论，在冷夏儿自杀案上，鹰珞有很大嫌疑。"

"住口！"苏雪妮挥手打断他的话，"凭几份剪报和妄加揣测的分析，就跑过来污蔑大鹰，你还好意思叫我表姐？"

"表姐，鹰珞也是我外甥，绝对没有伤害他的意思。我做这些不为别的，只为了保护鹰珞。如果我的分析一文不值，你大可不必理会，更不用亲自过来。"

"我就想看看谁在背后捣鬼，好报警抓他。"

"以诬陷，还是敲诈勒索？"叶安稳终于露出狡黠的笑容，"表姐,我好歹也是名律师,我提供的仅仅是分析,没有一句言论说是鹰珞做的,更没有要一分钱的报酬。"

苏雪妮不禁重新打量外表猥琐,做事却滴水不漏、不留一丝把柄的表弟。见她不说话,叶安稳趁热打铁、以退为进道:"是表姐当年的恩赐,才让我就读蓝海中学,实现了大学梦。我今天来只为报恩,绝无他意。请你放心,那本剪报就是原稿,绝没有第二本,不必担心外泄。我的分析尚显粗浅,但若能帮到表姐,我会感到很欣慰,茶您慢用,先告辞了。"

叶安稳起身就走,毫不拖泥带水。

终于将我军了,为了今天的出场,他准备了半生……苏雪妮凝视着他蹒跚背影,知道留给自己犹豫的时间不多了。

在叶安稳推开大门迈步将要出去时,身后响起苏雪妮的声音:"安稳,我还有几句话问你。"

叶安稳脸上露出不易察觉的笑容,他知道自己赌赢了。再次坐回到茶桌前,苏雪妮问道:"说说看,你如何能帮到我?"

"提前预警,防患于未然。"

"你并不确定?"

"走在别人前面总归是好的。我无法保证,会有谁能想我所想,并付诸行动。"

苏雪妮脑筋转得极快:"你是不是有怀疑的对象?"

叶安稳点了点头,非常干脆地回答:"有!"

"谁?"

叶安稳静静地望着苏雪妮,没有搭腔。

苏雪妮如何不明白他的意思,直接把话挑明:"无功不受禄,就像我不相信人的善意一样,说出来你的条件。"

"注资我的律师事务所,把它培育成石屿市数一数二的大所。"叶安稳倒也不含糊。

"胃口不小。"

"士为知己者死。表姐，我向您保证，律所将竭尽全力为您服务。"

"注资并不难，我先要看到实际行动，才能判断值不值得投资。"

"难道，已经有人对鹰珞不利了？"叶安稳脑筋转得也是极快。苏雪妮微微点头，对他的反应很是满意。

叶安稳又大胆猜测了下："是鹿晓阳吗？"

"你为什么会想到他？"

叶安稳把自己对鹿晓阳的怀疑、如何暗中调查叙述一遍，最后道："他和检察院的钟燃检察官交往甚密，我就有好几次看到钟检出现在鹿晓阳奶奶的夜市排档，而且，他和鹰珞是同学，获取证据极为便利。"

叶安稳顿了顿，和盘托出自己的疑惑："最令我感到疑惑的，冷夏儿追悼会上，那么隆重的场合，他竟然偷偷在遗像前摆了个玩偶。后来浏览他的视网，才知道玩偶里面藏有偷拍器，在偷拍每位悼念者的微表情，嘿嘿，真是个心思缜密的家伙。"

苏雪妮脱口而出："泰迪熊玩偶？"

叶安稳脸色有些变了："表姐，你怎么知道？"

"尚雯雯的病房也被他摆放了一只，碰巧被大鹰看到。"

两人面面相觑，这名少年比预料中的还棘手，早已经走到所有人的前面。叶安稳道："表姐，留给我们的时间不多了。"

苏雪妮狠了狠心："帮我解决了这个麻烦，你提的要求我来满足。但如果事情办砸了……"

"我绝对不会记得有今天这次会面。"

叶安稳心中似乎早有解决方案，说完这句话，满意地笑了。

第二十一章

依是少年

1

清晨，钟燃正琢磨着工作安排，杏子从门外风风火火地跑进来："师父，出事了。"

"出什么事了？"

就连斜靠在软椅上的老烟，也直起了身体，盯着杏子。

"鹿晓阳强奸被抓，公安已经报检察院批捕了。"

钟燃不敢相信自己的耳朵，但瞧杏子的神情不似开玩笑，抬头望着老烟求证。

"怎么没有接到这个案子？"老烟也是一脸茫然，急忙拨打电话确认，挂了电话，脸上一副难以置信的表情，"我说呢，鹿晓阳那小崽子年满十八周岁了，不是咱们部门的管辖范围。"

"不可能吧。"钟燃和杏子异口同声。

老烟一瞪眼："怎么不可能，身份证上的出生日期清清楚楚，2001年5月4日，截至被抓时，他十八岁零四个月。"

钟燃和杏子以火箭速度扑进侦查监督部门。果不其然，犯罪嫌疑人鹿晓阳在维蜜大酒店利用拍摄之机，对受害人周如叶进行性侵害，经审查事实确凿，公安局以强奸未遂罪对鹿晓阳申请逮捕，检察院已经走完流程，昨天逮捕令就已下达。两人面面相觑，反转之大超出想象。

整个下午钟燃都在震惊中度过,直到杏子提醒他,要不要去夜市看望下鹿晓阳奶奶,他才意识到,天已经黑了。赶到桥头大樟树下,仅有一个招牌孤零零地戳在树下,风雨无阻的奶奶今天没有出摊。

隔壁摊档的刘婶见是老主顾,压低声音神秘兮兮说道:"千万别外传,听说阳阳出事了,老太太急火攻心,哪里还有心思摆摊。你们是阳阳朋友,赶紧劝劝她吧,千万别想不开寻了短见。"

刘婶夸张的表情,可把两人吓到了。按照她给写的地址,急忙驱车赶往奶奶家。

奶奶家在老城区,狭窄的巷子,仅容下一辆车单向通过。

钟燃把车停在巷口,与杏子步入巷子。尽头就是奶奶的小院,出摊用的三轮车停在铁皮大门外,塑料桌椅堆在车斗里,都没有来得及卸载。铁皮门敞开着,轻轻敲了敲门,喊了句:"奶奶,在家吗?"没有动静。探头朝里面望,堂屋亮着灯,等不及回话就迈步走进小院。

屋内没有拉窗帘,透过窗玻璃看里面似乎没有人,屋门也开敞着。钟燃预感到不妙,急忙掀开门帘走进屋内,余光中就发现地上散落着很多纸张,奶奶的"尸体"趴在地板上,小一半的身子探进床底下。

"奶奶——"

钟燃吓得魂飞魄散,呼喊着猛扑上去。就在手掌将要挨到奶奶"尸体"时,"尸体"突然动了,床底下传来奶奶的声音:"谁啊?"紧接着,一束手电的强光从床下射出来,照在钟燃脸上。奶奶手脚并用,一骨碌从床底下翻出,坐在地上。

钟燃手捂着眼睛:"奶奶,你可吓死我了,能不能先把手电关了。"

奶奶也看清楚是钟燃,急忙关掉手电,轻拍着胸口:"我老太太还能活几年,哪受得了你这么吓唬?你和阳阳,都是爱搞怪的崽崽。"

奶奶的话把杏子逗笑了,蹲下身搀起奶奶:"奶奶你说得没错,他就是个怪崽崽。"

悬着的心终于放下来,被杏子揶揄几句,也权当没听见。钟燃看到奶奶手里攥着个小匣子,问道:"您这是在找什么啊?"

"还不是在找阳阳的出生证明。"

出生证明?杏子有些困惑:"晓阳同学有身份证啊。"

"上面的时间是错的,我当年为了能让他早点上学,特意虚报了一岁。"

"也就是说,他现在是十七岁零四个月,未成年?"像摸中彩票大奖,钟燃心脏咚咚直跳,还不敢相信,特意追问一句。

"对喽。"奶奶眼皮都没抬,手指在匣子内翻找,最后有些失望地叹口气,"可是我放在哪里了?唉,岁数大了就是健忘。"

"您能想起来当时接生医院吗?我们可以去查档。"

奶奶托着腮认真回忆着,好半天才说道:"我这老糊涂,如果没记错,应该是浅湾第二妇幼保健院。"浅湾原是个县城,城市扩张被划进石屿市,成为一个区,从市中心开过去,也得需要一个小时。

得到钟燃明天去查档的答复后,奶奶把心放下,抬头看墙上的挂钟,不禁连声抱怨:"哎哟哟,光顾着找出生证明,把时间耽搁了,我得赶紧走。"

杏子善意劝慰:"这么晚了,奶奶就不要出摊了吧。"

"因为阳阳的事情,我连摊都不摆了?人啊,不管遇到什么沟壑,生活还得继续不是?"奶奶随口说出来的话,质朴又富含人生哲理,这份乐观和豁达,深深感染了两人。

奶奶进厨房,拎出一桶用冰镇着的海鲜,两人急忙抢上前帮忙,很快就把食材都装上外面的三轮车。奶奶跨上车,突然回头问钟燃:"你是阳阳朋友,你相信他会强奸人吗?"

"来之前我并不确定,但我看到您就明白了,晓阳同学绝对不会那么做。"钟燃回答得十分坦诚。

"自己带大的娃,我心里有数。"得到满意答复,奶奶明显很开心,"以后饿了就来奶奶的海鲜摊,管饱。"

直到奶奶蹬三轮车的身影消失在巷口,杏子才问道:"师父,你真的这么想,还是安慰老人家?"

"在这种环境下长大的男孩,我实在想象不出,他有去强奸女孩的冲动。"

杏子深以为然。

钟燃驾车行驶在去浅湾的路上,车载显示屏显示来电,是老烟打来的。坐在副驾驶座的杏子,预见性地把手捂在耳朵上,即便这样,沙哑的烟嗓依然透过指缝,摩擦着她的耳膜。

"臭小子,一天到晚就知道给我惹事,但凡涉及鹿晓阳,你就跟打了鸡血似的,连年龄都要质疑,过分了啊。他究竟是你什么人,让你这么上心?"

杏子悄声提醒:"老烟肯定是为你说话,被王检撑了,一肚子火没地方发泄。"

钟燃如何不知,任凭老烟在电话那头发脾气,也不敢插嘴。对面火气宣泄得差不多了,才说出结论:"给你两天时间,弄不到确凿证据,以后这个案子,就跟你一点关系也没有。"

电话随之挂断。

杏子朝钟燃吐吐舌头,伸手指比画个V,笑道:"老烟给咱们争取了两天时间,倒计时开始。"

2

当两人站在目的地，内心充满绝望。第二妇幼保健院不复存在，原址上修建起一座街心公园，矗立着五颜六色的游乐设施，孩子们爬上爬下，叽叽喳喳的欢乐非常。

"师父，这……"

"去派出所。"

辖区派出所户籍科的民警热情接待两人，并搬出十几年前的户籍档案。仔细翻阅找到了鹿晓阳的户籍存根，日期与身份证上的日期一模一样，杏子有些泄气。

"师父，会不会是奶奶记糊涂了？"

钟燃摇摇头，奶奶精神矍铄，况且是自己亲孙子的出生日期，如何能搞错？向户籍民警请教："同志，户口本上的出生日期，有没有可能和真人实际年龄不符？"

户籍民警笑道："毕竟都是人工办理登记，存在这种可能性，但概率非常低，万一有这种情况发生，需要带着医院开具的出生证明来办理变更。"

事情尚存一丝转机。

两人从派出所里出来，钟燃上车，开启导航定位。

"师父，现在去哪？"

"鹿晓阳老家。"

依据户籍上登记的家庭住址，驾车来到石油勘探局大院。社区很大，很多老楼已经改造翻修，邻居能搬走的都搬走了，租住的租客并不清楚鹿家底细。钟燃叉着腰站在楼宇间小广场上，环视着四周林立的高楼，两人间的默契让杏子秒懂，一个向左，一个奔右，快步跑向居民楼。

你好，我是市检察院的检察官，这是我的证件。您认识鹿晓阳吗？他父亲叫鹿天民，母亲叫贾青，是咱们石油探勘的双职工，几年前搬到石屿市区了……对不起，打扰了。同样的话术，两人不知道说了多少遍。

约莫两小时后两人再次碰头，话都顾不得说，拿起矿泉水狂饮，直至缓过这口气，合子才开口说话："师父，我这边倒是有几户认识鹿家父子，但谁也说不上鹿晓阳究竟多大。"

钟燃点点头，这边情况与杏子相似，这条路看来行不通。

已值傍晚时分，小广场的篮球架前，出现了几名打球少年，看身高和相貌与鹿晓阳年纪相仿。一名身材健硕的少年在三分线外投球，力道很足，篮球越框而过，蹦跳着颠出场外，滚到钟燃脚下。

"大叔，能帮我们把球抛过来吗？"少年朝着钟燃招手。

钟燃弯腰捡起篮球刚要抛过去，突然心念一动，把外套脱下来递给杏子。杏子有些意外，但马上兴奋起来："师父，你要露一手啊？"

钟燃高挽袖面，运着篮球进入球场，距离三分线还有一步的距离，用五根手指肚托住球，轻舒猿臂，利用手腕的力量将篮球投出去，篮球划出一道抛物线，在空中翻滚着空心入网。

"大叔，球技不错啊，要不要 battle 下？"健硕少年主动挑战，钟燃欣然接受。

少年们迅速散开，把球场让给两人。健硕少年先攻，利用身体优势强吃钟燃，生生挤进篮下三秒区内，跃起投篮，在球出手的瞬间，少年身后冒出一只大手，遮天蔽日把篮球狠狠地钉在篮板上。

"钉板大帽，坦克你不行啊。"少年们起哄。

叫坦克的健硕少年朝着两边做了个闭嘴手势，站到防守位置。轮到钟燃进攻，只见他持球从右路进攻，坦克急忙向左横移，脚下站稳挡住去路，想造对面的进攻犯规。钟燃眼看就要撞在他身上，却临时变向，右手扣住篮球，以左脚为轴，身体如陀螺般旋转，贴着坦克的身体绕到他身后，眼前一马平川，钟燃高高跃起，借助篮板，投球入筐。

不远处传来杏子兴奋的尖叫声。

就这样,两人交换攻防,几个回合下来,坦克完全落于下风。1v1,最终钟燚以五比一获胜。坦克擦拭下额头汗水,有些不服气:"我单打最菜,我发小要是在,虐你如虐……"最后一个脏字,忍住没说出口。

钟燚并不介意,笑道:"好啊,那约你发小来比试下。"

"他在石屿市区上学呢,很久才回来一次。"

"鹿晓阳?"钟燚脱口而出。

"怎么,你认识他?"坦克瞪圆了眼珠,有些不相信。真是踏破铁鞋无觅处,得来全不费工夫。有那么一瞬间,钟燚都想奖励坦克在自己头顶大力灌篮。谨慎为上,还是小心翼翼又问了一遍:"鹿晓阳真是你发小?"

"如假包换,他也不是名人,我有必要冒充吗。"坦克对这个问题不屑一顾。

"你们俩谁年龄大?"

坦克指了指自己:"当然是我。"

"坦克,你今年多大了?"

"十七岁半,确切说还有两个月,我就十八岁了。"

杏子感觉到什么,赶紧走了过来。钟燚声音都带着一丝颤抖:"我能看看你的身份证吗?"

"查户口啊,你们是什么人?"坦克终于警惕起来,钟燚急忙掏出工作证。坦克拿在手中:"石屿市检察院……叔叔,晓阳他怎么了?"

钟燚急忙解释:"他没事,我们只是核实下他的实际年龄。"

坦克从背包里取出身份证递给钟燚,上面清楚写着坦克的出生年月日,他大名叫徐哲,2001年11月25日出生。杏子内心速算,截至今日徐哲十七岁零十个月。

"徐哲，你确定……你比鹿晓阳大？"

"大他十几年了，又不是今天信口开河。叫我大名听着不习惯，还是叫坦克吧。"

"好，坦克。"钟燃还想问，可音量却被身后嘹亮嗓音所掩盖。

"坦克！"

钟燃急忙回头，一名腰如水桶般粗细的中年妇女站在身后，手里拎着超市购物袋。

"妈——"坦克急忙跑过去，从母亲手中接过袋子。

"你们是……"坦克妈疑惑地望着两人，钟燃再次把工作证递了过去，并简要说明来意。

坦克妈性格爽朗，不用问，自己就滔滔不绝："我和鹿晓阳他妈贾青，之前是一个部门的，都是一线员工，关系近如闺密。我这不是怀上坦克了嘛，他爸心疼我，让我退居二线，以照顾孩子为主。贾青两口子都是事业型，双职工还都常年奔波在外，可苦了阳阳。"

坦克插嘴："他苦什么，没人约束，可以天天玩……"

"这是嫌妈约束你了呗，把你伺候这么大，又高又壮的，妈容易吗？"

这对活宝母子眼看就要把话题带偏，钟燃急忙道："坦克妈，是你先怀的坦克，还是贾青先怀的鹿晓阳？"

"当然是我了，等她怀孕时，还总向我咨询育儿的经验。她家阳阳比坦克小半岁。"

"坦克妈，您也是在第二妇幼保健院生的坦克？"

"不愧是检察官，连我在哪里生孩子都知道……"坦克妈的话，让杏子"扑哧"笑出声来，坦克妈不明所以，"怎么，我说错了？"

杏子急忙摆手，笑道："您说得千真万确，他就是妇女之友。"

坦克妈没听懂杏子的笑话："我们基层啊，就缺少像您这样的骨

第二十一章 依是少年 ·243·

干人才。关心百姓,什么都了如指掌……"

钟燃朝杏子狠狠瞪一眼,急忙把话题拽回来:"您对当年的产科医生还有印象没?"

"咋能没印象?二院主要针对石油系统的职工,医生和我们都熟识。接生的王医生去了新院,现在是科室主任了。"坦克妈好像想起什么来似的,补充说明,"前两年二院和第一妇幼医院合并了,现在叫浅湾妇幼保健医院,院区建在开发区。需要的话,我把王主任引荐给你。"

"能这样就太好了,坦克妈,你可帮了我们大忙。"

"这算什么,你们与鹿家素昧平生,却为阳阳的事不辞劳苦。我们这些老街坊,能出点绵薄之力心里才舒坦。"坦克妈办事雷厉风行,很快就为钟燃约好明天与王主任见面时间。

第二天天蒙蒙亮,钟燃和杏子就赶到了浅湾妇幼保健医院。听清楚来意,王主任特意找到曾经科室的人员,陪同两人去档案室调取资料。

经过大半天努力,从数排铁架子、海量的病例中,终于找到产妇贾青的住院病历,上面清清楚楚地记录着:2002年5月4日上午七点十九分,顺产一名男婴,取名鹿晓阳。这比他身份证上的日期,整整晚了一年。

3

鹿晓阳的案子,调回到未检科负责审查起诉。

仔细研究过公安部门提交上来的案卷材料,钟燃以检察官身份,要在看守所提审鹿晓阳。

看守所门口,意外碰到从里面出来的叶安稳。

"叶律师，你今天也约见嫌疑人？"有杏子在场，钟燃用的是官称。

"咱俩应该见的是同一位犯罪嫌疑人。鹿晓阳的案子，差点乌龙了啊。"与上次见面一样，叶安稳充满热情。

"咦？"

"呵呵呵，我是鹿晓阳的法律援助律师，这不，刚刚去见了委托人。"

没想到数月不见，老同学成为同一个案件的辩护律师。钟燃点点头，抛出自己的疑问："叶律师，我看了下卷宗，从鹿晓阳被抓开始算，已经过去快一个月了，您这边还没有给嫌疑人办取保候审？"

"之前按照成年人受理的嘛，强奸这种事社会危害大、影响坏，就没有着手准备。现在变未成年人了，可以重新考虑。"叶安稳的话，让钟燃有些不舒服。公诉人提议取保候审而辩护律师却并不积极，个中缘由变得有些微妙。

叶安稳寻思了下，把钟燃拉到一边，压低声音道："我这个当事人啊，年纪不大，性格却犟得像头驴，自己犯了事还嘴硬。但毕竟是未成年人，有些事考虑不全面。钟检在公诉时，一定要酌情考虑。"

"我们是公诉机关，您是辩护人的律师，各尽其职就好。除了法庭，其他不必多说了。"

"哈哈，理应如此。咱们是老同学，恍惚间竟忘了彼此的身份。等这个案子结了，我再请你吃饭。"见钟燃一副公事公办的模样，叶安稳打个哈哈，草草握了握手，转身走进停车场，很快开着辆小轿车绝尘而去。

两人由民警一路带着，进入审讯室。

鹿晓阳早已等候，羁押期间他似乎没受到什么影响，脸色还红润了许多。身边还坐着一位女社工，为保护未成年人的诉讼权利，全程监督检察院的提审。

第二十一章　依是少年　·245·

钟燃在对面坐下，见是钟燃，鹿晓阳笑了："怎么换人了？"

正在架设录像设备的杏子正色道："经浅湾妇幼保健院调取出生证明，你未满十八岁，属于未成年人。所以你的案子，接下来由未检科全权负责。"

鹿晓阳点了点头，从他的眼神中，钟燃读出了"谢谢"两个字。很快，又换上那副玩世不恭的表情，把身体靠在椅背上，懒懒道："想问什么，就问吧。"

在杏子按照程序宣读开场白后，钟燃翻开卷宗，抽出几张照片摆在桌面上，照片里面周如叶穿着暴露，搔首弄姿。指着照片里的内容，问道："这些照片都是从你相机里面复制出来的，你确定是你拍的？"

"是。"

"你有没有意识到，这些照片尺度过大？"

"意识到了。但我只是按照要求拍摄，私房照如果不作为推广使用，算不上犯罪吧。"

"确实算不上，如果有进一步过激行为，就不好说了。"钟燃直视鹿晓阳，正色道，"根据公安机关的侦查报告，你于10月8日应邀在维蜜大酒店给女事主拍摄私密照片，其间见色起意，企图强奸女事主，女事主偷偷报警，你才被闻讯赶来的公安民警现场抓获，并以强奸未遂被批准逮捕。对此，你有异议吗？"

"有！"鹿晓阳回答得斩钉截铁，"我是被仙人跳了，我没有想过要强奸她，我不认罪！"

"你和女事主怎么认识的？"

"她关注我的视网，并私底下找到我，想拍一个关于cosplay的视频。本来约好的是几个人，结果我到酒店的时候，只有她自己，并且非要先拍一组自己的照片，我拗不过，也就答应了。谁知道她越拍越露骨，最后还把我紧紧抱住，倒在床上。我拼命想起身，她就撕碎自己的衣服，这时候警察就冲进来了。"

"你有证据可以证明你的证言吗？"

"没有。"

"根据警方调取酒店的监控记录，案发前半小时你到达维蜜大酒店，进入407室女事主早已经开好的房间。半小时后，110指挥中心接到报警电话有侵害事件正在发生，警方紧急出警，三分钟后即到达案发现场。警方有完整的接警、出警记录。报警人是女事主朋友，在收到女事主求救微信后紧急报警，证据链条确凿。鹿晓阳，你对此有异议吗？"

"虽然辩护律师建议我考虑认罪协议，争取宽大处理，但我可以不假思索地告诉你，我没罪！因为我根本没有强奸她。"话语中，竟然将叶安稳底牌亮出来。看来，叶安稳早先一步，是来劝说鹿晓阳认罪的。

钟燃抽出张照片，推到鹿晓阳面前，问道："认识这张照片吗？"

鹿晓阳瞥了一眼："这是贴在校公告栏上，冷夏儿同学的照片。"

钟燃点点头，再次抽出两张照片，照片上面是鹿晓阳本人。钟燃道："这是7月11日凌晨，你在夜色KTV外被街道监控拍到的。监控显示，你凌晨一点零二分进入，一点二十八分出来，总共在里面逗留了二十六分钟，你能告诉我，那段时间你在里面做了些什么？"

"凌晨我突然接到冷夏儿电话，电话里面她说自己喝多了、难受，语言含混不清。说着说着就挂断电话。我知道她在夜色KTV给刘鹰珞过生日，怕她出事就赶了过去。KTV就跟迷宫一般，包厢众多，我在里面找了半天，没有看到她人影，就出来了。"

"有人能给你证明吗？"

鹿晓阳摇摇头。

"你为何没有去找其他同学？"

鹿晓阳道："我并没有在受邀之列，去凑什么热闹？我问过服务生,他说十二点吹过蜡烛后,很多同学都回去了,我误认为夏儿会跟着同学们一起回学校。这是我最大的疏忽,想起来就悔恨不已。"

那两天KTV内部的监控正在检修,影像上无法证明鹿晓阳的口供。钟燃合上卷宗,神情异常严肃:"警方提供的案卷,这两个案子有高度相似之处,你都出现在案发地,都是给装扮cosplay的女孩拍照,都有主观性侵的举动……"

鹿晓阳粗暴地打断他的话,怒道:"我给冷夏儿拍照?笑话,难道是我传给蒋钊照片的吗?"

"当然不排除这种可能性,你深夜拦截蒋钊、抢夺手机,很有可能是为了毁灭他手机里的证据。"

"尚雯雯呢?"

"根据警方提供的尚雯雯证词,她从来没有给蒋钊寄过照片。"

鹿晓阳突然意识到自己掉进一个巨大的旋涡中,是什么力量让他深陷于此,他不知道,只能用尽全身的气力,把内心郁结之气用吼的方式发泄出来:"我殚精竭虑地推动这个案子,到头来,犯罪嫌疑人反而是我,请问,我这样做的动机是什么?难道是把自己抓起来?"

"这个问题,并不需要我来回答。"

鹿晓阳憋红了脸,狠狠地盯着钟燃,终于冒出一句:"钟检,这么说你也相信,我是罪犯了?"

钟燃冷冷道:"我只相信证据。"

讯问结束,愤怒不已的鹿晓阳几乎是被民警推搡着,轰出了审讯室。

众人从看守所出来,与社工分开后,一直缄口不言的杏子这才表态:"师父,你刚才在里面,是不是对鹿晓阳有点过于严厉了?强奸案我不敢说,但冷夏儿的案子,我不相信是他干的。"

钟燃点点头,赞同杏子的看法。杏子更加摸不到头绪,疑惑地望着他。

"我不想把真实想法说出来，更不想让鹿晓阳误以为我们是朋友，就可以不尊重证据，网开一面。"

杏子嘴里品味着钟燃的话。

钟燃道："今天偶遇叶律师，反而加重了我对整个案件的怀疑。按照常理，辩护律师理应维护犯罪嫌疑人的合法权益，在案件中寻找突破口，以证明犯罪嫌疑人无罪、罪轻或者减轻，力争免除刑事责任。当事人从成年变成未成年人，对辩护律师是最大的利好消息。就鹿案而言，我们检察院尚存疑点，可是他早已先入为主地确认鹿晓阳就是强奸犯。关注点是如何尽快让其认罪，让案子有结论，提审前还不惜冒着违规风险，有意暗示我。这波操作未免有些心急了，不能不引起我的担忧。"

钟燃的担忧，并非空穴来风，叶安稳是自己高中同桌，朝夕相处，对其性格很了解，嫉妒心强，是个野心和实际能力并不匹配的人物，故此十多年来一事无成。在接风宴上，看得出他为见自己精心准备许久，人的窘迫，从神情和言谈话语中就能感受到，叶安稳郁郁不得志，全部写在脸上。可短短两个月时间，变化太大了，鸟枪换炮，状态发生天翻地覆变化，如果说车还有可能是借来开的，那身高级定制西装，和刚才握手时手腕上亮出来的绿水鬼却很难说，一副穷人乍富的做派。

这背后，到底隐藏着什么？职业的敏感，让钟燃知道事情绝不简单。

杏子坐进副驾驶室，眼神依旧望着看守所高墙，还有些不甘。钟燃看出来了，安慰道："不要担心。在审讯中我所说的，都是依据警方调查，没有带出来检察院丝毫的态度。'相信证据'这句话，是在暗示鹿晓阳，我们费了这么大的气力，把案子重新调回未检，就是要查个水落石出。那个小鬼头……"

第二十一章　依是少年　·249·

钟燃停顿了下,眼睛也望向高墙:"会想明白的。他最大问题就是无法无天,也好,在我们找到证据之前,关在里面静静心,对他未来有好处。"

杏子眼睛骤然焕发出光彩,哧哧笑道:"真没想到,你才是老油条。"

第二十二章

证　　据

1

几日来，未检科的小楼通宵达旦亮着灯。

正值台风登陆，屋外狂风肆虐，屋内一片暖意，利用这几天不方便出行，钟燃和杏子圈在办公室细细研究案情。

"小钟，你这是多少天没回家了？"

周一清晨，老烟推开办公室门，就被屋里的怪味熏得一皱眉，赶忙三步并作两步直奔窗户而去，刚要开窗通风，就被一双纤细小手给按住，杏子蓬头垢面、努力睁着惺忪的睡眼，嘴里念叨："老烟，外面风大，该把整理好的卷宗都吹跑了。"

杏子嘴里的卷宗，把会议桌铺得满满当当。老烟被气笑了，伸出手指头在杏子脑门狠狠一点："真成臭丫头了，你给我睁大眼睛看看，外面还有风吗？"

杏子急忙望向窗外，困意立马消散，欢呼道："师父，台风停了。"

此时钟燃也从椅子拼成的"床铺"上直起身："老烟，这么早就来了。"

"后悔来早了。有这么喝咖啡的，当水喝？点外卖，也记得收拾啊，全堆在这里能没味吗？小钟啊，你几天没洗澡了，那头发，比我孙子漫画书《七龙珠》里的孙悟空都夸张,飞毛扎刺。"老烟嘴里数落着,手里却不停,紧忙着收拾。

"你天天抽烟呛人,我们还没说啥呢。"杏子小声嘟囔。

"真是什么师父,带出什么徒弟。女孩子家也搞得这么邋遢。这是检察院未检科,不知道的以为进了难民营。"老烟掏出钱包,从里面抽出两张红票子,塞在杏子手里,"去,你俩赶紧去马路对面的澡堂子,不洗干净不许回来。这里我收拾。"

杏子顿时眉开眼笑:"谢谢领导关心。"

"快走快走,省得熏我。"老烟把两人推出门外。

等两人洗掉一身倦意,精神抖擞地赶回科里时,屋内早已被老烟收拾得干净利落,此刻正弓着腰,花镜挂在脖子上,摘摘戴戴地看贴在白板上的线索,线索间彼此交叉,用各种颜色水笔标注,配以密密麻麻的文字,如天书般烦琐。看到钟燃回来,忙招呼道:"来,把成果和疑惑都分析出来,三个臭皮匠——顶个诸葛亮。"

见老烟端着大茶缸坐好,钟燃也不推辞:"鹿案和冷案涉及的主角都是鹿晓阳。根据警方的调查卷宗,建议把俩案并案,我俩这几天分析各种线索,得出的结论和警方有些出入……"

老烟顿感兴趣:"哟,仔细说说。"

杏子又推来一块白板,钟燃在白板中间竖着画了一条线,一边写冷夏儿案,一边写鹿晓阳强奸案,并把鹿晓阳照片贴在了线的中间:"我们先说冷案,鹿晓阳是把冷夏儿自杀视频公之于众的发起人,他的动机很好分析,在未检进校园的宣教大会上播出,目的就是引起公检法和社会舆论的关注,在这点上,他成功了。"

"当救援结束,舆论对于这件事的关注逐渐冷却时,他主动找上门,承认是他拍摄的自杀视频,也是他偷偷剪辑进蓝海中学的宣传片里。目的只有一个,再次引起我们关注,不想让冷案沉入海底。"

钟燃拿起蒋钊的照片,贴在冷案的一栏里:"很快,我们就锁定了蒋钊。要不是杏子潜水找到了蒋钊手机，没那么容易给蒋钊摆鸿门宴。"

听到钟燃表扬自己，杏子兴奋得满眼放光，脸颊泛红，老烟心里直乐，看破不说破。

"追悼会后，鹿晓阳抛出了冷夏儿日记，这是案件关键点，从日记里我们知道冷夏儿被性侵并追踪到尚雯雯……不得不说，在某种程度上讲，我一直被他牵着鼻子走。"钟燃很坦诚。杏子把尚雯雯的照片贴在蒋钊旁边。

"蒋钊暗恋尚雯雯，为了取悦她，心甘情愿被利用。据蒋钊口供，是尚雯雯指使他将冷夏儿裸照张贴于学校公告栏，想让其身败名裂。但以尚雯雯的个人条件，她为什么会这么恨冷夏儿？"

"虽然没有证据证明，但以女孩子的视角来看，十有八九是因为情感问题。"杏子适时插话。

钟燃朝着杏子点点头，继续道："救护车上，她的反应是下意识，也是真实的。亲口承认是源自嫉妒，才给冷夏儿拍摄了裸照。我们先沿着杏子的猜想去推测，如果是因为情感问题，她会因谁而嫉妒？以我们对蓝海中学的走访来看，唯一的人选是刘鹰珞。在事发当天，她和冷夏儿参加的就是刘鹰珞生日趴。当然，没有证据前，这只是一种假设。"

杏子早就把刘鹰珞照片拿出来贴在冷夏儿和尚雯雯之间，自己抱着肩膀端详，还自言自语道："以我敏锐的第六感，就是他。"

眼看钟燃就要说自己，急忙摆手："知道啦师父，要证据、证据。"

面对活宝女徒弟，钟燃也没辙，只好继续分析下去："尚雯雯即将说出隐藏在暗影中性侵冷夏儿的嫌疑人，舆论突然铺天盖地袭来，把我描画成一个暴力执法的恶棍，不得不暂时被调离。"

"在医院挑头怒斥师父的，就是刘鹰珞。他那波节奏带得可真呱呱叫。"想起当时的情景，杏子依旧愤愤不平。

老烟口中吐出一沓烟圈："这个刘鹰珞，有点意思。"

"接下来，我犯了一个致命错误。"

老烟眉头一挑："什么错误？"

钟燃把听到自己被调离、鹿晓阳找到自己、主动要当线人的过程陈述一遍，最后道："我不知道鹿晓阳究竟做出什么举动，但不久以后，就出来了他的强奸案……我很懊悔，贪图自己便捷，而把一名少年推入绝境。"

"这是一句懊悔就能解决的吗？"自打认识老烟以来，他从来没有用过这种语气，可以窥见内心已经愤怒至极。

"您批评得是，我会努力把这件案子办完，等尘埃落定，我会向组织打报告，辞去职务。"

"师父，那不是你的错，你是怕我一个人撑不起来，才这么做的。况且，要不是鹿晓阳，如何能打开潘多拉魔盒，让我们看到，这个案件背后还有更多不为人知的秘密。"杏子急于替他辩解。

"不用给我洗白，再怎么说也不能陷他于厄境，毕竟他只是一名少年。"

"既然错，那就将错就错，把案子办好。"老烟伸出一根被烟熏得焦黄的手指，遥指白板鹿案下面一大片空白，"把鹿案说完。"

"是。公安机关抓捕、现场取证、证人证言都无可指摘，我们对鹿晓阳提起公诉也应顺理成章。更甚的是，如果把冷案和鹿案比作两条平行线，那么让两条线交织在一起的人，也是他。"

钟燃转身在白板上写下cosplay、拍裸照、性侵几组字，用箭头都指向鹿晓阳，最终在照片旁画了个大大的问号："这些关键词，两个案子都有。必然会推动公安机关并案侦查，因为，从作案模式到手段，实在是太像了。"

老烟点点头："遇到这么相似的案子，要是我，也会并案。"

"但这里面，却存在疑点。第一，案发时间点很蹊跷，使侦查方向一下子从尚雯雯转移到鹿晓阳身上。尚雯雯随之就推翻在救护车上的说辞，试图摘除自身责任。鹿晓阳一直扮演冷案推动者的角色，如果事实确凿，无形中就斩断了我们的一只翅膀。"

杏子道："尚雯雯与鹿晓阳除了同学关系，几无瓜葛。如果真是鹿晓阳性侵冷夏儿的话，在救护车上，尚雯雯自身难保，何必要替他隐瞒？这太不合逻辑了。"

钟燃赞同杏子的说法："换句话说，鹿案的出现，很大程度上是为了洗白冷案背后隐藏的那个人。"

让尚雯雯缄口不言，适时发动一场阴谋去打击对手，能做到这两点，绝非等闲之辈。三个人彼此看了一眼，答案呼之欲出。老烟老而弥坚，干咳一声："不要怪我给你俩泼冷水，我们可以怀疑，但想要锁定犯罪嫌疑人并提起公诉，一定要事实确凿，证据充分。"

钟燃和杏子郑重地点点头。

老烟又狠狠吸进肺里一口烟，眯缝着眼道："小钟啊，这刚是第一点，说说第二点，你还有什么发现？"

钟燃道："鹿案的受害人周如叶。"

"这个名字听起来有点熟悉。"

"福利姬案，我们放弃起诉的那名未成年聋哑人，就是她。"

"怎么又是她？撤诉后，我们做没做回访？"老烟很感兴趣。

"前一阵子是我去的，只有同租舍友在。谈话间一直给她打掩护，看样子两人都做同一行。"钟燃叹了口气，有点怒其不争的口吻说道，"可她杳无音讯，我怀疑她重操旧业了。"

"那也是她个人的选择，法律可以纠正错误，但改变不了人生。"老烟的话，钟燃和杏子深以为然。

"之前福利姬案，通过周如叶口供可以判定，福利姬这个圈子的防范意识有多强。周如叶与鹿晓阳充其量算是网友，可她却罔顾风险,随意邀约鹿晓阳为自己拍摄裸露照片,还控告其强奸……这不合乎逻辑,除非她有不可告人的目的。"钟燃抛出最后的疑问。

"那就从她入手,找到突破口。"老烟斩钉截铁。

"是!"

2

再次来到鱼嘴岘。

停好车,两人轻车熟路,沿着污水横流的小巷,直奔周如叶出租屋而去。

208室的门开敞着,钟燃正寻思今天运气不错,里面却走出一位老大爷,腰系围裙,手里拿着笤帚。两人一愣,几乎同时出口:"你找谁?"

还是钟燃先反应过来,掏出自己的证件,对老者说道:"大伯,我是检察院的,找住在这里面的姑娘。"

"检察院的?"老者露出狐疑的目光,竟有些不知所措,"我是房东,租客前天退房走了,说是亲哥哥病危,她赶回去照顾。唉,一把鼻涕一把泪说得惨兮兮,我心一软,也没扣她的违约金,把押金都退了。怎么,她惹事了?以后绝不能租给小女生了,本来两位女孩合租,这位摊上官司了,另一个早不知道跑哪里去了,好心没有好报。"

老者捶胸顿足,哀叹流年不利。

钟燃急忙宽慰:"大伯,我们就是过来了解下情况,跟您和房子没关系。"

杏子突然意识到什么,掏出周如叶的照片:"大伯,是她租您的房子吗?"

老者端详下照片:"对,就是她。"

"您刚才说,她说'亲哥哥病危,赶回家照顾',是用嘴说的?"

"不拿嘴说，难道还用手比画？"

"师父！"杏子气急败坏。

回去路上，车内沉闷至极。

周如叶人设完全崩塌，她根本就不是聋哑人。被她骗得团团转，钟燃内心拧巴成团，寻思着下一步该怎么办。打破宁静的是一通来电铃声。是老烟打来的，问他少年文身案店家的联系方式，这是近期未检科接手、提起公益诉讼的案子。联系方式记在笔记本上。

钟燃让杏子从副驾驶的储物箱里取笔记本，过程中，一张名片意外掉出来。是叶安稳的名片，杏子信手捡起，刚想放回去，却被上面的文字惊到。

石屿市安稳律师事务所
律师：叶安稳
电话：137×××××××
地址：鱼嘴岘十二号五弄三号楼203室

"师父！这个地址，就在周如叶出租屋旁边啊！"心情激动之下，杏子语调都有些微微颤抖。

钟燃更不答话，打满方向盘，汽车漂亮地甩尾，重新驶向鱼嘴岘。

203室是上楼后左首第一间屋，屋门紧闭，与右首的208室遥相而望。钟燃先敲了敲门，没有人应答，伸手尝试拧了下门把手，竟然开了。里外两间，根据家具的摆放是里屋睡觉、外屋办公的格局，屋内一片狼藉，可以看出主人对曾经的一切毫不珍惜，大量物品弃之如草芥。

第二十二章 证据

墙面还能看出是曾经挂相框的痕迹，仅剩孤零零一幅，相框里的叶安稳，被几名农民工打扮的人围在中间，手举锦旗，笑容灿烂。

这面锦旗，如今就躺在墙角，被几本书胡乱压着。钟燃俯身拾起，用手把上面的灰尘擦拭干净。锦旗上写着几个大字：法律卫士，社会良心，赠叶安稳律师。下面落款是富阳大厦讨薪民工敬赠。

连荣誉都留在这里了吗？

没容他多想，就被内屋的杏子召唤："师父，你快进来。"

钟燃迈步进入，只见杏子正对着一面墙拍照留存证据。墙面上布满大头钉、透明胶带还有挂在钉子上断掉的红线。虽然被清理过，但从遗留剪报的残角和偶现的文字分析，这面墙曾经密如蛛网，布满无数的剪报和讯息，所有都指向一个案子：冷夏儿自杀案。未检科侦查冷案的无数日夜里，在这个房间，有人在做着同样事情。

钟燃只觉得口中发苦，内心却仿佛窥视到了答案。

叶安稳律所和受害人周如叶的出租房门对门，叶安稳是鹿晓阳的辩护律师……这一切，是巧合还是蓄谋已久？

一连串意外发现，似乎给案子打开了突破口，在未检科白板上，叶安稳的照片被贴了上去。

"双管齐下。"望着叶安稳和周如叶的照片，老烟如是说。

3

明仕花园依河而建，距离市中心的商业步行街仅几分钟路程，可谓闹中取静，是石屿市少有的高端小区。一辆商务车沿着绿树成荫的街道行驶而来，停在小区铁艺镂空大门前。车门打开，尚华倩率先从里面钻出来，香奈儿墨镜卡在额头，一派神清气爽，司机抬起后备厢取行李，她就捏着兰花指在旁指挥着搬运。

车内，尚雯雯挪动着伤脚，慢慢挪到车门边，尚华倩看到，急忙阻止:"哎哟女儿,你老老实实坐着,咱们不差师傅等待这点钱。妈先送一波行李,再回来接你。"

尚雯雯点点头,斜靠在前排皮座椅上,微闭双目,享受这难得的好天气。微风吹拂,空气中似乎飘过桂花的甜香气。

"尚雯雯同学,祝贺你出院。"车外传来清脆女声,熟悉且陌生。尚雯雯急忙睁开眼睛,眼前站立着的女人是李杏子。

"你怎么找到我家的?"话脱口而出,尚雯雯紧接着又揶揄道,"也对,你是检察官,能有什么是你不知道的。"

杏子并没理会她话中浓烈讽刺味道,言语诚恳:"听说你今天出院,我特意赶过去,没想到扑空。还好,能在这里遇见你,面对面把祝福送到。"

"那谢谢了。如果没有别的事,我先回家了。"尚雯雯从车上挪下来,挂着拐杖走进小区大门。很显然,她一刻也不想多待。

"除了祝福我还想提醒,即使未成年,也不要做伪证。"

尚雯雯身形顿住,扭回头神色有些夸张:"谁做伪证了?我说的都是事实,而且跟警方说得很清楚,请不要再纠缠我。"

杏子快走几步,与其并驾齐驱:"我大你几岁,你的顾虑或许我能理解,但在是非面前一定分清楚对错,不要为了掩饰小错误,而把自己置于更危险境地。"

"笑话,我有吗?不要试图给我洗脑了,再重申一遍,我说的都是事实。"为了甩开她,尚雯雯加快了脚步,拐杖支撑着身体,仓皇向前。她的背影看起来楚楚可怜,又滑稽可笑。

杏子提高嗓门道:"检察院已经找到新的线索,很快,一切都会水落石出。"

拐杖的金属头杵在青苔上,人再也拿捏不住平衡,与拐杖一同摔倒在地。杏子想上前搀扶尚雯雯,却被斜刺里冲出来一名小区保安挡在身前。

第二十二章 证据 ·259·

"女士,您是业主吗?"见杏子摇头,保安的语调变得强硬,"我们小区实施封闭式管理,如果不是,麻烦您出去。"

杏子掏出工作证:"我是检察院的工作人员,我想……"

保安礼貌地打断她的话:"不好意思女士,我没有接到上级命令说检察官可以随意进出小区。所以,您是什么身份不重要,重要的是您不是业主。"保安就像一堵逾越不了的高墙,横亘在杏子和尚雯雯之间。

利用这工夫,尚雯雯从地上爬起来,逃难般消失在小区茂盛的植被后面。杏子有些气恼,但又无可奈何,乖乖地在保安监视下退出大门。

保安见杏子就范也就不再理会,转身朝尚雯雯消失的方向跑去。就在转身的一刹那,杏子差点惊叫出声,她看到了保安制服背后,在"名仕安保"几个字样的旁边,是一个英文大写字母 MS 组成的图案。

被钟燃拽下来留作证据的纽扣上也是这个图案。难道袭击者就是眼前这名保安?如果是,为何会替尚雯雯出头?杏子一头雾水。她唯一确定的是:眼下不能打草惊蛇,回去与钟燃商议后,再做决定。

当杏子来电,钟燃正与老烟坐在石屿市中级人民法院,旁听一个经济纠纷案件的庭审,被告是一家名为环净的垃圾处理公司。老烟葫芦里卖的什么药,钟燃一无所知,几乎是被"绑架"来的。两人坐在旁听席的最后一排,直到开庭,见到被告的代理律师叶安稳,钟燃才有些似懂非懂。

"老烟,这个案子和我们有什么关系吗?"

老烟没有直接回答,反问道:"你觉得被告这家公司,隶属于哪个集团?"

"难道是蓝海集团?"钟燃内心一惊。

"回答正确。"

没容钟燃惊愕，老烟又抛出了重磅炸弹："你知道凡涉及蓝海集团的官司，都由哪家律所代理吗？"

钟燃再次摇头，老烟一字一句道："隆德律师事务所，已为其全权代理十余年，处理集团各种纠纷，从未改变过。律所创始人叫李观山，也是杏子的父亲。他可是石屿市法律界的巨擘，Number One。"老烟心情不错，还跩了句英文。

今日方知，杏子父亲竟是如此举足轻重的人物。盘根错节的人际关系，也让钟燃错愕莫名，恍惚间，他感到这座城市的厚度，不是刚回来几个月的自己所能洞悉的。

老烟低声笑道："莫要担心你徒弟，李律师和蓝海集团无非是合作关系，说明不了什么。"

钟燃心绪烦乱，却不是因为这个。几个月朝夕相处，杏子已经在他内心深处扎下了根，或许是爱屋及乌，母亲数落李观山的种种不是，在他意识里总会因为杏子而替李父开脱——他是律师，必然要保护代理人的权益，自己家庭要被波及，也是无可厚非。自己作为一名法律工作者，切记不能被情绪左右……可如今，这种与母亲相同的情绪却抑制不住地袭来。

混沌中，钟燃似乎窥探到问题所在，杏子显赫的家世让自己卑微，这是一种难以逾越的障碍，自尊心又让自己拒绝承认，这种挫败感侵入四肢百骸，有那么一瞬间，钟燃感觉自己像条被浪花推上岸边、裹着泥沙、被烈日炙烤的鲑鱼。

"小钟？"

老烟察觉他的神态有些凝滞，提醒性叫了他一句。钟燃回过神来，尴尬一笑："确实说明不了什么，只是我觉得这一切，有点魔幻。"

"魔幻？"老烟在嘴里反复咀嚼着这个词，突然笑了，用看透一切的表情盯着钟燃，暗示道，"她是她，她爹是她爹，做师父的，这点还参不透吗？"

第二十二章 证据

心思被这老狐狸洞悉，钟燃脸发烧："我们就是同事关系，什么也没有。"

老烟"嘿嘿嘿"笑了，不再揭穿下去，人老了，学会给年轻人留足够的面子。

"既然隆德律所全权代理蓝海集团，怎么还会出现安稳律所？"钟燃脑回路恢复正常。

"这里面大有文章可做。如此规模的企业，不可能轻易更换为自己服务十几年的律师团队，更何况，李观山与刘复舟私交甚笃。被告是处理垃圾的企业，表面看，谁也不会想到它与蓝海集团有联系，可恰恰它就是集团旗下的子公司。你想过没有，为何安稳律所就能从隆德律所手中，分得这块蛋糕？"老烟语速不紧不慢，说出来的话却让钟燃屏气凝神，一个字也不敢落下。

"这是家小公司，油水不大，想必对隆德律所来说只是鸡肋，不想与之争抢还失风度，这是其一。"老烟又朝钟燃伸出第二根手指，"可再细的蚂蚁腿也是肉，没有集团高层的暗示，谅隆德也不会给安稳这个面子。"

老烟朝着钟燃缓缓竖起第三根手指："敢于这么做的，集团内部不超过三个人，刘复舟城府很深，决计不会如此。最有可能的人，就是刘复舟的妻子苏雪妮。若是为保护儿子，如此操作也就合情合理了。之间的猫腻，就靠你继续努力啦。"

这一番分析丝丝入扣，钟燃对老烟佩服得五体投地："老烟，你是怎么知道这几者之间的关系？"

"我在检察院这几十年，难道是白混的？"

"我不是这个意思……"

"反正也快退休了，一天到晚无所事事，就帮你留意下叶安稳这个人。要不是他这么冒进，不会这么快就聚焦在他身上。说白了，是我运气好啊。"老烟说得轻描淡写，可里面涉及的人际关系、组织架构、时间节点等等，整合起来繁杂无比，哪里是运气好，分明是下了很大功夫，才能让自己以逸待劳，站在巨人肩膀上继续前进。

钟燃内心涌起阵阵暖流。平日里晚来早退混日子、一副睡不醒的老烟鬼模样，属实让自己对他有些轻视，碍于级别，不得不向他汇报工作，但心里还是怀有些许不满。放下手头工作来旁听这个案子，很大程度上是顾及老烟的面子。

老烟却用他的方式，为自己打开通往胜利之门。

钟燃内心早已对老烟三拜九叩了，可脸上却不显现出来，朝着老烟伸出四根手指。

"咦？"老烟有些好奇。

"推测终归是推测，作不得数，要想让你前面的三根手指没白白伸出来，就要用证据证明叶安稳和蓝海集团某位高层之间的不正当交易。回到案件本身，以周如叶做突破口，分化他们，各个击破，最终牵出真正罪犯……"钟燃脸上洋溢着笑容，"只有完成这第四点，才能放你回家，安度晚年。"

回答很合老烟胃口，朝他挥挥手："听懂了就赶紧滚蛋。说话算数，我可不想在退休时，这案子还悬而未决。"

钟燃站起身，老烟突然补充了一句："差点忘了告诉你，福利姬案的主犯阿宽被警方抓获，移交检察院批捕了。"

冗长而又无趣的庭审，连同坐在辩护席上的叶安稳，都已被钟燃抛在身后，他转身推开门，大踏步走出法庭。

4

弯月如钩。

黑猫轻车熟路翻过高墙，伏低身形，四肢交替沿着草坪一路小跑，在墙根底下驻足，仰头打量下离地两米多高的铁窗，弓起身，四肢似乎向后移动两步，一个助跑，后腿猛地蹬地，身体如黑色利箭射向窗台。

月光透过高悬的铁窗洒进房间，把黑猫的剪影映在屋内地板上。

房间不大，有十来张铁床，每张床上面都躺着人，睡姿各异，呼噜声此起彼伏。

鹿晓阳的脸隐藏在黑暗中，没有丝毫倦意，目不转睛地盯着窗台上的黑猫。冷夏儿曾经说过，黑猫就像这座城市的精灵，穿梭于广厦之间，无孔不入。每当难过悲伤，它就会出现，默默陪伴着你，抚慰受伤的心灵。

与钟燃会面结束，鹿晓阳心情变得无比糟糕。钟燃冰冷的言语、公事公办的嘴脸，萦绕心头，久久挥之不去。他后悔选择相信钟燃。为了冷夏儿，自己甘当马前卒，给姓钟的跑前跑后。强奸周如叶，这么明显的陷害却听之任之，毫不作为？

识人不善啊，鹿晓阳胡思乱想着，甚至心疼多给钟燃炒饭里加的那几只大虾。

黑猫明亮的眸子在黑夜中闪闪发光，静静望着自己。鹿晓阳从黑暗中直起身、下床，盘腿坐在地板上，让黑猫的剪影笼罩住自己的身体。

"你是那只猫吗？"

黑猫"喵"的一声，似乎是对鹿晓阳进行了回应。

"真是只神奇的猫。"鹿晓阳压低声音，发泄着自己内心愤懑，"在你眼中，我们都是两条腿走路的人类，没有什么不同。实则不然，成人世界和我们泾渭分明，他们表里不一的嘴脸，时常让我们感到恐惧。我今天才理解，为什么冷夏儿宁愿死，也不想再与这个世界沟通了。换作是我，也会那么做……

"还记得钟燃那个人吗？那天天气很好，你趴在检察院的小楼前，在阳光抚慰下假寐。我主动投案，就是希望他能把冷夏儿的案子继续侦查下去，现在看起来，我真想薅光我的头发，不，拔光他的杂毛。这个人内心冷酷，就拿我的案子来说，我是冷夏儿案推动者，怎么可能还去拍冷夏儿的裸照，迷奸她？难道我是贼喊捉贼、愚蠢无知的人？就这么显而易见，他还要证据，一口一个根据警方提供的调查……"鹿晓阳突然顿住了。

他没有表达过自己的想法，只是强调根据警方提供的卷宗，他分明是在暗示我，他会找到证据的……为什么他不直接说出来，难道是怕隔墙有耳，知道他真实想法？杏子姐可信程度毋庸置疑，防范社工大姐？在提审中，自己余光看到大姐在笔记本上偷偷画卡通小人物，那专注度，现在想起来就想笑，这种被动来到看守所监督却沉浸在自己世界里的大姐，绝对是无公害的。

针对叶律师？鹿晓阳摇摇头，也不可能。虽然自己对叶安稳十分不满，作为辩护律师，叶安稳来看守所见自己，总在诱导自己认罪服法，争取从轻量刑。一旦把强奸案承担下来，判不判刑暂且不论，强奸案和冷夏儿案的作案方式和手段极其相似，舆论势必会引导公众把矛头指向自己，那时候才真的是百口莫辩。叶律师做事方式有点奇怪，但他根本没出现在提审现场，何谈回避？

当黑猫都觉得笨、把后背晾给他时，鹿晓阳突然顿悟，用手敲打着自己的脑袋——姓鹿的，你真是个蠢蛋！

钟检进门伊始就表明了态度：不讲人情，只重证据！他把我从成人案子调回到未检，由他亲自主抓，但绝不会因为是我，而有丝毫照顾。话说回来，此君不讲情面，但能拨开迷雾找到真相的人，不就应该是这样的人设吗？自己的选择，看来并没有错。

"真是枚怪叔叔——"想通此节的鹿晓阳没控制好声量，直接笑出了猪叫。

"鹿晓阳，你大晚上不睡觉，撒癔症呢？"同监室友被吵醒，嘟囔了句，又翻身睡去。

第二十二章 证据 ·265·

黑猫扭转回头,眼眸在黑夜中闪闪发光,和声似的"喵"了声,跳下窗台。

此刻鹿晓阳心情舒畅无比。朝空空的窗台一个飞吻,翻身上床,倦意袭来,脑袋刚挨到枕头就沉沉睡去。

第二十三章
如叶未稳

1

三天后。

依照导航提示,钟燃驾车行驶在盘山路上。

从城市钢铁丛林扑进青山绿水,杏子心情格外舒畅。而开车的钟燃,情绪明显一般。

杏子从副驾驶探过半个身子道:"师父,这几天你一直愁眉不展,有什么烦心事,跟我说说呗。"

"我能有什么事,不要多想。"

杏子故意揶揄道:"嘴噘得都能挂油瓶了,还说没有?老实交代,那天你和老烟去了市法院,是不是看了什么不该看的东西,或者是人?"

"叶安稳,就是看他。"

依照往常,钟燃总会把事情的来龙去脉跟她说清楚,今天却惜字如金,唯恐多说一个字。杏子大眼睛眨动,又换了套说辞:"师父,咱们从周如叶那里出来,时间要是早,就去趟明仕花园,那个保安很可疑,你需要亲自会会他。"

钟燃点点头,并不说话。

"昨天我调取周如叶的银行卡记录,发现有两笔金额总计十万元的大额转账记录，时间节点恰巧在鹿案前后，付款人是一家皮包公司，经过排查，公司法人是叶安稳的父亲。叶父是面朝黄土背朝天的庄稼人，实际控制者就是叶安稳。这样的证据都可以传唤叶安稳了，为何还要跑这么远？"杏子鬼机灵，再换套让钟燃不得不回答的说辞。

"不管什么证据，我们都要相互印证，确保准确无误。"钟燃回复的语气冷淡。

杏子："这种强度的工作得把人累死，等回来，我请你吃海鲜吧，听说海港酒家的龙虾最好吃……"杏子垂死挣扎还表现出一副垂涎欲滴的样子，可钟燃目视前方，似乎根本没有听到。

杏子心里藏不住事，干脆直接问道："师父，是不是我哪里做得不对惹你生气了？有就说出来，我不怕挨骂的。"

"你想多了，是我自己的原因。"

就不能多说几句话，透露些信息吗？他这几天的脑子，肯定被雷劈到了。杏子内心气急，却也无可奈何，干脆放弃努力，把自己身体扔回副驾驶座位里，头枕着车窗假寐。

三个小时的车程，在窗外美景的陪衬下，两人却无比沉闷地度过。

钟燃轻推了推副驾驶座上的杏子："醒醒，到地方了。"

假寐的杏子真睡着了，被推醒后睡眼惺忪地直起腰，望向窗外。车辆停在一座小山村前，绚丽的云彩横亘在山巅之上，簇簇村落依山而建，家家户户房顶上升起袅袅炊烟，鸡声犬声，轻然回荡在山谷之中。一层山水一层人，这里看不到车水马龙，听不到人声鼎沸，却怡然自得，令人心旷神怡。

杏子急忙拉开车门跳下来，伸展双臂，深深地吸了口空气，闭着眼睛陶醉片刻，才转回头嫣然一笑："师父，身处诗情画意的景色中，你确定还跟自己生气吗?"

清风徐来,吹乱前额刘海,杏子急忙去撩,纤细的指尖划过肌肤,丝丝秀发在指肚间穿梭,又快速从指缝间溜走,微垂着头,脖颈上细细的绒毛清晰可见,逆光下仿佛被罩上一层淡金色,那瞬间,钟燃竟看得痴了。

杏子察觉到了,脸颊绯红,轻轻喊了句:"师父——"

钟燃意识到自己失态,掩饰道:"胡说什么呢,上山。"转身就走。

"喜欢我还不敢明说,胆怯的家伙。"杏子狠狠白了他一眼,又"扑哧"笑了,听话地跟在后面。

杏子声如蚊蚋,却随着微风飘进钟燃耳朵里,被他听个真切。

我刚才的表现,有那么明显吗……钟燃顿时感觉山谷好似炸裂开来,无数盏刺眼的追光刺破云彩,在山谷中来回游弋。脚下的硬土路也变得如棉花糖般柔软,草棵里的虫鸣变成震耳欲聋的欢呼声,崔健正站在舞台中央,声嘶力竭地嘶吼着《花房姑娘》:

……
我就要回到老地方
我就要走在老路上
我明知我已离不开你
嗷　姑娘
……

"师父——"身后杏子提醒似的叫了声。

"怎么了?"闻声回头,草棵里又恢复了虫鸣,彩云依旧慢吞吞地飘浮在山尖之上。钟燃这才发现,村书记等人已站在杏子身边,自己神游天外,竟不知不觉已经越众而过,走出好几米远。心内大窘,忙道:"对不住啊周书记,我在思考一个案子,没有看到您。"

快到村子时,钟燃才给他拨的电话,周书记急忙赶到村口。他情商很高,笑呵呵解围道:"不妨事不妨事,工作第一位,钟检实在太敬业了,要劳逸结合啊。"

简单寒暄后,钟燃直奔主题:"周书记,周如叶在家吗?"

"前一阵子,确实看到她回来了。只是你们到访突然,我现在不敢保证她在家,要是早点通知我,我倒可以留意着。"周书记说得很客套,话里暗含着不满。

"方便的话,请带我们去周如叶家看看。"

"呃,镇上有个基层会,正好跟今天冲突,要不我去协调下时间?"周书记明显有些推托。

杏子突道:"周如叶的残疾人证,是村里开的证明吧?"

周书记一愣,随手打个太极:"能开出这种证明的,都是镇上的民政部门,村里最多也只是配合。"

"可周如叶不是残疾人,她是正常人。"杏子丝毫没留情面。

"啊,这个——不会吧。"

"我上次来村里了解情况,您亲口说,周如叶之前在镇采石场工作,被山炮震聋了耳朵,村里特事特办,给她申请的残疾人证。"

周书记神情尴尬,急忙替自己辩解:"当时情况确实特殊,他们家是困难户,女儿辍学打工养家,又被炮震聋了耳朵,就是铁石心肠也看不下去,能帮就帮一把,更何况我们还是乡里乡亲的……"

"您还是她堂叔?"

"啊、是啊。"杏子步步紧逼下,周书记冷汗直冒,有些慌张。

瞅准火候,钟燃适时插话进来:"周书记,您的失察并不是我们此行目的,也不想就此揪住不放。希望您好好配合工作,找到周如叶了解真相。"

"一定一定。"周书记赶紧应承下来,扭头跟村会计说道:"你先给镇里打个招呼,就说我要陪市检察院来的领导,晚些再过去。"村会计会意。周书记在前引路,一行人直奔周家而去。

路上周书记不停打感情牌:"如叶那孩子吧,我们从小看着她长大,懂事孝顺,和哥哥感情颇深。如山出事后,所有重担全压在她的身上,出门打工不易,更何况那么小的孩子。"

"周家大人呢?"钟燃问道。

"咋说呢,满堂是好人,就是太老实了些。娶个媳妇还是个聋哑人,日子过得紧紧巴巴,大儿子出事,市里大医院的医药费,哪是满堂两口子能承受的?这不,几年前就把孩子接回来,两口子轮流伺候,在我们村,他家是有名的困难户。我看着如叶可怜,为他们家着想,也就睁只眼闭只眼。家里有两名残疾人,国家给的补贴会高些。"言语中,周书记还不忘轻轻为自己开脱。

过了村委会,沿着青石板路一路向上,再翻过两个坡就是周家。果不其然,走到院门前,院墙低矮残破,一排三间房,外墙的水泥剥落了大半部分,露出里面的砖。院角铁丝网圈起来的地方养着几只鸡,"咕咕咕咕"叫着,给这死寂的地方带来一丝生气。

一名村妇正背对着院门喂鸡。

周书记指了指自己的耳朵,示意两人稍候,自己径直上前,轻拍了下村妇的肩头,周母回头见是书记,嘴里"咿咿呀呀",张罗着要给他搬竹凳。

周书记会简单的手语,跟周母比比画画半响才折返回来:"钟检,很不巧啊,弟妹说大儿子被送去县里的人民医院,满堂和如叶都跟着去了,家里就她自己看家,你们要是想家里转转,随意就好了。"

钟燃朝着周母点头表示谢意,掀开门帘进入屋内。家徒四壁,里面没有一件像样的家具,各种颜色的编织袋把堂屋堆得满满当当,大儿子的床破烂不堪,床腿还用砖头垫着,床上铺着厚厚被子,能证明床主人身份的,是竖在床头铁锈斑斑的输液架和成堆药瓶。随手拿起药瓶，看药名都是市面上最便宜的止疼药、营养药。周家大儿子的病症，只能通过这种方式延续生命，钟燃内心感到不忍，掏出钱包，抽出一千元钞票，杏子也是同样心思，两人合计把两千元钞票塞进周母手中，示意她收下，给儿子买些营养品。

周母双手接过，"咿咿呀呀"说不出来话，感激之情却表露无遗。

2

县城不大，横竖两条大街，很容易就找到了人民医院。

重症监护室在三楼，钟燃和杏子拾级而上，在二楼拐角处正巧遇到拎着空暖壶下楼的周如叶，不施粉黛的她，模样很是清秀。

见到两人，周如叶神色有些慌张，刚要伸手比画，钟燃道："不用演了，我们知道你不是聋哑人。"

周如叶一时怔住，见两人表情，知道西洋镜被戳穿，轻轻道："对不起，是我骗了你们。带走我之前，请允许我跟哥哥道个别，他病得很重……等我回来，恐怕再也见不到他了。"

杏子道："我们今天来，并不想抓你回去，只是有几个问题需要了解。"

周如叶生怕对方反悔似的，忙道："只要让我留在哥哥身边，我愿意配合。"

"同租室友紫霞，有没有将钟检回访的消息，传达给你？"

周如叶点头承认："是我疏忽了，对不起。"

"据邻居反映，你昼伏夜出，经常带陌生男人回家，鉴于此，能给我们一个合理的解释吗？"杏子咄咄逼人。

周如叶自知理亏，在质问下低头不敢直视。

"你的舍友呢？"

"说是家里有事，退出这个圈子，还删除了联系方式。"这个圈子指的是福利姬,周如叶又苦笑了下,"可能是攒够了钱,跳出火坑了吧。"

室友的行踪仅仅是个开场白,杏子道出此行的真正目的:"关于鹿晓阳强奸未遂案子,我们想再听听受害人你的陈述。"

周如叶猛地抬起头,有些不解地看着两人:"你们是未检检察官,怎么会管这件案子?"看来她并不知道内情。

"鹿晓阳未满十八岁,案子归我们管辖。"

原来他是未成年……愧疚的念头一闪而过,周如叶道:"呃,事情经过,我都已经跟警方录过口供……"

"我们想听你自己说。"

"我在网上认识了鹿晓阳后,邀请他给我们拍摄视频,我先到的酒店,别的人还没来,就邀请他先给我拍摄几张照片,谁想到在拍照过程中,他突然把我衣服撕开,要强奸我……"

钟燃冷眼旁观,周如叶的动作和微表情出卖了她,很明显这套说辞,是她打了无数遍腹稿的产物,说起来流畅至极,没有丝毫停顿。

两个人默契至极,一个眼神,杏子已然明白,挥手打断周如叶的"背诵",冷冷道:"这个版本听得耳朵都磨出茧子,我想知道另一个不为人知的版本。"

周如叶故作惊讶状:"检察官姐姐,我听不懂你在说什么,事实只有一个啊。"

"还记得当时在看守所,你怎么说的?我可以帮你回忆下,'这个圈子非常私密,除了福利姬流动性大一些,管理者、司机、保镖、摄影师,人员都非常固定,很少变换'。阿宽已经被警方抓获。他的口供,这点与你相同,福利姬所用摄影师都是专属的,绝无可能从网上去随便搜寻一个。除非……你另有目的。"

周如叶极力不让对方看出自己情绪波动:"我能有什么目的?这次……只是单纯看他拍摄技术好,就动心了。"

杏子并没有理会："你和叶安稳,什么时候认识的?"

"叶安稳?"周如叶装作一副不认识的样子。

"他是律师,律所地址在鱼嘴岘十二号五弄三号楼203室,你住208室,确切地说,你们俩是邻居。"

"好像是有一家律所。检察官姐姐,不怕你笑话,我的工作性质很少能与邻居们碰见。即便见面也不会说话,更不要说交往了。"

"那我帮你回忆。"杏子把转账记录取出,递到周如叶面前,"这是从银行调取你银行卡的转账记录。用红色笔标注的这两笔金额总计十万元,是通过一家公司转账,这家公司的实际控制人是叶安稳,时间节点在强奸案前后,叶安稳又恰恰是鹿晓阳的辩护律师,针对这些,你觉得有没有必要,重新讲述一遍事实?"

一语中的。

"叶安稳……我想起来了,听说我哥哥病了,就借钱给我看病。"大势已去,周如叶做着徒劳挣扎,可说出来的话恐怕自己都不相信。

"谁会忘记借自己十万元的恩人?不要再狡辩了。周如叶,我必须郑重告诫你,越早说出真相,对你和你身后的人,都是一种保护。"

周如叶无话可说,唯有沉默来应对。杏子又换了种态度,推心置腹道:"你还年轻,不要因为一时的意气用事,毁掉自己前途。"

周如叶苦笑着摇了摇头:"像我这样的人,命运在出生时就已经注定了,哪有什么前途可言?"

"你怎么能自暴自弃呢?"杏子有些气结。

钟燃敏锐察觉到她内心防线有些松动,忙用眼神制止杏子,温言道:"从善意的角度去理解,你付出这一切的初衷,是为了家,为了救哥哥。在陌生城市举目无亲,用弱小肩膀扛起一个家庭重担,凭这点,在我心中你永远都是个好姑娘。"

周如叶双手抱膝,披散长发遮住脸颊,只能见她的肩膀在轻微抽动。少顷,才抬起头,轻轻拭去眼角的泪水,凄然道:"谢谢,可我现在需要的不是理解。你们说的那些我解释不了,叶安稳是借钱给我哥看病的人,我能告诉你的只有这句话。如果不打算带我走,那就先告辞了。"

周如叶站起身,拎起暖壶就要走,楼梯上方传来一声中年男声:"女儿,先不要走。"

周如叶脸色变得刷白:"爸,你怎么来了?"

"你打开水的时间有点长,爸不放心,就出来看看。"周满堂端详两名检察官,最后目光落回到女儿身上,目光中充满心疼。

"爸,这里没有你的事。"

"刚才你们说的话,爸都听见了。乖女儿,是爸爸对不起你。"

周如叶情绪突然爆发出来:"现在说这些有什么用,我的事不用你管,赶紧走。"

周满堂脚步纹丝未动,一脸柔情望着女儿:"是爸爸没出息,一直以来都是你在保护着这个家庭。今天,就让爸爸也出息一回,来保护你。"话音未落,周如叶眼泪就不争气地涌出来。急忙转过身去,把后背对着众人。

"叶子,你手头不宽裕。如山病情突然加重,你立马就寄回家十万元钱。爸爸害怕这钱来路不明。可又心存侥幸,万一是你攒的呢?就这么拖着……"如山是周如叶的哥哥,周满堂痛心疾首,"错都在爸爸,早该提醒你。乖女儿,这个钱咱们不要!"

最后的一句话,周满堂说得斩钉截铁。

"不要?不要拿什么救我哥?你只有这么一个儿子,把哥治好了,才能顶门立户,咱家才不会被人笑话。"

"傻丫头,爸爸还有你啊。受了这么多的苦,爸爸不会再允许你为了如山,把未来幸福都搭进去。你比一百个、一千个儿子都好,做你的爸爸,是我的福分啊。"周如叶一直以来,都认为爸爸重男轻女,自己为哥哥付出是理所当然的,父亲发自肺腑的一席话,让她彻底破防,"哇"的一声,蹲在地上号啕大哭。

杏子心下恻然,俯下身,轻轻拍打她的后背,低声安抚。

好一会儿,周如叶才擦拭眼泪,认真道:"爸,从小你就教育我和哥哥,做人要知恩图报,我不想做一个忘恩负义的人。"她内心很挣扎。

"叶律师的恩情,我终生难忘。但这也不能成为要挟我女儿铤而走险,去陷害一个无辜少年的理由。"

"他没有要挟我……"

"来之前,我们专门从本院和当年下达判决的法院调取了周如山刑事及民事案件的档案卷宗。"周家父女噤声,吃惊地望着钟燃。

"刑事上,对被告人的证据收集,公诉机关做得翔实充分,判决结果量刑适度。民事上,叶律师确实为原告方争取了丰厚的补偿。但是……"钟燃话锋一转,"作为律师,为当事人争取最大利益,这本身就是他的义务,更何况在一个事实清晰、证据确凿的案件上。"

周如叶:"可他为了我们的案子,被打折一条腿。"

"我和叶律师还有一层关系,想必你们不知道。我俩是高中同桌,关系非比寻常。我从省院调回到市院未检科,老同学们给我接风,叶律师也在其中。我当时发现他跛足了,问其原因,他的解释是深夜醉酒回家被人抢劫,迷糊中反抗被打断了腿,好悬没把命搭上。几个月后,抢劫他的人也被抓获。"

周如叶几乎是脱口而出:"叶律师亲口说的,他没有骗你?"

钟燃点点头:"我内心一直有个疑问,你和叶安稳是两种人,本无交集,为何能走到一起?仅是出租房的邻里,说明不了什么。直至看到周如山案宗,知道律师是叶安稳时,我才豁然开朗,你们早在几年前,因案件相识,是如山的案子打动你才甘愿充当叶律师马前卒。这个问题我思考很久,如山案的民事诉讼判决时间,与接风宴上叶安稳说自己腿断的时间,几乎吻合。那么,有没有他利用腿断博取你们同情心的可能?"

周家父女屏气凝神,竖起耳朵,一个字也不敢落下。

"为此,我特意去到公安局刑侦大队查询案底,果不其然,叶安稳对我没有撒谎。半年后,警方在破获一起特大入室抢劫案、审讯犯罪嫌疑人时,顺藤摸瓜查出当年的劫案,犯罪嫌疑人用棍棒打断他的腿,并抢了钱包里所有现金和银行卡。

"调取当时银行自动提款机的监控记录,取走叶安稳卡内现金的人,虽然经过化装掩饰,但是从身形体态等判断,确认是警方抓获的犯罪嫌疑人。警方有记录显示,当年已经通知当事人,也就是叶律师。"

周如叶感到口中苦涩无比:"叶律师的跛足,和我哥哥的案子,没有直接关系?"

钟燃不想伤害对面年轻女孩的心,但也必须把事实说出来:"没有关系。"

"他一直在骗我。"

"当年深夜遇袭,我相信叶律师也认为自己是被被告报复,抢劫钱包无非在掩人耳目。只是他知道事情真相后,却选择利用你的感恩之心,而不是告诉你。"

静默了有半分钟,周如叶突然长吁口气,如释重负般笑了笑:"谢谢你钟检,我身上那道无形枷锁终于被解开了,这种轻松的感觉真好。"

周如叶再无犹豫:"我想把知道的真相,都讲给你们听。"

"真相是把双刃剑,有可能会波及你。说之前,我希望你能知晓。"钟燃善意提醒。

"自己犯的错误,理应承受。"周如叶一脸平静。

第二十四章

心中有鬼

1

这几日,尚雯雯心神不宁。

躲避杏子摔了一跤后,这种感觉就愈加强烈。右眼皮使劲地跳,"左眼跳财右眼跳灾",为此她特意在右眼皮上贴了白纸,取谐音"白跳"的意思,效果却适得其反,跳得越发厉害了。

推门进入母亲在家中设立的佛堂,试图寻求内心平静,作为无神论者,之前从没进来过。屋内飘浮着浓郁的藏香味道,墙上挂着幅四臂观音的唐卡,上师照片摆在条案上,电动转经筒不间歇地旋转,地板上一个蒲团,再无他物。母亲又去敏婶家打牌,家中无人,尚雯雯按下音响开关,静静地坐在蒲团上,闭上眼睛,收敛心神,尽量放松身体。

佛乐伴随着喇嘛的诵经声萦绕在耳边,身体像是被注入了氢气,逐渐变得轻飘飘,站起身推开房门,外面是一条走廊,两旁无数房间,红男绿女进进出出,光怪陆离的光效映射在磨砂玻璃上,不时还有晃动的人影贴附上来。迎面走来的女生是小月和小梅,她忠实的两位跟班。尚雯雯兴奋地打招呼,可两人谈笑风生地从身边经过,对她视若无睹。不仅如此,她就像是隐形人,所有人都忽略了她的存在。

正不知所措时,远处一个帅气身影朝着自己招手,那不是刘鹰珞吗？这条该死的走廊，还得靠他来拯救我。尚雯雯心花怒放，飞一样扑了过去。没等她到身前，刘鹰珞就推开房门，闪身进入。

尚雯雯跟着闯了进去，就像闯入一片白色世界。只有冷夏儿穿着红色长裙端坐沙发上，正笑吟吟望着自己。白色映衬中，那一抹红分外扎眼，像极了血管里的鲜血。

刘鹰珞站在沙发后面，双手轻搭在冷夏儿肩头。

"你是我男朋友，怎么可以这样……"尚雯雯伸手戟指刘鹰珞，却发现两个人的目光，都死死盯住自己伸出的手掌。

手掌中的手机屏幕亮着，录制键在闪烁。

"不是这样的，我没有录你们……"尚雯雯急忙把手背到身后，徒劳地解释。

冷夏儿笑了，缓缓站起了身……与此同时，房门被大力撞开，狂风呼啸着席卷而入，墙壁如纸撕裂般散开。同样裂开的还有刘鹰珞，英俊少年化作千万尘埃。

尚雯雯惨呼一声，紧闭眼睛不敢再看。

"这一切，都是因为你。"冷夏儿的声音缥缈不定。

"不不不，不是我……对不起夏儿，我不是故意的，求求你放过我。"尚雯雯双手抱头，蹲在地上哀求。

风声渐渐淡了下来，直到再也没有了声息。

"雯雯，你怎么蹲在这里？"

是小月的声音，对，一定是她来救我了。尚雯雯唯恐错失这个机会，急忙睁开眼睛，发现自己正蹲在洗衣房的外间，小月和小梅，还有自己的几名小伙伴，都围拢在身边。

红房子，终于到了自己的地盘。

尚雯雯放松下来，站起身，擦拭一下额头的汗水，随口问道："冷夏儿呢？"

"她从那里跳下去了。"小月指着水池。

话音未落，池内变成了波涛汹涌的大海。浪头拍打着水池墙壁，激起数米高的浪花，溅了尚雯雯一身。

"哎呀。"尚雯雯惊叫一声，急忙低头查看被弄湿的衣服，红彤彤一片，溢在地板上的水也都变成了红色，分不清是地板的红漆，还是血水。

尚雯雯像只受惊的兔子："小月、小梅，我们赶紧走。"

哪里还有小月小梅，围拢在身边的小伙伴，都变成了红色连衣裙的冷夏儿，长发遮面，浑身湿漉漉的，像是从海底冒出来的贞子。

尚雯雯用尽生平之力发出嘶吼，却如鲠在喉，发不出一丝声音……

不知道过了多久，尚雯雯才被手机铃声叫醒。躺在木地板上，房间里飘荡着喇嘛诵经声，一切照旧。原来是一场噩梦，坐起身擦拭下额头汗水，不知道自己什么时候睡着了，苦笑着摇摇头接起电话。

"雯雯，你什么时候来上课啊，我们都想死你了。"电话那头，传来小月的声音。尚雯雯这才意识到，从医院回到家，她已经快一周没去上课了。

"我刚才做梦梦到你和小梅了。"

"快说，梦见我什么了？"

梦细思极恐，尚雯雯不想回忆，就岔开了话题："明天都洗好了在铺位上等我，我把你们一个个吃掉。"

电话那头顿时响起女生们叽叽喳喳的嬉笑声："不用等明天，现在就洗好啦。"小梅的声音传来，看来她一直在旁边偷听。

尚雯雯感觉好多了。天天在家憋着容易胡思乱想，不如去学校和同学们厮混。我就要重新开始了，冷夏儿，在梦里，希望这也是我们最后一次相见，就此永别吧。

永远写不完的复习题，永远排不完的食堂长队，永远熄灯后比海鲜市场还要吵闹的女生宿舍……离开一个多月，回归学校这种痛并快乐着的单纯生活，让尚雯雯感到莫名充实。

一切似乎都没有变。

眨眼十天就过去了，在学校里，尚雯雯有了更让人羡慕的新身份——刘鹰珞女朋友。她也渐入佳境，还把梦魇编成鬼故事，熄灯后讲给同宿舍女生听，在一片尖叫声中，她内心的恐惧被冲淡、消退了。

她再也没有梦到冷夏儿。

2

一堂畅快淋漓的舞蹈课，尚雯雯跳得浑身是汗，与队友分手后，径自去学校浴室洗澡。今晚和刘鹰珞约会，烛光晚餐，她可要把自己打扮漂漂亮亮的。

从浴室出来，天已近黄昏，同学们大都会聚在食堂，校园内小路几乎没什么人。洗衣房离浴室不远，每次洗完澡出来，她都会先去洗衣房把脏衣服洗掉。今天也不例外，哼着歌、步履轻盈地走进红房子，掀开自动洗衣机的滚筒，把脏衣服一股脑地扔进去，设定时间，投币。距与刘鹰珞约定的时间还早，干脆坐在洗衣房木长椅上，边等待边刷手机。

三三两两的同学进出洗衣房，很快就剩下她一个人。

低着头，被手机里面搞笑视频逗得咯咯笑，一抹红色从她脚尖前划过。起初她并没有在意，脑海中的记忆碎片却自动组合起来，红房子、红色的裙子，难道还有……

尚雯雯"啊"了声，抬起头一瞬间，看到一个熟悉的身影，穿着红色长裙，长裙虽然和自己梦里面的不同，但这个背影太像了。

"冷夏儿？"

红衣女孩已经走到了外间的水池旁，听到召唤，缓缓地转回身来。顿时，尚雯雯被吓得魂飞魄散，那张脸，不是冷夏儿是谁？！

"冷夏儿"脸上没有丝毫表情，冷漠道："想看我怎么死的吗？那就看个够。"这声音如同从冰缝里钻出来，寒冷刺骨。说完，"冷夏儿"站到了水池边，身体直直地栽进水里，溅起大片水花。

"鬼、鬼啊——"尚雯雯尖叫着，抱头疯也似的逃出红房子。小路上迎面走来一个人，她就像见到救星，脚底跟跄着就扑了上去，紧紧抱住来人大腿，语不成声道："快救、救救我啊。"

腿打着战，瘫软在地。

"这不是雯雯同学吗，你怎么了？"头顶声音很熟悉，尚雯雯抬起头，一张面孔映入眼帘，鹿晓阳正似笑非笑地望着自己。

尚雯雯如坠迷雾，一时间分不清哪是现实，哪是梦境，喃喃道："怎么是你，你不是强奸……"

"我是强奸犯还敢抱着我，不怕我把你……"鹿晓阳故意朝她一龇牙，吓得尚雯雯急忙缩回了手。

"你没听说吗，我被人陷害了，幸亏检察院明察秋毫决定不起诉，撤销案件。今天我回来上课了。"鹿晓阳说到"陷害"时，特意加重了语气。

"喔，那挺好的，恭喜你啊。"尚雯雯下意识有些躲闪。

"这案子狗血程度，都能写部电视剧了，你能想象，是我辩护律师给我挖的坑吗？"鹿晓阳盯着尚雯雯，话里有话，"他已经被警方控制，不久就会把幕后操纵者供出来，我要亲眼看着这些坏蛋被绳之以法。"

尚雯雯面如死灰，内心怦怦狂跳，朝鹿晓阳尴尬一笑，转身就想走，却被叫住。

"雯雯同学，你刚才疯也似的从洗衣房跑出来，发生了什么事？"

"啊，没事，刚才是我看花了眼。我有些头晕，先回宿舍了。"等不及回复，尚雯雯逃也似的离开。

望着尚雯雯背影，鹿晓阳坏笑起来。

3

头发都顾不上吹干，尚雯雯急慌慌地把刘鹰珞拉进一间小咖啡馆。

"发生什么了，这么火急火燎的？"刘鹰珞爱惜地摸了摸她的头。平时尚雯雯很喜欢这个亲昵举动，现在却毫无心情，轻轻躲闪了下。刘鹰珞识趣地收回手，目光炯炯地注视着她。

"我看到鹿晓阳了。"尚雯雯开口道。

"咦？"

尚雯雯把经过简要叙述一遍，还把杏子检察官找到自己的事都说了，最后埋怨道："都怨你，当初鹿晓阳出事，你就让我什么都不要承认，警方自然会把他和冷夏儿的案子联系在一起，这可倒好。"说着话，还偷偷瞥了刘鹰珞一眼。

鹿晓阳因强奸未遂被警方控制，刘鹰珞千叮咛万嘱咐，挑明让自己不承认当时在救护车上说的话，他自有安排。自己慑于刘家强大，又心存侥幸，听从了他的建议。尚雯雯心知肚明，鹿晓阳被抓一定和眼前的大男孩脱不开干系。见他不说话，又追问道："接下来该怎么办？"

"接下来吗……"鹿晓阳这么快就出来，这可是意料之外的状况，刘鹰珞心乱如麻，一时间也没了主意，不想被尚雯雯看出来，说得含糊其词，"我会想办法的。"

"如果鹿晓阳的辩护律师真说出点什么，会不会影响到你？"

刘鹰珞无从回答。那天母亲回来，受不了自己的软磨硬泡，把在

第二十四章　心中有鬼　·283·

鱼嘴岘与叶安稳达成的协议,和盘托出,他这才知道自己还有个远房表舅。后续叶安稳实施的计划,他也都从母亲那里获悉。

母亲专门从教导处韩松博那里调出来鹿晓阳档案,令人惊讶的是,鹿晓阳竟然年满十八岁了。当母亲把这个情报告知叶安稳时,他如获至宝。叶安稳最忌惮钟燃。冷案中,鹿晓阳与其有很深的接触。无论自己怎么设计套路、捏造罪名,钟燃都是横亘在前的巨石,绕不过去。现在就顺理成章了,鹿晓阳作为成年犯罪嫌疑人被移交检察院,自然不会落到未检科手里,也就巧妙地绕开了钟燃。

天赐良机,能不让叶安稳兴奋?

为此,叶安稳专门设计了场"仙人跳"的骗局,引诱鹿晓阳上钩,再报警现场抓奸。与冷夏儿案相似的作案方式,当晚鹿晓阳出现在夜色 KTV 的监控……这些证据,都会推动公安机关并案侦查。冷夏儿已死,证明鹿晓阳是冷案的犯罪嫌疑人很难,但把水搅浑却变得很容易。

一旦鹿晓阳因强奸罪被抓,叶安稳就会主动申请做他的法律援助律师,堂而皇之接近他,再软硬兼施,伺机说服他签署认罪协议。只要他签字,整个移花接木的计划就宣告完成,冷夏儿案的锅,将会全部扣在鹿晓阳身上。

眼瞅着天衣无缝的计划一步步实施,即将完美收官时,船却意外翻了。

他的沉默,让尚雯雯更慌了:"鹰珞,我真的有点受不了,这段时间总梦见冷夏儿,跟索命鬼似的,缠住我不放。就在黄昏时,我还在洗衣房看到她。"

"不要害怕,那只是幻觉。"

"可我能感觉到,从她身体散发出来的温度,是那么真实。"

刘鹰珞无心继续耗下去,只想赶紧回家与母亲商量对策。于是道:"你现在最需要休息,回家洗个热水澡好好放松下来。多休息几天也没关系，学校这边有我呢。"

"我不想一个人在家，那样我会疯的，我只想和你待在一起。"尚雯雯头摇得像拨浪鼓。

刘鹰珞心里突然涌起一股没来由的厌恶，语气加重了些："雯雯，听话，回家去。"

尚雯雯咬着嘴唇："鹰珞，要不，我们去自首吧。"

"什么？"刘鹰珞被吓得不轻。

"这个问题我考虑了很久。冷夏儿跳崖自杀，有其自身原因。我偷拍了她裸照，除了分享给蒋钊，并没有向外传播，蒋钊尚且没事，何况我呢？"尚雯雯一副认真的模样。

见刘鹰珞没有答话，就自顾自地说了下去："你就说冷夏儿酒后乱性，主动勾引的你，反正死无对证。咱们再充分利用下未成年人这道防护墙，没有证据他们更不敢拿你怎么样……"

没等说完，刘鹰珞就粗暴地打断，低声咆哮道："够了，我不可能去自首。我的人生早就规划好了，不可能有污点。"

说话声音稍微大了些，引得旁边客人侧目。尚雯雯急忙送过去一个甜甜的微笑。

"你在意，难道我不在意？除非你能告诉我，有更好的解决办法。"尚雯雯停顿了下，刁蛮脾气涌上来，不管不顾道，"你不去我去，把这些都说出来，心魔也就消散了，不像现在这样，整天提心吊胆的。"

她只顾着宣泄情绪，并没有留意刘鹰珞的神情变化。

眼前的女孩子必须先稳住，不然后果不堪设想。刘鹰珞赶紧变换套路，无比真诚地道："雯雯，你是我女朋友，不管发生什么我都会首先保护你，这点毋庸置疑。自首很容易，但我想找到最利于我们的方式。"

这句话很甜很及时，瞬间安抚了尚雯雯烦乱的心："鹰珞，我也

第二十四章 心中有鬼 ·285·

不想这样，只想与你好好谈朋友，结伴去国外读书。求求你，快点找到解决方法。"

"放心，我什么时候让你失望过？"

"要不给你一周时间？"

刘鹰珞转了下眼珠，试图继续安抚："这段时间你经历了太多的事，让你焦虑，我想我们可以……"

尚雯雯内心突然有些烦躁，打断道："就这样吧，一周。"

刘鹰珞无奈，点头应允。

第二十五章

斩 大 龙

1

与周家父女分别后,钟燃驾车行驶在回石屿市的高速上。

车内两人又恢复到来时状态,谁也不开口说话。这里面有杏子故意的成分,她使起小性子倒要看看,自己不主动挑起话题,钟燃能坚持多久。可没过多久,自己就忍耐不住了,干脆放大招,嘴里哼哼起了《花房姑娘》:

……
我明知我已离不开你
噢 姑娘

还特意把"姑娘"两个字咬得很重,这招果然起效,余光偷瞧钟燃,神色尴尬至极。杏子内心大乐。旋律刚起,钟燃就知道早些时候自己无意中哼唱的歌被听个正着,此时哼哼起来,别有一番用意。

真是个鬼丫头!钟燃内心感叹,话匣子也自然而然打开:"谢谢你杏子。"

"谢我什么?"

"周家父女听到你要帮着联系市三甲医院的主治大夫,别提多高兴了。"

"那也应该是周家感谢我,你谢我什么?"

"呃……感谢你的古道热肠吧。"

"这是本姑娘天性使然,就没有别的了?"望着钟燃一副呆子形象,干脆把话挑明,"师父,你是不是喜欢我?"

行驶在高速上的汽车突然来了个轻微漂移,吓得杏子赶紧抓住副驾驶扶手,眼睛却瞥向驾驶座上的钟燃,竟如喝醉了,脸色泛起微醺的粉红。

钟燃意乱情迷,不知道该怎么开口,双手紧紧握着方向盘、目不斜视,似乎只有这样才能稍稍舒缓内心泛起的波澜。一切都安静下来,一男一女一车一路,犹如一幅留白的水墨画,空气中弥漫着丝滑甜香,莫名地令人浮想联翩……微妙的氛围,却被一个电话击碎。

电话那头李母告诉女儿:父亲突发性心肌梗死,已经被送往医院抢救。

父女俩感情甚笃,父亲是自己成长道路上的灯塔,杏子情绪瞬间失控,恨不得立刻就能飞到父亲的病床前。钟燃深知此事非同小可,一路打着双闪,飞驰电掣地赶到石屿市第一人民医院。

没等车辆停稳,杏子就拉开车门跳下去,向急救室狂奔。怕她出事,钟燃跟在身后寸步不离。

急救室外,杏子见到了焦急万分的母亲,详细询问事情的前因后果。母亲对具体细节还不清楚,只是接到医院打来的电话,就火急火燎地赶过来。

钟燃让杏子陪着母亲,自己买水、取化验单、交押金,安排得相当周到。他的体贴让杏子很有安全感。

以至于母亲询问时,杏子嘴角不由流露出笑意:"对,他就是我经常跟你说的钟燃。"

相由心生,这丝甜蜜味道,被母亲敏锐察觉到,正好钟燃买水回来，趁机上下打量。钟燃哪会料到身旁有一束丈母娘审视女婿的目光袭来，自如地把水递给杏子，还顺手把瓶盖拧开。杏子很自然接过，看也不看就往嘴里灌。

相貌英俊、行动敏捷，浑身上下散发着阳刚之气，李母感觉很满意："杏子的领导，让你忙前忙后，实在是对不住了。"

"伯母哪里话，杏子不是外人，这些都是我应该做的。"

"不是外人"几个字飘进耳朵，让杏子心花怒放。

急救室的门打开，几名医生鱼贯而出，众人急忙迎上前去。李母迫不及待发问："张院长，老李他情况怎么样？"

"嫂子放心吧，观山幸亏被发现得及时，没有耽搁病情，支架手术做得很成功。卧床休息两周就好。"张院长是李观山挚友，被120送到医院后，亲自赶过来做手术。

"太好了，太好了。"李母喜极而泣。

特护病房内，李观山还在沉睡，闻讯赶来的同僚已经来了好几拨，都被杏子以家父刚做过手术，需要安静婉拒。钟燃见事情趋于稳定，再待在房间里不太合适，悄声征求杏子意见。

杏子白了他一眼："你又不是外人，回避什么。"

钟燃倒也不坚持，留了下来。

整个下午的时间似乎变得很慢。杏子和钟燃静静地坐在沙发上，谁也没有开口说话，与车上的静默不同，此刻无声胜有声，一个眼神、一抹微笑，彼此都在享受这种无言的心灵碰撞。

钟燃也有充足时间能近距离地观察李观山，这位在律师界叱咤风云的人物，国字脸，两鬓斑白，鼻挺口阔，即使在沉睡中，也散发出一种不怒自威的气场。

病床上的李观山轻哼了一声。

"爸，你醒了啊。"杏子扑到床前，拉住父亲的手。

李观山睁开眼睛打量四周，目光划过妻子和女儿，最终停留在钟燃身上，露出疑惑的神色。

杏子语调欢快："爸，他就是我师父钟燃。"

李观山点点头，钟燃这个名字，女儿不知道在他耳边念叨过多少回，听都听出茧子。朝女儿挥挥手："把床摇起来。"

杏子有些犹豫："医嘱让您卧床休息。"

"你爸身体是铁打的，贵客在，赶紧地。"李观山是退伍军人，即便重病在床，说出来的话也底气十足、不容置疑。杏子也不矫情，父亲让做自己就来到床尾，用摇把把床摇起来。

终于可以平视，李观山仔细端详钟燃，内心已有计较，温言道："钟检，听杏子说，你放着省院检察官不做，主动调回到市院未检科，可是为了什么？"

杏子没想到父亲的第一句话，竟然是这句，有些诧异。

钟燃谦逊道："父母在不远游，老两口身体不好，我离得近也便于照顾。"

"你可有一个弟弟，叫钟意？"

钟燃点头称是。

"你从省院调回来，有没有因为弟弟当年的事？"李观山直言不讳。

"爸，怎么上来就聊正事。"杏子急忙轻声提醒父亲。

"伯父，准确地说没有。毕竟是十年前的旧案。"没想到李观山如此直率，跟自己提及往事，钟燃稍感意外，进而坦荡说道，"可我回来后，发现一些蛛丝马迹，让我对弟弟当年案件定性有所怀疑，目前我还在了解阶段，无法下结论。"

怎么我身边的男人，除了工作就不会聊点别的？杏子朝着钟燃递眼色，意思你找个理由先撤，父亲刚醒，不是聊这个的时候。

钟燃会意，刚想说几句告辞的话，李观山发话了："钟检，你可知道，当年你弟弟钟意的案子，我是原告的代理律师？"

杏子大惊失色，没想到父亲竟然和钟家有这么深的渊源，一时间不知道怎么办，紧张地望着眼前的两个男人。

"我知道。"看来这个话题不聊清楚，李观山是不会罢休的，钟燃不卑不亢，"我还知道拜您所赐，我父母欠下了一屁股债，用尽后半生之力才勉强偿还清。"

"啊？！"杏子眼睛顿时充满泪水，有些幽怨地望着父亲，"爸，你怎么能这样？"

"杏子，这不能怪伯父，他只是尽了一名优秀律师应尽的责任。站在客户角度，维护客户最大利益。"

杏子一脸愧疚，泫然欲泣："师父，你真的这么想吗……"

李观山："钟检，你真的不恨我吗？"

父女俩几乎同时问了出来。

钟燃正色回道："作为父母的儿子，我当然恨你。但作为一名法律工作者，我恨不起来。"

"哈哈，好一条爱憎分明的汉子。"李观山朝着钟燃点点头，一时间竟有些激动，"我曾以为你做杏子师父，是要伺机报复我，向我讨回公道。嘿嘿嘿，是我小人之心了。"

"爸，你早就知道，为什么不告诉我？"杏子气急。父女俩无话不谈，未检科发生的事，尤其是钟燃的事，杏子从不避讳父亲。

"原谅爸爸，是我疑心重了。"李观山摇摇头，苦笑道，"在识人上面，爸爸不如你。"

"伯父，请您放心，我们家和您的恩怨，我绝对不会投射在杏子身上，她在我心目中，不仅是一名优秀的检察官，更是一个……"钟燃望向杏子，正好与她四目相对，真挚道，"更是一个好女孩。"

杏子此刻的内心就像过山车，不知该如何表达自己的心情。

"如果之前还有怀疑，今天见到你，我相信你说的每一句话。更何况，你还有一位爱憎分明的母亲。"李观山顿了顿，环视下众人，目光最终落回钟燃身上，肃然道，"今天，我这条命，就是你母亲救的。"

此言一出，众人皆惊。

2

时间回溯到中午时分。

今日的庭审复杂，耗时很长，结束时已经过了十二点。李观山急匆匆驾车直奔酒楼而去。饭局是自己张罗的，宴请多年未见的老战友，自己对于时间有强迫症，从不迟到，情况虽然特殊，但依旧焦急万分，电话里不停跟老战友道歉。

这家酒楼位置很熟悉，没开导航，凭经验开过去。前面有一个岔路口，走大路还要绕过跨城的主河道，兜一个圈子。节省时间的话就左转弯，抄小路过去。李观山想也没想，向左一打方向盘，轿车丝滑地钻进小路。这一片正进行旧城改造，两边的老旧小区很多，隔三岔五，就会有一片地被蓝色围挡围起来破土动工。眼看着再往前几百米就上了主路，车却意外被堵住了。

一辆水泥搅拌车与路边摊档发生剐蹭，摊主站在车头前不让走，索要赔偿，搅拌车司机认为摊主非法占道，据理力争。起先李观山还想劝一下双方，给道路腾出空间，不要影响其他车辆，可两方争论得脸红脖子粗，对他的调解根本不予理会。

时间分秒流逝，李观山急得满头是汗，只好向后倒车，准备从幸福里小区穿过去。幸福里是20世纪70年代建成的，里面四通八达。就在他掰转车头，准备穿行时，突然感觉到胸口剧疼袭来，盗汗如雨。

李观山心知不妙，急忙探身打开副驾驶的储物盒，里面有一盒急救的硝酸甘油。慌乱中忘记解开安全带，手没有拿稳药品，掉在副驾驶座下。只感觉眼前阵阵发黑，心悸严重，再想解开安全带去捡药品，手已经哆嗦着不听使唤……眼睛闭合、休克过去之前，透过前风挡玻璃，似乎看到一位大妈朝着自己跑来。

钟燃母亲这几天经常往这跑，夕阳红老年团要在区里参加诗朗诵比赛，团长胡妈住在幸福里，作为积极分子，除了回家给丈夫做饭，钟母几乎黏在胡妈家。

今天老姐妹们练得投入，忽略了时间，等钟母想起来时，已经过了十二点。

"哎哟哟，我得赶紧走了，家里还有张嘴呢。"钟母嘴里念叨着，穿上鞋就往外跑。

一路小跑到小区门口，四下张望出租车，钟母眼尖，就发现不远处的一辆汽车里，驾驶员手捂胸口，身体已经向一边倾斜。心里不由咯噔一下，这不是心肌梗死的症状吗？老年团的一位团员，去年就是被这病夺去了生命，为此，团里还特意请来三甲医院的心脏内科主任给大家上了一堂自我急救课。自此，钟母兜里常备着硝酸甘油，年纪在那摆着谁也不敢托大。

三步并两步赶到轿车前，驾驶室窗户开着，伸手掰正发病者的脸，这一看不打紧，差点叫出声来：这不是李观山吗？钟母顿时乱了方寸，在梦中，她想象了无数种狭路相逢的方式，扇耳光、泼油漆，揪住头发质问为何害自己举债度日。

可此时此刻，"仇人"危在旦夕，她却发现自己恨不起来了。

"老天爷，造孽啊，为啥还得是我来救他。"钟母哀叹一声，急忙从兜里掏出硝酸甘油，掰开李观山的嘴，喂了一片进去。药物只能是暂时缓解，又急忙掏出手机拨打120。很快，警笛声响起，120急救车呼啸而来，在她的指引下，医生护士把李观山从轿车里抬出来，放平在担架上。

李观山恢复了些许意识,他躺在担架上歪着头,看到钟母忙前忙后的身影,逆光下,弱小身躯散发出金色的光晕……

"即使过了十年,钟家妈妈,我也一眼就能认出来。作为律师,我能真切感受到那个案子是有瑕疵的,钟意杀人缺乏足够证据,可吃亏在他跳崖,一切罪责自然就扣在头上,无法洗脱。当年蓝海集团刚刚上市,初涉教育领域就遇到学校学生杀人事件,为稳定股价,急于平息事态、快速结案。我是原告律师,在说服钟家父母承担民事赔偿中,起到诱导作用。"

激情之下说了这么多,李观山有些气短,吸了几口氧,用真挚的语气说道:"钟检,你妈妈是我的救命恩人,不知道她愿不愿意见我,我想当面向她说声谢谢,更要说声对不起。"

钟燃胸膛起伏不已,好一会儿才平复下来:"伯父,你的话我会带到。钟意案中,您所指的瑕疵和缺乏证据,到底是什么?"

"我与刘复舟和熊卫国曾是战友,从部队复员后,卫国就跟着复舟下海经商,混出一片天地。卫国的儿子熊强,也就是被害人,我从小看着长大,这孩子生性顽劣,很早辍学在社会上厮混,沾染一身恶习。因打架斗殴、猥亵妇女被抓过数次,屡屡因为未成年,很快就被放出来。我相信,钟意找他一定是有原因的,这是其一。

"其二,现场人员的口供都是被害方提供的,缺乏相对应的证据证明。试想一下,五六名社会青年与一名读高中的少年,力量对比悬殊,现场脚印杂乱,熊强又是后脑磕在石阶而死,并非器械所伤,如何能断定,一定就是钟意推的?"李观山叹了口气道,"可惜啊,事发当晚,并没有客观目击证人出现。"

"如果有呢?"

"真的?"

钟意点点头，把自己调取档案、找到张华警官的经过复述一遍。

"看来还有人跟我一样，对案子抱有怀疑态度啊。"李观山不禁感慨万千，静默了大约半分钟，问道，"张警官嘴里的鹿晓阳……"

"就是冷夏儿案的推动者，也是强奸未遂案的犯罪嫌疑人。"

杏子插嘴道："爸，经过我们的侦查，鹿晓阳强奸未遂，是被陷害的。"

李观山眼神如鹰隼般犀利，缓缓道："三个案子，都围绕在一个少年身上……呵呵，这孩子不简单啊，冷夏儿选择从钟意跳崖的位置跳下去，看来并非偶然。"

钟燃深以为然。

杏子与钟燃并行，陪他走到停车场。

钟燃在车前停下脚步，温言道："赶紧上去陪伯父吧。"

杏子"嗯"了一声，脚步没有移动，并没有走的意思。钟燃也没有催，就这样静静看着她。杏子仰起头，直视钟燃的眼睛："之前，你是不是因为我爸的原因，才冷淡我的？"

"伯父的事，早就听我妈讲过。"

"那是为什么？"杏子刨根问底。

"可能是我自尊心在作祟吧。"此刻的钟燃，并不想隐瞒她，"那天在法院我才知道，伯父律所规模之大，在石屿市甚至省里都屈指可数。你呢，来未检无非是镀层金，这里并不属于你，外面的世界……"

杏子瞬间捕捉到钟燃的心思，笑靥如花道："很精彩对吧，原来你也有怕的，怀有这种心思可不像你哟。"

"确实是我，起码是前两天的我。"

"今天见到我爸真人，反而坦然了？"

"嗯。"钟燃老老实实回答，"他和我心目中的形象有重合之处，既儒雅睿智也需要关怀呵护。"

"咯咯咯——"杏子被钟燃的率真可爱,逗得笑弯了腰。好半天才直起身,擦拭了下眼角笑出来的眼泪:"他需要被关怀呵护……你这话要是被我爸听见,咱俩肯定没戏了。"

心里话脱口而出,杏子脸蛋瞬间绯红。

钟燃如何听不出来,一时冲动,向前轻轻揽住杏子双肩。杏子身体一震,似乎预感到什么,反而仰起脸,迎着钟燃闭起双目、微启朱唇。时间似乎冻住,不知道过了多久,钟燃才轻轻地给杏子来了个摸头杀。

"赶紧上去,我走啦。"钟燃柔声道。

"喔,好吧。"杏子似乎还有些小失落。目送着汽车远去,回想起刚才一幕,又莫名开心起来。

3

在城市最繁华地段,寸土寸金的写字楼,整整一层都被安稳律师事务所包下。大厅宽敞明亮,一行人突然出现在前台。前台小姐问明来意,引领着这些人直奔叶安稳办公室。

叶安稳整个人陷在真皮老板椅里,跷足搭在办公桌上,扬扬自得地打着电话,抬头就看到率先迈入房间的钟燃,急忙挂断电话,起身相迎:"钟检,哪阵风把你给吹过来了?快请坐,我来泡茶,这几位是?"

当警员掏出手铐,前台小姐吓得躲进墙角瑟瑟发抖。叶安稳全明白了,冰冷的金属扣在自己手腕上,用死鱼眼斜睨着钟燃:"老同学,还没礼尚往来,就请我吃铐子?"

钟燃冷冷言道:"叶律师,检方调取了你通过第三方公司给周如叶的转账记录,她也如实交代你幕后策划并实施嫁祸鹿晓阳的整个过程,铐你不冤枉。"

"这一切都是我干的,周如叶那小丫头,仅是枚棋子。"叶安稳直接把罪责揽在自己身上,"自打高中开始,你的运气,就一直比我好。"

钟燃突然感到有些痛心,直呼他的绰号:"大头,你本可以成为一名优秀律师,为何非要这样?"

叶安稳自嘲道:"我太累了,有点等不及了。你看看周围这一切,都是我梦寐以求的,还都实现了。即便黄粱一梦也值了。"

"鹿晓阳和你本无瓜葛,没必要蹚这趟浑水,跟警方交代出你的幕后主使,争取宽大处理。"

叶安稳摇摇头:"开弓没有回头箭,嘿嘿嘿,算了,既然已经蹚了,就让我一路蹚进坟墓吧。"不再说话,示意警方可以走了。

望着他一瘸一拐的背影,钟燃唏嘘不已。

4

老烟雷厉风行,关于鹿晓阳强奸案,未检科很快就下达了不起诉决定书,钟燃去抓叶安稳的同时,杏子开车到看守所送决定书,顺便提人。

管教叫到鹿晓阳号码时,他早已经预料到,神色轻松地跟随在管教后面,顺利办完手续。迈步走出看守所的大门,还不忘朝着开门的武警打个招呼。

阳光刺目,鹿晓阳有些不适应,微闭双目并深深吸了口空气,直到沁满肺泡又顺着鼻腔呼出来,才手搭凉棚,向四周观望。远处停着一辆检察院的车,杏子双手插兜斜靠在车头望着自己。

鹿晓阳笑嘻嘻地走过去;"杏子姐,你这 pose 摆得好帅气,久等啦。"倒也不客气,拉开副驾驶车门就坐了进去,等杏子坐进来,还不忘补问,"钟大叔怎么没有来啊?"

"你又不是什么重要人物,我来已经给足面子了。"杏子故意怼他。

鹿晓阳根本不在意,眼珠转了转:"他是不是去抓人了?"

"你怎么知道?"

"在我印象中,你俩干什么都一起出现,跟连体婴儿似的。嘿嘿,要不是抓人这种大事,他舍得让你自己来接我?"

杏子被他说得脸颊潮红,啐道:"他是我师父,当然要在一起,有什么奇怪的。"

"在一起、在一起……"

鹿晓阳故意用不同语调咂摸这句话,惹得杏子恼羞不已:"你个小鬼头。"

看着杏子粉脸俏怒的模样,鹿晓阳内心大乐:"杏子姐姐,你什么时候开始喜欢上钟检的?"

"胡说八道什么。"

"你确定是我在胡说?"鹿晓阳狡黠一笑道,"既然你不喜欢,那我跟班主任说了,她可是喜欢得很。"

杏子瞬间紧张了:"沈冰老师?你要跟她说什么?"

鹿晓阳摆出一副煞有介事的样子:"能说的太多了,我需要组织下语言。钟检这个人帅气有涵养,正义感爆棚,把我从看守所救出来,就是活生生的例子。这么有担当的男人错过就没有了,趁他单身之际,沈冰老师早下手为强……哎哟——"

尖锐刹车声伴随着"咚"的一声,鹿晓阳脑袋狠狠撞到了前风挡玻璃上。

杏子怒道:"科里还有案子没办,没时间送你了,赶紧下车,自己走回家去。"

鹿晓阳揉着脑袋,奋力卖惨:"送人送到家吧。杏子姐姐,你要是不喜欢听,那我就说,钟检是个渣男,一肚子男盗女娼,让沈老师趁早打消这个念头。"

杏子更怒了:"不许诋毁钟燃,他哪有这么渣。"说着又扑哧一声笑出来。

"那你就告诉我,从什么时候,你开始喜欢钟检的,我就什么都不说,还替你保守秘密,怎么样?"

"我哪有秘密需要你保守。"杏子白了他一眼。身边有这么个洞察人心的小鬼头,反而没有芥蒂,心里话很自然就说了出来,"还记得我下海去捞蒋钊手机吗,那天风大,浪头也高,我潜到第三回,才在一处很隐蔽的珊瑚缝隙里发现手机。等我浮上来坐上支援船,又冷又饿,身体虚弱得直打战。谁承想师父已经站在岸边,我之前没有告诉过他,当我把手机当作惊喜递过去,满心以为会表扬我,可他看也没看手机,狠狠地把我臭骂一顿。我当时挺委屈的,后来想通了,他是担心我的安全,在他眼中,那个手机根本不算什么……从那个时候,我就爱上他了。"

杏子一口气说完。等了会儿,也没有应和之音,扭头望向鹿晓阳,见他眼睛直勾勾盯着一处发愣,似乎在想着心事。

"晓阳?"杏子轻轻唤道。

鹿晓阳被点醒:"这就是爱情吗?"

杏子笃定地点点头。

鹿晓阳望向窗外,幽幽道:"爱情和友情,有的时候真是傻傻分不清楚。"

杏子没听清楚,追问一句:"你说什么?"

鹿晓阳对杏子报以一个笑脸:"真心希望你的爱情开花结果。"

"你们沈老师……"

"据我了解吧,我们沈老师,私底下就没提过钟检一个字,烦都快烦死了。"鹿晓阳嬉皮笑脸。

杏子伸手狠狠掐了他胳膊一把,气得笑骂:"小鬼头,敢忽悠我。"闹这么一出，两个人关系瞬间拉近了许多。

杏子换了个话题，问道："晓阳，你是怎么被他们盯上的？"

"我把偷拍器放在他们主场，被发现了。"从神情看，他一点也没有搞砸了的窘态。

"你可真是不小心。"

"从我拿回来偷拍器那一刻，就知道自己被发现了……"鹿晓阳望着杏子诧异的表情，耐心解释，"我养成一种习惯，每次录制时都会在前面录五秒左右的黑屏，为的就是防止偷拍视频被做手脚，没想到，这次却派上了用场。"显而易见，前面五秒钟的黑屏，被人在不知情的前提下抹去了。

"知道了视频被改动，我干脆把看到的内容认真做了分析，刘鹰珞和尚雯雯的聊天看似正常，但推敲下来，他们聊得太客套了，就像演戏时对台词。"

鹿晓阳的话让杏子大吃一惊，她很难想象，外表大大咧咧的少年，心细至斯。

"既然他们要掩饰，我也就顺水推舟，假装不知道呗。"

"难道，仙人跳的局，你事先已经知道了？"杏子不敢相信。

鹿晓阳摇摇头："他们早晚会对我下手，但我并不清楚方式。"

"周如叶突然找到你，你有所觉察吗？"

"感觉蹊跷，但不能确定什么，只有亲自试过才知道。"

"那你就不怕，去的是鸿门宴吗？"杏子叫出了声。

鹿晓阳又露出他那招牌的浅笑："不入虎穴，焉得虎子。退一万步说，我演砸了，还有你们呢嘛。"

"就那么笃定，我们能发现这里面的问题，救你出来？"

鹿晓阳把头摇得像拨浪鼓："完全不确定。"

"那你——"杏子一时被气得语塞，搞不懂眼前这位少年，脑袋里装的都是什么古怪想法。

鹿晓阳倒是放松，把座椅向后放倒，让自己躺得更舒服些，双手枕着头优哉游哉："吉人自有天相，我这不是好好地坐在你身边嘛。"

"多悬啊。"

"悬也值了。我现在就想立马飞到尚雯雯和刘鹰珞面前，亲自目睹他们脸上的表情，肯定跟吃苍蝇一样。"鹿晓阳乐不可支。

鹿晓阳无罪释放，叶安稳被抓，杏子知道，第一块多米诺骨牌已经被推倒，后面将引起连锁反应。

鹿晓阳看了眼窗外，突道："麻烦杏子姐，绕道去趟维蜜大酒店，我取件东西。"

407室并没有客人入住，杏子出示证件，说明来意，很顺利就进入房间。一进门，鹿晓阳把手机手电筒功能开启，趴在地板上身子探进床下寻觅，很快就欢呼一声，再出来时，手心攥着个偷拍器。杏子揶揄道："哟嗬，走到哪偷拍到哪啊。这是酒店，可是公共场所，私自窥探公民隐私，你不怕被抓？"

"为了自保，不得已而为之。不该听的，我肯定不听。"

周如叶贸然找上门，鹿晓阳心存疑惑，去之前留了个心眼带上偷拍器。果不其然，在周如叶一轮攻势下，他没有招架之功，只来得及把偷拍器踢进床下，虽然没有视频图像，但声音依旧可以听得清清楚楚。鹿晓阳双手递给杏子："报告杏子检察官，这是证明我清白的证据，请留件存档。"

杏子伸手接过，内心竟有些小佩服："鹿晓阳，每次你所做的，都出乎意料……可不可以告诉我，你还有什么秘密武器没有拿出来？"

"我自斩大龙，就为在接下来的棋局中争得先手，收官之战，自见分晓。"用一句围棋术语，概括地回答了她的问题。

第二十六章

螳螂捕蝉黄雀在后

1

做了一夜稀奇古怪的梦。今天是周末，天色大亮，刘鹰珞赖在床上不想起，朦胧中听到敲门声。

"谁啊？"脸埋在枕头里，语调瓮声瓮气。

"快九点了，老板和夫人，在餐厅等你吃早餐呢。"是保姆孙姨的声音。

"啊——"刘鹰珞身体一激灵，急忙翻身坐起来，困意顿无。急匆匆洗漱完毕，拉开门，孙姨还在门外候着。

"孙姨，怎么……"刘鹰珞后面的话没有说出口，一脸询问的神色。父亲非常忙，很少会到九点还在餐厅等自己吃早餐。

孙姨如何不懂，接口道："老板一小时前就和夫人在餐厅了，执意要等你。今天老板脾气特别大，你可要小心些，千万不要惹他生气。"刘鹰珞是自己一手带大的，孙姨不放心，多叮嘱了句。

刘鹰珞答应一声，转身下楼。还没走到餐厅，就听见父亲低沉且愤怒的声音从里面传出来，吓得放轻脚步，倚在门外偷听。餐厅很大，一张鎏金的长条餐桌，刘复舟坐在主位，苏雪妮在一旁作陪。两人面前的早餐，谁也没有动。

"你跟我解释了一上午，又有什么用？错误已经犯下，就要准备承担后果。我生气的是，这么大的事我竟然被你蒙在鼓里。到头来，还要李律师告诉我。"刘复舟口中的李律师就是李观山。

李观山的隆德律所全案代理蓝海集团涉及法律诉讼等一切事宜，环净垃圾处理公司也在代理范围之内，叶安稳横插一脚，对隆德律所来讲虽不伤皮毛，但这件事，还是被李观山拿出来敲打。

刘复舟很吃惊，安抚老友的同时，安排人彻查。很快就查明这件事为雪姨所为，追根溯源，更把叶安稳被抓等事情调查得一清二楚，事关重大，急忙向老板汇报。刘复舟盛怒之下，匆匆结束了外地考察，回家兴师问罪。

李观山的"多嘴"，让苏雪妮很是不悦："这不都是为了儿子。我私底下已经和李律师打过招呼，没想到他思维僵化，还向你告状，这明显是瞧不起我。"

"你动机没错，错在了方式上。"刘复舟望着被气愤冲昏头脑的妻子，怒其不争，"一个落魄的远方亲戚，竟然蛊惑你把身家性命赌在他身上，我真没想到，为了鹰珞，你冲动起来竟会如此失去理智。"

苏雪妮道："因为我是母亲。"

"那首先也要为集团着想。集团副董事长、蓝海中学名誉校长的辞职报告，李秘书已经帮你拟好，就等你签字生效，稍后你飞到美国散散心，短期内先别回来，这里我来善后。"刘复舟言语简短，不容置疑。

"这就是你对我的处理方式？"天生傲骨的苏雪妮，心有不甘地望着丈夫。

"这就是最好的方式。"

"那大鹰呢？"

提及儿子，刘复舟把头偏向门口，从他坐着的角度，通过镜子反射早已经看到躲在门外的儿子。

刘复舟说道："进来吧。"

听到父亲召唤，刘鹰珞微垂着头，乖巧地走进来坐下，同时悄悄瞥了眼坐在对面的母亲，发现母亲也在望着自己。昨晚从学校回来，他就和盘托出尚雯雯告诉自己的一切，母子俩盘算很久，也没有拟订一个应对之策，没想到，父亲竟然知道了。

孙姨一阵风似的，把已准备好的早餐端上来，又轻飘飘地走了，餐厅里只剩下三人。刘鹰珞低垂着头，眼睛望着餐盘里的两枚煎蛋，静候父亲发落。直到两枚煎蛋在他眼中，即将合二为一时，父亲发话了："为了保护女生，在医院那段慷慨陈词，发挥得不错啊。"

刘鹰珞十分紧张："爸，我错了，忘记了你的教诲，被虚荣冲昏了头脑。"

"在爱情面前，每个人都在所难免。你和尚雯雯交往多久了？"

"爸，我和她，没有交往多久。"

"你喜欢她吗？"

"我……谈不上喜欢，但也不反感。"刘鹰珞在没搞清楚父亲话里意思时，采取了一种很中庸的回答方式。

刘复舟显然对儿子模棱两可的回答不满意，温言道："一个男子汉，喜欢就是喜欢，不喜欢就直言不喜欢，如此寡断，怎么能成大事？"

"爸，她只是我的工具人。在事业成功前，我根本不会考虑谈女朋友的。"

刘鹰珞抬起头，正好与父亲眼神交汇，感到一股灼热炙烤着自己双眸，火辣辣地疼。瞬间，刘复舟已然洞察儿子内心想法，嘴角露出一丝不易察觉的冷笑，收回凌厉的目光，缓缓道："这就对了，她的家境我也侧面了解了下，单亲家庭，母亲是过气的舞蹈演员，势利心很重，这样的家庭教育出来的孩子可想而知。赶紧吃饭吧，饭都凉了。"

刘鹰珞再次埋下头，听话地端起碗筷，三下五除二吃完了餐盘里的早餐。

刘复舟抿着茶，等儿子吃完，才再次开腔："这次与斯坦福大学的联谊活动会将提前，等活动结束，爸就送你去美国，你在那边把语言学扎实，准备明年读斯坦福。"

父亲突如其来的决定，让刘鹰珞有些措手不及："爸，原计划我是高三才去的……"

"计划赶不上变化，你妈要去美国待一段时间，你是男人，完成学业之余，还可以照顾她。"

刘鹰珞与苏雪妮对视一眼，知道刘复舟结论已下，绝无更改余地，都默然接受。

早餐就在这微妙气氛中结束。刘复舟站起身往外走，快到门口时，扭回头好像很随意说道："大鹰，尚雯雯的事爸爸很抱歉，也没有什么可补偿她的，集团下属企业正好有款产品需要拍摄宣传片，水下拍摄，正在甄选女主角，要是她感兴趣，可以请她来饰演。"

刘鹰珞恭恭敬敬回道："爸，我会转达的。"

刘复舟意味深长地望了儿子一眼，转身出门。

2

杏子把车停在明仕花园小区外。

昨天晚上接到尚雯雯电话，说想找她谈谈心，电话里一副欲言又止的语气。天亮后，杏子就驱车赶过来见尚雯雯，希望能从她的嘴中得到些有用消息。

没等杏子下车，就看见尚雯雯从小区大门出来，旁边陪着她的，是刘鹰珞。两人沿着林荫路，有说有笑地向前走去。看样子又达成统一战线了，懊悔之际，透过风挡玻璃，发现距离两人不远处，有个熟悉身影，一袭便装正不紧不慢地跟在后面。

"那不是小区的保安大叔吗？"杏子差点叫出声来。意外发现让她产生浓厚的兴趣，急忙跳下车，随手扣上一顶棒球帽，跟在后面。

穿过两条街，刘鹰珞和尚雯雯在一家街角的奶茶店前停下。

"'妙街奶茶，拐角与他相遇'，雯雯，要不我们来这家喝奶茶？"刘鹰珞说的是自己的台词，用这招讨好很管用，尚雯雯欣然同意，两人手牵手迈步进入。身后的保安大叔看着店面迟疑了下，也跟了进去。

杏子来到门前，这是一家主打情侣约会的奶茶店，透过店面的玻璃，看得出里面装修很温馨，高靠背皮沙发隔出一格格的私密空间。

"还挺会选地。"杏子耸耸肩，把耳后头发向前捋了捋，尽可能遮挡住自己的脸庞，迈步而入。奶茶店不大不小，有十来张卡座，靠里面的一个位置有人，半截帘子已拉上，但从帘子下露出的鞋子看，是尚雯雯和刘鹰珞无疑。保安大叔与尚雯雯背对背坐着，粉红色迷情的装饰风格，与他严肃神情显得格格不入，一旁站着店员，此刻大叔全部注意力都放在水单上，有些笨拙地用手指着。

杏子暗自好笑，径自坐到另一边，正好与刘鹰珞背靠背。处在旋涡中心的两位少年，哪知道身边"强敌环伺"，人手一杯奶茶，聊得火热。

尚雯雯道："鹰珞，没到一周你就约我，该不会……"

"我怕你睡眠不好，就整整想了好几宿。"刘鹰珞轻轻撒了把糖。

"想我还是想办法？"尚雯雯甜甜一笑，对这句话很是受用。

"想办法也是为了你啊。"

"那快说说，想出什么好办法啦？"

"一个坏消息，一个好消息，你想先听哪一个？"

尚雯雯双手托腮道："先苦后甜吧。"

刘鹰珞故作痛苦状："我可能很笨，想了这么久，也没有想出好方法。"

尚雯雯俏脸气得微微发红，美目含煞，恨不得揪住刘鹰珞耳朵："我这几天，一直被噩梦惊醒，总感觉冷夏儿就在我身边，随时随地把我拽进深渊。你要是帮不上忙，那我也没什么可说的了，视频我会交上去……"

视频？什么视频？合子感觉到背后隐藏的真相即将浮出水面，急忙竖起耳朵，生怕落下一个字。

刘鹰珞似乎早已经预料到尚雯雯的反应，并不着急："我不行不代表没人行，有比我强百倍的人……"探身附在尚雯雯耳边，轻声道，"我爸已经知道了。"

"刘……"尚雯雯脱口而出，刚蹦出一个字，就被刘鹰珞捂住了嘴，并朝着自己点了点头。他的意思，分明是说父亲要接管这事。刘复舟是石屿市叱咤风云的人物，有他出面，任何难题都会迎刃而解。但在公共场合，这个名字还是不要说出来的好。尚雯雯立马会意，不再言语，神情顿时放松下来。

尚雯雯撒娇道："这就是好消息吗？"

"这么容易就满足啊，知道我为什么带你来这家奶茶店吗？"

尚雯雯眉目含情，静等他自己说出来。

"你拍的这支广告，我爸很喜欢。"刘鹰珞故意放慢语速，慢悠悠道，"好消息是，爸爸问你，有一支广告缺女主角，问你感不感兴趣。"

"啊！你不许骗我，伯父真是这么说的？我愿意，我太愿意了！"尚雯雯兴奋地尖叫起来，能得到刘复舟垂青，这在之前是绝对不敢想的事情。

"在水下拍摄，之前你要学习潜水的。"

"只要有教练提前教我，这都不是问题。"

等心情稍微平复了点，尚雯雯轻咬着嘴唇："我们的关系，伯父知道了？"

刘鹰珞心中悸动，但脸上丝毫没有表现出来："他知不知道不重要，关键在于我。"

"吹牛也不嫌害臊。"尚雯雯娇笑着，挥起小拳头捶打着他，刘鹰珞故意闪躲不及，被捶中数次。再往下，就是少男少女的小情话，杏子不愿意再听，外面脚步声响起，杏子看到保安大叔起身离开，琢磨了下，也起身悄悄跟了上去。

谁也没有想到，外表唯唯诺诺的叶安稳，竟然是块难啃的骨头，不管警方怎么审讯，就是咬死没有"暗箱操作"的人，逼问得急了，干脆就两眼一闭，爱谁谁。

钟燃接到杏子电话，电话那头的语气急促，让他赶紧动身赶往明仕花园。

找到并抓住那名施暴者，杏子可比自己上心多了。钟燃内心甜蜜无比，嘴里应承着，美滋滋迈步就往外走，迎面与老烟撞了个满怀。

"你小子，脚下踩着风火轮呢，火急火燎的。"

钟燃急忙闪身，给老烟让出路来。

老烟走进办公室，回头吩咐："你准备一下，回头配合公安机关，提审叶安稳。"

"老烟，叶安稳也不满十八岁吗？"

老烟被钟燃逗笑了，抬脚作势欲踢，骂道："臭小子心情不错啊，少跟我贫嘴，你跟叶安稳是同学，比较了解他的性格，去找到他的弱点，撬开他的嘴。"

"保证完成任务。"说着话，钟燃已经跑出了很远。

"你这是去哪里？"

"配合杏子抓坏人。"

"嘿——"老烟不禁苦笑着摇了摇头：我这领导当的，完全被蒙在鼓里。

杏子俨然进入私家侦探的角色，猫在车内，浑然忘我地盯着对面铁艺大门里执勤的保安大叔。直到车窗玻璃被敲响，才回过神来，发现钟燃早已经站在车外，笑眯眯地望着自己。

"你啥时候来的？"杏子急忙摇下车窗。

"站得双脚都麻木了。"

杏子白了他一眼："骗人。"

钟燃把头探进驾驶室，朝着对面的保安大叔努了努嘴："是不是他？"

杏子被气笑了，伸出手指头就在钟燃脑门点了一下："你个木头脑袋，是不是他，你要问我？"点完了，才觉得自己刚才的举动有些亲密，钟燃距离自己不足一尺，男人的雄性气息扑鼻而来，不由得大窘。

杏子吐气如兰，亲昵的举动没有丝毫矫揉造作，钟燃感觉血往上涌，心脏跳速陡然加快，瞬间有股冲动，想扭头亲吻她娇嫩欲滴的双唇。

"嗯，从身形看很像，我过去会会他。"理智还是战胜了欲望，钟燃说着话，慢慢把头撤出窗外。

"验证无误，真是个呆瓜。"杏子心底里啐了他一万口，也随即拉开门跳下车，两人一前一后跨过小街，直奔小区大门。

保安很警觉，见两人向自己径直走来，全神戒备。钟燃看着他的脸，顿时有种似曾相识的感觉，但又想不起来在哪见过。掏出工作证展示给保安看："您好，请问物业办公室该怎么走？"

保安并不说话，用手指了指一个方向。

钟燃拉家常似的问道："这位大哥，怎么称呼您啊？"

保安依旧不语，扫向钟燃的目光，闪过一丝凶光。钟燃敏锐感受到对方的不友善，趁热打铁道："这位先生，请你说一句'姓钟的，以后再敢欺负尚雯雯，就弄死你'。"

第二十六章　螳螂捕蝉黄雀在后　·309·

"凭什么我要听你的？"保安的声音从牙缝中钻出来，发出一种咝咝声。即便经过伪装，钟燃已经听出来，这语调与那晚施暴者一般无二。

钟燃朝杏子使了个眼色。杏子会意，抽身向后退了几步，有意无意挡住保安退路，并抽出手机拨打110。保安异常警觉，见两人一前一后夹住自己，突然指着钟燃的身后，一脸惊恐道："你、你怎么来了？"

钟燃下意识扭头看，利用这个空当，保安转身横臂推开杏子，撒腿就跑。猝不及防下杏子被推倒在地，手臂被粗粝的碎石板路磨得鲜血淋漓。

钟燃急忙蹲下查看伤势，杏子道："不要管我，追。"

就是这么一耽搁，保安身影转过街角，等钟燃跑过去时，人已经消失不见。车后备厢有医疗急救箱，急忙取出来给杏子消毒、包扎。杏子疼得龇牙咧嘴，还不忘念念有词："这个保安，就是那晚袭击你的人。师父，他的长相印在我脑海里，我这就去分局找模拟画像师崔哥，把这小子画出来。我就不信他还能跑得了……哎哟，真疼。"

等处理好伤处，钟燃让她把之前遇到保安的经过讲述一遍。依据杏子描画的情形，尚雯雯并不认识这名保安，但保安似乎很在意她，为了她而报复自己，到底谁在背后指使？

"调查尚雯雯伊始，你就被网暴、被调离冷夏儿案，还被人身攻击。没有幕后黑手操纵这一切，反正我不相信。"杏子分析得煞有介事。

"为何施暴者会跟踪尚雯雯和刘鹰珞？"沿着杏子的思路，钟燃再抛出疑问。

"分赃不均？"

杏子说的这种可能性微乎其微。钟燃望着明仕花园大门，若有所思："一般的行凶者，早就销声匿迹了。怎么会长久做一名保安，还选择在明仕花园？"

杏子被启发道："你有没有感觉，这名施暴者很像一个人？"

"像谁？"钟燃怦然心动，注视着杏子，期待她说出自己脑海中已然迸现、呼之欲出的答案。

"尚雯雯。"

琴箫合鸣、心意相通，钟燃轻轻拍了下杏子肩头："可以啊，你怎么看出来的？"

"其实乍一看，两个人没有丝毫相像之处，尚雯雯肤白貌美，哪像这位保安大叔，黑不溜秋的，还一脸褶子。"杏子咻咻笑出了声，梳理下思绪，开始认真分析，"我回想起第一次来，他横身挡在我和尚雯雯中间，那种气势，任凭你千军万马也无法逾越。他望着尚雯雯的眼神，让我想起了爸爸。记得我小时候在楼下学骑自行车，有一次被路过醉汉撞倒在地，醉汉凶神恶煞的模样把我吓哭了。哭声惊动了爸爸，他从楼上飞快冲下来，横在醉汉身前，揪住衣领，厉声喝问。爸爸的眼神让我充满了安全感……那种眼神，只有爸爸保护女儿时，才会流露出来。"

"我相信你的感觉，这也正好解释，为何他选择保安这个岗位，唯一目的，就是可以天天看到自己的女儿。"

"还可以随时保护她。"

钟燃苦笑一声："在他眼中，我就是那名醉汉了。"

杏子揶揄道："你现在是不是特别沮丧，有种白挨一顿打的感觉？"

钟燃作势要刮杏子鼻头，杏子"咯咯"娇笑，如兔子般蹦出老远。钟燃伸出去的手指变了方向，指了指路边的汽车。两人上车，钟燃道："目前这只是一种猜测，真相如何，需要慢慢揭开。"

杏子点点头，两个人靠在座椅上，静静等待尚雯雯回来。

大约过了一个小时，远远的林荫道，尚雯雯和刘鹰珞相互依偎着走过来，直到小区门外，两人才挥手相别。尚雯雯一个人站在路边，遥望刘鹰珞身影消失在街角，秋风卷起落叶，肆无忌惮地拍打在她身上。

注视着站在风中、形单影只的尚雯雯，杏子内心竟然涌起一股不祥预感，具体是什么，自己也说不清楚。

尚雯雯长长地呼出口气，信手捻去沾在衣褶处的树叶，转身准备进小区，却被身后杏子叫住："雯雯同学——"

尚雯雯见是杏子，神情十分尴尬："李检——"

"真巧啊，我开车刚到，正好看见你，那是刘鹰珞同学？"

"啊，对，他找我借几本书。"

"很开心接到你的电话，我们边走边聊？"杏子并不戳破。

"李检，很不好意思，我刚来例假情绪不稳定，昨晚特别想找个人聊聊天，鬼使神差地就给您拨打过去，竟害得您跑一趟。真是对不起，打扰了。"尚雯雯露出难为情的神色，还给杏子鞠了个躬，转身就想溜走。

"雯雯同学——"杏子在身后叫住了她，"你是不是有视频要交给我？"

"您怎么知道？"尚雯雯脱口而出，意识到口误时已经晚了。

杏子并没有回答她，而是趁热打铁，继续问道："视频里究竟有什么内容，是否关系到冷夏儿同学？"

尚雯雯阵脚大乱，目光有些躲闪："你说的什么啊？我听不懂。"

"如果有证明自己清白的证据，一定要交给我们，你要相信法律，相信公检部门会替你主持公道，不要在事件旋涡里面越陷越深，这样，我会担心你的安全。"

"安全？"不知道哪根心弦被拨动，尚雯雯突然激动起来，"自打我生出来就只有妈妈在身边，这么多年，我娘俩相依为命，受了太多的委屈，又有哪一件事是安全的？冒险和成功比起来，不算什么。"

尚雯雯向小区走去，走到一半突然扭身，神情有些戏谑："即便有视频，也是保存在我这里比较稳妥。"身影消失在那扇已经没有保安大叔把守的大门后面，杏子突然很心疼她。

"我们赶走了那名保安，到底是对还是错？"

秋风扫过，没人能回答这个问题。

第二十七章

往事何堪回首

1

今晚,大家齐聚在奶奶家小院。

烧烤炉支在小院中央,架子上穿着肉串、大虾等各种食材,在炭火的炙烤下,油脂滴在红彤彤的木炭上,发出"滋滋"的声音。鹿晓阳坐在炉前,高挽袖面,手持蒲扇在烧烤架上来回扇,还不时添加把调料。青烟裹着肉香,飘进每个人鼻腔,勾起肚子里的馋虫。为庆祝自己被无罪释放,特意攒局在奶奶家开烧烤趴。除了钟燃和杏子,他还邀请了班主任沈冰,以及要好的几位同学,蒋钊父子也赫然在列。不打不相识,自从那件事后,两人竟成了好友。

儿子的事悬而未决,蒋大年内心忐忑不安,听说鹿晓阳做东,未检科两位检察官也出席,急忙带着礼物,打探口风来了。

钟燃自然是婉拒,同时也让蒋父宽心,目前案件还在侦查阶段,并没有一个准确的定论,依照蒋钊目前所犯的错误,未检科会以教育为主、惩戒为辅的方针来执行,让蒋钊心无杂念,好好学习就行。蒋大年连连点头,千恩万谢。

鹿晓阳捅了下身边的蒋钊,朝着角落里的两人努努嘴,调侃道:"你爸这是腐化公务员呢?"

"一边待着去,这叫诚挚感谢。"蒋钊撑了回来。

鹿晓阳嘿嘿嘿乐了,换个话题问道:"你的事,你爸咋想的?"他指的,是蒋钊玩网游的事,蒋钊瞒着父亲网吧刷夜,几乎全校都知道了。

"老爷子的意思,从蓝海中学毕业,我只要考上所大学,往后他就不再插手了。我上大学这事他盼了一辈子,就是对我寄予太高希望了,怎么也得有个思想转变的过程。"

"上大学的想法并没有错啊,你爸算开明的了。"鹿晓阳倒是替蒋父说了句话,"不过,你在网游圈是绝对的大神,千万不要放弃,听说国际电子竞联盟,已经申请奥运会的比赛资格,兴许未来某一天,你有可能代表国家队出战。我也有机会成为奥运冠军的铁哥们。"

"是挺铁,鼻骨被你铁断了两次。嘿嘿嘿,能那样敢情好,我爸会觉得没白养活我。"

"岂止没白养活,你爸得在石屿市横着走。"

蒋钊当胸给了鹿晓阳一拳:"怎么说话呢?"两个人嘻哈打闹起来。

鹿晓阳后脑勺挨了一个爆栗,奶奶笑骂:"不好好烤肉串,一会儿烤煳的都你俩吃。"奶奶为了今晚的聚会,特意没出摊,给孙子打下手、穿肉串。

"哎。"鹿晓阳揉了揉后脑勺,朝着奶奶傻乐。大家其乐融融,在鹿晓阳一句"烤好了"的吆喝声中,无数只手伸向烧烤架,上面的肉串很快就被"洗劫"一空。

酒足饭饱,奶奶先回屋睡觉,明天还有课的同学们也都散去,最后,只剩下钟燃、杏子、沈冰和鹿晓阳,四人围坐在烤炉前,边吃边聊。

"晓阳,这次多悬啊,你能清白地出来,多亏了钟检和李检。以后可要收收心,好好学习,落下的功课我给你补。"

"谢谢沈老师。"鹿晓阳回报以微笑。

沈冰看了下腕表:"时候不早了,我还要备课,先走一步,你们再聊会儿。"

拿起包就要起身,鹿晓阳急忙挥手:"沈老师不要走,你天天为我们劳神,难得今晚能放松,我给你烤最拿手的秘制大虾,顺便玩个游戏。"

一听游戏,杏子眼睛都亮了:"什么游戏?"

"真心话,大冒险。"

"好啊!""不要!"两种声音几乎同时发出来,说话的杏子和沈冰对望一眼,目光最终落在微笑看戏的钟燃身上。

"你怎么想的?"杏子快人快语。

"我弃权。"

"那就是两票赞同,一票反对,一票弃权了,晓阳,我们开始吧。"杏子玩心大起。

"好嘞。"鹿晓阳拿起一个空的可乐瓶放在地上,"我转动瓶子,等瓶子停下时,瓶口对着谁,你就有机会问出你想问的问题,被提问者要诚实回答。不提问的或者不回答的,接受大冒险惩罚,沈老师,这游戏必须四个人参与。"说话时眼睛注视着沈冰。

"没感觉必须啊。"但瞅着杏子的兴致,沈冰不好再说离开,回身坐下。

"游戏开始。"

鹿晓阳手指转动瓶身,可乐瓶如陀螺般转动起来。世界瞬间安静,大家目光都汇聚在逐渐慢下来的可乐瓶,最终,瓶口指向鹿晓阳。

鹿晓阳拍手笑道:"看来瓶子都想让我这嘴欠之人先吐为快。"

杏子啐之:"别废话,想问谁赶紧问。"

鹿晓阳第一个问题,抛给了钟燃:"大叔,在看守所你说话跟打哑谜似的，如何笃定我能猜到你的意思？"

钟燃微笑道："因为你是鹿晓阳。"

这句话评价颇高，一时间竟让脸皮厚的鹿晓阳有些脸红，讪笑道："大叔的话，我竟然无力反驳。"

杏子嗔道："少跟我们凡尔赛，麻利地，接着转。"

"哎——"

瓶子如陀螺般再次旋转起来。这次瓶口指向了沈冰。

"沈老师，请开启你的提问。"

沈冰并不知道该从何问起，在鹿晓阳五、四、三、二、一的催促下，脱口而出："钟检，这么多年，叔叔阿姨……身体还好吗？"

"谢谢沈老师惦记，他们身体还不错。前阵子老妈还聊起你，怪你也不去看她。"

一句话就让沈冰破防，眼眶有些湿润，轻轻道："是我不好。"

"事情过去了那么久，你早就该放下了。"

沈冰摇摇头，没有说话。

"好啦，这轮的 Q and A 已经完成，晓阳继续。"杏子适时打圆场。

瓶口指向了杏子。

杏子问题早就已经准备好了，却表现得漫不经心道："师父，你都老大不小的了，如果让你选择女朋友的话，你是喜欢活泼可爱的，还是端庄贤惠的？"说完还不忘瞥沈冰一眼，端起桌前的柠檬水，放在唇边轻饮。

"怎么，你们事先串通好了吗？怎么所有的真心话，都是问我的？"

杏子道："有吗？"

鹿晓阳故意不应景："杏子姐，你的手怎么有点抖啊？"

杏子气得俏脸含粉："你个小鬼头，一边待着去。"鹿晓阳吐吐舌

第二十七章　往事何堪回首　·317·

头，朝杏子扮个鬼脸，又看了眼钟燃，嘿嘿嘿笑起来。

杏子有些后悔问出这个问题，正为自己的愚蠢懊恼时，钟燃开口道："如果换作之前，我没有办法回答你。现在可以很笃定地说，我只喜欢与我心灵相通的女孩。"

这句话再明白不过，钟燃充满柔情的目光望着自己，杏子不用抬头都能感受得到，心情瞬间大好。沈冰望着眼前这位可爱的女生，嘴角不禁挂出笑意。

鹿晓阳道："杏子姐姐，你对大叔的回答是否满意？没有问题的话，我接着转瓶子了。"

杏子狠狠瞪了他一眼："大叔叫得真是难听死了，赶紧转。"

第四次的瓶口，指向了钟燃。

看着陷入沉吟的钟燃，无人知道他会问出什么问题，杏子内心竟然还有一丝小紧张。

"晓阳同学，这个问题对我很重要，如果你没有想好，也可以选择不回答。"是问鹿晓阳的。顾不上失落，杏子就被钟燃肃然语气所唬住，目不转睛地望着他。

鹿晓阳点头道："大叔，您尽管问，我有问必答。"

钟燃深吸一口气，沉声道："当年我弟弟钟意'杀害'熊强时，你在现场吗？"

鹿晓阳似乎早有准备，收起嬉笑之意："我在，还目睹了整个过程。"

"啊——"旁边传来一声尖叫，沈冰吃惊地捂住自己嘴巴，一副不敢相信的模样。

鹿晓阳转头望着沈冰："沈老师，我也看见了你，那年我七岁，你不会记得我的。"

沈冰似乎被强行拽入那个令人心碎的夜晚。恍惚记忆中，她想起来在距离事发现场不远的灌木丛后，有个弱小身影一闪而过，慌乱中,她以为跑过了一只黑猫。

"原来是你。"

"那就是我。"

沈冰惊愕莫名。

钟燃强忍住内心的激动,道:"晓阳,你能跟我说下当时的情况吗?"

"我可以很笃定地说,钟意并没有失手杀了熊强。"

鹿晓阳此言一出,举座皆惊。

2

时光回溯到十年前的那个晚上。

吃过晚饭,在妈妈召唤下,七岁的鹿晓阳拎着桶,去楼下倒垃圾。楼后面是一条小巷,垃圾站坐落于小巷深处。

巷子曲折,隔很远才会出现一盏路灯。鹿晓阳轻车熟路,很快就把垃圾扔进垃圾站,回家路上迎面却遇上一票人。都喝得醉醺醺,相互搀扶如螃蟹般在巷子里横冲直撞。

鹿晓阳内心害怕,尽量把身体贴着墙面,交错时,一个混混使坏在他脑门上推了一把,后脑勺狠狠磕在身后砖墙上,鹿晓阳吃痛不禁发出"哎哟"一声,招来的却是这帮混混得意的狂笑。

"你凭什么打我?"

鹿晓阳紧攥着小拳头,眼眶含泪,怒视这帮人。

"小兔崽子,还不许碰你了?"这名混混摇晃着过来,一把揪住鹿晓阳耳朵,疼得他叫出声来。

"再大点声,我看能不能把你爸喊来。"混混手上还加劲,疼得鹿晓阳眼泪夺眶而出,小拳头徒劳地挥舞着。混混竟然有一种莫名满足感:"不服是吧,老子同时拧你两只,哎哟——"

第二十七章　往事何堪回首　·319·

混混惨叫一声松开了手，手背上被鹿晓阳咬出了深深的牙印，惹得同伴哄堂大笑。混混脸上挂不住了，掐住鹿晓阳脖子，借助酒劲掏出把折叠刀，在他脸上比画着："敢咬我，我给你破破相……"

没等话说完，人就被踹倒在地，折叠刀也不知道被撇到哪里去了。一名少年横身挡在鹿晓阳身前，朝着这群醉鬼怒吼："熊强，一群大男人欺负小孩，算什么本事？"

"然后他转身对我说，赶紧回家，这里有哥哥守护。十年了，他的笑容清晰可见，时刻温暖着我。"鹿晓阳望着钟燃，泪水夺眶而出，杏子没想到乐观的少年竟然如此动情，竟也感动莫名。

鹿晓阳拭干眼泪，继续说道："后来我才知道，他就是钟意哥哥。"

想起弟弟，钟燃唏嘘不已。

"可我很没出息，看到有人帮我出头，掉头就跑……"

鹿晓阳撒开丫子就跑，就要跑出巷子时，身后传来厮打声。鬼使神差，他又折返回来，猫在一簇灌木丛后，偷眼望着战局。七八名混混把钟意围在中间，群起而攻。钟意很会打架，身手敏捷下拳又狠，身上挨了不少下，也打倒两名混混。

"熊强，为了沈冰，我今天跟你没完。"钟意边打边骂。

"我和沈冰的事，你算哪根葱。"

被称作熊强的人，一直在外围鼓动混混们下死手："老子有的是钱，打折他一条腿，给五万。"混混们欢呼雀跃，下手更不分轻重。时间久了钟意左支右绌，被一个混混绕到身后，抡起板砖狠狠砸在头上，顿时血流如注，膝盖一软摔倒在地。

混混们一拥上前，七手八脚地把钟意按住。

"强子，废他哪条腿，左还是右？"

· 320 ·　冷水沸腾

熊强这才敢走上前，薅住钟意头发，让他仰起头来面对自己，猛吸一口烟，把烟雾喷在他脸上："就这点能耐还装什么英雄？再说，你这叫多管闲事……"熊强把嘴巴贴在钟意耳边，悄悄说了句话。

鹿晓阳听不见，但钟意却犹如一头被激怒的狂狮，双臂使劲挥动，激愤下迸发出来的力道，让几名按着他的混混把持不住，纷纷脱手。熊强吓得不轻，急向后退，躲避扑向自己的钟意，无数只大手也再次抓了过来……

灌木丛后，鹿晓阳看得真切，熊强脚下打滑，身体失去平衡人向后仰，后脑勺磕在石头台阶上，鲜血迸溅而出，几乎同时，钟意也扑到了他的身上，身后更多的混混压上来。

"打死人了！"

不知道是谁发出了一声尖叫，如叮在肥肉上的绿头苍蝇，混混瞬间四散开来，只剩下钟意，拳头僵硬地高悬在空中，身下熊强后脑勺流出一大摊黏稠血迹。钟意愣住了，用手探了探鼻息，又摸了摸颈动脉，知道闯下大祸。

远处，沈冰气喘吁吁跑过来，看到眼前惨状吓得双手捂住了嘴。周边呆若木鸡的混混们纷纷缓过神来，喧嚣四起，叫嚷着不要放杀人犯跑了，还有人掏出手机报警。

钟意噌地站起身，怒目而视。这种自带杀气的目光让混混们胆寒，没有人敢真的上前拦截，反而向后退却，主动让出一条路。路过沈冰身边时，轻轻拍了拍她的肩头，然后就朝着巷子深处跑去，消失在黑暗中。

"很快警察就来了，封锁案发现场，还给那些坏蛋做笔录。我找到一位看模样像大官的警察叔叔，想把我看见的一切告诉他，他很忙，没有理睬我，也可能，认为我年纪太小了吧。"鹿晓阳自我解嘲地笑了笑，"我就坐在马路边等他忙完，出这么大动静，我妈很快就来了,她生性谨慎,怕我沾染这种晦气,硬生生拽我回家。回到家后,我把事情经过描述一遍,可她不相信,责备我侦探故事看多了,不让我去录口供。连亲妈都不相信,谁会相信一个孩童的话?"

回忆是痛苦的,鹿晓阳用平和的语气,终于把这个"故事"讲完。

钟燃谨慎起见,又问了一遍:"你确定你看到的一切,是真实的?"

"非常确定。"

按照鹿晓阳的说法,熊强死亡,是自己滑倒,后脑勺磕在石阶上造成的。弟弟背负着杀人犯的枷锁……想到这十年,钟燃几乎不能自已,太阳穴再次习惯性地疼起来。杏子心疼地望着他。

钟燃使劲揉着太阳穴,直到痛感减轻才再次问道:"我还有个疑问,为什么冷夏儿同学会选择从钟意跳崖的地方跳下去?这仅仅是巧合吗?"

"是我的主意。夏儿一心赴死,我给她推荐了这种方式,魂归大海是最好的解脱。当然,我还有一个目的,人死不能复生,但哥哥的名誉,我要替他争回来!自从那晚后,在我的意识里,就想做钟意哥哥那样的人,路见不平,拔刀相助。但我又不想追随他的脚步,我不会选择自杀,我会抗争,为了我在意的人,抗争到底!"

鹿晓阳情绪有些激动:"很多个夜晚,我都会梦到哥哥跳崖的画面,不能想象他在选择自杀时内心有多痛苦,我更懊悔,为什么不能勇敢地站出来替他发声?如果我做了,是不是哥哥就不会死了……我十七岁了,想要弥补曾经的过失。

"恢复杀人犯的名誉,并不是件容易的事。仅靠个人力量远远不够,只有让陈案重新回到大众视野才有机会。我承认,在这件事上我怀有私心,利用了冷夏儿。

"可我怎么也没料到,是大叔接管了夏儿的案子,如果你是认真的，就一定会发现两者之间的联系，重起钟意案的再调查。观察你很久，虽然你不如杏子姐机敏聪慧，也总算没让我失望。你的回归，让我的计划瞬间变得简单起来……人生，真的好有趣。"鹿晓阳玩世不恭的外表下包裹着一颗火热果敢的心，钟燃现在终于明白，为什么自己看鹿晓阳的样子，有弟弟的影子，但又完全不像他。

沈冰面如死灰，此时此刻，并没有人关注到她的表情。

鹿晓阳看了看表："时候不早了，我们再转最后一次，就结束这个夜晚吧。"

众人点头。

鹿晓阳把瓶子放在地上，这次他没有旋转，而是直接将瓶口对准了自己。大家望着他，不明白古怪少年的意图。

"如果让在座的每一个人，都跟冷夏儿说句话，那么，你最想说什么？"出乎所有人意料，鹿晓阳最后的问题，问给所有人。

三人面面相觑，一时间不知道该如何回答。静默片刻，钟燃率先答道："我想说夏儿同学，不敢想象你生前遭遇的不幸，我能做的，就是为你讨回公道。"

"说得那么严肃。"杏子白了他一眼，"如果有来世，姐姐希望能和你一起逛街，一起涂指甲油，当你伤心难过的时候，会是你最棒的聆听者。"

鹿晓阳唏嘘不已："如果冷夏儿能听到姐姐的话，一定会很开心。"

沈冰却毫无动静，等了好久，心急的杏子有些等不及了，小心试探道："沈老师——"

沈冰扬起脸："一定要说真心话吗？说真的夏儿，我挺佩服你的，能有跳下去的勇气。"

那一瞬间，杏子明显感受到，沈冰内心充满痛苦。

曲终人散，杏子执意要送沈冰回家。

第二十七章　往事何堪回首

一路无话，到了沈冰家楼下，杏子才道："我对夏儿说的话对你同样适用，如果你需要找人倾诉的话，我会是很好的聆听者。"

沈冰沉默半晌，才道："我家里还有瓶红酒，你愿意陪我喝一杯？"

"当然。"

沈冰家以灰色调为主，家具极简，墙面也没有多余的装饰，时间待得久了，会让人感觉冷淡压抑。这可能就是沈老师内心的写照吧，杏子暗自感叹。沈冰请杏子在沙发坐定，取出一瓶红酒先醒了，又分别斟进两只玻璃高脚杯。

推杯换盏，两个女人聊的话题渐渐多了，酒精作用下，沈冰卸掉了外表的伪装，整个身体都放松下来。

"你为什么会佩服冷夏儿？"杏子适时问道。

"一路上，这个问题你一直都想问吧。"

杏子并不回避，点了点头。

"现在的女孩子，都像你们一样勇敢吗？"

"我只是知道自己想要的，并为此争取，如果这算勇敢的话，我不否认。"杏子的洒脱，也感染了沈冰。

"我内心被一块巨石压得太久，几乎让我喘不上气来，但我答应过钟意，从来没有跟任何人提起过……"沈冰似乎所答非所问，此刻她内心防线最为薄弱，长久憋在心底的屈辱，就想找一个人倾诉，口中说着不说，却滔滔不绝地说了下去……

3

时光又回溯到十年前。

沈冰是转校生，"坏小子"钟意的出现，让她感受到少有的温暖，自然而然，两名少年成为最好的朋友。

本该完美的高中生活，却被一场噩梦击得粉碎。

一天夜晚，晚课结束后，沈冰背着书包走在回家路上。平时，钟意总会自告奋勇来送她，可今晚是年级足球赛，作为主力前锋的钟意抽不开身，沈冰也并不想每次都麻烦他。

今天老师讲解试题，下课偏晚了些。沈冰时间观念很强，怕妈妈担心，决定抄近路回家。路上有片小树林，没有路灯，借助月光依稀能看清路。四周安静得骇人，心底害怕，加快脚步想快速冲过去，迎面却遇上一个人。

熊强是纨绔子弟，高中就辍学回家。蓝海集团刚成立不久，作为骨干的熊卫国，整天忙得不可开交，根本无暇顾及儿子，想着年轻人散漫几年也无妨，回头送出国镀金了事。没有父亲约束，熊强愈加放飞自我，整天与社会青年厮混在一起。今天与几名狐朋狗友喝完酒，分开后醉醺醺地闲逛，碰巧遇上刚下晚课的沈冰。夏季沈冰穿着校服短裙，白花花的大腿晃得熊强眼晕，丹田涌起一股躁动，晃悠着上前搭讪。

沈冰哪敢回答，扭身就想跑。却被熊强扣住手腕，沈冰惊恐之下，高声喊着救命。

熊强吓得一缩脖子，但眼见周围静悄悄的，胆子顿时大起来，另一只手捂住沈冰的嘴，强行拖进树林深处。沈冰奋力挣扎，可力量差距悬殊，很快就失去抵抗能力，随着下体一阵钻心的疼痛，昏厥过去……

再次醒来时，施完暴的熊强并没有离开，而是在翻看书包。见她醒转过来，熊强狞笑道："我说这么嫩呢，原来是蓝海中学的高中生，你叫沈冰。"

沈冰急忙把散落在地的衣服穿起来。披头散发的她，恨不得撕碎眼前的恶魔，但接下来的话，却让她彻底放弃了抵抗。

"不瞒你说，我叫熊强，我爸是蓝海集团副总裁，你上的中学，就在我爸集团管理下。"熊强挥了挥手中的教职工卡，卡片上是沈冰妈妈的照片，为了女儿能吃教职工食堂，妈妈特意把卡留给女儿，没想到却被熊强抓住把柄。

"真巧啊，你妈在蓝海中学教书，想不想让她知道宝贝女儿的奇妙夜？"见沈冰疯狂地摇头，熊强更加有把握拿捏住她，"不想让我把这事捅出去，闹得满城风雨、尽人皆知，那就给我乖乖听话。"

沈冰抽泣着说道："你还想怎么样？"

"我就想让你做我的女朋友。"熊强嘴里喷吐而出的臭气，让沈冰几欲作呕。

沈冰试图拒绝："我不会做的，请你以后不要再找我。"

"那就做我半年的女朋友，趁我现在心情好，这已经是能开出的最优惠的条件了。"见沈冰没有表态，熊强变本加厉道，"我还想再做一次，你自己乖乖躺下。"

"求求你，不、不要这样。"沈冰哭着哀求。

沈冰自己也不知道，为何后背又贴在了潮湿的泥土地上，腐烂树叶的气息夹杂着土腥气直刺鼻腔，呛得她无法呼吸。恶魔再次压在身体上时，她大脑一片空白，只记得月亮嗖一下躲进了云层后面。

沈冰持酒杯的手都在颤抖。

作为女人，杏子清楚知道，说出这些话对于沈冰意味着什么。

"沈老师，感到不适的话，先不说了。"杏子满怀歉意。

"不，我要说，如果今天不说出来，我怕我再也没有勇气。"沈冰用手指擦拭了下眼角的泪水，仰头把杯中的红酒一饮而尽，"你没发现吗，是冷夏儿的决绝、鹿晓阳的坚韧，才安排了同样的跳崖……呵呵，鹿晓阳，你真是好样的。"

沈冰懂得一个道理：身体所遭受的侮辱，远不及这种小城市闲言碎语更加可怕，如果声张出去，熊强固然得到应有惩罚，但今后，父母和自己该如何做人？思前想后，决定把屈辱压在心底，让自己尽量忘记这件事。

谈何容易。

内心的煎熬，让她迅速消瘦下去，钟意第一个察觉出不对，问她是不是病了，沈冰疯狂地摇头，并警告钟意——以后离我远点。

开始时钟意还很生气，后来却想通了：这不是我认识的沈冰，她一定遭遇了什么，才会突然变成这个样子。他决定偷偷跟踪沈冰，揭开秘密。

一切风平浪静，尝到甜头的熊强，再次在放学路上拦住了她。沈冰左躲右闪，最终被逼进墙角。

熊强笑道："别害羞啦，你都主动过了，还有什么放不开的？跟我走，我在最好的酒店开了间房，咱俩……"后面的污言秽语还没说出口，人就重重地摔在地上。

"谁敢踢老子？"

钟意居高临下俯视熊强："踢你怎么了，我还揍你呢。"

熊强什么时候受过这种气，嘶吼着爬起来挥拳打向钟意，却被擒住手腕，微微使劲，熊强就承受不住了，"嗷嗷"叫着疼。钟意攥紧拳头，照着他小腹就是一拳，这拳之重，打得熊强双脚几乎离地，就感觉五脏六腑都拧到一起，再也站立不住，瘫倒在地。

钟意俯下身，厉声道："她是我朋友，再敢纠缠她，我打爆你的头。"拳头还在熊强眼前晃了晃。

沈冰怕把事情闹大，忙上前把钟意拉开："熊强，事情就这样吧，以后请你离我远点。"

有了这次情绪宣泄，沈冰明显好了许多，嘴角又露出久违的笑容。为防止熊强报复，钟意当仁不让地成为她的保护神，只要是上下学，都会陪伴在她身边。久而久之，学校里竟然传出两个人谈恋爱的风言风语。

哥哥钟燃上台领完奖，紧接着就是钟意接受检讨，如此戏剧性的场面，离不开熊强在背后捣鬼。可钟意怒撕检讨书、胸怀坦荡的行为，却赢得了很多女生好感，不啻打了熊强一记响亮耳光。

追忆起钟意陪伴自己的点点滴滴，沈冰面露微笑："即便全世界与之为敌，他依然我行我素，每天保护我上下学，从不间断。有他在身边，我感受到从未有过的安全……"

杏子望着面目含羞、如小女生般的沈冰，思绪却飞到钟燃身上，如果换作是我，他也会这般义无反顾地保护我吗？

"杏子——"

杏子思路被拉了回来。

沈冰举着红酒，双颊绯红："再来一杯吗？"

"好。"

沈冰给她斟上，剩下的全部倒进自己酒杯，满杯红酒被她再次一饮而尽。

"沈老师，慢点喝。"杏子阻拦已不及。

沈冰毫不顾及沾在唇边的酒渍，"咯咯咯"笑了起来，满脸醉意道："我一直恨钟燃，恨他罔顾弟弟需要帮助时，却只在意自己的功课……其实，我更恨我自己！恨我的懦弱，连自己是什么货色都看不清楚，徒用外表粉饰。人前是所谓的老师，只有深夜，躺在床上仰望天花板时，才敢想他……"

沈冰自顾自地讲述下去。

事发当天，酒足饭饱的熊强又跑到校门口堵沈冰，吃过苦头的他，特意带了几名能打架的混混。赶巧沈冰出校门取包裹，撞个正着，再想躲避时已然来不及，被熊强率人围在中间。

沈冰虚弱地质问道:"咱俩的事已经完了，你不是答应我，不再纠缠了吗?"

"我答应了吗?我在哪里答应的，是床上还是被窝里?"熊强的话，引起混混们一阵狂笑。酒气阵阵袭来，沈冰欲冲开重围，逃回教室，却被熊强劈手将手中包裹夺走。

"你快还给我……"

熊强哪会听她的，直接撕开包裹，里面是一套女性内衣。熊强眼睛放光，直接把文胸套在头顶，笑道:"哎哟，还是红颜色的，说，你这是买来穿给谁看的?"

混混们哄堂大笑。

沈冰羞愤难耐，上前去抢，却被熊强攥成团，扔给对面的混混。见有乐子可寻，混混们围成个大圈，把沈冰圈在中间，丢沙包般把内衣抛来扔去，逗她来抢。丑陋的一幕让校门卫看不下去，出来喝止，才得以让沈冰逃出来。玩过瘾的熊强，嘴里骂骂咧咧，带着混混们扬长而去。

沈冰掩面跑向教室，教学楼里冲出一人，朝着自己跑来。

"沈冰，熊强人呢?"钟意满脸激愤。

沈冰怕他惹事，急忙劝阻道:"我没事，不要管他。"

校门口，熊强顶着红色文胸调戏沈冰一幕，被路过的同学看见，并以火箭速度传进钟意耳朵里。如同受到奇耻大辱，钟意怒不可遏地冲出教室，迎面碰见沈冰。见她的神情，钟意心下了然，刚才发生的事都是真的。钟意一把抓住沈冰的双肩:"东西我必须给你夺回来，也要让他真正尝到苦头，不然，这种事会没完没了地纠缠你。"

双肩被攥得生疼，沈冰心思有些松动，嘴中却道:"可是他们人多。"

"快告诉我!"

第二十七章　往事何堪回首

"出了校门，他们向东走了。"

话音未落，钟意如箭般冲了出去。沈冰内心就涌起一股不祥预感，慌张下，想起哥哥钟燃。

"我心存侥幸，期待钟意像之前一样，如得胜将军，从战场凯旋。"沈冰轻轻摇摇头，眼神无光，"这是我第一次放弃阻止他的机会，也是我亲手把他推进了深渊……"

当沈冰赶到时，为时已晚。熊强已经倒在血泊中，钟意正骑在他身上，混混们在四周发出阵阵聒噪，说的都是同一个意思——

"钟意杀人了！"

沈冰感觉眼前一黑，整个世界都坍塌下来，以至于钟意什么时候走到自己身前都不知道。

"沈冰——"钟意轻声唤道。沈冰感觉自己的手心，被一件柔软的衣物填满，急忙下意识地抓住。

"属于你的东西，我已经替你拿回来了，他再也不会骚扰你了。"

沈冰哭腔道："钟意，你、你该怎么办……"

"再见了沈冰，你要好好活着，考上最棒的大学，忘记这一切吧，它就是一场梦，从来没有发生过。"轻轻交代完这句话，钟意迈步就要走。

沈冰一把拽住他袖口："你要去哪？"

钟意与沈冰四目相对，深情凝视许久，才伸手爱怜地摸摸她的头，又轻轻拍拍她的脸颊，道："很遗憾，我已经知道你的秘密了。"

刹那间，思想连同身体都被冻住，沈冰的手松开钟意的袖口。这个细微动作，被钟意敏锐地捕捉到。

"如果我消失了，这个世界就再也不会有人知道，事情就让我来收尾吧。"钟意在沈冰的唇上轻轻一吻，毅然决然地消失在黑暗中……

"有那么一瞬间，我觉得他消失了也挺好，谁知道他竟跳崖自尽。我永远不能原谅自己，潜意识里太在意自己的名声，而没有顾及他。"沈冰泣不成声。望着窝在沙发里、遍体鳞伤的女人，杏子心下恻然，但也知道，此时最好的方式，就是让她把淤积在心底十年的情绪完全发泄出来，自己能做的，就是默默地守护着她。

好一阵子，沈冰才止住哭声，用手指拭去眼角的泪水，情绪平稳了许多，歉然道："这些话是我第一次说出口，不知道为什么，会跟你说这么多，希望没有引起反感。"

杏子轻轻地拉住她的手，柔声道："逝者已逝，钟意生前最希望的，就是你能忘记这段经历，开心快乐地生活着，这是他对你的离别寄语，一定不要让他失望才对。"

"我也努力尝试过，但夜深人静时我总会想起他，他跳下悬崖摔得疼不疼，躺在漆黑的大海里会不会寂寞……每念及此，就像有块巨石堵在心头，喘不上气来。"

"因为你在意他，才有这么深的负罪感。"杏子继续宽慰道，"沈老师，就像今晚对我讲述一样，我希望你能勇敢地站出来，与鹿晓阳携手，作为证明钟意清白的证人。话一旦说出来，就不会感觉那么难了。"

沈冰点点头："我已经逃避了十年，不想再这样下去，为了钟意，我愿意。"

又静默了一会儿，沈冰幽幽道："你这么做都是为了钟燃吗？"

"是的，我爱他，甘愿为他做所有事。"杏子目光炯炯，回答得毫不犹豫。少顷又柔声道："我也希望姐姐以后能真正地开心快乐，找到属于自己的归宿。"

"你刚才的眼神，好像钟意。"沈冰起身，又拿回来一瓶酒道，"我喜欢听你叫我姐姐，怎么样，想不想陪姐姐再喝一瓶？"

杏子的眼睛弯成月牙，笑道："为什么不呢？！"

弯月如钩。

第二十八章

溺　水

1

时光如梭，眨眼间一个月过去了。

今天是蓝海中学的大日子，经过多方协调和准备，斯坦福大学代表团将莅临本校。从上至下，洋溢着一股喜庆气氛。数日前，校办、教导处……学校所有部门就高速运转起来，从安保到后勤，无一不井井有条。谁不想亲眼看看世界名校的风采，为了进礼堂参加联谊活动的名额，班级间进行多维度的竞争，其激烈程度，不亚于一场期末考试。

斯坦福的师生计划十点钟到达。

提前十分钟，在礼堂台阶前，刘复舟就已经正襟恭候，集团一把手莅临，足可见对这次活动的重视。在他身后，黑压压站了无数高管。停车场上，教导处和校办的老师们在跑前跑后张罗着。

刘复舟冷眼注视着眼前一切，没发觉站在身边的儿子偷偷溜了出去。

挤出人群的刘鹰珞，迈开大步朝着女生宿舍跑去。事情凑巧，今天也是尚雯雯拍摄水下广告的日子，陪同她去的计划只好泡汤，特意赶过来送她一程。

尚雯雯早已经坐在保姆车里，母亲尚华倩陪在一旁。为了这条广告，企业特意为女主角配备了专车。看到刘鹰珞从远处跑过来，甜甜地说道："伯父对我真好，就拍一条广告，还特意配备了专车，等见到伯父，你可得替我好好谢谢他。"

"要保护好女主角吗，这次是水下拍摄，专车也方便你更换衣物、取暖。"

尚雯雯笑靥如花。

刘鹰珞道："潜水练得如何了？"

"放心吧，教练说我有潜水天赋，技巧掌握特别快，等放寒假，我要跟你一起去帕劳潜水，穿越蓝洞……"尚雯雯畅想着。

"那你可得保护我，不要被鲨鱼吃掉。"刘鹰珞递给她一瓶体能饮料，"注意补充水分。斯坦福代表团马上就到，我还得上台演讲，得赶紧走了。"

"车里专门给准备了一箱矿泉水，不用你费心啦。"

尚华倩急忙接过来放进包里，笑道："傻丫头，放再多的水，哪有鹰珞给你的好喝？要不是陪着雯雯，阿姨都想亲眼看你演讲。哪天去家里，阿姨下厨给你做好吃的。"

"谢谢阿姨。"

"你快去忙吧，一会儿见。"

刘鹰珞拍了拍车门，示意司机可以走了。车辆远去，尚雯雯还不忘摇下车窗，朝着刘鹰珞挥手。

十点钟刚到，载着斯坦福大学代表团的大巴车开进校园，活动正式开启。当刘复舟意识到儿子不见时，刘鹰珞业已挤过人群，站回自己身边。刘鹰珞擦了擦额头的汗水，朝着父亲歉然一笑，刘复舟斜睨着儿子没有说话。

很快，在翻译协助下，刘复舟与斯坦福领队史密斯博士友好握手、寒暄，分别介绍彼此同行人员，介绍到校学生会的主席刘鹰珞时，刘复舟特意加上句："也是我的犬子。"

刘鹰珞一表人才，史密斯第一印象很好，握住他的手，另一只手还亲昵地在肩膀拍了拍。

刘鹰珞有些受宠若惊。

一行人步入会场，礼堂内顿时响起雷鸣般的掌声。享誉世界的名校，如今近在咫尺，吸引师生们投来热切的目光。主席台分宾主落座，经过短暂的喧哗后，司仪走上台来，朗声道："斯坦福大学与蓝海中学的联谊会，现在开始。首先请允许我向师生们隆重介绍在座嘉宾……"

2

保姆车行驶到一片宁静的海滩边上。

摄制组早已经准备就位，见女主角车子开到，造型师带着团队蜂拥而至，张罗着给尚雯雯化妆做造型。

陪同导演坐在监视器前的是熊卫国，此次拍摄的是他麾下深蓝游艇制造有限公司的新产品。两个人谈笑风生，直到造型师走过来汇报，一切妆容准备就绪时，熊卫国才站起身，慢慢踱步到保姆车前。

"尚同学你好，我是集团副总熊卫国，今天拍摄会很辛苦，有什么需要，尽管向我提。"

集团副总都亲自出面，这种殊荣让尚华倩受宠若惊，忙不迭回道："哪里敢劳熊总大驾，我是她母亲，我照顾她就好啦。"

尚雯雯也报以甜甜微笑："谢谢熊总关心。"

"今天，我的任务就是服侍好你，一定不要客气。"熊总尚且如此，身边的工作人员更是把尚雯雯捧上天。

下海前，先拍摄一组沙滩上的镜头。在导演组召唤下，尚雯雯被众星捧月、簇拥着走向沙滩,如此出风头的时刻,母亲尚华倩哪甘心落后,也急忙跟了上去。

"Are you ready? Action!"随着导演一声令下,拍摄开始。

趁着所有人注意力都在现场,熊卫国偷偷钻进保姆车,刚要取车上的矿泉水,余光看到尚雯雯的背包拉链没有拉上,露出里面的体能饮料,临时改变策略,取出并拧开体能饮料的盖子,把早已准备好、磨成粉的安眠药,全部倒了进去,又把饮料放回原处,才闪身下车,装作若无其事的样子回到监视器前,一切做得神不知鬼不觉。

很快,沙滩的镜头顺利完成。

按照分镜头脚本,接下来要拍摄尚雯雯在珊瑚群中游弋的镜头。拍摄地点选在石屿市最美丽的小岛——珊瑚岛,这是一座几乎沉在水面下的岛屿,珊瑚群没有被污染,种类繁多,色彩斑斓,是理想的天然拍摄地。

趁工作人员往工作船上搬运器材之际,尚雯雯回到保姆车进行短暂休整。手机提示音响起,是刘鹰珞发来的微信:拍摄还顺利吗?

尚雯雯秒回复:一切顺利,放心啦,都特别照顾我。

刘鹰珞回复:那就好,一会儿我要上台演讲,不能和你聊了,记得多喝水。

尚雯雯回复:快去吧,加油。再附上一个抱抱的表情。

放下手机,尚雯雯确实感到口渴,接过母亲递过来的体能饮料,拧开水瓶,大口大口地喝着。

在雷鸣般的掌声中,史密斯博士结束了自己的精彩演讲。

司仪上台:"接下来,有请蓝海中学学生会主席刘鹰珞同学,代表全体同学,发表演讲。"

欢呼声中,刘鹰珞穿着剪裁得体的学生装,步入讲台。

"老师们、同学们,大家上午好。能代表大家站在这里,与斯坦福大学师生进行交流，是我莫大的荣幸。众所周知，斯坦福大学建校距今已有一百多年的历史，具有非凡的文化底蕴。而蓝海中学，仅仅建校十余年，是什么力量能让两所看似毫不相干的院校相聚于此？"

刘鹰珞落落大方，侃侃而谈："The wind of freedom blows，自由之风吹拂。这是斯坦福大学的校训，鼓励和保证师生能自由无阻地进行教学和学习。这种批判精神，正是基于自由人格和独立思考的能力，让我们领悟其博大的精神内涵。每一名步入蓝海中学校门的师生，只要你昂首挺胸，都会看到高悬在教学楼楼顶的校训：自由、博爱、勤励、奋进。这八个字，激励着莘莘学子在自由的环境中奋发图强。我想，把大家凝聚在一起的力量，正是源自相同的价值观：自由……"

目光从演讲稿上挪开，抬起了头。聚光灯照射在身上，强烈光线刺激下，让他眼前泛起万花筒般的绚烂色彩。台下观众乌压压一片，分不清楚彼此，如同黑暗中颗颗直立的土豆。有那么一瞬间，刘鹰珞宛若与世隔绝，浑然忘记自己身在何处。

半个月前，母亲坐私人飞机远赴美国。做了半生蓝海中学名誉校长，却在儿子最风光的时候黯然离去。这一切都是父亲的安排，母亲没说什么，自己当然也不会说，就像生命中一件微不足道的小事。可此时此刻，自己想起母亲，内心那份前所未有的孤独，竟不可遏制地滋生出来。

不知道为何，礼堂里面起风了。

强劲的风势把演讲稿卷起，吹散在半空中。脱离了稿件的刘鹰珞，就像摆脱了枷锁的小鸟，站在讲台上，心底话喷薄而出："在我小的时候，父亲创立了蓝海中学，当两米多高的校训大字在我眼前升起、被吊车吊挂在教学楼楼顶时，我曾经问他，为什么要把自由放在第一位？父亲说，这是他一直秉承的理念。可作为他的儿子，从没有感受过'自由'两个字的含义。因为我，一直在努力做着刘复舟喜欢的儿子。

"在父亲的词典里,从来就没有失败这个词,他从小对我的要求极为严苛,任何事都要做到最好,不容许出现一丝失误。记得四岁那年,窗外飘着大雪,同龄的孩子在堆雪人、过家家时,我却埋头做着父亲布置的学习任务,五百道口算题啊,仅仅错了一道,就被父亲罚站,在冰天雪地里站到半夜,反思为什么会做的题还能做错,任凭母亲怎么求情、哭喊,都不能改变父亲的决定。是啊,会做的题,为什么就错了呢?直到被冻得全身发僵、晕倒在雪地前,我也没想明白……

"但这件事比起后面发生的,简直微不足道。父亲告诉过我,是男子汉就要披荆斩棘,在逆境中求生存。他强迫我学习游泳,直到十二岁那年,父亲突然放下手头工作,驾驶游艇带我出海。这是父亲少有的对我表达出亲近,我欣喜若狂。直至游艇开出一海里,父亲突然告诉自己,你可以下船了。我当时就蒙了,在这下船,我该如何回去?怎么回去,激发你身体所有潜能,游回去。父亲很轻蔑地告诉我答案,并不顾我的哀求,强行让我下船。开始时,我还以为是哪里惹父亲生气,要小小地惩戒下,可等我跳进冰冷的大海,父亲却驾驶着游艇,头也不回地离去。望着被螺旋桨激起翻滚的水花,我知道,天地之大,只能靠我自己了……

"我用尽了全身的力气,也承蒙老天的眷顾,终于游回了岸边,足足躺了一周。能从床上站起时,我终于意识到,自己只是父亲强大自我的延伸,要想真的获得自由,先要去完成父亲的意志。在父亲面前,我'成熟'地学会了掩饰,变得少言、乖巧、谨慎。

"他对'自由'的定义,真的就是我想要的'自由'吗?之前的我并不认同,但今天毫无悬念地站在讲台上,作为塔尖上的人,我突然顿悟父亲所谓的自由了,没错,我也很享受它。为了它,我会更加'配合'扮演儿子角色,直到'自由女神'降临。"

刘鹰珞敏感地察觉到，主席台上正襟危坐的父亲，正恶狠狠地盯着自己。

"最后还想抱怨一句，难道你就是完美的化身？"

刘鹰珞头一回迎着父亲目光，勇敢地回敬过去，双瞳被刺得火辣辣地疼，也没有考虑退缩。终于，四目僵持下，父亲似乎不安起来，锐利的光芒也缓缓减弱，这让刘鹰珞的内心，涌起一股报复后的快感。

按照拍摄计划，工作船先后到达指定海域，水下摄影师已经潜入水下，寻找最佳的拍摄角度。潜水教练将事先准备好的铅块，绑在尚雯雯腰间。近一个多月自由潜水训练，她的潜水技能已经达到相当纯熟的地步，又是在浅海珊瑚礁群拍摄，安全性很高。

危险恰恰来自尚雯雯自身。自从登船，她就感觉到头晕目眩，眼皮灌铅般沉重。母亲率先发觉不对："女儿，哪里不舒服吗？"

"没事，妈，就是突然有点头昏，可能是昨晚没休息好。"尚雯雯自我宽慰。

母亲环视下四周，低声道："能坚持就坚持，这可是难得的机会啊。"

尚雯雯如何不懂？这个广告规模空前，是有史以来自己接到的最棒的一支。广告费用投入惊人，为满足客户追求的尖端品质，承制公司特地召集了业内最顶尖人才会聚于此。自己是名不见经传的小人物，要不是刘复舟发话，女主角无论如何也轮不到自己头上。这么大阵仗，眼看就要拍摄水下镜头了，自己绝不能因为身体疲惫就当缩头乌龟。

"放心吧妈，我比你懂。"

以至于造型师和潜水教练也发现她有些精神萎靡时，她都强颜欢笑，笃定地告诉他们，自己没事。而这种驱之不去的困意，却越来越强烈。

　　一切准备就绪，尚雯雯喝醉酒般走向船尾，船板湿腻，脚下打滑趔趄着就要摔倒，被斜刺里伸出来的一只大手扶住，深沉男声也随之传进耳中："尚同学，如果身体不舒服，不要勉强自己。"

　　这个男人戴着棒球帽，恍惚间在哪里见过。没等尚雯雯反应过来，周边工作人员已经一拥而至，纷纷扶住了她，嘘寒问暖，男人趁机消失在众人身后。

　　来不及多想，尚雯雯就被众人簇拥着来到船尾。导演再次得到她确认后，才下命令："各部门准备，女主角下水。"

　　冰冷的海水刺激到皮肤，让她又清醒了些，深深吸了口气，才一头扎进水面下，摄影师在不远处的珊瑚礁朝自己招手，尚雯雯宛若一条美人鱼，潜游到了预定位置。拍摄异常顺利，很快就剩下最后一个镜头：女演员在珊瑚群中游弋。这是个大景别的镜头，游弋在演员周边做保护的工作人员都要回避。

　　尚雯雯坐在船尾，闭目养神进行短暂休息。最后一个镜头了，马上就成功了，不要睡雯雯，你是最棒的……拼命提醒着自己，跟潮水般涌来的困意对抗着。

　　"演员下水。"导演发出了指令。

　　尚雯雯努力睁开眼，波涛起伏的海面，加剧她的眩晕感，脚下失衡，"扑通"一声，与其说跳入海水中，不如说摔下去更贴切。拼尽最后一丝精力，坚持着游到一大簇珊瑚群后面，按照事先预演的路线，从这簇珊瑚中游出，迎面游向远端的摄影机。

　　游过去就结束了……这是尚雯雯失去意识前，脑海中闪过的最后一丝念头。

　　五彩斑斓的珊瑚群从她身边逐渐升高，越来越触不可及。周边迅速昏暗下去，海底就像巨大吸盘，吸附着她的身躯，向着无尽黑暗坠去……

3

这段时间，钟燃和杏子也没闲着，在警方配合下，调取了明仕花园周边监控，锁定了那名保安行踪。经过大数据调取，得知这名保安叫康亚军，无前科，是石屿市五峰区人，体育特长生，曾经在少年组拿过全市的田径短跑第一名。不知道什么原因，高中毕业后就加入一家潜水俱乐部，并获得专业潜水运动教练的资质，一干就是六年。在他的工作履历里，潜水教练成为他最稳定的工作。辞职后飘忽不定，更多以临时工为主。

钟燃又调出来尚雯雯和尚华倩的资料，比对下，更加坚定了之前的判断。康亚军的人生轨迹，几乎和尚家母女重合，甚至在尚雯雯小时候，尚华倩带着女儿在外省生活了两年，康亚军那两年，也出现在那个城市。

更关键的证据，康亚军是 A 型血，尚华倩是 B 型血，尚雯雯是 AB 型血，血型吻合。

钟燃和杏子对望一眼，除去做 DNA 亲子鉴定，几乎可以百分之百确定，康亚军就是尚雯雯的亲生父亲。

这名男人真是用心良苦，一直默默守候自己的女儿，可这么多年，为什么就不和女儿相认呢？难道说，他和尚华倩之间，有什么不能说的苦衷？杏子对此不能理解："尚雯雯对外，一直宣称自己是单亲家庭，姓氏也跟随了母亲。没想到啊，她的父亲一直就在身边，这也太戏剧了吧。"

"接触中，感受到她对父爱的渴求吗？"

"她是个很高傲的小姑娘，性格跋扈，又善于演戏，从不露出内心的真实情感……只有那次，我去医院找她理论，在门口听见她和母亲说话，言语中提及父亲这个字眼，却被尚华倩断然打断。我想，即便她渴望，也不敢在母亲面前表达出来。"杏子回忆过往，竟有些同情尚雯雯的意味,"父母的矛盾,为何非要转嫁于孩子身上?从这个角度看,尚雯雯其实还是很可怜的。"

杏子的同理心,让钟燃感到欣慰。

与尚雯雯有了这层牵绊,找到康亚军就变成一件很容易的事情。

"尚雯雯哪天拍摄广告?"

杏子脑筋转得极快,眨着大眼睛,故意道:"师父,康师傅为了保护女儿才打了你,情理之中啊,你还得理不饶人了。"

钟燃笑道:"我是去抓他吗?潜水这么危险的事,作为潜水教练的他,一定会守护在女儿身边,以他为突破口,没准能收获惊喜。"

"但愿吧。"

"上次尚雯雯和刘鹰珞谈话,有没有提及广告在哪拍摄,大概什么时间?"

"这个就不劳师父费心了,如果连时间地点都搞不定,我还叫李杏子吗?"

水下摄影师最先察觉到不对劲。

女演员自从游到珊瑚后面,就再也没有出现,按照自由潜水能屏气的时间,已经过了临界值了。摄影师急忙让助理浮出水面示警,自己向尚雯雯方向游去。

没等游到事发地,在他头顶上方的海面,一个身影跳入水中,标枪般向海底俯冲,游速之快让摄影师眼前一花,以为是条梭鱼。

救人者毫不犹豫,扎进了漆黑如墨的深海,摄影师已经看不清楚他的身影。正不知所措间,救人者又浮了上来,怀中还抱着一个人。找到了!摄影师兴奋极了,要不是嘴里含着呼吸器,早就欢呼出声。

救人者托着已经昏迷的尚雯雯,脚踩着水,以最快的速度浮上海面,被船上的人员救上船。尚华倩在船上急得顿足捶胸,看到女儿被救上来,尖叫着就往前冲,可当她看到救人者面庞时,陡然止步,神色就像撞到鬼，张着嘴发不出一丝声音。

救人者根本顾不得其他，把尚雯雯放平，检查下心跳和呼吸，就急忙实施心肺复苏和人工呼吸。手法极其专业，每一下按压都坚实有力，很有频率。坚持不懈的努力终于换来好的结果，尚雯雯"哇"地吐出了气道内的污水，人也慢慢恢复了意识。救人者再次检查了她的脉搏、心跳、瞳孔，确定正常后，才长吁出一口气。

尚雯雯散漫的目光逐渐聚拢，最终汇聚在此人身上。

"你是……"终于辨认出来，他就是家小区的那名保安。刚才着急跳海救人，广告公司的工作服都没来得及脱，湿漉漉贴附在身体上。面对面凝视，尚雯雯竟然产生一种莫名的亲近感，本能地就想扎进他怀中，依偎在宽阔的胸膛前，为什么会萌生这种感觉，自己也说不清楚。

"大叔，你怎么会在这里？"尽管头很晕，尚雯雯还是迫不及待地问出了内心疑问。

保安似乎并不想回答，而是掏出手机拨打120，再对工作人员道："马上掉头回岸，她需要做全面检查。"

刚才的险况，把承制公司代表吓丢了半条命，如今女演员脱险，内心早已经念了一千遍阿弥陀佛，拍摄已变得不重要，忙点头答应。

"早就跟客户讲过，如今后期特技很发达，想要的效果完全能在摄影棚里实现，可他们过于执拗，非坚持实景拍摄。在大海里拍，不可控的因素太多了，幸亏没出大事，不然，我的公司都要倒闭了。"发着牢骚，代表还不忘上下打量保安，内心搞不懂，公司新招聘的临时工，竟和女主角如此熟稔。

"老板，女演员现在需要个安静的房间。"

"我的疏忽、我的疏忽。"多年的历练，代表深谙做乙方的门道，提供优良服务之外，管理好嘴巴才是生存之道。于是乎，游艇最大客房火速被腾出来，暖姜茶、时令水果流水般送上来后，代表就消失在视线中。

等房间内只留下两人时,保安立马换上副关切的神色:"雯……尚同学,你现在感觉怎么样?"

"感觉好些了,就是还有些头晕。也不知道为什么,从我开始拍摄起头就一直晕,特别想睡觉。"

"你之前有过这种经历吗?包括训练潜水。"保安紧锁眉头。

"从未有过。"尚雯雯非常笃定。

"那在拍摄前,你吃过或者喝过什么东西?"

"只喝过体能饮料。"

"饮料在哪里?"

"在我背包里,妈妈替我保管。"

"希望她没有随意丢弃,等上岸后,我去找家检测机构检验下水质。"

"你怀疑……"他的话让尚雯雯顿生警觉,双手防御似的抱在胸前,疾声问道,"能告诉我,你到底是谁吗?"

保安面露痛苦之色:"我叫康亚军,不知道你记不记得。"

"康亚军?"名字很陌生,尚雯雯摇摇头,这时候才意识到母亲不见了踪影。明明是和自己一起登上这艘船,出了这么大的事,怎么会置之不理呢?拨通母亲电话,电话刚响一声就被挂掉。她耳朵尖,母亲手机铃声就在门外响起。

尚雯雯示意康亚军把门打开。果不其然,母亲正趴在门缝边偷听,门开时还保持着单耳贴门的姿势,被逮个正着,尚华倩神色异常尴尬。

"妈,你这是干吗?鬼鬼祟祟的。"

"啊,是啊,妈这是……"平时伶牙俐齿的母亲,竟变得吐字不清,眼睛还偷偷瞥了一眼坐在屋内的康亚军。

这个微小的动作,被尚雯雯捕捉到了,内心不由得咯噔一下。羞愧、歉意、怨恨、无奈……五味杂陈都包含在刚才那个眼神里，母亲和他的关系非同一般，当这个男人接近自己，就有种莫名的亲近感。刹那间，她已经知道了答案。尚雯雯僵硬地转回头，怔怔地望着康亚军，嘴巴微张，发出连自己都听不到的声音："你是我爸？"

康亚军却感受到了，眼含热泪，郑重地点了点头。

"为什么要这样对我？！"

尚雯雯发出有生以来最惨厉的嘶吼，猛扑上去，挥舞着拳头，用尽全身气力捶打着康亚军。康亚军紧紧抱住女儿，任凭她在怀里又扑又咬，尽情宣泄着，直到打累了，尚雯雯才浑身瘫软地倒在父亲臂弯里。宽厚的肩膀、温暖的臂弯，再加上体内没有代谢掉的药物，使尚雯雯竟然再次晕过去。

康亚军近距离端详着女儿，长长的睫毛，吹弹可破的肌肤，吐气如兰的气息。自己无数次在梦中拥抱女儿，如今变成现实，这条硬汉悲喜交加，眼泪止不住流下来。尚华倩擦拭掉眼角的泪珠，从包里掏出体能饮料递给康亚军后，在沙发的另一角坐下，轻声道："你怎么找到我们的？"

"没有找，我从来就没有离开过。"

4

年轻的尚华倩是市舞蹈剧团的舞蹈演员，容貌姣好，舞蹈功底又扎实，常作为剧团的台柱子参加演出，追求者无数。她性格张扬跋扈，又自视清高，私底下得罪了不少人。

尚华倩喜欢运动，在一次游泳时邂逅了康亚军，英俊外表加上健康的体魄，对其大有好感。康亚军更是对尚华倩一见钟情，展开猛烈追求。年轻人待在一起时间久了，暗生情愫。可康亚军家境普通，父母早亡，对于尚华倩来说，是道无法逾越的鸿沟。

舞蹈团团长是位四十多岁的已婚中年男子，垂涎于她的美貌，私底下暗示过数回，都被婉拒。尚华倩怀揣着明星梦，怎肯委身一个小小团长的羽翼下？

一次舞台事故尚华倩扭伤了腰，本是一个小伤，休养半个月即可痊愈，但等她回来时，却发现自己的位置，已经被B角女演员完全替代。找团长理论，却吃到闭门羹。通过小道消息才得知，利用这段间隙，B角女演员通过做团长小三，成功上位。

被踢出局的尚华倩愤懑不已，深夜去酒吧买醉，被康亚军抬回了家，借助酒精麻痹，两人发生了关系。

心比天高的尚华倩毅然辞去市舞蹈团的铁饭碗，立志要在影视圈混出名堂。B角女演员的上位史，也算点醒了她。当她花尽心思攀上一名电影导演，正想委身相许时，却意外发现自己怀孕了。一夜风流毁掉自己星途，接踵而来的水逆，尚华倩都迁怒于康亚军，对其大发雷霆，发誓自己会打掉孩子，并让他永远滚出自己的生活，再也不要联系。

躺在手术床上准备做人流时，隔壁一声婴儿啼哭，唤醒了她心底的母性，拔掉输液管，跳下床，逃难似的离开医院。

尚雯雯终于被生了下来，断奶后，尚华倩还试图托关系回到市舞蹈团，可新人更迭，让她连一丝机会都没有。赌气之下，带着年幼的女儿去横店做了横漂，几年光景下来，遭受了无数白眼，事业却毫无起色。她学会了酗酒，每每喝醉，她就愈加恨康亚军，是他毁了自己本该灿烂夺目的人生。

就这样沉沦了好几年，直到女儿七八岁时，大家都夸她像个小明星，尚华倩才意识到，女儿的脸蛋出落得比自己还标志，明星梦，未尝不可在女儿这里延续下去……

尚华倩有了奋斗目标，人也重新振作起来，所有重心都围绕着女儿转。给她报最棒的舞蹈班、钢琴班、表演班，上最好的学校，不管大大小小的商演都接，混口碑、混脸熟，俨然走上一条明星打造之路。

尚华倩的叙述，康亚军并不感到意外，这些年，他一直保持着安全距离，远远地守护着母女俩。

尚华倩问道："我经常会莫名其妙收到一些钱，是不是你寄的？"

康亚军没有说话，默认了。

"这么多年，你就这么远远地看着，就没想过……来找我们娘儿俩？"尚华倩有些幽怨地望着康亚军，岁月沧桑背后，依稀还能看出年轻时英俊的面庞。

"怎么没有？"康亚军苦笑一声，"在横店时，你收工后把女儿安顿好，自己一个人在楼下的大排档买醉，我冲动下想去找你，可走到身后，却听见你在痛骂我，永远也不想见到我。"

"你是真没出息啊。那段时间我特别恨你，只要喝酒，就会拿你发泄。"尚华倩遥想当年的窘态，笑着笑着，眼泪流了出来。

"不过我还是很感谢你，能培养出这么优秀的女儿。"

"女儿大了，鬼知道她内心怎么想的，很多时候我都感觉到，她对我只是表面上的顺从。"尚华倩望着在康亚军怀中的女儿，有些羡慕道，"像这样依偎在妈妈怀里，我已经很多年没有再体会到了。"

尚华倩真情流露，一时间，康亚军不知道该如何劝慰。

在父亲怀中熟睡的尚雯雯，一滴晶莹剔透的泪珠从眼角沁出，轻轻地划过面颊。

尚雯雯溺水的消息，早已被工作人员提前带上了岸。等船终于停靠码头，康亚军抱着女儿走出船舱，抬头就看到了钟燃，他眉头紧锁，似乎已等候多时。

杏子快步迎上："情况怎么样？"

康亚军简要叙述下经过，并道："检察官同志，我女儿溺水了，

第二十八章 溺水 ·347·

等救护车到了,我就跟你们走。"

杏子道:"康亚军,你对于袭击钟检的事实,有异议吗?"

"就是我干的,我认罪。"

"我调取你的档案,里面没有不良记录。作为一名父亲,为保护女儿做出不理智行为,虽不可取,但可以被原谅,我决定不追究你了。"

钟燃的态度,出乎康亚军意料,不禁心潮澎湃,诚恳道歉:"钟检,谢谢您的宽宏,我对曾经的行为十分羞愧,对不起,给您添麻烦了。"

远处救护车拉着警铃呼啸而至。

钟燃道:"还愣着做什么,赶紧送她过去。"

康亚军取出那瓶装在塑料袋里的体能饮料:"钟检,我高度怀疑我女儿溺水和这瓶水有关,把它交给您,没准能算是个关键证据。"

杏子急忙接过,喜道:"谢谢你的信任,我们马上送到检验科化验。"

康亚军不再答话,抱着女儿,迎着救护车的急救人员而去,尚华倩紧随其后。

5

"刘主席、鹰珞?"司仪一脸焦急,在幕后小声地提醒他。

"啊——"

刘鹰珞猛然惊醒,演讲稿整整齐齐地放在讲台上,礼堂里哪里有风?只有头顶中央空调吹出来的冷气。是自己产生幻觉了,什么也没有发生,对父亲的精神胜利,终究是黄粱一梦。不清楚自己站了多久,只见台下的"黑土豆们"正在交头接耳,窃窃私语,这种窸窣作响如鼠咬的声音汇聚一起,在礼堂上空回荡。

不愧是刘鹰珞，反应神速，朗声道："冥想也是我的自由，我刚刚用实际行动去体会这个词的意义，嗯，确实感觉不错。"

自我解嘲的话，顿时引起了台下师生释然的笑声。

正准备继续念稿件，却看到一个人从礼堂后面的入口急匆匆走进来，来到父亲身后，低声耳语一番。刹那间，刘鹰珞就感到脸颊被利剑划过，火辣辣地疼。这种目光很熟悉，不用问，是父亲。在舞台强光照射下，刘鹰珞看不清下面发生了什么，只能依稀看到父亲站起身，拂袖而去。

这样的场合，到底发生了什么事？

不祥预感让刘鹰珞感到一股凉意，自脚心而上，顺着脊椎骨爬上了后脑勺，引得头皮阵阵发麻。

好不容易才挨过了联谊会，在设晚宴宴请斯坦福大学一行前，刘鹰珞主动联系了父亲几次，都没有收到回音。最后，还是父亲秘书接的电话，告知刘老板有要事正在开会，不要打扰。就这样，刘鹰珞在焦躁不安中度过整个下午。眼瞅着晚宴就要开始，父亲还没有到。迎接这等尊贵客人，中方列席最主要嘉宾就是刘复舟，可……校长哪里敢催，眼巴巴地瞅着自己。

刘鹰珞有些尴尬地笑笑，安慰校长不要慌，自己去室外迎一下。就在他望眼欲穿时，等来的不是父亲，而是几名警察。

冰冷的手铐，铐在了手腕上。

钟燃雷厉风行，第一时间就把那瓶体能饮料交给技术部门化验。果不其然，在剩下的水中检验出了大量安眠药成分。瓶体除了尚雯雯母女，还有刘鹰珞的指纹。

蓄意谋杀！

这是钟燃拿到检验报告的第一反应。此事非同小可，在向公安机关报警的同时，钟燃驱车赶往医院，探望尚雯雯。仗着年轻身体底子好，全面检查后身体并无大碍，此时躺在病房，正沉浸在父亲突然出现的喜悦中。

钟燃说明来意，并把检测报告拿出来，询问可能接触过的人，尚雯雯心情瞬间跌落谷底。为了那段视频，刘鹰珞就要杀了我吗？他为我做的一切，难道说都是假的，都是圈套？一时间，竟无法接受这个事实。

尚华倩当然认得这瓶水。出发前，刘鹰珞专程跑过来递给女儿，自己亲手放进手提包的。她此刻还对豪门抱有幻想，试图开脱道："雯雯，这里面是不是有什么误会？"

尚雯雯痛苦地摇摇头："是真的，他怕我把手中的视频交给警方。"

"什么视频？"尚华倩并不知情。

尚雯雯目光瞥向杏子，见杏子朝着自己点点头，鼓励自己勇敢说出来。

尚雯雯深吸口气，一字一顿说道："那晚在KTV，刘鹰珞进入冷夏儿包厢的视频。"

第二十九章
开　庭

1

叶安稳一瘸一拐，在管教带领下进入审讯室。桌子对面，端坐着两名检察官，其中一人，让他很意外。

"钟检，什么风把您吹来了？几日不见，你连成年人案子也负责了？"叶安稳话语中带着浓郁的调侃味道。

"老同学，我今天来，只是想看看你。"

"看我？我有什么好看的，烂命一条。"叶安稳轻蔑地瞥了眼钟燃，冷笑道，"如果想撬开我的嘴，问我幕后主使是谁，我还是那句话，没人，就是心血来潮自己做的。"

这种说辞让同行检察官听得耳朵起茧子，不禁朝钟燃微微摇头。

钟燃并不生气："只要你不说，我不会问，今天就是来叙叙旧的。"

"哟嚯——"叶安稳摆出一副不相信的样子，把身体靠在椅背上，对钟燃身边的检察官努努嘴，意思再明显不过：这还端坐着一位，怎么叙旧？

"张检，要不您回避下？"钟燃来之前，就特意向老烟要求过，此时要想撬开叶安稳的嘴巴，就要走一些不寻常的路径，为此，老烟特意向上级打报告，特批钟燃在此次审讯中，可以审时度势，自由掌握。

张检正巴不得出门透透气，欣然应允，还顺水推舟道："你们老同学聊两句天，我这个外人听也听不懂，干脆就耳根清净清净。"说着就走出审讯室。

叶安稳律师出身，如何能不懂办案流程，禁不住笑了起来，揶揄道："为了我可是煞费苦心。我倒想听听，跑到这个鬼地方来，到底要叙哪门子旧。"

"我今天来，是为了钟意。"

"咦？"叶安稳眉毛一挑。

"每当弟弟忌日时，他的墓碑前总有个人献上一束鲜花，老妈从来都不知道是谁。直到有一次，她看见了献花人的背影，很像你。"

叶安稳龇了龇牙，露出黑紫的牙床，鼻孔里哼了一声，并没有否认。

钟燃继续道："我曾听弟弟说过，他替你教训过几名坏孩子。"

城市和山村的天壤之别，让叶安稳产生强烈的自卑感。在蓝海中学，他谨小慎微地维系与同学们之间的关系，可身上自带的那股洗不掉的土腥气，仍不可避免地被嘲笑。

叶安稳高度近视，鼻梁上架着厚厚镜片，走路总哈着腰，一次在走廊里不慎和迎面的男生撞个满怀，尽管不停地道歉，依旧没有逃脱被羞辱。男生一把揪下他的眼镜扔在地上踩上几脚，还夺过他怀中抱着的课本，朝不同方向扔出去。男生脸上挂着幸灾乐祸的表情："让你走路不看道，自己摸回来，以后才会长记性。"

世界在叶安稳的眼中，变得浑浊不清，几乎什么也看不见，跪在地上，像狗一样匍匐向前，捡拾着自己的课本。环伺在周围的，是胖瘦不一的小腿，无数刺耳的讥笑声回荡在头顶上方。眼看就要抓住一本书时，人却腾空而起，懵懂中自己双脚已经站在地上，书回到了自己怀中，一个声音在耳边响起："安稳哥，站直了，咱不用跪着。"

犹如天籁之音，叶安稳鼻子一酸，禁不住热泪盈眶。

很快，这个人就驱散了围观学生，教训了惹事的粗壮男生。

晶莹剔透的泪珠产生奇妙的折射效果，让叶安稳再次看清楚这个世界，也看清楚了这名扶起自己的人，是"坏孩子"钟意。

"是啊，钟意把踩碎的眼镜给我找回来，他很细心，断掉的镜腿还用胶布粘好。"念及往事，叶安稳竟唏嘘不已，颤声道，"这副眼镜，一直放在抽屉里，我从来都舍不得带。每当心里有过不去的坎，看到它，我都会有一种重生的感动。"

钟燃深受触动，站起身朝着叶安稳轻轻鞠了一躬："谢谢你一直想着他，让他在天堂里并不孤单。"

稍微平静了下，钟燃继续道："跟你说个好消息，钟意的案子，有转机了。"

"什么？"

钟燃简要描述一遍，最后道："他不再是一名畏罪自杀的犯罪嫌疑人，他就是我亲爱的弟弟，不会有别的称谓。"

"好！好！好！"连说三个好字，叶安稳心潮澎湃，哈哈笑着，眼泪却顺着眼眶流了出来。钟意，让势同水火的老同学，彼此的心拉近了许多。

钟燃从包里取出一面锦旗，递了过去。

"这是？"叶安稳展开，顿时愣住了。锦旗上面写着：法律卫士，社会良心，赠叶安稳律师。下面落款是富阳大厦讨薪民工敬赠。正是自己搬家时遗留在鱼嘴岘的。

在出租屋，钟燃把被遗弃在角落里的锦旗带回家，这次带了过来："法律卫士，社会良心，这是群众对你发自肺腑的赞誉，我给你找回来了。"

叶安稳眼神发光，胸口剧烈起伏。少顷，炙热眼神才黯淡下去，

第二十九章 开庭 ·353·

摇头苦笑道："找？失去了哪能找得回来。如今的我，已经配不上这八个字了。法律工作者还知法犯法，教唆未成年人犯罪……嘿嘿，律师执照都被终身吊销了，它对我来讲，没有任何意义。"

"真正的意义，不在于这面锦旗和上面的字，而在于你本身。认识这么多年，我知道你本性是善良的，这次犯的错误，我能理解。"

"你能理解？"

"你心气高，在同桌时我就深有感触。可这么多年一直怀才不遇，你过得必定很辛苦。好不容易碰到个机会，就像抓住救命的稻草，飞蛾扑火也在所不惜。"钟燃话锋一转，继续道，"理解并不代表罪恶可以被原谅。只要端正心态，接受法律的判决，出来后可以重新开始。"

"重新开始……多少人，能有勇气重新活一次？"叶安稳神情失落，站起身道，"老同学，我感觉不太舒服，如果没有什么可说的，我先回去了。"

在征得钟燃同意后，叶安稳敲了敲门，示意管教带自己回牢房。望着他的背影，钟燃忽道："大头，为了减轻你的罪责，周如叶已经把十万元的赃款退回来了。"

刚要迈出门的叶安稳身躯一震，扭回头道："如叶现在怎么样？把钱退回来，她哥哥的病该怎么办？"

"周如叶是未成年人，且认罪态度良好，主动交代罪行、退还赃款。经检察院研究决定，免于对她刑事起诉，判罚她在社区服务二百小时。她的哥哥，李杏子检察官托关系，在市医院给他找到专科主任医治，鉴于他们家实际情况，也对医疗费用进行相应的减免。"

叶安稳深深望了钟燃一眼，点了点头："好，你很好。"

"周如叶还让我捎话给你，主动承认错误，争取宽大处理。等你出去，还是她的好叔叔。"

叶安稳闻言，良久不语。最终才长长叹了口气，脚步沉重地走了出去。望着黄马甲的背影消失在走廊尽头，钟燃深知，接下来，就交给他自己来抉择了。

2

眨眼间,两个月过去了。

刘鹰珞被检察院未检科以谋杀未遂提起公诉。这件事,在海边小城石屿市引起轩然大波:蓝海集团未来的掌舵人,是否犯下滔天罪行?法院将会怎么判?吸引着全城的关注。每家媒体都在争相报道此事,为博眼球,各种小道消息甚嚣尘上,分辨不清真伪。连续数日,只要关于此事的新闻,都牢牢占据话题榜前几名,蓝海集团的股价亦受到波及。

面对危机,刘家聘请最好的律师团应诉。李观山的隆德律所,出于杏子是公诉人的考虑,为了避嫌,主动退出这次辩护团队。为此刘复舟闯进病房,当面质问李观山,养了你十年,才让隆德律所发展到如此规模,怎么,翅膀硬了,就任由你女儿来公诉我儿子?

李观山风轻云淡,真诚感谢蓝海集团对律所的一路扶持,但也笃定地告诉刘复舟,女儿如何选择是她的自由,自己无法改变。自己唯一能做的,就是远离这个案子。

刘复舟怒不可遏,威胁与隆德律所解除一切合作。

李观山早已看透一切,泰然接受。

刘复舟愤然离去,母亲私底下将这件事告诉了女儿,杏子特意赶过来,又心疼又赌气地道:"爸,你走到这一步不容易,就轻易放弃了吗?我们可以找到折中的办法的。"

"世间没有任何事可以两全,早晚都要做出决定。"李观山指了指女儿的胸口,微笑道,"为了维护你心中正义,我只是做了爸爸应该做的选择。"

杏子感动莫名,嘤咛一声扑进父亲温暖的怀抱。

明天就是刘鹰珞案开庭的日子。

钟燃和杏子在办公室做最后梳理工作。杏子初次作为助理检察官上庭，紧张与喜悦共存，老烟不停地言语调侃，实则是缓解她的压力。门房来电，说是门口有位少年要见钟检和李检。问及少年名字，门房说叫鹿晓阳。

望着满桌文件，钟燃有些犹豫。

电话开着免提，里面传来鹿晓阳清晰的声音："大叔，您就原话传达，说不见我，到时候钟检可别后悔。"

钟燃哑然失笑，这个小鬼头，真是不好对付。很快，小鬼头身影就出现在未检科门口，双手插着兜，一脸痞赖相。

杏子嗔道："真会找时间，说，找我们做什么？要是没正经事，小心我告你妨碍检察机关办案。"

鹿晓阳轻车熟路，大大咧咧地来到会议桌前，自己拉把椅子坐下，笑眯眯道："杏子姐姐，你就是这么跟证人讲话的吗？"

"证人，什么证人？"

鹿晓阳朝着桌面上刘鹰珞的卷宗努努嘴。杏子一脸茫然："这个案子，我们并没有传唤你做检方证人啊？"

"是没有，我毛遂自荐来了。"

"晓阳，你的心情可以理解，不过，据公诉人目前掌握的证据来看，已构成完整证据链条，并不需要你出庭。你放心，钟检和我一定会处理好的，真发现有什么不足，我们再请你。"杏子似乎懂了，尽可能把话说得委婉。

鹿晓阳嘿嘿嘿直乐，也不说话。

这段时间接触下来，钟燃对眼前少年还是很了解的，他不会无缘无故而来，于是道："说说看，你提供的证据若确实对检方有帮助，未尝不可。"

杏子急忙阻止："师父，增加新的证人，还需要告知辩护方，法院开庭时间会延期。"

钟燃并没有回答。鹿晓阳如何不懂他的意思，从兜里掏出手机，打开一个视频，推到面前。

钟燃端起手机，不看则已，看则大惊失色！

3

天气突然转冷，湿滑的空气中时不时夹杂着雨丝。

一大早，市中级人民法院前就聚集了大量媒体，几乎把主楼前的几十级台阶都填满了。

今天是刘鹰珞杀人未遂案的庭审日子，涉及未成年人，要进入庭内旁听，法院有严格的管控，除了极个别的几家主流媒体，都被拒于门外，即便如此，也丝毫不能减弱大家对此事的关注度。

从门外开进来几辆黑色商务车，停到了台阶前。也不知道是谁喊了句"蓝海集团的人来了——"，或蹲或坐的人如同打了鸡血，蜂拥而至，把车队团团围住。

车门打开，刘复舟从车上下来，罔顾伸到胸前的话筒，在数名黑衣壮汉的保护下，脸色阴沉，一言不发快步走进法院。身后跟着的整个律师团队，大都神色肃然，沿着雨伞织起的甬道，匆匆而入。

不大的法庭早已经座无虚席。刘复舟座位被安排在被告席右边偏后一点的位置，这让他有很好的视野，可以看着儿子。律师团低声跟他打完招呼后，坐进辩护人席。对面公诉人席，钟燃和杏子早已坐在那里，准备妥当。

书记员查明双方诉讼参与人已到庭，宣读完法庭规则后，审判人员穿着法袍，鱼贯而入，坐在法官椅上。居中而坐的审判长敲了下法槌，说道："下面开庭，传被告人上庭。"

接到指令，两名法警一左一右，押解着刘鹰珞走上被告席。数日不见，刘鹰珞明显清瘦了许多，黄色号服穿在身上，显得很肥大。他注意到旁听席上的父亲，父亲目视前方，似乎根本不屑于看自己，但心里宛如明镜：自己一举一动，甚至细微到每一个毛孔的呼吸，都逃不过父亲的眼睛。刘鹰珞苦笑着摇了摇头，按照法警要求，站进被告席，法警把手铐给他取下，揉了揉麻木的手腕，强忍住想回头的冲动，坐在椅子上。

审判长核查被告人基本信息，告知相关的诉讼权利后，示意进入调查阶段，由公诉人宣读起诉书。钟燃站起身，先向审判长点头示意，接着道："尊敬的审判长、审判员，根据《中华人民共和国刑事诉讼法》第一百八十四条规定，公诉人钟燃、李杏子，受石屿市人民检察院的指派，代表本院，以公诉人的身份，出席本法庭支持公诉，并依法对刑事诉讼实行法律监督。下面公诉人就本案发表公诉意见：被告人刘鹰珞，2002年4月2日出生，未满十八周岁，未成年人，是蓝海中学高中二年级的学生……"

鸦雀无声，只有钟燃的声音在庭内回荡。

"被告人心思缜密，作案时机选择恰到好处，特意在受害人拍摄水下广告时，在体能饮料中掺入大量安眠药，试图伪造水下溺亡的假象。所做这一切，很难令人相信是名少年所为。本是同窗好友，为何会下此毒手？"说到这里，钟燃禁不住瞥了刘鹰珞一眼。

刘鹰珞一副事不关己的模样，身体微向前倾，目光怔怔地望着前方，嘴角上扬，挂着似笑非笑的神情。

"这和数月前，发生在本市的冷夏儿跳崖自杀案有关。冷夏儿同学就读于蓝海中学，与本案受害人、被告人同属一个班级。经执法机关缜密调查，在夜色KTV被告人刘鹰珞的生日宴上，冷夏儿同学被性侵。"

顿时，旁听席上一阵骚动，冷夏儿的母亲禁不住双手捧住脸，无声抽泣起来，冷勇敢双目含泪，轻轻揽过妻子的肩膀以示安慰。

刘复舟脸色有些铁青，冷冷地注视着儿子背影。

"依据大量事实，作为公诉方，我们有理由相信，被告人为了掩盖自己性侵冷夏儿的罪行，铤而走险，致使受害人在潜水过程中发生溺水，幸抢救及时，才没有致受害人死亡。此案中，被告人主观意图明显，且付诸实施，性质恶劣，其行为已经触犯了《中华人民共和国刑法》第二百三十二条规定，犯罪事实清楚，应当以杀人未遂罪，对被告人刘鹰珞追究刑事责任。同时，被告人刘鹰珞违背妇女意志，利用冷夏儿醉酒、意识不清，强行与之发生关系，其行为已经触犯了《中华人民共和国刑法》第二百三十六条规定，应当以强奸罪，对被告人刘鹰珞追究刑事责任。综上所述，公诉人认为，本案事实清楚，证据确凿、充分，请法庭判决被告人有罪，并依法惩处。请合议庭对公诉人发表的公诉意见予以充分考虑，依照有关的法律法规，做出公正判决。"

宣读完毕，钟燃坐回到公诉人席。

审判长问道："被告人，公诉人宣读的起诉书，你听清楚了？你对指控的事实，有什么异议吗？"

刘鹰珞像是没有听见，对问话置之不理。审判长连问了三遍，最后在书记员的提醒下，刘鹰珞才慢慢把视线挪到审判长的身上，道："所见即为真实，这句话挺可笑的。"

"你这句话是什么意思？"

刘鹰珞并没有直接回答审判长的问话，诡异一笑："您说的我都听清楚了，没有异议。"

"你真的没有吗？"杏子忍不住发声。

杏子的反应，让审判长感到莫名其妙，被告人对于公诉人提出的起诉书没有异议，几乎就代表着认罪。按照常理，公诉人不会对自己的起诉书质疑且问出这样的问题。

审判长轻咳一声:"公诉人,你可以明确告知法庭你的担忧吗?"

杏子正为自己的冒失后悔不已,见审判长问自己,急忙调整好情绪,答道:"审判长,被告人是名未成年人,法律予他申辩的机会,我希望他能表达出自己的真实想法,而不是目前这种状态……"

杏子望着刘鹰珞,后面的话没有说下去。

公诉人站在未成年人的角度,审判长表示理解,温言道:"被告人,我可以再重申一遍,你有委托律师、自我辩护的权利,也有向本庭出示证据,证明你轻罪或者无罪的权利,你还有在法庭辩论终结以后,最后陈述的权利。这些是法律赋予你的,希望你能充分利用。当然,如果你感到身体有什么不适,可以告知法庭。"

刘鹰珞道:"谢谢审判长,我没有感到不舒服。"

审判长道:"好,辩护人提交给本法庭的申辩材料,是无罪辩护。我再问你一遍,公诉人宣读的起诉书,你对指控事实有什么异议吗?"

法庭再次安静下来,大家目光都注视着刘鹰珞,静默得让人耳边发出蝉鸣般轻响。

许久,刘鹰珞才望向辩护席,朝律师团队点了点头:"有。"

首席辩护人曹律师如释重负,急忙站起身道:"尊敬的审判长,鉴于被告是未成年人,从未出过庭,此案又关乎自身的前途命运,言语间难免会有些矛盾,请审判长谅解。"

审判长表示体谅。

曹律师继续道:"我方坚持无罪辩护,请审判长允许我首先向被告发问。"

见公诉人没有表示异议,审判长自然同意辩护人的请求。

曹律师清了清嗓子,朗声说道:"当事人,7月11日是你的生日,10日晚你邀请了很多同学,去夜色KTV开生日趴,其中有尚雯雯和冷夏儿同学,对吗?"

刘鹰珞点点头。

"您母亲特意叮嘱过服务生，你们是未成年人不能饮酒，可随着气氛的逐渐热络，服务生给你们端上来了酒水，请问，是你指使服务生端上来的酒水吗？"

刘鹰珞摇摇头："不是我。"

"你还记得，生日趴开始时，冷夏儿穿的是什么款式的服装吗？"

"如果我没有记错，她穿的是白色连衣裙。"

"尚雯雯同学呢？"

刘鹰珞耸了耸肩，表示自己记不起来了。

曹律师笑了笑，继续问道："气氛热络起来后，尚雯雯和冷夏儿都换上 cosplay 的服装，这点，你有印象吗？"

"好像是，我之前从来没有喝过酒，那天饮酒后头有点晕，似乎……很多人都换了装。"

"根据我们的调查，并没有很多，只有尚雯雯舞蹈社团的几位女生而已。"

杏子起身表示反对："请辩护人向被告提问与本案相关的问题。"

曹律师狡黠一笑道："我们辩护团队，对此案确实有些独特理解。"

杏子碰了个软钉子，只好坐下。

"当事人，调取你的档案发现，你从小到大所获得省市级荣誉超过二十个，学习成绩从来没有在优－以下，可以说，你就是家长口中，别人家的孩子。这次与斯坦福大学的联谊，你也是唯一有可能代表蓝海中学被保送去斯坦福上学的学生。"

刘鹰珞眼神终于闪现出神彩："我是靠自己的努力争取到的，并没有依靠父亲。"父亲两个字，刘鹰珞似乎说得特别用力。

"对于这点，我丝毫不怀疑。"曹律师说道。

听到儿子提及自己，刘复舟鼻孔轻轻地哼了一声。

"所以我特别好奇,你抛弃所有一切,去杀人的动机,到底是什么?"

刘鹰珞道:"我没有动机,因为我没有杀人。"

曹律师点点头,抛出最后一个问题:"作为蓝海集团的少公子,你和尚雯雯远远超出了一般同学的关系,你怎么看待,和尚雯雯的情感关系?"

刘鹰珞沉默了许久,终于从嘴里蹦出了一个词:"鸡肋。"

话音刚落,庭内就响起嗡嗡的议论声。

轮到公诉人提问。

钟燃道:"'所见即为真实,这句话挺可笑的'。刘鹰珞,如果我没记错的话,这句话,我在看守所提审时你就说过,可以解释一下吗?"

"不代表什么,只是我内心感受而已。"

"我可不可以理解为,尚雯雯拍摄的视频,在你看来并没有完全反映出事实真相?"钟燃紧盯住刘鹰珞,进一步逼问。

刘鹰珞紧闭双唇,不再回答。

曹律师立马起身表示不满:"我反对,公诉人涉嫌对当事人诱导供词。"

审判长道:"请公诉人调整提问的方式。"

钟燃点点头:"审判长,我的问题问完了。"

审判长觉得今天这两名公诉人,言语间隐隐有为被告人开脱的意思,禁不住多看了公诉席一眼,杏子急忙报以微笑。

很快,庭审进入第二个环节。

审判长道:"下面进行法庭举证质证,先由公诉人就起诉书指控的事实,向法庭提供证据。"

钟燃道:"为证实公诉方指控被告人刘鹰珞犯有故意杀人未遂罪、强奸罪的事实,公诉方将根据证据目录一一向法庭出示相关证据。"

杏子把医院出具的化验报告及医生诊断证明投放在大屏幕上。

"这是当时医院抢救受害人尚雯雯的临床检查报告,根据未到庭的急救医生证言,当时受害人腱反射已经消失,呼吸浅而慢,用强刺激方可唤醒,但不能答问。进一步通过验血和胃液毒物分析检查、毒理学检测显示,体内艾司唑仑,也就是我们俗称的安眠药含量超标,达到中度中毒的标准。这种剂量,对拍摄广告片、在大海中深潜的受害者来讲,足以构成致命伤害。"

"辩护人有什么异议吗?"审判长问道。

曹律师道:"没有异议,我们单纯对尚雯雯同学的遭遇深表同情。"

杏子撇撇嘴,切换下一组证据。

钟燃指着大屏幕投放出来的体能饮料、指纹照片等证据,继续道:"这瓶饮料,是被告人刘鹰珞亲手递给受害人的,并由受害人母亲尚华倩保管,法检部门在瓶身提取到被告人清晰的指纹。在瓶内剩余的液体中,化验出艾司唑仑的成分,浓度之烈,足以致命。"

审判长问道:"辩护人有什么异议吗?"

曹律师道:"我们对法检部门的检测结果没有异议,但对于公诉人由此结果推断出的结论有异议。"

"在辩护阶段,我会充分听取你的辩护意见,此时,法庭只想明确辩护人对此物证存不存疑。"

"没有异议。"

审判长点点头,示意钟燃继续。

钟燃道:"下面,我将要传唤第一名证人,她的身份很特殊,既是证人同时也是本案的受害者,我们曾经私下沟通过,明确告知她可能面对的是什么。她充分表达了想出庭做证的愿望,非常勇敢。审判长,请传唤尚雯雯到庭。"

审判长:"传唤证人尚雯雯到庭。"

众人瞩目，尚雯雯在父母的陪同下，缓步走上法庭，经过一段时间的调养，气色已经恢复了大半。在法警示意下，尚华倩和康亚军留在旁听席，尚雯雯独自走向证人席。

经过刘鹰珞身边时，尚雯雯突然驻足，冷冷地问道："在你心中，我就是一根鸡肋吗？"

刘鹰珞的话，深深刺痛了一直在等候出庭的尚雯雯，此刻可以面对面，尚雯雯极力控制着情绪，让自己显得平和，但发颤的语调，还是暴露出内心的痛苦。

刘鹰珞第一次表现出愧疚神情，把头垂下，不做回答。

"你就是个人渣。"尚雯雯说完这句话，头也不回地坐进证人席。

审判长温言道："尚雯雯同学，很钦佩你能勇敢地坐到这个位置，你此时不仅是本案的受害者，更是一名替法庭拨开迷雾的证人，根据我国法律，证人有义务如实向法庭做证，如果做伪证或者隐匿罪证，要承担相应的法律责任，你听清楚了没？"

"听清楚了。"

"好，首先请公诉人向证人提问。"

钟燃向尚雯雯报以鼓励一笑，然后面对庭内的媒体道："在提问前，我先要播放一段视频，为了保护未成年人的隐私，我请求在场的媒体朋友放下手中镜头，不要录制。"

在媒体把摄影器材收起来后，杏子开始播放尚雯雯交给检察院的视频。

整个法庭鸦雀无声，所有目光都集中在大屏幕上，目睹醉酒的冷夏儿摇摇晃晃走进包厢，门被从里面关上……过了好一会儿，刘鹰珞在镜头里出现，他从门里探出头来，神色有些慌张地四下张望，继而快速离去……镜头闪进包厢，映入大众眼帘的，是横卧在沙发上衣冠不整的冷夏儿……

法庭后面的门被轻轻推开，一个瘦小身影闪身而入，穿着灰色帽衫，头上棒球帽压得很低，看不清面容。

除了杏子，没有人注意到他。看到此人出现，杏子眼睛陡然亮了。

视频播放完，作为关联证据，杏子展示了尚雯雯拍摄的裸照，冷夏儿关键的部位被打上马赛克。

钟燃开启提问："尚雯雯同学，屏幕上的照片，是你拍摄的吗？"

尚雯雯满脸羞愧，小声道："是我拍的，很抱歉伤害了冷夏儿，我愿意承担相应的法律后果。"

"认识到错误就是好的，你会受到相应处罚，但今天，我们不讨论这个话题。"钟燃赞许地看着她，继续问道，"你确定，当时冷夏儿已经失去意识了吗？"

"我确定。"

"你当时有没有想到，这可能涉及一起性侵案件，或者说，尝试去帮助她。"

尚雯雯摇摇头："我什么都没想，只是被愤怒冲昏了头脑。"

"为什么？"

"因为，我觉得她抢走了我喜欢的人。"

"你喜欢的人指的是？"

"刘鹰珞！"尚雯雯恨恨说道。

"你手里一直握有视频，但这么长时间，你并没有选择交给警方，也是基于这个原因？"

"是的。"尚雯雯目光越过钟燃的肩膀，落在了刘鹰珞的身上，"只是我万万没想到，他会为此而要杀我。"

刘鹰珞猛地抬起头，与尚雯雯目光交汇，张着嘴似乎想解释什么……最终还是把头深深埋进双腿之间。

公诉人提问完毕，辩护人曹律师走上前，先是嘘寒问暖，然后话锋一转开始发问："7月10日为了给刘鹰珞过生日，烘托气氛，你特意叫来了舞蹈社团的几位女生,其中有冷夏儿,可否属实?"

"属实。"尚雯雯答道。

"是你让KTV的服务人员,给生日宴现场送酒水,当事人母亲曾特意交代过,你们是未成年人,不可以饮酒,可你却假借她的名号,让服务人员不敢违背你的意图,有这回事吗?"

尚雯雯道:"没错,是我点的酒水。"

"根据我的当事人及同学们回忆,冷夏儿刚来时穿的是白色连衣裙,可事发后,根据你的视频和照片显示,她身上穿的却是cosplay风格的学生装,这件服装应该是你带去的吧?"

尚雯雯脸上闪过一丝痛苦:"是我带过去的,我本意是烘托生日气氛……"

"烘托气氛?"曹律师特意把这几个字重复了一遍,咄咄逼人地问道,"这种服装,就是成年人看到,都不敢保证坐怀不乱,更何况是初次饮酒的未成年人?我不禁怀疑你的动机。"

钟燃起身道:"我反对,辩护人的言辞中,有强烈的暗示。"

审判长道:"请辩护人在接下来的提问中,注意言辞。"

"是。"曹律师朝着审判长微微鞠躬,再次面对尚雯雯,"那我换个说法,从冷夏儿同学进入包厢到我的当事人从里面出来,长达二十多分钟,视频拍摄得很完整。你明显意识到里面可能会发生什么,但不去制止而是冷静地录下来……我很诧异,为何你能如此从容?如果让我来推断,你就是要抓住证据,以便日后要挟刘鹰珞。"

钟燃再次起身道:"我强烈反对辩护人对证人的无端揣测。"

审判长道:"反对无效,本庭也想听听,证人的合理解释。"

短暂的静默,尚雯雯擦拭了下眼角涌出的泪水,稳定下心绪,才道:"钟检,谢谢你保护我,不过没关系,上庭前我就已经意识到,做证人就会把内心尚未愈合的伤疤再次撕开,赤条条地抛在大众面前。但我选择坐在这里,不为别的,就为了让坏人服法。"

尚雯雯直面曹律师道："没错，我是想过要挟刘鹰珞……可我并不从容。那是一种痛彻心扉的煎熬，让我几乎崩溃。我对自己过于自信，精心准备生日宴就为了做他身边女主角，冷夏儿却破坏了这一切……那种境遇让我抓狂，内心怒火无处发泄，失去理智地拍下了夏儿照片。我嫉妒她夺走我喜欢的人，以至于很长一段时间，都想变本加厉地报复她。今天看来，这种想法是多么地愚蠢。

"夏儿自杀后，不知道为何我总会梦见她。我有过无数次冲动，想把视频交给警方，内心的懦弱和尚存的侥幸，让我迟迟迈不出这一步。理智告诉我，我只有藏好这段视频，谁也找不到，才能维系我和刘鹰珞的脆弱关系。我强迫自己去相信，时间能改变一切，早晚有一天，他会意识到我的美丽、我的温柔，真心待我。

"从记事起，我脑海中就没有依偎在爸爸怀抱里的记忆，哪怕一分钟也没有，这让我现在都极度缺乏安全感。妈妈独自带我长大，为了生存，妈妈扮演着强者甚至泼妇的角色，可我知道，她是太害怕了。多少个夜晚，她会因为崩溃而躲在被窝里哭泣……天亮了，她还要顶着红肿的眼袋，笑着面对一切，她真可怜啊。曾经舞蹈团的台柱子，却被人排挤丢掉工作，她带着我漂泊在外，漫无目的……直到有一天，她把未竟的明星梦转嫁在我身上，让我突然意识到，自己长大了，不能再躲在她身后。为了不让这个可怜女人失望，我要扮演比她还强硬的角色。我把弱小的自己紧紧包裹在躯壳里，骂人、打架、霸凌同学……我恨把我和妈妈抛弃的男人，我无数次幻想着我与爸爸见面的情形，我该如何狠狠地羞辱他。可是，我与爸爸的见面却是这种方式。原来他一直都陪伴在我身边，真是个傻瓜，傻到让我更加无法原谅他。我要让他用后半生加倍对妈妈好来偿还债务，用宽阔的肩膀来让我依偎，我真的是太累了，我唯一没有做噩梦的觉，竟然是被他救上岸、晕倒在他怀里……梁璐、雨桐、夏儿，还有很多被我欺负过的同学，借此机会我向你们真挚道歉，对不起，都是我的错，如果能

第二十九章 开庭

有什么可以挽回的，我愿意付出我的一切。"

女儿的话，让旁听席上的尚华倩泪如雨下，狠狠捶打着康亚军。康亚军一把把妻子揽在怀中，任凭拳头击打自己前胸，再也不松手。尚华倩宣泄着自己的情绪，奋力挣扎了几下，瘫软在他的怀中。

尚雯雯望着旁听席的父母，努力把心绪平静下来，拭干泪水继续道："说要挟刘鹰珞，倒不如说他是我不敢撒手的救命稻草。他太强大而我又太弱小，这种鸿沟不可逾越。可为了自己的人设，为了妈妈的明星梦，我闭上眼睛，义无反顾地扎进自己编织的美梦中去……

"如今梦醒了，只是没想到是用这种残酷的方式结束。"

少女的心声让庭内所有人动容，没有人忍心打断她，即便她回答的早已不是律师提的问题。

许久，曹律师才轻咳一声，望着这名被伤得体无完肤的女生，狠下心道："证人的证词虽然令人唏嘘，但也亲口承认了她保存视频，目的是要挟我的当事人。"

曹律师继续问道："请问证人，你是否亲眼看见我的当事人，性侵冷夏儿的过程？"

尚雯雯摇摇头："我没有，但我进去时，冷夏儿的衣服，已经被解开了……"

"本着疑罪从无的原则，你没有看到，就不能证明我的当事人性侵了冷夏儿，当然，除非你能证明这一点。"

半晌，尚雯雯终于涩声道："我不能证明。"

"当然我不排除在酒精麻痹下，我的当事人做出一些不雅举动，解开了冷夏儿衣服。但他悬崖勒马，并没有进行后续的动作，怆然离开。倒是证人，看到自己同学衣不遮体，不积极救助，反而拍摄了不雅照片，指使蒋钊恶意散播，引起社会极坏影响……"曹律师乘胜追击，逼视尚雯雯道，"证人，我想问，在这件事发生后，你是否有继续霸凌冷夏儿的行为？"

尚雯雯点了点头。

"据舞蹈社团同学及梁璐同学的描述,某一次舞蹈团排练,你在冷夏儿的舞蹈鞋内偷偷嵌入鱼骨,冷夏儿疼痛不支倒地时,你还将她的衣服撕扯开,让她再次暴露于大庭广众之下,我说的这一切,属实吗?"曹律师咄咄逼人。

尚雯雯痛苦地闭上眼睛,两行热泪顺着眼眶流下,木头人般一动不动。许久,头才再次微微点了点。

随着她头的波动,旁听席上潘素素心如刀绞,"哇"地哭出声来。冷勇敢急忙低声道:"素素,轻点声,法庭上不让喧哗……"

潘素素朝胆小的丈夫怒目而视:"我恨我自己,怕什么!"话是这么说,还是用手紧紧捂住嘴巴,双肩抽动不已。冷勇敢叹了口气,双目含泪,手轻轻摩挲着妻子的后背。

书记员起身,给尚雯雯递上一沓纸巾。

审判长探身问道:"证人,需要休息一下吗?"

尚雯雯把眼泪擦干,努力挤出一丝笑容道:"谢谢审判长,不用,让他把想问的问题都问完吧,这些是我应该承受的。"

审判长望着这名坚强的小姑娘,点点头,示意辩护人继续。

"就像冷夏儿案不能归咎于你一样,没有证据证明,你的霸凌导致她自杀,同样,也没有证据证明我的当事人性侵了冷夏儿。"曹律师瞥了公诉席一眼,继续道,"证人,溺水事发当天,我的当事人递给你一瓶体能饮料,你是否检查过瓶盖有扭过的痕迹?"

尚雯雯摇摇头:"并没有。"

曹律师问:"根据警方的调查结果,刘鹰珞给你的体能饮料,被你母亲尚华倩女士装在了她的手提包里,我想问的是,在拍摄过程中,她有没有和手提包分离过?"

"我当时在紧张拍摄,并没有关注到。"

"当然。"曹律师示意助手把资料上传,大屏幕上出现了尚华倩手

第二十九章 开庭 ·369·

提包单独照片,问道,"这是尚女士的手提包?"

在得到准确答复后,大屏幕上显示出尚华倩陪同尚雯雯在拍摄现场的照片,尚华倩手中没有拿包。曹律师道:"根据我们的取证,在沙滩上拍摄时,尚女士并没有拿着手提包,而且陪伴在你身边超过三十分钟。这么长时间,足够做很多事情。"

审判长说道:"辩护人,你要注意自己的言辞,你所说的,并不是询问证人的范畴。"

"谢谢审判长的提醒,我的问题问完了。"曹律师思维缜密、注重细节,还很善于控场,借助询问证人,已经把自己的辩护观点表达出来。一番话下来,让旁听席上很多人的想法,潜移默化地倾向于他。

审判长请证人离席。

尚雯雯头也不回地走向庭外,尚华倩和康亚军急忙迎上,护着女儿走出法庭,钟燃和杏子目送着她出门,神情中充满鼓励。

钟燃再次站起身,道:"请审判长传唤证人鹿晓阳到庭。"

第三十章
消失的少年

1

门轴轻响,厚重大门向两边开敞,鹿晓阳迈步走进法庭,穿着学生装,脸上挂着的还是那副痞赖相。

等他在证人席坐定,审判长才道:"请问证人的姓名?"

"鹿晓阳。"

"与被告人的关系?"

"同学。"

"根据我国法律,证人有如实向法庭做证的义务,如有做伪证或者隐匿罪证,要承担法律责任,你明白了吗?"

"报告审判长,我看破案剧,最喜欢的就是庭审这块,法槌一敲,不要太帅气。今天有幸成为证人,您就放心好了,我保证遵守法律。"鹿晓阳一点也不怵。

庭审气氛庄严肃穆,但毕竟人坐得久了,还是有些压抑。这名少年的与众不同,不由得让人精神一振。审判长会心笑道:"听明白就好,请公诉人开始发问。"

钟燃起身问道:"证人鹿晓阳,请问你和冷夏儿的关系?"

鹿晓阳道:"同学,也是很好的朋友。"

"是什么样的好朋友,能让你替她拍下跳崖自杀的视频,自愿成为冷案的推动者？"

"我没有问过夏儿，我想，算得上生死之交吧。"鹿晓阳一副少年老成样。

"生死之交？"

"对！她救过我的命。在高一上半学期，有一次游海泳我脚抽筋了，眼看着沉入水底，是她拼命游过来，让我抓住她身上的救生衣……"回忆往事，鹿晓阳的眼神散发出光彩，"我俩就靠着一件救生衣漂浮在海面上，相互鼓励，直到救援船到来。为了她，我愿意做所有事。"

钟燃道："我有些困惑，作为最好的朋友，你为什么不阻止她自杀？"

"在学校天台，我就阻止过。可即便阻止了，还会有下次、下下次……一个人心意已决，谁又能阻止得了？"

"为什么没有选择报警或者跟老师、父母说？"

"跟道貌岸然的大人们？算了吧，你们只会站在所谓成年人角度考虑问题，张嘴闭嘴都是说教，并不真的在意我们心里的感受。更可怕的是，还要把想法强加于我们身上，说真的，受够了。"

"这是你的感受，还是冷夏儿的？"

"不仅是我俩，这种心态在孩子中间，应该说很普遍吧。"

"你们为了引起社会关注，就选择这种极端方式？"

鹿晓阳自我解嘲道："不然呢？这不，关注度挺高的嘛。"

"可一条鲜活生命，就这样逝去了啊。"

"'如果我的死能引起共鸣，也算值了。'这话不是我说的，是冷夏儿说的。说实话，我挺佩服她的，那么弱小的身躯，竟敢燃烧自己去警醒世人。对了，她还有句遗言：如果有一天能上庭，她要借助我的眼睛，去看看她想唤醒的大人们。"说着话，鹿晓阳竟真的眯起眼睛，环视法庭一圈。凡是被他扫视到的人，如坐针毡。

辩护律师起身抗议："我方认为证人所言，与目前审理的案件并无关系。"

"鹿晓阳，不管冷夏儿遇到过什么，以这样的方式，我真的很惋惜。"钟燃并不与辩护方纠缠，回头示意杏子。

杏子早有准备，将冷夏儿日记投放在大屏幕上，钟燃问道："鹿晓阳，冷夏儿的日记，你基于什么目的提供给检方？"

鹿晓阳道："遵照冷夏儿意愿。"

钟燃指着其中用红笔画线的文字，沉声道："冷夏儿的日记中曾经记载，她在7月10日刘鹰珞的生日宴上，受到了性侵。"

鹿晓阳紧紧地咬住嘴唇，神情有些痛苦。

"我问完了。"钟燃出人意料地结束了提问，坐回到公诉人席。

审判长不禁有些诧异，为了新添的这名证人，开庭已经向后延续了近一个月，今天终于上庭，公诉人这么草率就结束了？公诉席上的这两位检察官，还是太年轻了些……也只是心里所想，并没有表现出来。面向辩护席道："这是检方新增加的证人，如果辩护人有什么问题，可以问了。"

曹律师不慌不忙地站起身，来到鹿晓阳身前，朗声道："证人鹿晓阳，7月10日晚，你人在哪里？"

鹿晓阳道："7月10日？在帮奶奶出摊，没有去刘鹰珞的生日宴会。"

曹律师示意团队助理调出监控视频的截图："请证人看清楚，截图上的人，是不是你？"

鹿晓阳眯着眼睛端详了下，笑道："是我，不过照片里看起来真丑。"

曹律师并没有被他的话所干扰，继续问道："根据调取夜色KTV街道外的监控视频，7月11日凌晨一点零二分，你进入夜色KTV，直到一点二十八分出来，总共在里面逗留了二十六分钟，你能告诉

第三十章 消失的少年 · 373 ·

我，那段时间你在里面做了些什么？"

"帮奶奶收完摊并送她回家后，我接到冷夏儿电话，电话里她的状态非常不好，明显喝醉了，我就急忙赶了过来，可KTV里面到处是玻璃，跟迷宫一般，我差点没转出来。"

"你并没有找到冷夏儿？"

鹿晓阳耸了耸肩，表示没有。

"也就是说，你在夜色KTV，什么也没有看到。"曹律师顿了顿，继续道，"关于你的说辞，谁能证明？"

"没有人证明，但我确实没找到夏儿。"

"换句话说，也没有人能证明你究竟在里面做了什么……"曹律师的话里，含沙射影的味道十足。

鹿晓阳一怔，随即怒道："你的意思，是我性侵了冷夏儿？"

"我可没有这么说，只能说不排除这种可能。毕竟，二十六分钟，可以做很多的事。"曹律师有备而来，竟然把性侵话题暗戳戳地指向鹿晓阳。

"你怎么会这么想？"

"我只是通过举例来阐述观点，仅凭一个视频，说明不了什么。"曹律师斜睨公诉席，继续问道，"冷夏儿的日记，是你提供给检方的？"

"是的。"

"你事先知道里面的内容？"

"我怎么会知道？"

"那就有些奇怪了。既然被性侵，为何冷夏儿不在自己的日记里直接写上刘鹰珞的名字？反而含糊其词，这种做法不禁让人怀疑，醉酒下的她，到底哪些是真的，哪些是存在于她脑海中的幻想。"这番话说到裉节上，得到旁听席不少人的认同。

"该记载清楚的却偏偏没有，抑或……"曹律师饶有兴味地审视

· 374 · 冷水沸腾

着坐在证人席的鹿晓阳,就像看笼子里的动物。

曹律师的言语动作,让鹿晓阳十分不爽,干脆把腰板挺直,迎着曹律师的目光,毫不退缩:"您的意思,我是在伪造证据了?"

"在最直接的证据出现前,一切皆有可能。"已经把疑惑种子撒进庭内每个人的内心,曹律师脸上挂着胜利者的微笑,最后一击道,"我唯一能肯定,你和她的关系,并没有你说的那么亲密。"

说罢,曹律师迈起四方步,想要回到自己座位,却被鹿晓阳叫住。

"辩护人,这个问题,我倒是可以解答。"

"哦?"

自己的问询已经画句号了,怎么……曹律师扭回身,有些诧异地望着鹿晓阳,一时间不知道少年要做什么。

"我和冷夏儿关系之亲密,超出您的想象。在她生前,把一切经过都告诉了我。审判长,请允许我,用第一人称复述她的故事。"鹿晓阳目光如炬,如利剑直刺曹律师,瞳孔中散发出耀眼光芒,不等任何人反应,已经滔滔不绝地讲述起来。

曹律师的心脏似乎漏跳一拍,他猛然间发觉,自己才是笼中野兽,对面的少年,正高擎巨矛,朝着自己扑来……

2

我叫冷夏儿,在选择跳下悬崖的那一刻,刚年满十七岁。

要不是这次跳崖,我的人生可谓平淡无奇,从没想过用这种方式,去冷漠的社会里激起一丝波澜,可偏偏,这变成了最终选择。回头想想,我的人生,用米兰·昆德拉的书名来诠释,就是一个玩笑。

我是个小透明,不仅在学校,在家里也是。我有一个无可挑剔的"幸福"家庭,妈妈是三甲医院计划生育科的护士,性格泼辣强势；爸爸是小公司的科长，一辈子唯唯诺诺，没有主见。医院工作常年都是超负荷的，下班后妈妈疲惫不堪，还要面对年迈的姥姥和闷葫芦爸爸，脾气自然不会好。遇到任何分歧，她不会听你在辩解什么，都一句话撑过去。有时候我想反驳几句，都会被爸爸在桌子下面用手阻止，久而久之，我已经忘记了和妈妈沟通的方式，我只记得，与她交流越来越短，常常是三五句话解决，而且只要扮演聆听者的角色就好。

妈妈有生理洁癖和道德洁癖，做了半辈子的流产手术，见识太多的少女悲剧，对我，尤其是在性教育上激进过度。我和妈妈最长的一次谈话，起因就是性的事。

上初中二年级，学校游泳课，我穿着新泳衣，被同年级的几名男生夸我皮肤白皙。正是少女懵懂期，我听着很受用。不知道为何，这样的言语竟传到母亲耳朵里，她非常生气，专门跑到学校要求教务处开除那几名男生，闹得满校风雨。那种刻骨的羞耻，让我恨不得找个地缝钻进去。可回到家，母亲竟然让我跪下，逼着我承认早恋，并严厉禁止这种事情再次发生。那件泳衣也没保留全尸，被母亲用剪刀剪得粉碎，我静静地站在旁边，每一剪刀就好像剪在我的胸口。

这件事后我转学了，经历了这些我愈加不敢表达自己，并萌发出一种错觉：让自己变得透明，才是正确的事。

学校就像社会的预科班，除了教书受教育，还有霸凌和隐忍。

尚雯雯很强势，红房子变成她施展淫威的场所，稍有不顺从她心意的女生，都会被她欺负，梁璐、雨桐、晓霞……数不胜数。我为了不让她把矛头指向我，小心翼翼地维持着我们之间的"友情"。

透明人也是需要宣泄自己情绪的。我经常偷偷去海边游泳，说来也巧，有一次竟然遇到同班同学鹿晓阳溺水，我不知道哪里来的勇气，抓起岸边的救生衣，穿上就往海里跳，等我游到他身边时，早已经精疲力竭，我俩就这样抓着救生衣漂浮，直到被海岸救援队营救。

这件事我俩守口如瓶，绝对不会跟任何人说，尤其是妈妈。通过这件事，我对鹿晓阳有了更深的了解，他阳光开朗，还很知心，我当时为了救他来不及换衣服，浑身湿透，都贴在了身上。他怕我尴尬，跑到附近商店买了件外衣给我披上，还谎称自己是近视眼，什么也看不清，其实他视力非常好。就这样，我俩成为无话不谈的朋友。

某种程度上讲，我很依赖他。

说了这么多，我一直在进行心理建设，因为不想，但又不得不面对那个撕裂我、将我推入地狱的夜晚。

7月11日对于我而言刻骨铭心。前一天是刘鹰珞的生日，他邀请很多同学去参加生日宴，我根本不想去，尚雯雯却非常积极，张罗着让舞蹈团的几位女生去捧场，还点名让我参加，我哪里敢违抗她的意愿？

为什么有我？可能因为我是透明人，对她没有任何威胁吧。

那是我生平第一次迈入KTV，满眼光怪陆离，到处都装饰着玻璃和镜子，震耳欲聋的音乐刺激着耳膜，让我的神经无比紧张，紧紧跟随在人群后面，生怕会迷失在里面，找不到出口。

包厢大得出奇，同学也来了很多，我尽量缩在角落里。作为同班同学，我和刘鹰珞几乎没说过几句话，我知道分寸，本打算待一会儿就找个理由回学校。可不知道为何，刘鹰珞坐在我的旁边，跟我说了好多话，我有些尴尬，但也要礼貌地回复他。

服务生走马灯似的在房间穿梭，很快，啤酒就被端到了我的嘴边，开始我很抗拒，但尚雯雯过来以不容置疑的口吻说，喝酒才能助兴，舞蹈团的同学们要换上cosplay的衣服。我真的不知道，她还准备了这些。

我告诉雯雯，我未成年不能饮酒。她听了哈哈大笑，指着房间里的同学，用戏谑的口吻说道："装什么装，你看看，哪一个是成年人？"

人生第一口酒，就这样被尚雯雯恐吓着喝了下去。

第三十章　消失的少年　·377·

有了第一口，就会有第二口……很快，我觉得胃里面有一团火在燃烧，记不起什么时候与舞蹈团同学们一起换的衣服，伴随着劲爆音乐，自己就像闷罐里的沙丁鱼，只有不停地舞动，才能将体内涌动的热浪宣泄出去。很快，在热烈气氛下，大家都跳起来，房间上空全是舞动的手。我头疼欲裂，胃液卷着食物直向上翻滚，咽了好几口唾液才强行压下去。我耳边似乎飘浮着声音在提醒我——尚雯雯想看我出丑。残存的理智告诉我，绝对不能当着同学面吐出来，这会让我抬不起头。而且，我内心的小倔强，不允许她得逞，我要坚持走到卫生间。

我拉开门拼命逃了出去。外面走廊，不停有人从我身边经过，用不怀好意的目光扫视我身体。强烈的眩晕感，让我意识不到此时自己衣服暴露，只想扶着墙，赶紧冲进卫生间。终于，我掀开卫生间的坐便盖子，把胃里那点汤汤水水全吐了出来。

也不知道抱着马桶坐了多久，就听见敲击门板的"咚咚"声，一个醉醺醺的女声在我头顶响起："好了没有？吐干净了就该轮到我了。"

我这才反应过来，原来呕吐也是需要排队的，摇晃着站起身，擦拭下嘴角残留的渣滓，转身开门，一个女孩急速与我错身而过，扑向马桶，恍惚中她穿的衣服似乎与我一样。

"怎么没见过你？你叫什么？我叫紫霞。"身后马桶传来女孩醉醺醺的酒话。

我并没有意识到是在叫我，胡乱洗了把脸，掏出手机给鹿晓阳拨打了电话，口齿不清，也不知道自己说清楚没有就挂断了电话。走出卫生间的门，转瞬就被外面震耳欲聋的音乐包围。玻璃走廊就像八爪鱼的触手，向四面八方无限延展，我已分不清来时的路，只能凭借直觉，晃晃悠悠地向前走。

甬道悠长，如迷宫般永远走不到尽头。近乎绝望时，眼前出现一扇半掩的门,如同看到终点一般高兴。可我想不到,那扇门会改变我的命运,进去就是走进了地狱。

房间大小跟生日宴那间相仿,但装修极尽奢华。

同学们怎么都不见了?

我没有意识到事情的严重性,脚下发软,只想好好倚靠在沙发上休息会儿,没等走到沙发,就听见门闭合的声音。

我下意识回头看……

鹿晓阳一直在用平和的语气叙述,说到这,有意识停顿了下。秘密就要揭晓,庭上静悄悄的,没有一丝声响,所有人的目光都集中在他身上。

鹿晓阳朝着刘鹰珞的方向看去,目光冷峻,缓缓说了下去。

才发现,在我身后站着一位精壮的男人。嘴里还念叨了一句:"怎么喝成这样……"然后上来就解我的衣服。直到胸前的纽扣全被解开,我才反应过来。竟吓得忘记逃跑,只会用手臂死命地抵在他的前胸,阻止他亲吻我。我想喊,却被他的手捂住了口鼻,几乎窒息。徒劳的反抗,更激起了这个男人的兽性,他把我狠狠地扔在沙发上,剥去衣物,粗暴地进入我的身体,剧烈的疼痛,让我晕了过去……

不知道过了多久,朦胧中似乎听见有人轻唤我的名字,由远及近,既熟悉又陌生,我想动,但四肢早已经不属于我,无力移动半分,眼皮如灌铅般沉重,努力半天才微张开条细缝,一个清瘦男生映入我的眼帘,满脸焦急,让我记起来他是刘鹰珞。他本想拉我起来,可隔壁传来一声粗重的咳嗽声,他就像被吓丢了魂,夺门而逃。

我再度失去了知觉……等再次醒来时,衣服已经被穿好,正躺在一间宾馆里。除了下体传来的隐痛,似乎什么也没发生。

不,还有桌面上摆着的一沓钞票。

我头疼欲裂，昨晚就像一场噩梦，施暴人的面孔若隐若现，我不知道该怎么办，也不知道该跟谁说，疯了似的逃出酒店，直到惊魂稍定，才发现自己跑到了市中心的迎宾广场。广场上落满了白色鸽子，很多喂鸽子的孩童，还有拍照的市民，我就这样坐在长椅上，望着鸽子出神。

一只鸽子飞落在我肩头，喉咙里发出"咕咕咕咕"的声音，似乎在提醒我。它展翅腾空而起，目光跟随着它的身姿移动，最终定格在远处商场的大屏幕上，在那里，我看到了昨晚性侵我的人，衣冠楚楚正在接受采访，我认出他来了，没错，就是他！

鹿晓阳缓缓地从兜里掏出一张照片，翻转过来给法庭上所有的人看。目光越过刘鹰珞，落在斜侧方旁听席正襟危坐的刘复舟身上："性侵冷夏儿的人，是刘鹰珞的父亲，蓝海集团董事长刘复舟。"

在他手中的，赫然是刘复舟的照片。

法庭大哗。

矛头突然指向自己，刘复舟猝不及防，脸色顿时铁青。相对于父亲，刘鹰珞的神色，反而平静许多。

律师团顿时炸了营，曹律师愤然站起，用手戟指鹿晓阳道："证人，请不要信口雌黄，这是法庭，你说的每一句话都是要负责任的。审判长，证人无端诋毁他人，试图混淆本案诉讼焦点，请不予采纳证人证言，并把证人驱逐法庭。"

鹿晓阳早已预料到辩护人的反应，异常平静："我宣过誓，证人有如实向法庭做证的义务，我说的都是事实，没有一句假话。"

发现审判长正审视着自己，鹿晓阳粲然一笑："审判长，我还有一个证据想提供。"

没等他把话说完，曹律师又激烈抗议："提供新证据，需要事先告知辩护人，给我们质证时间，请审判长驳回证人的请求。"

鹿晓阳目不斜视："这个证据，数月前就已经公开，想必辩护人看了也不下数遍。"

"哟？"审判长道，"你确定要提供已公开过的证据？"

"不仅公开，还对整个案件有帮助。"

看得山来，审判长对鹿晓阳的提议很感兴趣，对曹律师道："辩护人，若如证人所言，为提高庭审效率，本庭有义务聆听，也会留给你们一定的质证时间。"

曹律师无奈，悻悻然坐回座位。

"谢谢审判长。"鹿晓阳向杏子示意。

早就跃跃欲试的杏子打开视频，在大屏幕上，是冷夏儿的死亡告白，她一袭白裙，形单影只地站在悬崖边，显得弱小无助。

"当你们看到这段视频的时候，我已经在天上看着你们。相信大多数人不认识我，我是高二（3）班的冷夏儿，蓝海中学一名普通得不能再普通的学生，我的梦想是考上一所中意的大学，开心地生活，仅此而已。我与世无争，却要饱受你们三番五次的侮辱，我宁愿做小透明，为什么还不放过我……"

冷夏儿的声音在法庭上空回荡，一下子把人们拽回到那段心碎的回忆。

"……我想爱这个世界、爱你们，可回馈我的，却都是伤害，我不再有任何留恋了，现实世界让我恐惧，我想我找到了解脱的方法，就是从这里跳下去，结束自己的生命，我才真正能拥有属于我自己的洁白无瑕的世界……我其实特别想知道，我从这里跳下去，会有人想阻止我吗……"

法庭里，有位母亲禁不住站起身，双目含泪道："亲爱的孩子，请不要跳，阿姨想抱抱你。"

潘素素再也控制不住自己的情绪，泣不成声道："乖女儿，快回家吧，你在外面受那么多委屈，做妈妈的却什么都不知道，一切都是妈妈的错。乖女儿啊,你不要跳,要跳也让妈妈替你跳……"

冷勇敢紧紧搂住妻子,哽咽道:"乖女儿,爸爸好想你……"

气氛感染下,陆续有人站起来,寄托自己的哀思。

屏幕里的冷夏儿似乎听到了呼喊,露出一丝甜甜微笑:"会有人想我吗?会有人在未来的今天,给我送上一朵小花吗?可我什么……"不知道为何,回荡在法庭上空的声音突然断了,屏幕里的冷夏儿空张着嘴,再也发不出声音。

在此起彼伏的抽泣声中,一个细若蚊蚋的声音从旁听席最后面的角落里响起,如微风拂过,亲吻着人们的耳膜,渐渐地,声音清晰且真实起来:"谢谢你,试图阻止我的人,谢谢你,在意我的人,也谢谢你们,我的爸妈。"

这个声音,正是穿着灰色帽衫、戴着棒球帽的女孩发出的。

说着话,瘦小身影从角落里慢慢走出来,走在甬道中间,脚步坚定有力。女孩目不斜视,径直从左右两排的旁听者中穿过,向着前面走去。

钟燃、杏子、鹿晓阳都先后站起身,目光含情,跟随着她的脚步移动。

女孩走到旁听席最前排才站定,把帽衫的兜帽掀到脑后,棒球帽摘下的瞬间,乌黑的头发如瀑布般飞泻而下,女孩用手向后捋了一下头发,把头缓缓转向同排的刘复舟。

与此同时,法庭里响起潘素素撕心裂肺的一声号叫:"夏儿——"

没错,这位女孩,就是已经"死"去的冷夏儿。

3

这一切,还得从鹿晓阳跑上天台,阻止冷夏儿自杀那天说起。

月亮似乎藏在了乌云后面,天台完全陷入黑暗,城市万家,亮起星点灯火。鹿晓阳和冷夏儿就这么一动不动地坐着,也不知道过了多久,还是鹿晓阳率先打破了宁静:"夏儿,你能告诉我,究竟什么原因,让你执意要自杀吗?"

冷夏儿道:"你可以保守这个秘密吗?"

鹿晓阳点点头,真诚道:"当然。"

冷夏儿反复揪扯着自己的衣角,许久才幽幽道:"如果我告诉你,你会不会瞧不起我?"

"怎么可能?"

冷夏儿凝视着鹿晓阳,选择相信他。

"我被性侵了。"

鹿晓阳打了个激灵,刚想惊呼,突然意识到自己的夸张反应,可能会吓到冷夏儿,即便内心惊诧无比,也极力不表现出来,淡淡道:"被谁?"

数天的委屈,冷夏儿终于在这一刻发泄出来。鹿晓阳懊悔不已,狠狠地捶打着脑袋,恨自己道:"对不起夏儿,那天晚上,我为什么就不能再多找找,直到确认你安全。"

冷夏儿凄然道:"怎么能怪你,这是我的命。"

鹿晓阳深吸一口气,怒道:"不能就这么算了,我们要复仇,捉住那个道貌岸然的老畜生。"

"拿什么和他对抗?他太强大了,我们没有十足的证据。"冷夏儿并不看好这个建议。

"有的时候,证据会自己跑出来的。蒋钊与你本毫无瓜葛,为何照片会出现在他的手机里?是谁趁你昏迷时拍的照片,又是谁指使蒋钊去校园张贴的?还有,这件事发生后,刘鹰珞到底是什么态度……只要我们顺藤摸瓜,这些碎片一定会组合起来,成为一锤定音的证据。"鹿晓阳犹如福尔摩斯附体,分析得头头是道。

冷夏儿被他说得心动了。

鹿晓阳又摇了摇头："不行，单凭我俩的力量根本不够，还需要更大的力量帮我们。"

"你的意思，我去报警？"

"那晚过后，你有没有留下老畜生的……"体液两个字，鹿晓阳忍住没说。

"我太蠢了，酒醒后意识到被侵犯，只想着回家把自己洗干净，忘了留存证据。"黑暗中看不清冷夏儿的表情，倒也有效回避了尴尬。

鹿晓阳急忙安慰："不要自责，在那种情况下，换成别人也不敢说做得比你好。"

冷夏儿垂下头，用极低的声音说道："我倒是去检查了身体，证明受到过侵犯。"

"警察是讲证据的，仅凭我俩的说辞和这点证据，恐怕还不够。再说，刘复舟是何许人也，贸然去告他，咱俩会被抛尸荒野的。"

冷夏儿被说得有些泄气："说到底，我们与他之间，差得太悬殊了。"

"也不是完全没有胜算。"鹿晓阳似乎想到了什么，眼神突然亮了，"现在就有个机会。早些时候我在韩主任办公室挨训时，无意中听到他打电话，下周市检察院未检科将要来本校宣教，届时会有很多的媒体报道，我们不如利用这个机会，把舆论和检察院捆绑在我们的战车上。"

"捆绑？"

鹿晓阳的眼神中流露出狡黠："对，捆绑。刚才你想自杀的请求，我现在可以答应你。"

冷夏儿怔怔地望着他，猜不透他话中的意思。

"如果你下定决心去死，即便我今天救了你也无济于事，与其这样，不如利用这个机会，帮助你自杀。"鹿晓阳挪动早已坐麻木的屁股，让自己的身体尽量放平，双手枕着头说道，"你意下如何？"

"你想让我仿效战国的樊於期?"冷夏儿似乎明白了他的意思,"狠心的家伙,好,就这么愉快地说定了。"

望着冷夏儿一副认真的样子,鹿晓阳"嘿嘿嘿"笑了起来,黑暗中竟有些刺耳。

冷夏儿嗔怒道:"我很好笑吗?"

"你理解错了。"鹿晓阳猛地坐起来,双眼放光,"我帮助你自杀,但你不必真死。"

"不必真死?"冷夏儿几乎叫出声来。

"就是假自杀。你想想看,在检察院的宣教大会上自杀,这种公开行为能掀起多大的轰动效应?公检部门必然会下大力度侦查。我再时不时地推波助澜……就像下棋一般,将是多么惬意的事,嘿嘿,光想着就让我激动。"

毕竟,死亡并不是件令人愉悦的事情,而假自杀就截然不同了……冷夏儿也被挑动起来。

"可、可我假自杀后,就不能出现在大众视野,如何才能配合你揪出老畜生?难道要靠你一个人?"冷夏儿瞬间想到了问题。

"老畜生"三个字从冷夏儿嘴里冒出来,竟毫无违和感,逗得鹿晓阳乐不可支。

"休想'不劳而获',你只是暂时隐藏在我身后。我是你的眼睛和喉舌,根据情况审时度势,我们一起出击。"

在他们不远处,出现了一只黑猫,脚步轻盈地在房檐边行走。距离两人不到两米的距离,突然蹲坐下来,凝视着两名少年。

黑猫眼眸在黑暗中闪闪发亮。

冷夏儿首先看到了它:"好帅气的猫咪。"

"夏儿,我听奶奶讲过一个传说,黑猫是城市的精灵,它会在黑夜降临时守护着第一个看到它的人。"

"直到曙光来临?"

第三十章 消失的少年 ·385·

"直到曙光来临。"

冷夏儿端详着黑猫，又深情地看着身边的鹿晓阳。

"晓阳，你知道吗……"

"我知道什么？"

"你看起来，就像那只黑猫。"

鹿晓阳先是愣住，进而开心地大笑起来。

月亮突然从云朵里跳出来，蓝色的月光洒在鹿晓阳身体上，泛起一层意想不到的金黄色。

这一切到来得太突然，短暂静默后，法庭上空爆发出恐怖的噪声。

审判长敲击着法槌，休庭，并要求大家安静。

可人们似乎陷入疯狂，争先恐后向前拥，都想目睹死而复生的冷夏儿。尤其是冷母潘素素，任凭两名身强体壮的法警也拉扯不住。迫不得已下，法庭临时抽调其他庭的法警增援，近十名警力，才勉强稳定住局势。

突如其来的状况，让辩护席陷入混乱，饶是足智多谋的曹律师也乱了分寸。

冷夏儿道："刘复舟，你还认得我吗？你还记得那晚任凭我哭喊，你做出来的禽兽之事吗？"

刘复舟再也坐不住了，愤然站起，脸色绛如猪肝："哪来的疯妮子，装神弄鬼也就算了，满嘴胡言。说，是谁指使你这么做的？"

冷夏儿缓步向前，弱小身躯竟散发出一股巨大压力，压迫得刘复舟不由自主向后退却。曹律师带着律师们赶过来，横身挡在刘复舟身前。曹律师急得满头大汗，劝慰道："冷夏儿同学，你没死大家都很欣慰。可这里是法庭，千万不要闹，有什么事我们下去解决……"

借此时机，秘书指引着刘复舟就要离开，却被斜刺里冲出来的冷勇敢伸臂拦住。秘书色厉内荏道:"冷科长,女儿失心疯了你也不管管,拦刘总做什么?赶紧给我闪开。"

不知道是气得还是吓得,冷勇敢全身抖若筛糠,即便这样,他脚步也不移动,挡住刘复舟退路。

秘书急道:"老冷——"

"别——叫——我!"这一声嘶吼,气息从丹田深处直冲喉咙,破空而出,直刺苍穹,法庭天花板都被震得簌簌抖动。这一声嘶吼,冷勇敢把这一辈子的屈辱都发泄出来。瞪着血红眼睛,眼球似乎都要从眼眶中挤爆出来,戟指刘复舟嘶声道:"姓刘的,转过身去、你TM给我转过身去,听我女儿把话说完,不然老子废了你。"

冷勇敢势如疯虎的状态,竟吓得刘复舟乖乖听话。在转回身的一刹那,冷勇敢的勇气似乎被抽走了,战抖的双腿再也支撑不住身躯,瘫坐在地。

毕竟经过大风大浪,刘复舟从震惊中恢复过来。刚才暴露了内心的怯懦,在大庭广众之下急于挽回颜面,挥手让挡在身前的律师团闪出条路,放冷夏儿进来,故作镇定道:"冷同学,你能站在这里,我欣慰之余,也感到万分抱歉,是我育子无方,给你身心带来巨大伤害,我一定会加倍补偿,直至你满意。但不管出于什么目的,请不要诬陷我,我并不想与你对簿公堂。当然,若你执迷不悟的话,还请拿出直接证据。"

刘复舟这几句话说得可进可退,曹律师再次劝道:"冷夏儿同学,刘总很诚恳,鹰珞的问题我们绝不护短,会抱着最大诚意与你沟通。我看,这场闹剧先收了吧。"

冷夏儿:"我想要的回报,就是亲眼看着他下地狱。"

曹律师叱道:"哎,你怎么骂人啊。"

冷夏儿从兜里掏出一张纸,擎在手中:"这是事后,我第二天的身体检查结果,一看便知。"

说着话，冷夏儿突然撕开领口，露出半截洁白的胸膛，用嘲笑的口吻道："你敢不敢如我一样撕开你的领口，让所有人看看你右胸下的那道伤疤，你应该不会不记得吧。"

　　刘复舟如坠冰窖。

　　钟燃和杏子站在冷夏儿身后保护她。钟燃望着早已不体面的刘复舟，用戏谑口吻道："刘总，检察机关本着不冤枉一个好人，也不放过一个坏人的原则，鉴于冷夏儿同学的证词，公安机关将会介入，如果检验结果如夏儿同学所说一样，就请你解释下为何身体敏感部位，会被一名从未谋面的女孩看到。我向你郑重承诺，如果你涉嫌性侵未成年人，我会第一时间批捕你，并提起公诉，我要让你尝尝法律的滋味，知道什么才是正义。"

　　雷动的掌声中，夹杂着刘鹰珞放肆的笑声。

尾 声

1

冷夏儿死而复生，击溃了所有人的防线。

看守所里，在钟燃开导下，刘鹰珞不再替父亲隐瞒，把 7 月 10 日那晚的真实经过讲述出来。

不善饮酒的刘鹰珞喝醉了，胃里翻江倒海让他很不舒服，他在意形象，强忍着醉意，出门在服务生的带领下，直奔父亲的包厢而去。在夜色 KTV，父亲的包厢是专属的，没人敢用。

推开门，刘鹰珞就扑进卫生间，直到把胃里杂物全吐出来后，才感到清醒许多。擦拭下嘴唇，手刚搭上卫生间的门把手，就听见外面有响动。透过门缝，发现父亲不知何时站在房间里。

刘鹰珞吓了一跳，自己喝酒这事，要是被父亲知道了，后果不堪设想，想着都不寒而栗，急忙缩回手，祈祷父亲很快就会离开。

父亲似乎在等什么人，并不着急走。刘鹰珞犹豫是否出去"自首"时，一个女孩跟跟跄跄地闯进来，穿着 cosplay 的学生装，正是冷夏儿。

还没等刘鹰珞反应过来，父亲就从冷夏儿身后把门关上，并不顾冷夏儿的反抗，把她按在沙发上强奸了她。父亲发泄完兽欲，才起身站起，推开包厢酒柜后面的暗门，里面是一个偌大的卧室。罔顾赤身裸体的冷夏儿躺在沙发上，自己独自进入了卧室。

原来这间包厢，是专门供父亲发泄淫欲的场所。刘鹰珞对父亲产生了强烈的厌恶。他无法接受，以榜样自居、从不苟言笑的父亲，竟还有这样令人不齿的一面。

直到酒柜暗门恢复原样，里面的卧室再也没有动静，刘鹰珞才蹑手蹑脚拉开卫生间的门，走上前，刚想给冷夏儿穿上衣物，卧室内传来一声咳嗽。对父亲的惧怕是深入骨髓的，形成条件反射，吓得他肝胆俱裂，丢下冷夏儿转头跑出房间。

刘鹰珞连续做了好几天噩梦，可包厢里发生的一切，他不敢跟任何人提及，尤其是母亲。接下来的日子，心情就像过山车，时而被抛上高空，时而又狠狠地落下，蒋钊贴出裸照、冷夏儿羞愤自杀、检察院未检科提前介入……每一下都在冲击着刘鹰珞脆弱的神经。

刘鹰珞咬紧牙关，不敢透露半分。直至母亲嫁祸鹿晓阳失败。在餐桌上，他从父亲递过来的眼神，读出了许多内容，内心竟然产生一丝窃喜，强若父亲，原来也需要保护。

父亲为了达到目的，是不计一切代价的。尚雯雯意外溺水，刘鹰珞非常清楚是父亲指使的，可他没有勇气去揭发，或者说他更想的，是替父亲顶罪。曹律师在会见自己时，明确告知辩护策略是无罪辩护，全集团会集中力量打赢这场官司。万一有疏漏……曹律师也委婉地表达了父亲的意思，让自己像男人一样承担下来。

父亲和自己的想法不谋而合。自己就是父亲的棋子，在关键时刻丢车保帅，是可以被舍弃的。刘鹰珞开始还有些心酸，但他很快就想通了父亲话里的意思，像个"男人一样"，权当对自己的考验，只要扛过这关，父亲必然会另眼相看，让他知道，自己不再是他眼中那个弱不禁风的少年，而是可以肩扛天下，蓝海集团真正的继承人。在此之前，一定不能让父亲倒下。

正当他准备曲线救国，所有这一切却随着冷夏儿出现，灰飞烟灭。

刘鹰珞没有杀害尚雯雯的动机，公安机关重新启动侦查，抓住了真正的投毒者熊卫国。

在李观山帮助下，周如山被送到省城三甲医院，并得到最好的护理。虽然最终离开人世，但周家对杏子充满感激。周如叶为了报答杏子，不惜代价终于找到自己的前室友紫霞，也就是那晚本应该进入刘复舟包厢的女孩，说服她做证人，揭开了蓝海集团高管背后隐秘的情色链。

警方经过再次勘查夜色 KTV，发现地下停车场有专属电梯直通刘复舟专属包厢，相当隐秘。这也间接验证了，为何当晚 KTV 里面的工作人员并不知道刘复舟莅临的消息。经过对周边监控的调取，确认 7 月 10 日当晚至 11 日凌晨刘复舟专车的行车轨迹，在夜色 KTV 消失了接近三个小时。

经医学鉴定，刘复舟胸口的伤疤，与冷夏儿证词描述基本吻合。铁证如山，刘复舟被公安机关缉拿归案，对自己性侵冷夏儿、指使手下熊卫国毒杀尚雯雯的罪行供认不讳。最终——

刘复舟以强奸罪、故意杀人罪被提起公诉。

熊卫国以故意杀人罪被提起公诉。

刘鹰珞犯包庇罪，念其常年在父亲的高压下生活，缺乏自我意志，对社会危害性小，且能在劝导下意识到自己的错误，本着教育为主、惩戒为辅的原则，经未检科研究决定，不予起诉，罚其在社区做社工二百小时。

叶安稳最终也没有把苏雪妮供出来，自己默默承受这一切，最终以教唆罪、诬陷罪被提起公诉。对此钟燃唏嘘不已，一个甘愿自己走进死胡同的人，也许，这就是他的命吧。

2

一晃两个月过去了。

刘复舟等案都涉及未成年人,公诉方自然归未检科。主抓此案的钟燃,这段时间忙得马不停蹄,把案件梳理完整都递交给了法院,才算松下一口气。

今天钟燃来得稍微晚点,迈进未检科,余光就瞥到杏子桌前坐着一名陌生检察官,见他进来急忙站起身,伸出手道:"钟检好,我是新调来的助理检察官张宏,以后请多多指教。"

钟燃伸手与之相握。

等坐下,钟燃发现杏子桌面干净如初,上面的女性小摆件也都消失不见。钟燃内心疑惑,这才意识到自己有两天没有见到杏子了。

老烟迈步刚走进办公室,又被钟燃推出门外。他这副火急火燎的模样,倒是把老烟吓了一跳,急忙问:"怎么了?公诉上出问题了?"

"跟案子没关系,我问你,杏子怎么回事?"

老烟把眼睛瞪着溜圆:"你是她师父,你倒问起我来了?"

"别卖关子了我的领导。"

"辞职了啊。"

"辞职?什么时候的事?"

"上周的事。杏子看你忙得晕头转向,就没跟你说。"老烟狡黠一笑,又立马换上副惋惜的神情道,"可惜啊,杏子姑娘为了你,前途都不要了。"

钟燃急了:"什么叫为了我?你把话说清楚。"

"刘鹰珞案子,咱们操作上打了法律的擦边球,虽不违法,在人情上还是有亏欠的。冷夏儿闹那么一出,法院的同志内心能没有想法?这不,找到王检察长那里。杏子把责任都揽在自己身上,她实习期还没满,手续办起来倒也简便。"

整整一天，钟燃都浑浑噩噩，给杏子打了无数个电话，无人接听。

下班后钟燃驾车漫无目的地瞎逛，河对面老地方大酒楼霓虹灯闪烁，他才意识到，很久没有见到鹿晓阳了。肚子正好咕噜咕噜地抗议，干脆停下车，信步走过桥头，奔大樟树下的奶奶海鲜炒饭而来。

凑巧，鹿晓阳正帮奶奶打下手，远远看见钟燃过来，忙朝着他挥手。等坐稳，鹿晓阳问道："大叔，还是老样子？"

很快，海鲜炒饭就端了上来，两只很小的海虾摆在正中央。钟燃开玩笑道："怎么，虾被放洗衣机里甩干了？"

"这才是应该有的面貌，之前那分量，不是因为案子嘛……"鹿晓阳脸上露出一副欠抽的表情。

钟燃哭笑不得，刚要动筷子，奶奶从后面给鹿晓阳脑袋一个爆栗，笑骂："别听这崽子胡说，你来奶奶这，永远管够。"说着端上来一大盆白灼海虾。

鹿晓阳拉把椅子坐下："这就是我的晚饭，正好你来了，算你有口福。"说着，就把盆顶最大的一只海虾夹到钟燃碗里。

两人边吃边聊。

"你刚从看守所放回去，就吓唬尚雯雯了？"

"岂止是吓唬，我要让她吓破胆，效果还不错吧？"

钟燃笑了："之前我还很纳闷你是怎么实现的，直到我见到冷夏儿，疑团才迎刃而解。"

"比起之前她对夏儿做的龌龊事，只能说是小小惩戒。要不是尚雯雯胆子小，我还有更厉害的后手呢。"

"夏儿同学接下来的规划是什么？"

鹿晓阳笑了笑，把学校的变化都讲给了钟燃听——

冷夏儿执意要离开这个令她伤心难过的城市，潘素素就像变了一个人，完全支持女儿想法，与丈夫辞去工作，举家迁往外地，要重新开始新的生活。

鹿晓阳去车站送这一家人。分别之时,冷夏儿上前,轻轻吻了下鹿晓阳,并告诉他:如果自己还会回来,一定只是为了他。

"真是个傻丫头,她怎么就不敢假设下,我会去找她呢?"说到这,鹿晓阳不经意地挑了挑眉毛,脸还有点绯红。

尚雯雯给每一名欺负过的女生都送了亲手制作的礼物,诚恳道歉,最终得到同学们的谅解。现在她的心思,整天都放在黏爸爸上面了。

"你能想象吗?爸爸送她上学,都是手牵手到校门口才依依不舍分开。哈哈哈,不知道的,还以为她找了个老男人做男朋友。"钟燃听着忍俊不禁,内心却欣慰无比。

最有出息的当数蒋钊,他的"石屿HERO"战队,竟然拿到了全国电竞联赛的亚军,听说某网站要把他整个战队签下来,未来的蒋钊,会成为专业玩家,没准会代表国家参加奥运会呢。蒋爸爸终于体会到什么叫风光,走到哪里,副驾驶前都贴着儿子战队的照片,谁上车都会跟人家普及什么叫电竞,最后还不忘加上句:"知道'永远的巴雷特'吗?那是我崽崽!"

钟燃被逗得笑出了猪叫。

"那你呢?"钟燃问鹿晓阳。

"我?"鹿晓阳用慵懒的声音说道,"帮奶奶看摊,回学校上课,打打篮球、拍拍视频、下下棋……终于回到曾经的平静生活了,真好。"

"对未来有什么想法吗?"

"我发觉自己适合做侦探。"鹿晓阳望着钟燃,"等我大学毕业了,如果你还没被未检开除,我俩再联手?"

鹿晓阳笑容灿烂,有一瞬间,钟燃想上前狠狠地拥抱他。

"我杏子姐呢?你俩焦不离孟,见我,怎么会少一位?"轮到鹿晓阳发问了，毫不客气直指痛处。钟燃苦笑，把杏子辞职的事说了，鹿晓阳的反应却大大出乎他的预料。

"我要是杏子姐，也会这么选的。"鹿晓阳露出和老烟同样狡黠的笑容。

自己为杏子辞职的事苦恼一天，在他们看来，竟然是理所应当的事情，钟燃觉得自己是天下最蠢的人。

"为什么？"钟燃干脆让自己愚蠢到底，不去思考了，直接索取结果。

鹿晓阳却不配合，直接岔开话题，指着盆里的大海虾道："大叔，别去费脑细胞了。就剩最后一只了，要不要battle下，看谁能夹到？"

"夹什么？"

"虾。"

记忆的阀门突然被打开，这种游戏，还是弟弟教自己玩的。童年时，为了能多吃一只虾，兄弟两人你争我夺，好不热闹。

钟燃望着对面的鹿晓阳，就像是看到了钟意。

"怎么样，比不比？"

"比。"

钟燃罔顾周围的目光，与鹿晓阳并排站在距离桌面两米的地方，每人手中高举着筷子。随着鹿晓阳一声令下，两人瞬间启动，两双筷子朝着白瓷盆里面的大海虾夹去。在筷子就要碰触到虾身时，钟燃故意慢了半拍，可大海虾还是被自己夹住，鹿晓阳假装抱怨一声，戏演得不能再假了。

奶奶在一旁嗔怒道："虾有的是，至于抢一只吗？"

"奶奶你不懂，这叫兄弟情谊。"鹿晓阳咧嘴哈哈笑着。

"兄弟情谊"四个字直戳灵魂深处，望着鹿晓阳开心雀跃的样子，钟燃突然明白了，为什么每次与弟弟玩抢虾游戏，都是自己赢，不是自己动作更快，是弟弟偷偷地让着自己……

他想让哥哥开心。

泪水瞬间模糊了钟燃双眼。

3

清晨,钟燃按时起床,换好了跑步服。

出了卧室,却发现母亲已经起来了,正在餐厅准备着食材,看情形将是一大桌丰盛的饭菜。

"妈,今天哪位贵客登门啊?"

"去去去,跑你的步去,别烦妈。"妈妈戴着花镜,边看手写的菜谱,边对照食材,无暇顾及他。

好家伙,多年都没见老妈这么认真了。钟燃一吐舌头,转身出门。刚跑出楼道门洞,迎面就看到了杏子,正靠在车边,似笑非笑地望着自己。

"啊,你怎么在这?"

"监督你是不是按时跑步。"

"一直就没断过……"钟燃见到她,满心的担心全转化为责备,"你说说你,干吗要把责任全揽在自己身上?"

"那有什么的,我镀金完毕,正好回家子承父业。"

"辞职也不提前说一声,打电话还不接……"

"着急啦?"

"呃,也不是着急,就是你怎么也得让我知道行踪吧,突然消失……还拿我当师父吗?"

"我从离开未检科的那一天起,你就不是我师父啦。"杏子故意嗔怒道,"怎么,你给我打电话我就得接啊,你是我什么人?"

钟燃被她怼得无语,这鬼丫头,火力全开啊,不再像从前乖巧的小跟班。用新的目光审视杏子,今天的她好像更加漂亮了,女人味十足。不由得心跳加速,说话也不太利索了:"那你今天……怎么来了?"

杏子白了他一眼,朝着三楼窗户努努嘴:"是伯母请我来吃饭的。"

"我妈?"钟燃差点没叫出声来,原来母亲一大早起来折腾食材,都是为了她。在自己眼皮子底下,与李观山势若水火的母亲,什么时候和杏子走得这么亲密了?女人心、海底针……钟燃头大如斗。

"作为主宾,我今天来得是早了点,既然你还没丢下晨跑,我就陪你跑一圈吧。"说着话,杏子迈动大长腿,跑了出去。

钟燃傻乎乎还没有动,杏子回头娇笑,一语双关:"你可以追我了。"

两个矫健的身影,并行跑在沿海公路上。一路没有说话,径直跑进海崖公园。

跑到小广场,杏子本能地减缓脚步,可钟燃却没有减速,越过小广场,朝着远处的悬崖跑去。杏子稍有诧异,在后面紧紧追赶。

前面就是禁止攀岩的警告牌,钟燃丝毫不停顿,翻过围栏猿猴般攀上巨石,站在巨石边缘,脚下就是波涛汹涌的大海,巨大浪花拍打着山体,发出雷鸣般的声音。

钟燃的异常举动,让随后赶来的杏子吓得不轻,叫道:"钟燃,危险……"

声音被淹没在浪涛声中,钟燃似乎没有听见。静静望着脚下泛起的千层浪花。

身边一声轻笑,是弟弟的声音。

钟燃扭头,钟意沐浴在阳光下,浑身散发着金色光芒。与自己并排而站,阳光帅气的脸庞上挂着微笑。

"弟——"

尾 声 · 397 ·

"哥，身后的女孩是谁啊，看样子，她很关心你。"

钟燃回身，用手制止了正在攀越栏杆的杏子："不要担心，我想和弟弟说说话。"

杏子身形顿住，望着独自站在巨石边缘的钟燃，关切之情溢于言表。

"哥，有人关心你真好，这样我也就放心了。"钟意声音再次响起。

钟燃心潮澎湃："弟，哥哥想跟你说对不起……"

"我们是兄弟，搞得这么客套，你帮我平反，我已经很开心了。"

"哥哥愚蠢至极，昨晚鹿晓阳才让我明白，这么多年，其实是你一直在保护我，我却什么也不知道。"

"哈哈，那个鹿晓阳真是个鬼机灵，竟然会我的把戏。"

"如果你在，你一定会喜欢他的。"

"我俩臭味相投。"

说到动情处，钟燃热泪盈眶："弟，哥哥想你了。我多想让时光倒流，我会放弃所有一切来保护你……"

钟意笑道："打住打住，再说下去可不像你了。"

"可能是哥哥太想你了。"

钟意给了钟燃胸口一拳，笑道："都是大叔的年纪了还这么肉麻，哥，你上庭的样子真帅。"

"喜欢看，哥就天天去上庭。"

"我倒是希望你赋闲在家，那样至少说明，没有少年被欺凌了。"

钟燃被弟弟的话逗笑了。

"哥，你现在头还疼吗？"

钟燃意识到，自己有一段时间不疼了。

"不疼了。"

"这就对了。还有，告诉沈冰，不要活在阴影里，我为她做的一切都是心甘情愿，她没有对不起我。"

钟燃用力地点点头："我一定带到。"

钟意舒展下四肢："天气真好，我想游泳了。"

"你要走了吗？"

"哥，人与人终有一别，我在那边挺好的，忘记我吧……从今以后，你要和爱你的人一起好好生活。照顾好爸妈，我走了。"钟意朝着身后的杏子做了个鬼脸，纵身一跃，身体轻盈地扎进海水里，像条自由的鱼，游向大海的深处。

钟燃捂着胸口，感觉心脏在剧烈跳动，过了许久，才释然地笑了。

"我一定会的。"

海天一线间，无数条海豚跃出海面，发出悦耳的歌声。

六稿于京

2022 年 8 月 21 日

图书在版编目（CIP）数据

冷水沸腾 / 孟瑀著. -- 北京：作家出版社，2023.6
ISBN 978-7-5212-2125-1

Ⅰ.①冷…　Ⅱ.①孟…　Ⅲ.①长篇小说-中国-当代
Ⅳ.①I247.5

中国版本图书馆 CIP 数据核字（2022）第 220636 号

冷水沸腾

作　　者：孟　瑀
图书策划：李明倩
责任编辑：田小爽
装帧设计：薛　怡
出版发行：作家出版社有限公司
社　　址：北京农展馆南里10号　　邮　　编：100125
电话传真：86-10-65067186（发行中心及邮购部）
　　　　　86-10-65004079（总编室）
E-mail:zuojia@zuojia.net.cn
http://www.zuojiachubanshe.com
印　　刷：河北鹏润印刷有限公司
成品尺寸：145×210
字　　数：329千
印　　张：12.75
版　　次：2023年6月第1版
印　　次：2023年6月第1次印刷
ISBN 978-7-5212-2125-1
定　　价：68.00元

作家版图书，版权所有，侵权必究。
作家版图书，印装错误可随时退换。